suhrkamp taschenbuch 1787

Angeles Mastretta wurde 1949 in Puebla, Mexiko, geboren. Der *Mexikanische Tango* ist ihr erster Roman; er wurde mit dem hochangesehenen Literaturpreis Mazatlán ausgezeichnet, den vor ihr u.a. Octavio Paz, Juan Rulfo, Elena Poniatowska und Isabel Allende erhielten.

Catalina, ein Mädchen noch, läßt sich auf einen Mann ein, der weit älter und politisch mächtig ist, seine eigene Lebensweise und seine eigene Weltsicht hat. Sie heiratet, paßt sich an, sie bringt zwei Kinder zur Welt und zieht weitere auf, die er von anderen Frauen hat. Aber sie lernt auch mit ihren eigenen Augen zu sehen, nicht nur mit denen des Mannes. Und sie entdeckt ihre Stärken. Der Zusammenprall der Denk- und Gefühlsweise dieser Frau namens Catalina mit der ihres Mannes kann nicht ausbleiben.

»Selten ist ein Buch mit soviel Recht als Neuheit, als Sensation und Entdeckung angekündigt worden.« *Frankfurter Allgemeine Zeitung*

Angeles Mastretta

Mexikanischer Tango

Roman

Aus dem Spanischen
von Monika López

Suhrkamp

Titel der 1986 bei Ediciones Océano, Mexiko,
erschienenen Originalausgabe:
Arráncame la vida
Umschlagbild:
Diego Rivera, *Die Nacht der Reichen*, 1923-1928,
Erziehungsministerium, Mexiko-Stadt,
Foto: Helmut von Claer

suhrkamp taschenbuch 1787
Erste Auflage 1990

Druck: Ebner Ulm
Printed in Germany
Umschlag nach Entwürfen von
Willy Fleckhaus und Rolf Staudt

1 2 3 4 5 6 – 95 94 93 92 91 90

Mexikanischer Tango

Dieses Buch ist für Héctor, weil er es mitzuverantworten, und für Mateo, weil er sich ihm verweigert hat.
Es ist für meine Mutter und meine Freunde, unter ihnen Verónica.
Natürlich gehört es auch Catarina und ihrem Vater; sie haben daran mitgeschrieben.

Erstes Kapitel

In dem Jahr damals hat sich in Mexiko allerhand ereignet. Unter anderem heirateten Andrés und ich.
Meine Bekanntschaft mit ihm begann in einem Kolonnadencafé. Wo auch sonst; in Puebla spielte sich von den Verlobungen bis zu den Morden alles unter den Kolonnaden ab, als gäbe es dafür anderswo keinen Platz.
Andrés war damals schon über dreißig und ich noch nicht fünfzehn. Ich saß mit meinen Schwestern und deren Verehrern gerade an einem Tisch, als er zu uns trat. Er nannte seinen Namen und setzte sich einfach dazu, um sich mit uns zu unterhalten. Er gefiel mir. Er hatte große Hände, und man bekam Angst, wenn er die Lippen zusammenkniff, und wenn er lachte, faßte man zu ihm Vertrauen. Als hätte er zweierlei Münder. Seine Haare waren, wenn er eine Weile geredet hatte, immer verwuschelt und fielen ihm mit derselben Hartnäckigkeit in die Stirn, mit der er sie, eine lebenslang geübte Geste, wieder zurückwarf. Was man einen hübschen Mann nennt, war er durchaus nicht, dazu hatte er eine zu große Nase und zu kleine Augen. Aber ich hatte nie so lebendige Augen gesehen und keinen Menschen mit soviel Selbstbewußtsein im Ausdruck.
Auf einmal legte er mir die Hand auf die Schulter und fragte:
»Sind doch Idioten, oder?«
Ich sah mich um und wußte nicht, was ich sagen sollte.
»Wer?« fragte ich.
»Sag ruhig ja, ich seh dir doch an der Nasenspitze an, daß wir da einer Meinung sind«, verlangte er lachend.
Ich sagte erst einmal ja und fragte dann ein zweites Mal, wen er meine.
Da zwinkerte er mir mit einem seiner leuchtendgrünen

Augen zu und sagte: »Na, die Pueblaner, Schöne. Wer denn sonst?«
Darin war ich natürlich seiner Meinung. Die Pueblaner waren für mich Leute, die lebten und herumliefen, als wäre ihnen die Stadt schon vor Jahrhunderten notariell überschrieben worden. Uns zählten sie gar nicht erst dazu, unser Vater war ja noch Bauer gewesen und hatte mit dem Kühemelken nur aufgehört, weil er gelernt hatte, Käse herzustellen. Und Andrés ebensowenig, weil er es dank einer Kette von Zufällen und seiner eigenen Schlitzohrigkeit zwar zum General, aber nicht zu einem glorreichen Familiennamen gebracht hatte.
Er bestand darauf, uns nach Hause zu begleiten, und von Stund an stattete er uns regelmäßig Besuche ab. Er bedachte mich und meine Geschwister mit witzigen Komplimenten, ja, sogar meine Eltern, die sich dabei ebenso gut amüsierten und ebenso geschmeichelt fühlten wie ich.
Andrés erzählte ihnen Abenteuer, aus denen er stets als der Sieger hervorging. Keine Schlacht, die er nicht gewonnen, kein Mensch, den er nicht einzig darum getötet hätte, weil er entweder der Revolution oder deren verehrtem Führer oder sonstwem in den Rücken gefallen war.
Nicht lange, und wir waren allesamt von ihm hingerissen. Sogar meine älteren Schwestern, Teresa, die ihn anfangs als geilen Alten abgetan hatte, und Bárbara, die entsetzliche Angst vor ihm gehabt hatte, auch sie fanden ihn bald so lustig wie Pía, die kleinste. Meine Brüder steckte er in die Tasche, als er mit ihnen eine Spritztour in seinem Wagen machte.
Manchmal brachte er auch Blumen mit, für mich, und amerikanischen Kaugummi für meine Brüder. Ich fand Blumen nicht sonderlich aufregend, kam mir aber sehr wichtig vor, wenn ich sie in die Vase stellte, denn wäh-

renddessen unterhielt Andrés sich mit meinem Vater über den Fleiß der Bauern und die bedeutendsten revolutionären Führerpersönlichkeiten und was ein jeder von ihnen ihm alles verdankte.
Ich setzte mich dann zu ihnen und war ganz Ohr, oder ich gab im Brustton der Überzeugung, der aus der Nähe meines Vaters und meiner grenzenlosen Unbildung rührte, meine Meinung zum besten.
Wenn Andrés ging, brachte ich ihn zur Tür und tat, als spionierte uns jemand nach, damit er mich nicht länger als eine Sekunde küßte. Dann rannte ich wieder zu meinen Geschwistern.
Langsam wurden uns auch Gerüchte zugetragen. Andrés Ascencio sollte eine Menge Frauen haben, eine in Zacatlán und eine in Cholula, mehrere in México und eine weitere in Puebla, im Vorort La Luz. Er sollte junge Mädchen hinters Licht führen, er sollte ein Mörder sein und ein Irrer, und überhaupt, wir würden es noch bereuen.

Wir bereuten es auch noch, allerdings erst Jahre später. Vorerst flachste mein Vater über meine schwarz umränderten Augen, und ich gab ihm zur Antwort Küsse.
Ich küßte meinen Vater gern, und ich bildete mir dabei ein, ich sei acht Jahre alt und hätte Löcher in den Strümpfen und rote Schuhe an und sonntags Schleifen in den Zöpfen. Sonntag mußte es sein, denn da wurde der Esel nicht vor den Milchkarren gespannt, sondern ich durfte auf ihm reiten, mich dann im Luzernenfeld verstecken und laut rufen: »Such mich, Papa, such mich.« Dann hörte ich, wie er in meiner Nähe herumtappte und immer fragte: »Ja, wo ist denn mein kleines Mädchen? Wo mag mein kleines Mädchen nur sein?« Bis er schließlich zum Schein mit mir zusammenstieß und ausrief: »Ach, da ist ja mein kleines Mädchen!« und nach meinen Beinen hech-

tete und mich lachend daran festhielt. »Jetzt entwischt sie mir nicht mehr, ein Frosch hat mein kleines Mädchen gefangen, und der will, daß sie ihm einen Kuß gibt.«
Dann wurde ich wirklich von einem Frosch gefangen. Mit fünfzehn wünschte ich mir sehnlichst, daß etwas passierte. Deswegen willigte ich ein, als Andrés mir vorschlug, ein paar Tage mit ihm nach Tecolutla zu fahren. Ich kannte das Meer nicht, und er erzählte mir, daß es nachts schwarz sei und durchsichtig am Mittag. Das wollte ich sehen. Ich schrieb nur schnell noch einen Zettel: *Liebe Eltern, ich verreise, seid unbesorgt, ich muß das Meer erleben.*
In Wirklichkeit erlebte ich den Schreck meines Lebens. Hengste und Bullen hatte ich schon gesehen, wenn sie Stuten und Kühe besprangen, das steife Ding eines erwachsenen Mannes war aber etwas anderes. Ich ließ mich anfassen, rührte aber keinen Finger und machte den Mund nicht auf, lag steif wie eine Anziehpuppe, bis Andrés wissen wollte, wovor ich Angst habe.
»Vor nichts«, sagte ich.
»Warum siehst du mich dann so an?«
»Ich bin mir nicht sicher«, antwortete ich, »ob das Ding da bei mir reinpaßt.«
»Aber ja, Kleines, du mußt nur lockerlassen«, riet er und gab mir einen Klaps auf den Po. »Sieh, wie verkrampft du bist. So geht es natürlich nicht. Laß dich fallen. Keiner vernascht dich hier gegen deinen Willen.«
Er begann mich von neuem am ganzen Körper zu befühlen, als hätte er es auf einmal nicht mehr eilig. So gefiel es mir schon besser.
»Da sehen Sie, mein Fräulein, daß ich nicht beiße.« Er sagte ›Sie‹ zu mir, als wäre ich ein höheres Wesen. »Jetzt bist du ja auch schon naß«, sagte er in demselben Ton, den meine Mutter anschlug, wenn ihr Kochrezepte gelangen. Dann drang er ein, rutschte in mir herum, schnaubte

und röhrte und ignorierte vollkommen, daß ich unter ihm schon wieder steif wie ein Brett dalag.
»Du empfindest nichts, wieso empfindest du nichts?« wollte er hinterher wissen.
»Ich empfinde schon was, nur den Schluß habe ich nicht verstanden.«
»Auf den Schluß kommt es aber gerade an«, erklärte er, allerdings nicht mir, sondern der Decke. »Ach Gott, die Weiber«, stöhnte er, »wann lernen sie's endlich?«
Und war eingeschlafen.
Ich tat die ganze Nacht kein Auge zu, ich war wie in Brand geraten. Als ich durchs Zimmer tigerte, lief etwas Flüssiges an meinen Beinen herunter. Ich faßte es an, es war nicht von mir, das hatte er bei mir abgelassen. Erst als es hell wurde, ging ich mit meiner Gedankenschwere schlafen. Andrés spürte, wie ich ins Bett kroch, streckte einen Arm aus und ließ ihn, platsch, auf mir liegen. Als wir erwachten, waren wir ineinander verknäuelt.
»Bring es mir doch bei«, bat ich ihn.
»Was?«
»Wie man was empfindet.«
»Das kann man nicht beibringen«, belehrte er mich, »das lernt man von selber.«
Da nahm ich mir vor, es zu lernen. Zunächst machte ich Lockerungsübungen, bis ich vor Lockerheit ganz blöde war. Auf unseren Strandspaziergängen redete und redete Andrés, und ich schlenkerte unterdessen mit den Armen, riß den Mund auf, klappte den Kiefer herunter, zog den Bauch ein und streckte ihn heraus und kniff den Po abwechselnd zusammen und ließ ihn wieder locker.
Wovon redete der General soviel? An Genaueres kann ich mich nicht erinnern, aber es ging stets um seine politischen Pläne, und er redete zu mir wie zu den Wänden, ohne eine Antwort zu erwarten, ohne meine Meinung hören zu wollen, er brauchte einfach Zuhörer. Damals

tüftelte er gerade an einer Strategie, mit deren Hilfe er General Pallares das Gouverneursamt im Staate Puebla abjagen könnte. Ständig nannte er ihn einen Dummkopf, aber er dachte so viel an Pallares, wie man an Dummköpfe schwerlich dachte.

»So dumm kann er nicht sein, wenn du dich pausenlos mit ihm beschäftigst«, sagte ich eines Abends, als wir uns den Sonnenuntergang ansahen.

»Und ob er dumm ist. Und wieso mischst du dich ein? Bist du etwa nach deiner Meinung gefragt worden?«

»Seit vier Tagen redest du von ein und demselben, da hatte ich ja wohl Zeit, mir eine Meinung zu bilden.«

»Sieh mal einer an, das junge Fräulein. Weiß nicht, wie Kinder gemacht werden, und will schon Generale gängeln. Das haben wir gerne.«

Als eine Woche herum war, lieferte er mich so kaltschnäuzig, wie er mich abgeholt hatte, wieder zu Hause ab und ließ sich danach einen Monat lang nicht blicken. Meine Eltern nahmen mich in Empfang und stellten keine Fragen, machten keine Bemerkung. Sie blickten in keine allzu gesicherte Zukunft und hatten sechs Kinder, also freuten sie sich mit mir über das schöne blaue Meer und den General, der so nett gewesen sei, mich hinzufahren.

»Warum wohl Don Andrés nicht kommt?« begann mein Vater zu fragen, als Andrés fast vierzehn Tage lang ausgeblieben war.

»Der ist damit beschäftigt, General Pallares auszustechen«, sagte ich. Mehr als von dem Gedanken an Andrés war ich von dem Gedanken besessen, wie ich empfinden könnte.

Ich besuchte damals schon nicht mehr die Schule. Kaum ein Mädchen ging nach den ersten sechs Klassen noch zur Schule, aber ich war ein paar Jahre länger gegangen, weil ich am illegal geführten Kolleg der Salesianernonnen eine

Freistelle bekommen hatte. Da die Nonnen keinen Unterricht erteilen durften, gab es auch keinen Abschluß und kein Zeugnis, aber schön war es trotzdem. Man war ja für alles dankbar. Ich lernte da die Namen der zwölf Stämme Israels, die Namen der Häupter und Nachkommen eines jeden Stammes und sämtliche Städte und die Namen aller in der biblischen Geschichte vorkommenden Männer und Frauen. Über unseren Patrioten und Reformer Benito Juárez lernte ich, daß er Freimaurer gewesen sei und noch aus dem Jenseits zurückkehrte, um einen Pfarrer an der Soutane zu ziehen, damit der sich nicht länger die Mühe mache und Messen für ihn lese, da er doch längst in der Hölle schmore.

Kurz, bei meinem Schulabgang besaß ich eine leidliche Handschrift, verfügte über grammatische Grund- und bescheidenste Mathematikkenntnisse, hatte von Geschichte nicht die leiseste Ahnung, aber dafür mehrere kreuzstichbestickte Tischdecken.

Als ich danach den ganzen Tag zu Hause sitzen mußte, mühte meine Mutter sich redlich, eine mustergültige Hausfrau aus mir zu machen, doch ich weigerte mich standhaft, Socken zu stopfen und Bohnen zu verlesen. So hatte ich jede Menge Zeit zum Nachdenken und bekam langsam das graue Elend.

Schon deswegen suchte ich eines Tages die im Vorort La Luz wohnende Zigeunerin auf, die als Expertin in Liebesdingen galt. Vor ihrer Hütte standen die Leute Schlange, bis sie hereingerufen wurden. Als ich endlich drankam, setzte sie sich vor mich und fragte, was ich wissen wolle. »Ich will empfinden«, sagte ich todernst, und sie starrte mich an, und ich starrte zurück. Es war eine Dickmadam, geradezu wabbelig, und aus ihrem Blusenausschnitt quollen weiße Brüste. An beiden Armen trug sie buntfarbige Reifen, und an ihren Ohren schaukelten große goldene Gehänge bis vor an die Wangen.

»Kein Mensch kommt wegen so was her«, meinte sie. »Nachher fährt mir womöglich noch deine Mutter an die Gurgel.«
»Empfinden Sie denn auch nichts?« fragte ich.
Statt einer Antwort begann sie aus den Kleidern zu steigen. In Sekundenschnelle hatte sie ihren Rock abgebunden, war aus ihrer Bluse geschlüpft und stand auch schon nackt da, denn sie trug weder Unterhosen noch Unterrock, noch einen Büstenhalter.
»Hier unten haben wir so ein Dingelchen«, sagte sie und fuhr mit der Hand zwischen ihre Beine. »Damit empfinden wir, und es heißt die Klingel. Bestimmt kann man es auch noch anders nennen. Wenn du mit jemandem zusammen bist, denk daran, an dieser Stelle ist deine Körpermitte. Alles, was guttut, geht von hier aus, denk dir, daß du damit denkst, damit hörst und damit siehst. Vergiß, daß du Arme und einen Kopf hast, leg dich ganz da hinein. Dann wirst du schon merken, ob du etwas empfindest.«
Sodann zog sie sich in Sekundenschnelle wieder an und schob mich zum Ausgang.
»Geh jetzt. Ich nehme nichts dafür. Ich berechne nur Lügengeschichten. Aber was ich dir erzählt habe, ist die reine Wahrheit, so wahr mir Gott helfe!« Dabei legte sie Daumen und Zeigefinger übereinander und küßte das Kreuz, das sie damit bildete.
Ich kam mit der Überzeugung nach Hause, ein Geheimnis zu besitzen, das ich mit keinem Menschen teilen durfte. Ich wartete ab, bis in der Wohnung alle Lichter aus waren und bis Teresa und Bárbara schliefen wie die Ratze. Dann führte ich die Hand an meine Klingel und bewegte sie hin und her. Alles Wichtige war dort verborgen, damit mußte ich jetzt sehen, hören, denken. Ich besaß keinen Kopf, keine Arme mehr, keine Füße und keinen Nabel. Meine Beine wurden so hart, daß es war, als

ob sie abfallen wollten. Ja, in diesem Ding war also wirklich alles verborgen.
»Was hast du, Cati, warum schniefst du so?« wollte Teresa, aus dem Schlaf erwachend, wissen. Und erzählte am nächsten Morgen vor versammelter Familie, sie sei in der Nacht von so komischen Lauten wach geworden, es habe geklungen, als ob Catalina ersticke. Meine Mutter geriet in helle Aufregung, sogar zum Arzt wollte sie mich bringen. Auf genau dieselbe Weise, meinte sie, habe bei der Kameliendame die Schwindsucht angefangen.

Manchmal sehne ich mich noch heute mit Wehmut nach einer kirchlichen Hochzeit. Es hätte mir schon gefallen, am Arm meines Vaters, unter den Blicken aller, auf rotem Teppich zu den Klängen des Hochzeitsmarschs, der auf der Orgel gespielt wird, zum Traualtar zu schreiten. Dabei muß ich bei Hochzeiten immer lachen. Ich weiß ja, der ganze Aufwand läuft nur darauf hinaus, daß man den Wanst, der neben einem einschläft und aufwacht, im Alltag satt kriegt. Und dennoch ist, wenn ich die Musik höre und die Braut den Hochzeitszug anführen sehe, der Neid bei mir noch immer stärker als die Lachlust.
Meine Hochzeit sollte nicht so sein. Ich hätte so gern meine Schwestern als rosa Brautjungfern um mich gehabt, ganz in Organza und Spitze, gerührt bis zur Verblödung, und meinen Vater im schwarzen Frack und im langen Kleid meine Mutter. Ich wäre gern eine Braut im hochgeschlossenen Kleid gewesen, mit gebauschten Ärmeln, und die Schleppe vom Altar hinab über sämtliche Stufen hingebreitet.
Mein Leben wäre dadurch nicht anders geworden, aber ich hätte, wie es andere Frauen tun, mit der Erinnerung daran kokettieren können. Ich könnte heute daran denken, wie ich an Andrés geschmiegt durch den Mittelgang zurückwandle und von der Höhe meiner frisch erworbe-

nen Würde, des Adels, der einer soeben vom Altar kommenden Braut allgemein zugestanden wird, den Leuten zuwinke.

Ich hätte in der Kathedrale geheiratet, um den längsten Gang abzuschreiten. Doch ich habe nicht richtig geheiratet. Andrés redete mir ein, das sei alles nur Schnickschnack und wegen so was könne er sich nicht seine Politikerlaufbahn vermasseln. Er habe unter Jiménez beim Feldzug gegen den Christero-Aufstand mitgekämpft und er schulde dem obersten Revolutionsführer Loyalität und denke darum auch nicht im Traum an eine kirchliche Heirat. Auf dem Standesamt ja, bürgerliche Gesetze gelte es zu achten, obwohl, das Allerbeste sei eine Heirat im militärischen Rahmen.

Kaum ausgesprochen, arbeitete es auch schon in ihm, und wir feierten jedenfalls eine Soldatenhochzeit.

Eines Morgens schaute Andrés wieder bei uns herein und fragte:

»Sind deine Eltern zu Hause?«

Sie waren zu Hause, es war ja Sonntag, wo sollten sie sonst sein? Sie hockten, wie jeden Sonntag, in der Stube.

»Sag ihnen, ich nehme euch gleich alle mit, wir heiraten nämlich.«

»Wer heiratet?« wollte ich wissen.

»Du und ich«, sagte er. »Aber die anderen müssen dabeisein.«

»Du hast mich noch gar nicht gefragt, ob ich heiraten will«, sagte ich. »Für wen hältst du dich eigentlich?«

»Was soll das heißen, für wen ich mich halte? Für mich natürlich, Andrés Ascencio. Komm, mach kein Theater, sondern steig in den Wagen.«

Er ging in unsere Wohnung, wechselte drei Worte mit meinem Vater und kam, von meiner ganzen Familie gefolgt, wieder nach draußen.

Meine Mutter weinte. Das tat mir gut, dadurch erhielt die Situation Weihe. Mütter müssen einfach weinen, wenn ihre Töchter heiraten.
»Warum weinst du, Mutter?«
»Ich habe so ein Gefühl.«
Meine Mutter hatte am laufenden Band solche Gefühle.
Wir kamen beim Standesamt an. Dort warteten neben einigen mit Andrés befreundeten Arabern schon sein bester Kumpel Rodolfo und dessen mich abschätzig musternde Frau Sofía. Ich dachte, das kommt, weil sie wütend ist wegen meiner Beine und meiner Augen, sie selber hatte nämlich Schweinsäuglein und dürre Stelzen. Dabei war ihr Mann stellvertretender Kriegsminister.
Der Standesbeamte war ein untersetzter Glatzkopf mit feierlichen Gebärden.
»Tag, Cabañas«, sagte Andrés.
»Schönen guten Tag, Herr General, hoch erfreut, Sie hier begrüßen zu können. Es ist alles fertig.«
Er holte ein riesengroßes Heft hervor und setzte sich damit hinter seinen Schreibtisch. Ich war noch mit dem Trösten meiner Mutter beschäftigt, aber Andrés zog mich von ihr weg zu dem Beamten. Ich sehe Cabañas' Gesicht noch heute vor mir, hochrot und verquollen, dicklippig, und er redete, als hätte er im Mund eine Handvoll Erdnüsse.
»Wir haben uns hier zusammengefunden«, verkündete er, »um Herrn General Andrés Ascencio und Fräulein Catalina Guzmán in rechtmäßig geschlossener Ehe miteinander zu verbinden. Als Vertreter des Gesetzes, des bei Familiengründungen allein gültigen Gesetzes, frage ich Sie, Fräulein Catalina, sind Sie bereit, mit dem hier anwesenden General Andrés Ascencio die Ehe zu schließen?«
»Na schön«, sagte ich.

»Sie müssen sagen: Ja«, korrigierte der Beamte.
Ich sagte: »Ja.«
»Herr General Andrés Ascencio, sind Sie ebenfalls bereit, mit dem hier anwesenden Fräulein Catalina Guzmán die Ehe zu schließen?«
»Bin ich«, sagte Andrés. »Ich nehme sie und verspreche ihr auch die Fürsorge, die der Stärkere dem Schwächeren schuldet, und auch sonst alles, was verlangt wird, darum mach es kurz und erspar dir den Rest. Wo sollen wir unterschreiben? Nimm die Feder, Catalina.«
Ich hatte noch nie etwas unterschreiben müssen und besaß darum gar keine zünftige Unterschrift. Ich schrieb also mit der bei den Ordensschwestern erlernten steilen Schönschrift meinen Namen hin, Catalina Guzmán, den eigenen.
»Setzen Sie bitte ›de Ascencio‹ hinzu, gnädige Frau«, sagte Andrés, der mir über die Schulter zusah.
Er selber schmiß einen kurzen Krakel aufs Papier, den ich dann später überall wiedererkannte und sogar hätte fälschen können.
»Hast du bei dir auch ›de Guzmán‹ hinten drangeschrieben?« wollte ich wissen.
»Ach was, Mädchen, das geht nicht. Schließlich bin ich es, der dich beschützt, und nicht du mich. Du wirst in meine Familie aufgenommen, du gehörst jetzt praktisch mir.«
»Ich gehöre dir?«
»Die Zeugen her«, rief Andrés, der Cabañas längst das Zepter aus der Hand genommen hatte. »Du, Núñez, unterschreib. Und du, Rodolfo. Wozu sonst habe ich euch hergeholt?«
Als meine Eltern unterschrieben, fragte ich Andrés, wo denn die seinen seien. Ich hatte mir bis dahin immer eingebildet, daß er wie ich Vater und Mutter habe.
»Nur meine Mutter lebt, und die ist krank«, sagte er mit

einer Stimme, die ich an diesem Vormittag zum ersten Mal hörte und die er sich nur, wenn er von seiner Mutter sprach, zulegen sollte. »Dafür sind alte Freunde da, Rodolfo und Sofía, damit die Familie komplett ist.«

»Wenn Rodolfo unterschreibt, sollen auch meine Geschwister unterschreiben«, verlangte ich.

»Du bist verrückt. Diese Dreikäsehochs.«

»Ich will aber, daß sie unterschreiben. Wenn Rodolfo unterschreibt, sollen sie auch unterschreiben. Schließlich spielen wir zusammen.«

»Schön, sollen sie unterschreiben.« Andrés befahl: »Cabañas, auch die Kinder unterschreiben.«

Nie werde ich vergessen, wie meine Geschwister nacheinander zum Unterschreiben vortraten. Wir waren noch nicht lange aus Tonanzintla weggezogen, und die ländlichen Sitten waren ihnen noch deutlich anzumerken. Bárbara glaubte, daß ich den Verstand verloren hätte, und blickte aus angstvoll aufgerissenen Augen. Teresa hatte gerade keine Lust zu spielen. Marcos und Daniel, die Haare vorn mit Pomade angeklebt und hinten zerstrubbelt, malten todernst ihre Namen hin. Die beiden kämmten sich immer wie für ein Porträtfoto in Vorderansicht, der Hinterkopf war ihnen schnuppe.

Pía hatten wir eine Schleife, fast doppelt so groß wie sie, ins Haar gebunden. Sie reichte mit der Nase knapp über die Schreibtischkante, darüber war alles hochgebauschter roter Satin mit weißen Tupfen.

»Sag nachher nicht, in deiner Familie hätten sie die Nase nicht hoch getragen«, sagte Andrés mit einem Kniff in meine Rippen und laut, damit es mein Vater auch mitbekäme. Damals fiel es mir noch nicht auf, im nachhinein bin ich mir jedoch sicher, daß der Satz für meinen Vater gesagt war. Ich sollte mit den Jahren lernen, daß Andrés nichts nur so hinsagte und daß er meines Vaters Einwilligung zur Heirat am liebsten mit Drohungen erzwungen hätte. Am Abend zuvor hatte er mit ihm gesprochen. Er hatte ihm mitgeteilt, daß er mich heiraten wolle, und wenn mein Vater nicht ja sage, werde er Mittel und Wege finden, ihn zu überzeugen. Im guten oder im bösen.

»Im guten, Herr General, ich fühle mich geehrt«, hatte mein Vater gesagt, unfähig, sich zu wehren.

Jahre später, als sich seine eigene Tochter Lilia mit Heiratsgedanken trug, sollte Andrés zu mir sagen:

»Meinst du etwa, ich halte es mit meinen Töchtern wie dein Vater mit dir? Nichts da. Meine Töchter bekommt nicht der erstbeste Taugenichts, der ihnen über den Weg läuft. Um meine Töchter wird angehalten, und rechtzeitig vorher, damit ich Erkundigungen über den Idioten einziehen kann, der mit ihnen ins Bett will. Ich gebe doch mein Fleisch und Blut nicht mir nichts, dir nichts weg. Wer sie haben will, soll mich gefälligst bitten und ein hübsches Sümmchen drauflegen. Springt etwas heraus, dann bitte schön, wenn nicht, soll er verschwinden, aber schleunigst. Außerdem wird kirchlich geheiratet, Jiménez ist mit seinem Kirchenstreit schließlich in der Tinte gelandet.«

Pía konnte ihren Namen noch nicht schreiben und malte statt dessen einen Kreis mit zwei Augen. Der Standesbeamte tatschte auf ihre Schleife und holte tief Luft, damit man ihm nicht ansah, daß er allmählich die Geduld verlor. Zum Glück war die Prozedur damit auch beendet. Rodolfo und Sofía, die beiden Dicken, unterschrieben hastig, sie waren am Verhungern.

Danach fuhren wir zum Frühstücken unter die Kolonnaden. Andrés bestellte Kaffee für alle, Kakao für alle und Maispasteten für alle.

»Ich möchte Apfelsinensaft«, sagte ich.

»Du trinkst deinen Kakao und deinen Espresso wie alle anderen und stiftest hier kein Durcheinander«, belehrte Andrés mich.

»Ich kann aber nicht frühstücken ohne Saft.«
»Du willst mit mir streiten? Dann lernst du jetzt eben, ohne Saft zu frühstücken. Meinst du etwa, du kannst immer Saft bekommen?«
»Papa«, bat ich. »Sag ihm, daß ich morgens immer Saft trinke.«
»Bringen Sie dem Kind einen Apfelsinensaft«, sagte mein Vater so entschlossen, daß der Kellner rannte.
»Ist in Ordnung, sollst deinen Saft bekommen. Sind ja Gringositten. Welcher einfache Mexikaner trinkt denn Saft zum Frühstück? Aber glaub bloß nicht, daß du auch in Zukunft deinen Willen bekommst. An der Seite eines Soldaten führt man kein flottes Leben. Merk dir das, ein für allemal. Und Sie, Don Marcos, nehmen bitte zur Kenntnis, daß Cati jetzt nicht mehr Ihr kleines Mädchen ist. An diesem Tisch bestimme ich.«
Stille trat ein, und lange Zeit hörte man nur, wie Sofía, genannt Chofi, in eine frisch gebackene Blätterteigpastete biß.
»He, he!« brach Andrés das Schweigen. »Warum seid ihr denn auf einmal alle stumm? Es gibt einen Grund zu feiern, eure Schwester hat geheiratet. Kinder, wollt ihr sie nicht hochleben lassen?«
»Hier?« fragte Teresa, die ein empfindliches Gespür fürs Lächerliche hatte. »Sie sind ja meschugge.«
»Was hast du gesagt?« fragte Andrés zurück.
»Wir gratulieren, werdet glücklich!« brüllte Bárbara und schüttete Reiskörner über unsere Köpfe. »Viel Glück, Cati«, sagte sie zu mir und rubbelte mir zärtlich Reis in die Haare. »Daß du auch glücklich wirst«, sagte sie immer wieder, schloß mich dabei in die Arme und küßte mich, bis wir alle beide losschluchzten.

Zweites Kapitel

Wir sollten nie ein normales Ehepaar werden. Als Jungverheiratete gingen wir überall zusammen hin. Andrés nahm mich auch zu reinen Männerveranstaltungen mit; er legte dazu einfach den Arm um mich und mischte sich so unter die Gäste. Öfter aber kamen seine Freunde zu uns nach Hause in die Neunte Straße. Das Haus war eigentlich zu groß für zwei, doch lag es im Zentrum und damit nah an allem, an der Wohnung meiner Eltern, dem Zócalo und den Einkaufsstraßen.

Alles war gut zu Fuß zu erreichen, und ich war nie allein. Morgens ritten wir immer. Wir fuhren dazu in Andrés' Ford bis Plaza del Charro, wo unsere Pferde standen. Am Tag nach unserer Hochzeit hatte Andrés mir eine Fuchsstute gekauft, die ich *Luder* taufte. Er selbst ritt einen jungen Hengst mit Namen *Al Capone*.

Andrés stand beim ersten Tageslicht auf und gab mir Anweisungen, als hätte er sein Regiment vor sich. Hatte er erst einmal die Augen auf, blieb er keine Minute länger liegen. Sofort begann er mit Sprüngen und Dauerläufen um das Bett und predigte dabei, wie wichtig es sei, sich elastisch zu halten. Ich lag schön still und zog die Decke über die Augen und dachte an das Meer oder an lachende Münder. Mitunter lag ich, wenn er vom Zeitunglesen in der Abgeschiedenheit des Bades kam, noch immer so da, und dann wurde er lauter:

»Beweg dich, du Faultier! Was liegst du da herum und bildest dir ein, du denkst? Ich warte unten auf dich. Ich zähle bis dreihundert, dann fahre ich.«

Da stieg ich wie eine Schlafwandlerin vom Nachthemd in die Hosen, kämmte mich mit den Händen, hastete zum Spiegel und knöpfte mir davor die Bluse zu und rieb mir den Schlaf aus den Augen. Die Reitstiefel nahm ich in die

Hand und hetzte die Treppe hinunter, und als ich die Haustür aufriß, zählte er gerade zweihundertachtundneunzig, zweihundertneunundneunzig. »Hast schon wieder die Stiefel noch nicht an, du lahme Ente«, sagte er am Steuer des Fords und startete.

Ich steckte den Kopf zu ihm ins Wagenfenster, küßte ihn und wühlte in seinen Haaren, ehe ich vom Trittbrett sprang, um den Wagen lief und auf dem Beifahrersitz Platz nahm.

Um nach Plaza del Charro zu kommen, mußten wir aus der Stadt hinausfahren. Wenn der Stalljunge uns die Pferde zuführte, wärmte die Sonne schon. Andrés war mit einem Satz auf seinem Hengst, ohne fremde Hilfe, half aber vorher immer mir in den Sattel und tätschelte meinem Luder den Hals.

Dort draußen war damals noch alles unbebaut, so daß wir reiten konnten, als ob die Gegend uns gehörte. Ich wäre gar nicht auf die Idee gekommen, daß man so viele Landsitze brauchen könnte, wie wir später besaßen. Mit dieser Trift war ich zufrieden.

An manchen Tagen preschte Al Capone los, einfach ins Blaue hinein. Andrés faßte die Zügel locker und ließ ihn laufen. Ich wußte anfangs nicht, daß Pferde einander anstecken, und erschrak, wenn Luder hinterhergaloppierte, als hätte ich es ihr befohlen. Ich konnte mich nicht im Sattel halten, ohne daß mein Hintern bei jedem Hufschlag hochflog und hart wieder aufschlug. Braun und blau wurde mein Po davon, und zeigte ich das am Nachmittag meinem General, bog der sich vor Lachen.

»Klatschst eben ständig auf den Sattel. Du mußt beim Galoppieren in den Bügeln stehen.«

Ich nahm jede seiner Belehrungen an, als erteilte sie mir eine Gottheit.

Ständig wartete Andrés mit Neuem auf, und er mußte lachen, was ich alles nicht wußte.

»Du kannst nicht reiten«, sagte er, »du kannst nicht kochen, und aufgeklärt warst du auch nicht. Was hast du in deinen ersten fünfzehn Lebensjahren eigentlich getrieben?«

Zum Essen kam er immer nach Hause. Ich nahm jetzt Kochunterricht bei den Schwestern Muñoz und spezialisierte mich auf Geschmortes. Ich rührte so zügig Teig, wie man sich die Haare bürstet. Ich lernte, wie man Mole kocht und gefüllten Paprika in Mandelsoße, und ebenso Maisschaluppen, Atole gepfeffert, Pipián und das heimische Tinga. Jede Menge Gerichte.

In dem dienstags und donnerstags jeweils am Vormittag stattfindenden Kochkurs waren wir zwölf Teilnehmerinnen. Verheiratet ich als einzige.

Wenn Josefina Muñoz die Theorie abschloß, hatte ihre Schwester Clarita schon die Zutaten auf dem Tisch und verteilte die Aufgaben.

Wir kochten immer zu zweien. Am Mole-Tag war ich mit Pepa Rugarcía dran, die demnächst heiraten wollte. Während wir mit hölzernen Kochlöffeln Sesam rührten, fragte sie auf einmal:

»Stimmt es, daß es einen Augenblick gibt, da muß man einfach die Augen zumachen und ein Ave-Maria beten?«

Ich lachte. Wir rührten unseren Sesam weiter und verabredeten uns für den Nachmittag zu einem Gespräch über das Thema. An der Herdplatte nebenan briet Mónica Espinosa die Kürbiskerne an und lud sich gleich mit dazu.

Nachdem alles angebraten war, mußte es auf dem Mahlstein kleingewalzt werden.

»Dazu brauchen wir keine Hilfskräfte«, sagten die Schwestern Muñoz. »Die Zeiten sind schwer, lernt also besser gleich, mit dem Mahlstein zu arbeiten.«

Wir wechselten uns ab bei dieser Knochenarbeit. Eine

nach der anderen standen wir an dem Stein und stemmten die steinerne Walze über die Chilischoten, Erdnüsse, Mandeln und Kürbiskerne. Wir bekamen die Zutaten trotzdem nicht zu Brei. Die kleine Clara ließ uns eine Weile spüren, wie ungeschickt wir waren, und walkte dann, mit ihren dünnen Ärmchen, Hüften und Schultern immer vor und zurück, den Körnerkram mit Karacho zu Brei. Zierlich und dabei kräftig war sie. Die Stampferei trieb ihr zwar die Röte ins Gesicht, aber keinen einzigen Schweißtropfen auf die Stirn.

»Habt ihr gesehen?« fragte sie, als sie fertig war. Mónica klatschte Beifall, und wir anderen klatschten mit. Clarita ging zum Spülbecken, griff nach dem Geschirrtuch und wischte sich die Hände ab. »Ich weiß nicht, wie ihr heiraten wollt. Wenn ihr in allem so ahnungslos seid.«

Als der Unterricht um drei Uhr zu Ende war, hatten wir alle rotbekleckerte fettige Schürzen. Selbst in unseren Wimpern klebte Mole. Der Puter wurde in vierzehn Stücke geteilt, und jede von uns zog stolz mit ihrer Vorführschüssel von dannen.

Zu Hause wartete Andrés schon ausgehungert wie ein streunender Hund auf seine Mahlzeit.

Ich zeigte meinen Mole vor, garnierte ihn mit Sesamkörnern, stellte Tortillas und Bier dazu, und wir setzten uns und aßen. Keiner sprach ein Wort. Gelegentlich zwinkerten wir uns mit vollem Mund zu und mampften stumm weiter. Als er seinen Teller bis auf das blaue Talaveramuster leergeputzt hatte, sagte er, er bezweifle, daß ich ein solches Gericht gekocht hätte.

»Wir haben es alle gemeinsam gekocht.«

»Die Schwestern Muñoz werden es gemeinsam gekocht haben«, beharrte er und küßte mich und fuhr wieder weg. Ich ging zu meiner Verabredung mit Pepa und Mónica unter den Arkaden.

Als ich hinkam, waren die beiden schon da. Mónica in

Tränen aufgelöst, weil ihr Pepa versichert hatte, von Zungenküssen bekäme man Kinder.
»Und wir haben uns gestern, als meine Mutter nicht hinsah, so geküßt«, sagte sie schluchzend.
Da brachte ich die beiden einfach zu der Zigeunerin in La Luz. Mir würden sie ja ohnehin nicht glauben. Auf meine Frage, ob sie wüßten, wozu Männer ihren Pimmel gebrauchen, bekam ich von Pepa die Antwort:
»Nicht zum Pipimachen?«
Wir fuhren zu der Zigeunerin, die klärte die beiden auf, rollte ein rohes Ei über ihren Körper und ließ sie in ein Petersiliensträußchen beißen. Zum Schluß las sie uns allen dreien die Hand. Bei Pepa und Mónica verbürgte sie sich dafür, daß sie glücklich würden, und Pepa würde sechs Kinder bekommen und Mónica vier. Mónicas Mann würde schwer erkranken, und Pepas Mann würde ihr geistig nie das Wasser reichen können.
»Dafür ist er reich«, sagte Mónica.
»Steinreich, mein Kind, das muß man ihm lassen.«
Bei mir strich sie über meine hingehaltene flache Hand und forschte darin.
»Kind, Kind, Gott, stehen bei dir sonderbare Dinge drin.«
»Sagen Sie es mir«, bat ich, »was denn?«
»Ein andermal. Heute ist es schon arg spät, ich bin müde. Du bist doch gekommen, damit ich die beiden da aufkläre. Das hab ich getan. Jetzt geht.«
»Sagen Sie es ihr«, bettelten Pepa und Mónica, und ich hielt ihr weiter die Hand hin, die sie schon losgelassen hatte. Da trat sie näher, schaute noch einmal hinein und rieb sie ab.
»Gott, Mädchen, bei dir stehen so viele Männer drin«, sagte sie. »Und auch viel Schweres. Komm ein andermal wieder. Heute sehe ich wahrscheinlich falsch. Manchmal kommt das vor.«

Sie ließ meine Hand los, und wir gingen Picknickbrote essen.
»Hätte ich nur auch so eine spannende Hand wie du«, sagte Pepa auf dem Weg zu ihr nach Hause.
Als ich in der Nacht neben meinem General lag, koste ich seinen Bauch.
›Noch mag ich ihn‹, dachte ich. ›Wer weiß, was später wird.‹ Er antwortete darauf mit Schnarchen.

Ungefähr eine Woche später hatten wir einen Bekannten zu Besuch; er sollte die karamelisierten Eclairs kosten, die ich bei den Schwestern Muñoz gebacken hatte. Wir tranken gerade Kaffee, als Soldaten kamen und einen Haftbefehl für Andrés vorwiesen. Anklage Mord, vom Gouverneur abgezeichnet.
Andrés las ihn ohne die geringste Aufregung. Ich brach in Tränen aus.
»Wieso verhaften die dich? Wohin bringen sie dich? Du hast doch niemanden umgebracht?«
»Mach dir keine Sorgen, Kind, ich bin gleich wieder zurück.« Er bat seinen Bekannten, bei mir zu bleiben.
»Ich werde eine Begründung verlangen. Es handelt sich um einen Irrtum, da bin ich ganz sicher.«
Er strich mir über den Kopf und ging mit.
Als er die Tür hinter sich zuzog, brach ich abermals in Tränen aus. Daß Andrés polizeilich abgeführt wurde, war für mich eine schlimmere Demütigung, als wenn man mir ins Gesicht gespuckt hätte. Wie sollte ich meinen Freundinnen gegenübertreten? Was meinen Eltern sagen? Wer würde nachts neben mir liegen? Wer mich am Morgen wecken?
Ich wußte mir keinen anderen Rat: ich rannte zur Jakobskirche. Ich hatte von der Aufstellung einer neuen Madonna gehört, von der es hieß, daß sie jedes Wunder vollbrächte. Ach, wie ich die vielen versäumten Gottes-

dienste bereute und die vielen ersten Freitage im Monat, die ich übergangen hatte.
Die Jakobskirche war ein düsteres Gewölbe mit Heiligenfiguren an den Wänden und einem goldgleißenden Altar. Darauf stand die Maria, auf deren Herz eine Hand des Jesuskindes ruhte.
Täglich um sechs wurde dort der Rosenkranz gebetet. Ich kniete ganz vorn nieder, damit die Madonna mich besser sähe. Auch war die Kirche gesteckt voll, und bei so vielen Bittstellern mußte ich befürchten, daß mein Anliegen überhört wurde. Pünktlich um sechs trat der Pfarrer vor den Altar, den mächtigen Rosenkranz in den Händen. Er war jung, und er hatte große Augen, dafür aber auch schon einen Ansatz zur Glatze. Seine Stimme hallte so laut, daß man ihn in der ganzen Kirche verstand.
»Die Geheimnisse, die wir heute betrachten wollen, sind die des glorreichen Rosenkranzes«, begann er. »Das erste Geheimnis die Verkündigung. Vater-unser-der-du-bist-im-Himmel ...«
Ich betete die Vaterunser, Ave-Marias und Stoßgebete mit solcher Inbrunst mit, wie ich sie nicht einmal als Schulkind aufgebracht hatte. Im stillen flehte ich: ›Paß auf ihn auf, liebe süße Maria, gib ihn mir wieder, herzliebste Maria.‹
Nach jedem Geheimnis spielte die Orgel im Chor die Anfangsakkorde eines Liedes, das alle kannten, denn der Pater stimmte es dann an, und unter seiner Leitung sangen die Menschen mit.
Nach der Litanei traten zwei Ministranten mit Weihrauchfässern auf, die sie füllten und in Richtung der Madonna schwenkten. Bald hing alles voller silbriger Schwaden.
»Ehrwürdige Mutter zum Heiligen Herzen«, sangen alle, »bitte für uns, bitte für uns!«
Durch den Mittelgang kamen auf Knien mit ausgebreite-

ten Armen mehrere Frauen auf den Altar zugerutscht. Zwei von ihnen weinten. Ich dachte, ich sollte auch auf dem Boden rutschen, aber es war mir zu peinlich. Wenn ich so weit gehen müßte, um Andrés freizubekommen, so würde der Arme wahrscheinlich im Gefängnis versauern müssen.

Ein ums andere Mal beteten die Menschen zur ehrwürdigen Mutter vom Heiligen Herzen, und die knierutschenden Frauen kamen dem Altar langsam näher.

Ich betete noch inbrünstiger. Während ich murmelte, blickte ich zu Maria auf, die im Glanz ihrer Krone gelassen auf uns zu ihr Emporschauende herabsah.

Sie nahm uns gar nicht wahr, sie hielt die Lider gesenkt, sie war zeitlos und ohne Sorgen.

Plötzlich verstummte die Orgel, der Pfarrer breitete die Arme aus, ein Kreuz mit den Fingern bildend. »Bedenke, ehrwürdige Mutter vom Heiligen Herzen«, sprach er, »welch unermeßliche Macht über sein anbetungswürdiges Herz dir dein göttlicher Sohn verliehen hat! Voller Glauben an dein Wirken bitten wir dich um Schutz, o himmlische Hüterin des Herzens Jesu!«

Was er noch sagte, weiß ich nicht mehr genau, aber er kam jedenfalls an einen Punkt, an dem man die Bitte, derentwegen man gekommen war, aussprechen mußte.

Ein vielstimmiges Raunen erscholl. Es kam von überall her, aus unzähligen Mündern. Auch ich raunte: »Laß meinen Andrés wiederkommen, er soll nicht eingesperrt werden, mach, daß er mich nicht allein läßt.«

»Nein, wir werden nicht enttäuscht werden«, fielen alle ein, als der Pater den Bittgesang anstimmte. Die Kirche war nun ein Wald von Armen, die zum Kreuz gebreitet waren. Die Menschen drängten zum Altar und schoben mich vor sich her. Die Orgel spielte *Die Schmerzensmutter*. Wir sangen alle mit: Für dich, o Mutter, schlagen unsere Herzen, für dich, o Mutter aller Schmerzen. Da

rief es aus den hinteren Reihen: »Hoch, Christus, unser König!«
Sofort stürmten Gendarmen durch den Gang und arbeiteten sich mit Püffen und Stößen zum Altar vor. Obwohl vom Weihrauch und der Menschenmenge benommen, hörte ich, wie ein Gendarm den Pfarrer anherrschte:
»Sie kommen mit. Sie wissen, warum, also machen Sie kein Theater.«
Unbeirrt spielte die Orgel weiter.
»Sie werden erlauben, daß ich die Andacht abschließe«, antwortete der Pfarrer. »Ich werde jetzt mit dem Allerheiligsten den Segen spenden, dann komme ich mit, wohin Sie wollen.«
Der Gendarm sah zu, wie er sich vom Betschemel erhob und zum Tabernakel schritt, als fürchte er sich vor nichts. Ich dachte mir, das kommt, weil er auf Maria vertraut. Er öffnete das Tabernakel und nahm die zwischen zwei Scheiben riesengroß wirkende Kustodia heraus. Ein Ministrant reichte ihm die mit roten Steinen besetzte goldene Monstranz. Der Pfarrer öffnete sie, legte die Hostie hinein und wandte sich erneut uns zu. Wir bekreuzigten uns alle, und die Orgel spielte, bis er die Stufen hinab war und in der Sakristei verschwand. Ich hinterher. Ich kam nur bis zur Tür, doch sah ich, wie er die Stola ablegte und das Birett aufsetzte. Die Soldaten rührten ihn nicht an, er ging freiwillig mit. Da hatte ich genug gesehen; auf die Muttergottes vom Heiligen Herzen würde ich mich nicht mehr verlassen.
Am Abend zitterte ich beim Zubettgehen zwar vor Angst und Kälte, aber in die Wohnung meiner Eltern begab ich mich nicht. Ich sprach nur kurz mit Chema, dem Bekannten, der Himmel und Hölle in Bewegung gesetzt hatte, um etwas in Erfahrung zu bringen. Demnach war Andrés des Mordes an einem Urkundenfälscher angeklagt, der bei der Armee beschäftigten Lehrern Examenszeugnisse

verkauft hatte. Als Mordmotiv wurde genannt, daß er selbst der Planer und Betreiber des Geschäfts gewesen sei, und als das Kriegs- und Marineministerium die falschen Titel entdeckt und die Fälscherwerkstatt aushob, habe er es mit der Angst bekommen und den Mittäter, der ihn am genauesten kannte, beseitigt.

Chema meinte, so etwas sei völlig ausgeschlossen, mein Mann bringe nicht einfach Menschen um und er gäbe sich auch nicht mit derart idiotischen Geschäften ab. Alles läge nur daran, daß Gouverneur Pallares ihn nicht ausstehen könne und ihn kaltstellen wolle.

Ich sah nur nicht ein, warum der Gouverneur ihn nicht ausstehen konnte, wo er doch die Wahlen gegen ihn gewonnen hatte. Er war der Mächtigere, wozu also noch eins obendrauf setzen, wenn Andrés mit seiner Niederlage schon genug gestraft war?

Am nächsten Tag brachten die Zeitungen sein Bild, Andrés hinter Gittern, und ich traute mich nicht mehr auf die Straße. Im Kochkurs würde bestimmt niemand mit mir reden. Aber ich war mit dem Einkauf der Zutaten für die Füllung der Paprikaschoten in Mandelsoße an der Reihe und konnte also nicht fehlen. Mit übernächtigtem Gesicht, im Korb Pfirsiche, Äpfel, Bananen, Rosinen, Mandeln, Granatäpfel und Tomaten, traf ich um halb elf ein.

Die Küche der Schwestern Muñoz war riesengroß. Zwanzig Mädchen hatten Platz, ohne sich anzurempeln. Als ich kam, waren alle anderen schon da.

»Wo bleibst du nur«, sagte Clarita.

»Es ist ...«

»Keine Ausreden, da gibt es keine Entschuldigung. Ohne uns Frauen bekäme die Welt nichts zu essen, und es handelt sich hier nicht um ein Spiel, sondern um harte Arbeit. Du schneidest gleich das Obst klein. Und ihr anderen, los, Kinder, wer kocht mit wem?«

Einzig Mónica, Pepa und Lucía Maurer wagten sich in meine Nähe. Die anderen schielten über den Tisch zu mir herüber. Hätten sie wenigstens gesagt, daß Andrés ein Mörder sei und sie nicht mit der Frau eines Mörders verkehrten. Aber nein, in Puebla verfuhr man in solchen Dingen anders. Es gab mir zwar keine die Hand, aber es sagte mir auch keine, was sie dachte.

Mónica stellte sich mit ihrem Küchenmesser neben mich und wollte, während sie ganz langsam eine Banane in Scheiben schnitt, wissen, warum der General verhaftet sei und ob ich die Wahrheit kenne. Luci Maurer legte die Hand auf meine Schulter und schälte dann Äpfel, die sie einen nach dem anderen aus meinem Korb nahm. Pepa kaute unentwegt an ihren Fingernägeln. Dazwischen schimpfte sie Mónica aus, weil sie mir so viele Fragen stelle, und stellte, als sie den Abbruch von Mónicas Verhör erreicht hatte, ihre eigene Frage:

»Hast du gestern nacht Angst gehabt?«

»Ein bißchen schon«, sagte ich, schnippelte dabei aber weiter.

Als wir von den Schwestern Muñoz weggingen, stand ich, meine Schüssel mit Paprikaschoten, garniert mit Petersiliensträußchen und zerpflückten Granatäpfeln, in den Händen, auf der Straße. Meine Freundinnen wurden alle pünktlich um zwei abgeholt.

»Kümmer dich nicht um die anderen«, sagte Mónica, ehe sie in den Wagen stieg, in dem ihre Mutter wartete.

Ich ging also zu Fuß nach Hause. Ich öffnete die Tür mit dem gewaltigen Schlüssel, den ich immer in der Handtasche trug.

»Andrés!« schrie ich. Niemand antwortete. Ich stellte die Paprikaschüssel auf den Boden und schrie nochmals: »Andrés! Andrés!« Keine Antwort. Da hockte ich mich hin und ließ die Tränen über meine Mandelsoße rinnen.

Ich hockte mit dem Rücken zur Haustür auf dem Boden und entdeckte durch den Tränenschleier gerade, wie grün meine Gartenpflanzen geworden waren, als es im Türschloß auf einmal knirschte, wie es knirschte, wenn Andrés aufschloß.
»Heulst also um deinen Kerl?« sagte er. Ich sprang auf und rannte ihm entgegen, um ihn abzutasten. Die Drei-Uhr-Nachmittagssonne knallte auf die Fensterscheiben und in den Garten. Ich warf die Schuhe weg und knöpfte in höchster Eile mein Kleid auf. Ich fuhr mit den Händen unter sein Hemd, zog ihn auf den Rasen im Garten und konnte dort feststellen, daß sie ihm den Pimmel nicht abgehackt hatten. Auf einmal fiel mir der gefüllte Paprika ein, und ich holte ihn eilends. Gierig verschlangen wir ihn an Ort und Stelle.
»Warum haben sie dich verhaftet und warum haben sie dich wieder freigelassen?« wollte ich wissen.
»Weil sie Mistkerle und Strohköpfe sind«, lautete Andrés' Erklärung.
Tags darauf stand in der Zeitung, daß der Pfarrer der Jakobskirche wegen Organisierens einer Kundgebung gegen das Kirchengesetz zu zwei Jahren Freiheitsentzug verurteilt worden sei und daß General Andrés Ascencio, nachdem sich seine Unschuld im Fall der Ermordung eines Urkundenfälschers lückenlos habe nachweisen lassen, nach den gebührenden Entschuldigungen wieder freigelassen worden sei.
Den Kochkurs wollte ich trotzdem nicht mehr besuchen. Als Andrés schließlich fragte, warum ich nicht mehr hinginge, erzählte ich, wie ich von den anderen schief angesehen worden sei und was ich alles habe erdulden müssen. Er zog mich an sich und gab mir einen Klaps auf den Po. »Siehst klasse aus«, sagte er. »Warte ab, bis ich am Ruder bin.«

Drittes Kapitel

Das Warten wurde mir lang. Vier Jahre kam und ging Andrés, wie es ihm beliebte, und er behandelte mich abwechselnd als einen Klotz am Bein oder als eine Erwerbung, die man hinterher in die Schublade steckt, oder auch wieder als die Liebe seines Lebens. Ich wußte am Abend nie, woran ich am nächsten Morgen sein würde: ob er mit mir ausreiten oder am Sonntag mit mir zum Stierkampf gehen wollte oder ob er wochenlang nicht bei mir übernachten würde.

Er war besessen von einer Passion, die mit mir nichts zu tun hatte, er rannte Dingen nach, von denen ich nichts verstand. Für ihn war ich eine Göre. Bald war ich traurig, bald wurde ich, aus demselben Grund, überglücklich. Ich wurde zu einer Frau, die vom ärgsten Trübsinn übergangslos in schallendes Gelächter verfiel und die ständig darauf wartete, daß irgend etwas passierte. Es mochte sonst etwas sein, wenn es mich nur von meinen immergleichen Vormittagen errettete. Ich haßte die Ruhe, ja, sie machte mir Angst.

Oft fiel meine Niedergeschlagenheit auch noch mit meiner Monatsblutung zusammen. Doch dem General gegenüber durfte ich kein Wort verlauten lassen, Männer interessieren sich nicht für solche Sachen. Mir war die Blutung nicht peinlich, darin war ich anders als meine Mutter, die nie davon sprach und mir eingeschärft hatte, die roten Lappen nur zu waschen, wenn mich niemand sehen konnte.

Bei den Pueblaer Frauen trug die Periode einen Männernamen, Pepe Flores.

›Mein Gott, sind wir scharf darauf, daß uns dieser Pepe Flores über den Weg läuft oder irgendwas anderes‹, dachte ich manchmal. ›Hauptsache, es hilft uns, die

Zeit totzuschlagen.‹ Wenn ich niedergeschlagen war, stellte ich mir oft Pepe Flores vor, träumte, daß er der Meine wäre, und dachte, wie gern ich die fünf Tage, die er allmonatlich mein Gast war, ans Meer mit ihm führe.

Zu unserem Anwesen in der Neunten Straße gehörten auch eine mächtige Esche, zwei blaue Palisander und ein Pfefferbaum. In einer Ecke dahinter stand, von Bougainvilleen überwuchert, ein lehmziegelgemauertes Gartenhäuschen. Durch dessen einziges Fenster blickte ein Stück Himmel herein, das je nach der Witterung anders aussah. Dort setzte ich mich mit untergeschlagenen Beinen auf den Boden und dachte an gar nichts.

Von Mónica hatte ich gehört, daß Anisschnaps das flaue Weh vertreibe, das während der Tage in den Beinen, in den Lenden und in den unter unserer buschigen Pelle versteckten Organen nistete. Also trank ich Anisschnaps, bis meine Wangen glühten und ich mit mir selber oder mit jedem redete, der zufällig ankam. Lauter kühne Sätze lagen mir auf der Zunge, und alles, was ich dem General schon immer mal sagen wollte, schlug ich statt dessen dem Wind um die Ohren.

Andrés war Kommandierender General im Bundesstaat Puebla, also unterstanden ihm sämtliche Armee-Einheiten im Umkreis. Ich nehme an, damals begann er zur Gefahr für die Allgemeinheit zu werden, und damals machte er auch die Bekanntschaft von Heiss und von seinen übrigen Geschäftspartnern, Vereinsbrüdern und Protegés. Die anderen verdienten schon in jener Zeit tüchtig Geld. Heiss war ein in Knöpfen und Medikamenten handelnder grölender Gringo. Er hatte sich den Posten des amerikanischen Generalkonsuls in Mexiko beschafft und in der Zeit von Carranza seine eigene Entführung inszeniert. Mit dem von der Regierung bezahlten Lösegeld kaufte er eine Näh- und Stecknadelfabrik auf

der Südachse der Fünften Avenida. Er war überhaupt ein As im Erschließen von Geldquellen. Seine Augen glitzerten beim Tüfteln. Wochenlang lief er dann in derselben Gabardinehose herum, und vor den Augen der Pueblaner, die ihn als armen Schlucker hatten kommen sehen und ihn mittlerweile mit Don Miguel ansprachen, wurde er auf diese Weise langsam zum Krösus. Er sei eben blitzgescheit, meinten die Leute und bestaunten ihn. Dabei war er nur ein gerissener Bursche.
Anfangs wußte ich nichts von ihm, ich wußte von überhaupt niemandem etwas. Andrés hielt mich wie ein Schoßtier; er plapperte Belanglosigkeiten auf mich herab, ging dreimal in der Woche mit mir ins Bett und machte mich glücklich, wenn er mir den Rücken kraulte und mich sonntags auf den Zócalo ausführte. Seit er an jenem Nachmittag verhaftet worden war, fragte ich öfter nach seinem Dienst und nach seinen Geschäften. Er mochte mir aber nichts erzählen. Stets antwortete er, er lebe nicht mit mir zusammen, um Geschäftliches mit mir zu bereden, und wenn ich Geld brauche, solle ich ihn ruhig darum bitten. Mitunter leuchtete mir das ein. Was ging es mich auch an, woher das Geld für unsere Haushaltsführung, für Pralinen und meine sonstigen Augenblicksgelüste kam.
Also verlegte ich mich auf die Suche nach einem Zeitvertreib. Ich besuchte meine Freundinnen. Ich half ihnen nachmittagelang beim Sticken und beim Plätzchenbakken. Wir lasen die Romane von Pérez y Pérez zusammen. Einmal, das weiß ich noch, zerfloß Pepa über die arme Anita de Montemar in Tränen, während Mónica und ich uns über so viel Herz und Schmerz vor Lachen bogen. Wir halfen Pepa auch beim Nähen ihrer Aussteuer. Sie sollte demnächst heiraten. Einen mundfaulen unattraktiven Spanier; mochte der Himmel wissen, warum sie den unbedingt zum Mann haben wollte. Wenn sie nicht dabei

war, zogen wir über ihn her, aber wir trauten uns nie, ihr offen zu sagen, sie sollte doch lieber den hochgewachsenen jungen Burschen nehmen, der ihr ab und zu am Ausgang der Kirche zulachte. Sie mußte eben ihren Spanier heiraten, und der entpuppte sich sofort als krankhaft eifersüchtig. So schlimm kam es, daß er aus ihrem Balkon den Boden herausbrechen ließ, damit sie nicht auf die Straße schauen konnte.

An Pepas Hochzeitstag, für den ich mir ein lindgrünes Tüllkleid gekauft und von Andrés ein ellenlanges Perlencollier geschenkt bekommen hatte, wachte ich wie gerädert auf und kam nicht aus den Federn.

Andrés stand zu seinem Training auf und memorierte auf dem Weg ins Bad, was er an diesem Tag noch alles zu tun hatte. Ich wickelte mich in die Decken und dachte, daß ich am liebsten zum Mond fahren würde. Als Kind war ich oft unter die Decken gekrochen und hatte Frau im Mond gespielt. So wandelte ich gerade auf dem Mond, als Andrés aus dem Bad zurückkam.

»Bekommst du deine Tage, oder warum machst du heute morgen ein Gesicht wie ein verendender Köter? Laß mal sehen«, sagte er. »Hast ja Kuhaugen. Es ist doch nicht etwa etwas Kleines unterwegs?«

In seiner Stimme schwang Stolz, und seine Mimik strahlte peinliche Genugtuung aus. Ich spürte, wie ich rot wurde, und zog erneut die Decken über mich und verkroch mich tief ins Bett.

»Was hast du?« fragte er. »Willst du mir kein Kind schenken?«

Ich hörte durch das Bettzeug, wie er redete, ich betastete meine größer gewordenen Brüste, und ich rechnete nach, was ich sonst nie tat, wie viele Tage seit der letzten Periode vergangen waren. Pepe Flores hatte sich schon seit drei Monaten nicht mehr bei mir blicken lassen.

Wir fuhren zur Hochzeit. Mir ging die ganze Zeit nur durch den Kopf, wie schrecklich es war, Mutter werden zu müssen, und darum bekam ich von dem Fest kaum etwas mit. Ich weiß nur noch, wie Pepa erhobenen Hauptes und mit Blumen auf ihrem vom Kopf bis zum Saum des bodenlangen Kleides reichenden Brautschleier auf den Kirchenausgang zuschritt. Schön sah sie aus. Das sagten Mónica und ich auch, als sie hinaus war, und wir drückten uns gegenseitig die Hände, um unserer Rührung Herr zu werden.

»Ich bekomme ein Kind«, sagte ich in den Hochzeitsmarsch hinein.

»Toll!« rief Mónica aus und küßte mich mitten in der Kirche.

Viertes Kapitel

Ich war siebzehn, als Verania zur Welt kam. Neun Monate lang hatte ich sie wie ein Zentnergewicht mit mir herumgeschleppt. Ich hatte miterlebt, wie vorn aus meinem Bauch ein Buckel herauswuchs, und es einfach nicht fertiggebracht, mich zur zärtlichen Mutter zu wandeln. Der erste Schlag, der mich traf, war, daß ich das Reiten und die taillierten Kleider aufgeben mußte; der zweite, daß ich solches Sodbrennen bekam, daß es mir bis zur Nase sauer aufstieg. Lamentieren war mir verhaßt, aber ebenso verhaßt war mir das Gefühl, von etwas Körperfremden in Beschlag genommen zu werden. Als es sich auch noch zu bewegen anfing und wie ein Fisch in meinem Leib herumschwamm, dachte ich, daß es gleich herausflutschen und mein Blut so lange nach sich ziehen werde, bis ich ausgeblutet wäre. An alldem war Andrés schuld, und trotzdem mochte er keine Silbe davon hören. »Mein Gott, wie Frauen sich aufspielen, wenn sie Mutter werden«, meinte er. »Ich dachte, du als Kind vom Land wärest anders. Da werden Viecher trächtig und werfen ihre Jungen doch auch ohne großes Gezeter. Außerdem bist du jung. Denk einfach nicht daran, dann werden deine Wehwehchen schon vergehen.«

Da er im Rennen um die Gouverneurskandidatur verloren hatte, saß Andrés nun untätig herum. So verfiel er aufs Reisen und fuhr im Wagen mit mir in die Vereinigten Staaten.

Ich war die ganze Fahrt über nur müde. Ich schlief sogar, wenn mir die Sonne ins Gesicht knallte und das Auto über lange Strecken auf ungepflasterten Straßen rumpelte.

»Wozu habe ich dich überhaupt mitgenommen, Cati?« sagte Andrés. »Hätte ich mal lieber eine andere Frau eingeladen. Du bekommst von der Landschaft nichts mit, du singst mir nichts vor, du lachst nicht, du bist ein Reinfall.«

Ich blieb die ganze Schwangerschaft über ein Reinfall. Andrés rührte mich, angeblich, um dem Kind nicht zu schaden, nicht mehr an, was mich noch nervöser machte. Ich konnte nicht mehr zusammenhängend denken, ich schweifte ab, ich fing mit einem Gesprächsthema an und hörte mit einem anderen auf, und ich bekam von dem, was andere erzählten, nur noch die Hälfte mit. Außerdem hatte ich eine entsetzliche Angst vor der Entbindung. Ich glaubte, ich würde danach für immer dumm bleiben. Andrés blieb öfter weg als früher. Er nahm mich nicht mehr zum Stierkampf in die Hauptstadt mit. Er ging allein aus, und ich war sicher, daß er sich an der nächsten Ecke mit einer anderen Frau traf. Einer, die vorzeigbar war, die keine Riesenbeule als Bauch hatte und keine bis zum Mund runterhängenden schwarzen Augenringe. Recht tat er. Ich wäre mit mir auch nirgendwohin gegangen. Schon gar nicht in die Stierkampfarena, wo die schönsten Frauen mit den schmalsten Taillen saßen.

Also laborierte ich an meiner Verlassenheit herum, strich mir über den Bauch und schlief ausgiebig. Nur zu meinen Eltern ging ich gelegentlich essen.

Eines Mittags lief ich, ein für Pía gekauftes Windrad blasend, über den Zócalo, als ich mit meinem Bauch und was noch so an mir dranhing, in meinen Schulfreund Pablo hineinlief. Pablo kam aus Chipilo, seine Großeltern waren aber noch aus Piemont in Italien. Darum war er fast blond und hatte tiefliegende Augen.

»Siehst du aber toll aus!« sagte er.

»Sei nicht so«, gab ich zur Antwort.

»Im Ernst«, sagte er. »Ich wußte immer, daß es dir stehen würde, wenn du ein Kind erwartest.«

Kurz, ich ging nicht zu meinen Eltern essen.

Pablo fuhr mit einem maultierbespannten Wägelchen Milch aus. Dazu mußte er in aller Herrgottsfrühe in Chipilo wegfahren. Er hieß mich aufsteigen, und wir fuhren zusammen ins Grüne. Er hofierte mich wie eine Königin. Niemand vergötterte das kommende Baby mehr als er. Nicht einmal ich. Allerdings war ich auch nicht das Musterexemplar einer liebenden Mutter. An jenem Nachmittag tummelten wir uns auf der Wiese wie Kinder. Ich vergaß sogar meinen dicken Bauch und dachte, ich hätte mir vielleicht nie etwas anderes wünschen sollen als diese schwerelose Lust am Leben. Ich stellte fest, wie grob der Stoff seiner Hose war und wie strubbelig seine Haare und wie sich seine Hände auf meiner Haut anfühlten. Jedenfalls erlöste Pablo mich während der letzten drei Schwangerschaftsmonate von meiner Unrast und ich ihn von seiner noch keinem Bordell hingegebenen Jungfernschaft. Das war das einzig Gute in der Zeit, in der ich mit Verania schwanger ging. Noch am Sonntag vor ihrer Geburt vergnügten wir uns im Heu. Danach fuhr er mich geradewegs zu meinen Eltern, weil ich das Gefühl hatte, daß Verania gleich rauskam. Zwei Tage später fand sich mein General ein, mit zwanzig roten Rosensträußen und Pralinen.

Verania war einen Monat alt und meine Brust voller Schwangerschaftsstreifen, da schneite Andrés mir mit zwei Kindern aus seiner ersten Ehe ins Haus.

Virginia war ein paar Monate älter als ich. Octavio war im Oktober 1915 geboren und somit ein paar Monate jünger. Beide standen sie plötzlich in der Tür des Zimmers, in dem ich mich gerade aufhielt. Ihr Vater stellte mich ihnen vor, und wir sahen uns alle drei stumm an. Ich hatte keine Ahnung von Andrés' Vorleben und wußte schon gar nicht, daß es Kinder in meinem Alter gab.

»Das sind meine Großen«, sagte er. »Bis jetzt waren sie

in Zacatlán bei meiner Mutter. Ich möchte aber nicht, daß sie weiterhin auf dem Land aufwachsen. Sie sollen etwas lernen, darum habe ich sie hergeholt. Ab heute wohnen sie bei uns.«

Ich nickte mehrmals stumm und zeigte dann auf die kleine Verania.

»Das ist eure Schwester«, sagte ich. »Sie heißt Verania.«

Octavio trat herzu, um sie aus der Nähe zu betrachten, und fragte, warum sie einen so seltsamen Namen habe. Ich erzählte ihm, die Mutter meines Vaters habe so geheißen.

»Deine Großmutter?« fragte er und strich Verania über die Wange.

Der Junge hatte dunkle und vertrauensvolle Augen. Er lachte, wie Andrés lachte, wenn er jemanden für sich einnehmen wollte, und er schien entschlossen, Freundschaft mit mir zu schließen. Anders Virginia, seine Schwester. Sie blieb stumm an der Tür neben ihrem Vater stehen und war anscheinend nicht gut auf mich zu sprechen. Ich fand sie häßlich, pummelig, mit Kummeraugen und dünnen Lippen. Die Brust war unscheinbar, die Hüften kantig, und was ihr am Po fehlte, hatte sie am Bauch zuviel. Ich empfand Mitleid.

Octavio und das Mädchen quartierten sich bei uns ein, und ehe wir es uns versahen, waren wir eine Familie. Vielleicht würde mir ihre Gesellschaft sogar guttun, dachte ich, wenn Andrés nicht da war.

In der Nacht überschüttete ich ihn mit Fragen. Woher kamen diese Kinder? Hatte er etwa noch mehr?

Fürs erste sollte es bei diesen beiden bleiben. Ihre Mutter hatte er Anfang 1914 kennengelernt, als er General Macías, einen alten Herrn, der nach der Ermordung Präsident Maderos durch Victoriano Huerta und dem darauffolgenden Rücktritt der verfassungsmäßigen Regierung

Gouverneur von Puebla war, nach México begleitete. Ich kannte mich nicht gut aus in den Ereignissen jener Jahre, aber Andrés erzählte sie mir in groben Zügen in der Nacht nach der Ankunft seiner Kinder.

Macías kam aus Zacatlán. Fuhrmann wie der alte Ascencio, hatte er in Puebla gegen die Franzosen gekämpft und sich Porfirio Díaz' Truppen angeschlossen. Bei Díaz brachte er es zu Bedeutung und Vermögen, und als die Revolution ausbrach, zog er sich darum in sein Heimatdorf zurück. Auf dem Gut, das er dort besaß, fühlte er sich sicher. Andrés fand bei ihm Anstellung, zunächst als Aufseher der Landarbeiter. Da er aber aufgeweckt war und sein Vater mit Macías bekannt, gewann er bald das Zutrauen seines Arbeitgebers. Als Huerta Macías das Gouverneursamt anbot, ließ der alte Fuchs sich das nicht zweimal sagen, zog nach Puebla und nahm seinen Adlatus mit sich. Doch er erkrankte schon nach halbjähriger Amtszeit. Als er sich in der Hauptstadt ärztlich behandeln lassen wollte, nahm er Andrés wieder mit. Der Bursche war ihm unentbehrlich geworden, weil er so akkurat war und ihn bewachte wie ein Hund. Andrés wußte stets, wo der Alte seine Brille liegengelassen hatte, und lernte auch bald, seine Garderobe und sogar einige seiner Konten in Ordnung zu halten. Der kranke General hielt noch drei Wochen durch, und Anfang Januar 1914 starb er, wie zu erwarten war. Andrés, ganz auf sich gestellt, verstand nicht die Bohne, was in México vorging. Auch hatte er keine Arbeit und besaß nichts als zwei Silbermünzen, die ihm der alte Macías vermacht hatte.

Aber er mochte die Großstadt. Er fand Arbeit im Kuhstall einer Molkerei in Mixcoac und harrte fortan der Dinge, die da kommen sollten. Er war schließlich achtzehn Jahre alt und nicht gewillt, auf seinem Dorf zu versauern.

In Mixcoac begegnete er denn auch Eulalia. Ein junges

Ding, nach México gekommen mit Maderos Truppen, in denen ihr Vater, Refugio Núñez, ein enthusiastischer einfacher Soldat gewesen war. Eulalia konnte den Tag ihrer Ankunft in México nicht vergessen, an dem eine vieltausendköpfige Menge den aus dem Zug springenden Revolutionssoldaten zujubelte und sie zu dem großen Platz mit dem Regierungspalast begleitete. Madero war dann in den Palast gegangen, während sie und ihr Vater mit den vielen Menschen draußen blieben und weiterjubelten.
Eulalias Vater arbeitete ebenfalls in dem Stall. Er war ein Hasser und Hoffer und hatte an seine Tochter außer dem düsteren Lächeln des Besiegten auch die Überzeugung weitergegeben, daß die Revolution bald von neuem ausbrechen und sie von ihrer Armut erlösen würde.
In der Zwischenzeit molken sie Kühe und fuhren auf einem von Andrés kutschierten Leiterwagen, vor den ein alter Gaul gespannt war, Milch zu den Kunden. Eulalia mußte nicht mitfahren, ihre Pflichten endeten beim Melken, doch ließ sie es sich nicht nehmen, mit Andrés durch die Siedlung Juárez zu fahren und an die Türen der großen Häuser zu klopfen, aus denen dann Dienstmädchen in strengen Kitteln oder gelegentlich auch weißgesichtige Damen in seidenen Hauskleidern traten, auf deren Mienen sich Weltuntergangsstimmung malte. Eulalia zeigte Andrés, welche Häuser bei dem Putsch, durch den im vergangenen Jahr Madero gestürzt wurde, in Grund und Boden geschossen worden waren. Andrés verstand dadurch zwar immer noch nicht viel, aber beim Anblick dieses Mädchens wurde er zum Anhänger Maderos. Eulalia hatte in seiner Erinnerung Octavios Augen, war zierlich gebaut und dabei kräftig und opferte ihm ihre Jungfernschaft an einem Vormittag nach ihrer Milchtour.
Ich wollte alles erfahren. Und erstaunlicherweise erzählte er mir alles.

Sie verbrachten den ganzen Tag zusammen, vom ersten Morgenlicht, wenn sie zum Melken aufstanden, bis zum Abend. An den Abenden schlürften sie Kaffee bis in die Nacht hinein und hörten von Eulalias Vater, Emiliano Zapata habe Chilpancingo eingenommen, die Revolutionäre aus dem Norden marschierten auf Torreón zu, und der Verräter Huerta habe Porfirio Díaz zum Generalfeldmarschall ernannt und ihm die Beförderung per Depesche in sein Pariser Exil gesandt.
Mochte der Himmel wissen, wie Eulalias Vater es fertigbrachte, ständig auf dem laufenden zu sein. Als in Tampico amerikanische Marines festgenommen wurden, weil sie um die Iturbide-Brücke herumstrichen, prophezeite er die Invasion von US-Truppen in Veracruz, und schon bevor Zacatecas von Pancho Villa eingenommen wurde, sah er tagelange blutige Schlachten und über viertausend Tote voraus.
Da er alles vorhersah, wußte er auch, daß Eulalia von Andrés schwanger war. Nach dem unausbleiblichen ersten Kummer prophezeite er bunt durcheinander den weiteren Kriegsverlauf und die künftige Entwicklung seines Enkels. Eulalia nahm es hin, daß sie sich durch das Kind im Bauch körperlich veränderte und langsam in die Breite ging, und stand wie bisher in aller Frühe zum Melken oder zu den Milchfahrten mit Andrés in die Stadt auf.
Mitte Juli kündigte Don Refugio Núñez gleich am Morgen die Niederlage des *Verräters* für denselben Tag an. Kaum hatte er es ausgesprochen, nahm die Abgeordnetenkammer auch schon Victoriano Huertas Rücktrittsgesuch entgegen. Auf die gleiche Art prophezeite Don Refugio danach den Fall Pueblas, dann Querétaros, Saltillos, Tampicos, Pachucas, Manzanillos, Córdobas, Jalapas, Chiapas', Tabascos, Campeches und schließlich Yucatáns.

»Heute marschiert General Obregón ein«, sagte er am 15. August. So gingen sie alle drei zu dessen Empfang auf den Zócalo.

Alvaro Obregón imponierte dem jungen Ascencio. Wenn er sich eines Tages zum Mitmachen entschlösse, dachte er, wolle er unter Obregón mitmachen. Der sah aus wie ein Sieger.

»Weil du Zapata nicht kennst«, sagte Eulalia.

»Dafür kenne ich die Indiogesichter in seinem Gefolge«, antwortete Andrés.

Sie stritten sich trotzdem nicht. Andrés sprach von ihr wie von seinesgleichen. Von keiner anderen Frau habe ich ihn jemals so sprechen hören.

Als Venustiano Carranza in México einzog und für den ersten Oktober eine gesetzgebende Versammlung aus Gouverneuren und kommandierenden Generalen einberief, wußte Don Refugio sofort, daß Villa und Zapata den alten Carranza nicht unterstützen würden. Er behielt auch diesmal recht.

Der Konvent zog aus México aus und tagte in Aguascalientes, und dort beteiligten sich auch Villa und Zapata. Ende Oktober wurde der Plan Ayala beschlossen. Als Don Refugio ahnte, daß das im Bereich des Möglichen lag, fing er an zu trinken, und als die Nachricht tatsächlich eintraf, war er schon drei Tage lang betrunken und wiederholte:

»Ich habe es euch gesagt, Kinder, *Land und Freiheit* wird gewinnen.«

»Sie können sagen, was Sie wollen«, meinte Andrés, »aber die tun schlecht daran, sich mit General Carranza zu überwerfen.«

Eulalia streichelte ihren Bauch und kochte Kaffee. Sie hörte gern zu, wenn ihr Vater mit ihrem Mann diskutierte.

Anfang November zog Carranza aus México ab und ver-

weigerte den Konventsbeschlüssen in Córdoba seine Anerkennung. Der Konvent tagte in Aguascalientes unbekümmert weiter. Er benannte einen provisorischen Staatspräsidenten und kämpfte mit den Carranza-Truppen weiterhin um jede Stellung.
Am Dreiundzwanzigsten gaben die Gringos Veracruz an Carranza zurück, doch schon am Abend des Vierundzwanzigsten rückte die Revolutionsarmee des Südens in México ein.
Am 6. Dezember setzten am frühen Morgen bei Eulalia die Wehen ein. Wichtiger als alles andere, fand ihr Vater, sei es trotzdem, auf der Avenida Reforma den Einzug der von Villa und Zapata angeführten Konventarmee mitzuerleben.
Eine gut fünfzigtausendköpfige Marschkolonne rückte hinter den beiden Revolutionsführern ein. Der Einmarsch begann um zehn Uhr vormittags und war nachmitttags um halb fünf zu Ende. Eulalia brachte auf offener Straße ein kleines Mädchen zur Welt. Ihr Vater fing es auf, wischte es ab und wickelte es in Eulalias Umschlagtuch, während Andrés danebenstand und verdattert zusah.
»Jungfrau Maria! Ay, Virgen!« war das einzige, was Eulalia zwischen Wehe und Wehe hervorbrachte. Sie stöhnte es so oft, daß Andrés, noch als Don Refugio das Neugeborene zu Hause badete, beschloß, es Virgen zu nennen. Als sie es zur Taufe brachten, sagte der Pfarrer, ein solcher Name sei nicht zulässig, und empfahl ihnen statt dessen Virginia, was ja schließlich sehr ähnlich klinge. Sie waren es zufrieden.
Sieben Tage nach der Niederkunft meldete sich Eulalia, das schmatzende Kind an der Brust und noch strahlender als im Jahr davor, lächelnd wieder im Kuhstall. Sie hatte eine Tochter, einen Mann und dazu Emiliano Zapata gesehen, was wollte sie mehr im Leben.

Andrés hingegen bekam Armut und Alltagstrott allmählich satt. Er wollte viel Geld verdienen, Befehle erteilen und selber Einzug halten, anstatt anderer Leute Einmärsche zu begaffen. Verdrossen molk er die Kühe, verdrossen fuhr er die Milch aus, und Don Refugios Vorhersagen klangen in seinen Ohren nur noch wie Unkenrufe. In ganz México befehdeten sich die Anhänger des Konvents und der Konstitution. Wurde eine Ortschaft an einem Tag von einer Partei eingenommen, so wurde sie am nächsten von der anderen Partei zurückerobert, galt an einem Tag ein Dekret, so galt schon am Tag darauf ein anderes, und von den einen wurde México und von den anderen Veracruz zur Bundeshauptstadt erklärt. Nach Andrés' Meinung hatten die Konstitutionstruppen wenigstens immer ein und denselben Anführer, während die Konventleute zu viele waren und sich nie würden einigen können.

»Du glaubst eben nicht an die Demokratie«, bemerkte sein Schwiegervater.

»Don Refugio hatte ein scharfes Auge«, sagte Andrés zu mir, »er hat mich schon damals durchschaut. Warum sollte ich auch an die Demokratie glauben. Leutnant Segovia sagte ganz richtig: Demokratie ohne lenkende Hand ist keine Demokratie.«

Anfang Januar waren in México noch die Männer des Konvents am Ruder, schon Ende des Monats aber rückte abermals Alvaro Obregón in die Stadt ein. Unter den Konstitutionalisten raste ein Sturm über die Stadt und riß alle elektrischen Laternen um, so daß auf Méxicos Straßen finstere Nacht herrschte. Auch viele Bäume barsten, und von Andrés', Eulalias und Don Refugios Schuppen wurde um Mitternacht das Dach abgerissen, so daß sie im Kalten saßen. Eulalia mußte lachen, als sie sich unvermittelt unter freiem Himmel wiederfanden, und Don Refugio hielt einen Vortrag über das mit der Armut verbundene Unrecht, mit dem die Revolution eines Tages aufräumen würde. Der junge Ascencio aber fluchte den Rest der Nacht und schwor sich, alles in Kauf zu nehmen, wenn er dafür nur nicht mehr als brotloser Untermieter bei anderen Leuten wohnen müßte.

Er half nun nachmittags bei einem spanischen Priester aus, dem Gemeindepfarrer von Mixcoac. Zu seinem Leidwesen war es mit dieser Arbeit allerdings schnell wieder aus. Obregón erlegte dem hauptstädtischen Klerus eine Steuerzahlung von fünfhunderttausend Pesos auf und ließ sämtliche Geistlichen, da sie sie nicht erbringen konnten, in sein Hauptquartier schaffen. Andrés begleitete seinen steinreichen Pater José dorthin und hörte ihn bei der Madonna von Covadonga schwören, er besitze keinen Centavo. Darauf verfügte Obregón, daß mexikanische Geistliche in Haft bleiben sollten, alle Ausländer aber unter der Bedingung freikämen, daß sie Mexiko verließen. Padre José brauchte keine drei Tage, um seinen Schäflein ade zu sagen und mit einem Koffer voll Gold in Richtung Hafen Veracruz zu verschwinden. In Andrés' Händen jedenfalls wog der Koffer schwer wie Gold, denn er schleppte ihn für den Pfarrer zum Bahnhof.

Ansonsten verschlimmerte sich die Lage täglich. Selbst die Kühe gaben weniger Milch, sie magerten ab, und sie fraßen schlechter. Eulalia und Andrés liefen die ganze Stadt nach Brot und Kohle ab, kehrten oft mit leeren Händen heim und hatten ebenso oft nicht einmal dafür Geld.

Zur Verbesserung von Don Refugios und seiner Tochter Ernährungssituation marschierte im März die Armee des Südens hinter dem in der Nacht geflohenen Obregón erneut in México ein. Der Präsident des Konvents und die Mehrzahl der Delegierten stießen alsbald dazu.

Eulalia und ihr Vater schöpften nun zwar neue Hoffnung, Andrés konnten sie damit aber nicht mehr anstekken. Zu allem Überfluß war Eulalia auch noch ein zweites Mal schwanger. Die Molkerei zahlte ihren Lohn nur unregelmäßig, zog ihnen aber penibel die kleinste Fehlzeit ab. So konnten Andrés die illusionären Hoffnungen seiner Frau gestohlen bleiben, und am liebsten wäre er überhaupt auf und davon gegangen. Zwanzig Jahre später wunderte er sich, warum er damals nicht tatsächlich gegangen war.

Eulalia war überzeugt, die Herren vom Konvent wüßten einfach nicht richtig, wie schwer es die Bevölkerung hatte. Darum ging sie ohne zu zögern mit, als sie hörte, die Menschen planten, sich mit leeren Einkaufskörben und dem Ruf nach Mais vor dem Parlament zu postieren. Andrés wollte sich ihr zuerst nicht anschließen, als er sie aber, das Kind auf den Rücken gebunden, mit erwartungsfrohem Gesicht in der Tür stehen sah, trottete er ihr nach.

»Mais! Brot!« gellte die Menschenmenge, leere Körbe und hungrige Kinder hochhaltend. Während seine Frau fleißig mitbrüllte, verfluchte Andrés sich für seine Dummheit und brabbelte, auf diesem Weg würden sie ohnehin nichts erreichen.

Ein Abgesandter des Konvents meldete der Menge, man werde für fünf Millionen Pesos Grundnahrungsmittel einkaufen.

»Ich hab's dir ja gesagt, wir bekommen Essen in Hülle und Fülle«, triumphierte Eulalia am nächsten Tag, den Einkaufskorb unterm Arm, in der Haustür, ehe sie loszog, ihren Teil von dem Billigmais zu ergattern, dessen Verkauf der Präsident im Hof der Bergakademie angeordnet hatte. Dieses Mal ging Andrés nicht mit. Er sah ihr nach, wie sie sich, das Mädchen auf dem Arm, mit ihrem sich abermals rundenden Bauch entfernte. Noch immer leistete sie sich, obwohl abgemagert und mit schwarz umränderten Augen, den Luxus ihres Lächelns.

Meine Frau ist vielleicht dabei, den Verstand zu verlieren, überlegte er, während er, an einem Zigarettenstummel ziehend, auf der Erde hockte.
Als es Nacht wurde und Eulalia immer noch nicht zurück war, machte er sich nach ihr auf die Suche. Vor der Bergakademie stieß er zwar auf Soldaten, die herumliegende Schuhe und Einkaufskörbe zusammenfegten, entdeckte aber kein einziges Maiskorn. Zum Maiskauf hatten sich über zehntausend Menschen eingefunden und um jede Handvoll erbittert gekämpft. So hatten sich Strudel gebildet, Menschen wurden zu Boden getreten. In dem Gedränge waren zweihundert wegen der Hitze oder aus Atemnot in Ohnmacht gefallen und in Rote-Kreuz-Wagen abtransportiert worden.
Andrés fahndete in dem alten Rote-Kreuz-Krankenhaus nach Eulalia. Er fand sie auf einem Notbett, neben sich das zerschundene Mädchen und, als sie seiner gewahr wurde, ihr nie verfliegendes Lächeln in den Augen. Sie brachte kein Wort hervor, sondern öffnete die geballte Faust und ließ ein Häufchen Maiskörner sehen. Als er sie entsetzt anstarrte, öffnete sie auch die zweite Faust und sagte:
»Ich hab noch mehr.«
Kurz danach zahlte ihnen die Molkerei zehn Pesos aus, und mit diesem Reichtum zogen sie zum Lebensmitteleinkauf in die Markthalle San Juan. Als sie hinkamen, war es fast zwölf. Die meisten Verkaufsstände hatten schon geschlossen. Nur vor einem Brotladen schob und drängelte noch ein Pulk Frauen.
»Da müssen wir hin«, sagte Eulalia und schob mit der ganzen Kraft ihres schmächtigen Körpers mit.
Plötzlich splitterte der Bretterverschlag, die vom Hunger angepeitschten Frauen stürmten in den Laden, fielen über die Brote her, prügelten sich darum und schaufelten, soviel sie konnten, in ihre Körbe. Andrés sah zu, wie sie

wühlten und grabschten, sah, wie der Bäcker, ein alle überragender Spanier, zu verhindern suchte, daß die Frauen seine Ware, ohne zu bezahlen, forttrugen, sah, wie er mit ihnen rang und in ihre Körbe griff, um ihnen das Geraubte wieder abzunehmen, sah auch, wie er von einer Frau, die ein ganzes Blech Brötchen in ihren Korb geleert hatte und in deren Zöpfe er sich verkrallte, zunehmend weiter vom Ladentisch fortgezerrt wurde.

Es war nicht viel Geld in der unten im Regal versteckten Kassette, doch Andrés nahm es rasch an sich und suchte nach Eulalia in dem Gewühl tuchumschlungener, armeschwenkender, inzwischen schon Krümel auflesender und Beutestücke verschlingender Frauen. Er boxte sich zur Tür durch und rief von dort nach ihr. Sie riß einen Arm hoch, biß demonstrativ in einen Brotlaib und lachte mit einem Mund, der von Krümeln gesäumt war. So arbeitete sie sich zu ihm durch, der sie sofort an der Hand nahm und mit ihr loslief.

»Hast du denn gar nichts eingesteckt?« fragte Eulalia, die nicht verstand, warum sie das Fest gerade, wo es am schönsten war, verließen. Andrés gab keine Antwort, er ließ sie auf dem Rückweg zur Molkerei ihr Anisbrötchen mampfen und dabei schimpfen, eine taube Nuß und lahme Ente wie er bekäme keinen Bissen ab von ihren Broten. Don Refugio hatte das Kind unterdessen gehütet und schaukelte es in seiner mit Stricken an der Decke aufgehängten, aus Sackleinen genähten Wiege. Eulalia lief beglückt ins Haus und hielt dem alten Propheten ihren Einkaufskorb voller Brote entgegen. Andrés ließ die beiden lachen und sich um den Hals fallen; er überlegte, ob er das Geld nicht für weniger segensreiche Tage verwahren sollte. Da Eulalia aber unablässig auf ihm herumhackte, holte er alles Geld, das er hatte wegstecken können, aus den Taschen.

»Oh, sind da viele Pesostücke dabei«, jubelte Eulalia, Münzen in die Luft werfend.
Noch am Nachmittag mußte sie sich einen neuen Rebozo kaufen, überredete Andrés und Don Refugio, sich neue Hemden zu leisten, nahm für das Mädchen eine mit glänzendem Satin abgepaspelte Mütze, und der Rest wurde für Zucker, Kaffee und Reis ausgegeben. Andrés konnte mit Mühe und Not fünfzehn Pesos beiseite legen.
»Das sind fünf mehr, als wir heute morgen hatten«, murmelte Eulalia, bevor sie einschlief.
Als sie erwachten, donnerten Geschütze in so großer Nähe, daß sie sich überlegten, die im Stall verbliebenen acht mageren Kühe heute lieber nicht zu melken. Doch Eulalia wollte unbedingt eins ihrer Brötchen in einen Eimer frisch gemolkener Milch tunken, schlug die Warnungen ihres Vaters in den Wind und lief noch früher als sonst nach draußen.
Den ganzen Tag donnerten die Kanonen. Andrés und Eulalia fuhren ihre spärliche Milch in die Siedlung Juárez, aber es kam kein Mensch auch nur an die Haustür. Keine Straßenbahnen, keine Autos fuhren auf den Straßen, die Geschäfte waren geschlossen, und nur wenige Menschen wagten sich aus ihren Behausungen.
Am Nachmittag zogen die letzten Truppen des Konvents ab, und am nächsten Morgen rückten die ersten Kolonnen der Konstitutionsarmee in die Stadt ein. Weitere kamen zwei Tage später nach und zusammen mit ihnen ein neuer Ortskommandant, ein neuer Polizeipräsident und ein neuer Gouverneur für die Hauptstadt.
Eulalia ging mit einem Pesoschein Schmalz kaufen und mußte sich im Laden sagen lassen, daß ihr Papiergeld nichts mehr wert sei. Unverrichteter Dinge heimgekehrt, wütete sie gegen Andrés, weil der nicht alles auf einmal hatte ausgeben wollen. Ihre Wut war so groß, daß sie daran ging, die verbleibenden Geldscheine zu verbren-

nen, doch zum Glück prophezeite ihr Vater die Wiederkehr der Konventanhänger und nahm ihr das schon auf der Platte knisternde Geld weg.
Eulalia wurde zunehmend blaß und freudlos. Andrés meinte, es läge an der Schwangerschaft, aber Don Refugio argumentierte, das Jahr zuvor sei sie ja auch nicht so gewesen.
»Es soll ja bei jedem Kind anders sein«, sagte Eulalia, wenn die beiden stritten.
Fünf Tage später eroberten die Konventanhänger die Stadt zurück. Eulalia hatte es kaum vernommen, da lief sie mit ihren Papierpesos auch schon in den Laden, in dem man ihre Annahme zuvor verweigert hatte.
Sie bekam zwei Kilo Reis dafür, ein Kilo Mehl, zwei Kilo Mais, ein Kilo Zucker, ein Kilo Kaffee und sogar noch eine Schachtel Zigaretten.
Als erneut die Konstitutionalisten einzogen und Don Refugio weissagte, sie würden so schnell nicht wieder abziehen, ließ Eulalia die Augen stolz über ihre bescheidenen Vorräte wandern.
Carranza war einen Monat in der Stadt und seine Regierung hatte inzwischen sogar schon die Anerkennung der Vereinigten Staaten, als Eulalia einen Jungen gebar, der so helläugig wie Andrés war und so altklug und unbeirrbar wie sie selber lächelte. Don Refugio war ganz verklärt vor Glück. Er konnte sich kein untrüglicheres Zeichen für den künftigen Wohlstand, dem er beharrlich nachlief, vorstellen als diesen Jungen. Bevor irgend jemand einen anderen Vorschlag machen konnte, gab er ihm den Namen Octavio.
Virginia war erst ein knappes Jahr alt und rückte über Nacht an die zweite Stelle. Ihre Mutter und ihr Großvater waren zu sehr mit dem Wunder des hinzugeborenen neuen Mannsbilds und ihr Vater mit dem schnellsten und sichersten Weg aus der Misere beschäftigt, als daß einer

mehr als einen Blick für ihre ersten Gehversuche übrig gehabt hätte.
Andrés zuckelte mit der Milch nach dem Melken jetzt allein durch die ihm allmählich sauberer und sogar erfreulicher vorkommende Stadt.
Eines Tages bat ihn der Molkereibesitzer, bei einer neuen Behörde namens ›Abteilung für Preisgestaltung‹ vorzusprechen und sich, damit er seine Ware nicht zu billig abgäbe, nach dem voraussichtlichen neuen Milchpreis zu erkundigen. Andrés glaubte Gespenster zu sehen, als er hinter dem Informationsschalter seinen einstigen Spielkameraden Rodolfo aus Zacatlán erkannte. Obwohl er in keiner Schlacht mitgefochten hatte, war er im Rang eines Sergeanten mit der Ostarmee in México eingezogen.
Dafür war er Zahlmeister gewesen und bedurfte als solcher, um respektiert zu werden, ebenfalls eines Dienstgrads. Er war zwei Jahre älter als Andrés, und die beiden hatten sich über vier Jahre nicht mehr gesehen. Früher hatte Andrés den Kameraden immer für einen Trottel gehalten, da er ihm nun aber so ordentlich gekleidet und so wohlgenährt wie einst an Mutters Tisch begegnete, kamen ihm doch Zweifel an seinem Urteil. Sie begrüßten sich, als hätten sie einander am Abend zuvor zum letzten Mal getroffen, und verabredeten sich für später zum Essen.
Andrés kam erst zu weit vorgerückter Stunde zurück nach Mixcoac in den heimischen Schuppen. Auf den Vorwurf seiner Frau, daß er nicht vorher gesagt habe, wie spät er komme, antwortete er mit der Geschichte vom einstigen Schulfreund, der es zum Sergeanten gebracht hätte, und der Versicherung, daß er nun bald eine gutdotierte Stelle bekäme.
Don Refugio zwirbelte seinen Schnurrbart und sagte zu seiner Tochter:
»Siehst du, ich hatte recht. Er war nicht auf Abwegen.

Dein Mann wird gut fahren mit denen aus dem Norden. Wenigstens etwas an deren Sieg, das mich nicht ärgert.«
»Wir machen ihn zu Octavios Patenonkel«, schlug Andrés vor.
Eulalia entfaltete wieder ihr unbesiegbares Lächeln und legte sich zu ihrem kleinen Sohn ins Bett.
»Sie sagt, sie fühlt sich erschöpft«, teilte Don Refugio mit. »Und wenn sie das sagt, heißt es, daß sie stirbt.«
Leider behielt Don Refugio auch mit dieser Prophezeiung recht. Die seit Monaten in der Stadt grassierende Typhusepidemie hatte auch in der Mixcoacer Hütte Einzug gehalten, und Eulalia wurde ihre Beute.
Innerhalb von acht Tagen verging ihr das Lachen. Sie sprach keine drei Silben mehr, ihr ganzer Körper glühte, und er strömte einen widerwärtigen Geruch aus. Andrés und Don Refugio setzten sich zu ihr und sahen ihr beim Sterben zu und rührten sich einzig, um nasse Tücher auf ihre Stirn zu legen. Typhus war unheilbar, das wußte auch Eulalia, und in ihren letzten Tagen wollte sie ihnen keinen Kummer machen. Sie beschränkte sich darauf, dankbar zu ihnen aufzublicken und hin und wieder zu lächeln.
»Mach's gut«, sagte sie zu Andrés, ehe sie in ihr letztes Fieber und in ihr letztes Schweigen sank.

Fünftes Kapitel

Mehrere Jahre lang glaubte ich jedes Wort in dieser rührenden, dramatischen Geschichte. Ich ehrte Eulalia, ich gedachte ihrer, ich versuchte wie sie zu lächeln, und an unzähligen Abenden beneidete ich sie auch, weil mein General ihr ein so schlichter und anhänglicher Liebhaber gewesen war. Bis er als Kandidat für das Gouverneursamt von Puebla benannt wurde und die Opposition uns ein belastendes Schriftstück zuspielte, dem zufolge Andrés bei Victoriano Huerta diente, als der von der Regierung Madero abfiel.

»Dann stimmt deine Milch- und Molkestory also gar nicht«, sagte ich, als er ins Haus trat, und reichte ihm die Flugschrift.

»Wenn du lieber meinen Feinden als mir glaubst«, antwortete er, »haben wir uns nichts mehr zu sagen.«

Das verräterische Blatt Papier in den Händen, starrte ich stundenlang hinaus in den Garten. Ich hörte nicht eher auf zu grübeln, als bis Andrés sich, seine Hosenbeine vor meinen Augen und von oben herabblickend, vor meinem Sessel aufpflanzte und fragte:

»Na, was nun? Willst du etwa nicht Gouverneursfrau werden?«

Ich sah zu ihm auf, wir lachten beide, ich nickte und gab meine Bemühungen auf, ihm eine ehrenvolle Vergangenheit zuzulegen. Gern wollte ich Gouverneursfrau werden, und wie gern! Seit fünf Jahren war ich ausschließlich mit Kochen, Stillen und Poabwischen beschäftigt. Ich hatte es satt. Nach Verania war Sergio zur Welt gekommen. Kaum hatte er losgeplärrt und ich gespürt, daß ich den Mühlstein im Bauch los war, hatte ich mir geschworen, daß dies das letzte Mal sei. Dabei wurde ich zunächst einmal eine abgöttisch liebende Mutter, um die Andrés

eher einen Bogen machte. Er war zu der Zeit Kommandant des Militärbezirks, haßte den amtierenden Gouverneur und tat sich mit Heiss zusammen. Eigentlich hätte er damit ausreichend Beschäftigung gehabt, doch fuhr er zusätzlich noch oft nach México zu Rodolfo, dem Taufpaten seines Erstgeborenen, der seit kurzem zum stellvertretenden Minister avanciert war. Schließlich wurde Rodolfos Vorgesetzter, General Aguirre, zu beider Beglükkung zum neuen Präsidentschaftskandidaten gewählt.
Andrés begleitete den Kandidaten auf seiner gesamten Rundreise durchs Land. Er war so lange auswärts, daß Octavio und ich ihn nicht informieren konnten, als Virginia uns eines Nachmittags, statt vom Garnkaufen zurückzukommen, verlorenging. Wir erstatteten Anzeige bei der Polizei, suchten viele Tage lang nach ihr und erfuhren nie, was aus ihr geworden war. Als ihr Vater zurückkam, nahm er ihr Verschwinden wie einen unvermeidlichen Todesfall hin.
Daß er noch mehr Töchter hatte, erfuhr ich erst, als er zum Gouverneurskandidaten gekürt wurde. Da erachtete er es für nötig, den guten Vater zu spielen, und tauchte mit vier weiteren Mädchen, der fünfzehnjährigen Marta, der dreizehnjährigen Marcela und den zwei Zwölfjährigen, Lilia und Adriana, bei mir auf.
Adriana und Lilia waren Zwillinge, ihre Mutter eine Novizin aus dem Kapuzinerkloster in Tlalpan, das Andrés in der Zeit der Kirchenverfolgung zwecks Schließung mit der Armee heimgesucht hatte. Lilia hatte es mir vom ersten Augenblick angetan. Ihre Haare waren braun, und sie hatte riesengroße Augen, mit denen sie alles neugierig erforschte. Bei meinem Anblick fragte sie, ob ich die Frau ihres Vaters sei, und als ich es bejahte, nannte sie mich nur mehr Mama. Adriana hingegen war eine in sich Gekehrte und vermochte sich bei uns nur mit Mühe über Wasser zu halten.

Verania war zu der Zeit vier und der von uns Checo genannte Sergio drei Jahre alt. Wenn wir Octavio mitzählten, hatten wir, als wir in das Haus auf dem Berg Loreto umzogen, insgesamt sieben Kinder. Das Haus stand am Hang, aber nicht an der Zufahrtsstraße, so daß man einen Umweg fahren und in enge Seitengäßchen einbiegen mußte, in denen man dann auf einmal vor einer um das ganze Quadrat herumreichenden dornenüberwucherten Mauer stand. Hinter Mauer und Garten versteckt lag das Haus. Es hatte vierzehn Zimmer, einen Patio in der Mitte, drei Stockwerke und mehrere Salons. An die Mühe mag ich gar nicht mehr denken, die es kostete, das alles einzurichten und zu möblieren.

Ich hängte soeben die letzten Bilder auf, als rund zweihundert Gewerkschafter von der CROM an der Pforte klingelten, um den frischgebackenen Gouverneurskandidaten ihrer Unterstützung zu versichern. Danach kamen alle, angefangen von Landarbeitern über Heiss und eine Abordnung spanischer Textilarbeiter bis zu Mariachi-Musikanten. Bedenkenlos platzte der festliche Aufmarsch in unsere Räume. Ich mußte das Kommando über einen ganzen Trupp von Kellnern und sonstigen dienstbaren Geistern übernehmen, den mir Andrés' Adjutanten in die Küche beordert hatten. Die Fresserei ging schon mit dem Frühstück los und nahm kein Ende. Überall im Garten wurden Tische aufgestellt, und binnen zwei Wochen wandelte ich mich von der geruhsamen Mutter, die außer der Versorgung zweier Kleinkinder keine weiteren Pflichten hat, zur Gebieterin über vierzig Dienstboten, die darüber hinaus auch das Geld so einteilen mußte, daß täglich fünfzig bis dreihundert Menschen bei uns speisen konnten.

Die Kinder fielen Betreuerinnen aus den Bergen in die Hände, die unentwickelter waren als sie selber, und bei meinem pausenlosen Gerenne bekam ich sie kaum noch zu sehen. Glücklicherweise zog meine Schwester Bárbara zu mir und mauserte sich auf elegante Weise zu meiner Privatsekretärin.

In jenem Jahr bekamen die Frauen in Puebla vom dortigen Parlament das Wahlrecht, was allerdings einzig Carmen Serdán und eine Handvoll Lehrerinnen bejubelten. Andrés ließ den bedeutenden Anteil der Frauen an den politischen und revolutionären Kämpfen dennoch in keiner Rede aus. Eine Ansprache in Cholula begann er damit, daß Frauen mit der Frage an ihn herangetreten seien, was sie zur Revolution beitragen könnten, und er wollte ihnen geantwortet haben, schon der mit den einfachen Menschen auf so vertrautem Fuß stehende General Aguirre habe einmal geäußert, Mexikos Frauen müßten sich unter anderem darum zusammenschließen, um vereint für die Rechte der Arbeiter- und Bauersfrauen und die Gleichberechtigung in der Ehe einzutreten. Seitdem glaubte ich kein Wort mehr von Andrés' Reden. Drei Tage später tönte er dann auch noch voller Inbrunst von den positiven Erfahrungen, die man mit den bäuerlichen Genossenschaften gemacht habe, und noch am selben Abend stieß er mit Heiss auf die erfolgreich bewerkstelligte Rückgabe von dessen anhand des Nationalisierungsgesetzes enteigneten Ländereien an. Er log so schamlos, daß die Leute auf einer Kundgebung in der Stierkampfarena mit Fug und Recht in Zorn gerieten und Feuer an die Sitzplätze legten. Es gab viele Verwundete. Einzig in Juan Sorianos Zeitung fanden sie überhaupt Erwähnung.

Nach diesem blutigen Vorfall war fürs erste Schluß mit den innerstädtischen Jubelveranstaltungen, statt dessen klapperten wir nun die Provinz ab. Mit einem ganzen Troß Köchinnen, Kindern und Kindermädchen reisten wir von einem Dorf zum anderen und hörten uns an, wie die Bauern Ackerland, Gerechtigkeit und Wunderwerke

forderten. Nichts, was sie sich nicht gewünscht hätten. Das reichte von Eseln, Krediten, Saatgut oder Schulen über Dachziegel für ihre Häuser bis zur Heilung eines an Kinderlähmung erkrankten Kindes. Mir machte die Tingelei Spaß. Ich fuhr gern durch staubige Dörfer wie San Marcos, aber mehr noch gefiel mir die Fahrt durch die Sierra bis hinauf nach Coetzalan. So üppigen Pflanzenwuchs hatte ich noch nie gesehen: Berge über Berge voller Kräuter und Sträucher, die sogar auf den Felsen wuchsen, und Schluchten, in denen das Grün bis ins Bodenlose hinabfiel. In Coetzalan trugen die Frauen lange weiße Kleider, flochten sich bunte Wollfäden in die Haare und steckten ihre Zöpfe dann um den Kopf fest. Nicht zu fassen, wie sie zwischen den Pfützen und den Steinen balancierten und dabei nicht einmal ihren Rocksaum benetzten. Die Frauen waren klein, nicht größer als Lilia mit ihren zwölf Jahren, und sie schleppten dennoch große vollbeladene Körbe und dazu noch mehrere Kinder. Am Eingang des Dorfes hatten nicht viele Menschen auf uns gewartet, und zur Erklärung hieß es, die ortsansässigen Bauern hätten für die Partei nichts übrig und sie fürchteten sich auch vor Wahlen, weil es da immer zu Schießereien käme und Tote zurückblieben. Darum bangten sie vor der Ankunft des Kandidaten und legten keinen Wert auf seine persönliche Bekanntschaft.
Andrés ließ seine Wut an den Wahlkampfmanagern aus. Sie kämen immer erst wenige Tage vor uns in die Ortschaften, schimpfte er, sie seien Hornochsen, wenn nicht Schlimmeres, und den Boden mit der Reitgerte peitschend, drohte er ihnen, sie umzulegen, wenn sie die Einwohner nicht auf den Dorfplatz bekämen.
Ich stieg aus dem Bus und nahm die Kinder mit, denn sie wollten über die kopfsteingepflasterten Dorfstraßen laufen, sich die Kirche anschauen und in der Markthalle gepfefferte Orangen essen. Ich ging mit ihnen, wohin sie

Lust hatten, nur um von Andrés' Gebrüll wegzukommen.

Octavio spielte den Anführer, um seinen Schwestern zu imponieren. Er fand sie wunderschön und konnte sich an den Gedanken nicht gewöhnen, daß jemand wie Marcela mit ihm verwandt sein sollte. Bei jeder Gelegenheit faßte er sie an der Hand, half ihr über Steine hinweg, war ganz der Ihre. Als ich sie so gehen sah, stellte ich mir vor, wie hübsch Marcela in so einem Indiofrauenkleid aussehen würde. Ich organisierte unser aller Einkleidung. Doña Remigia, die Frau des örtlichen Parteivorsitzenden, trieb die Sachen für uns auf und half uns beim Anziehen. Die Röcke kamen von ihr und ihren Schwestern, ebenso die bunten Fäden. Sogar für die kleine Verania schaffte ich eine weiße Huipil, eine knielange bestickte Bluse, heran. In diesem Aufzug gingen wir zur Plaza zurück, auf der Andrés vor den wenigen Schaulustigen, die sich inzwischen eingefunden hatten, gerade zu einer Rede ansetzte. Wir konnten beim Gehen mit Mühe die zopfbesteckten Köpfe gerade halten und boten überhaupt einen merkwürdigen Anblick, aber wir gefielen den Dorfbewohnern, die schon bei unserem Gang durch die Markthalle hinter uns herzulaufen begannen. Als wir auf den Platz kamen, brachten wir das Dreifache dessen an Zuhörern mit, was Andrés' Publikumszutreiber hatten zusammentrommeln können. Wir stellten uns neben Andrés, und der fand folgenden Redeanfang: »Verehrte Bürger von Coetzalan, das ist meine Familie. Eine Familie, so schlicht wie eure, in der alle zusammenhalten. Die Familie ist unser teuerster Besitz, und ich kann Ihnen versprechen, meine Regierung wird dafür wirken, daß ihr auch die gehörige Zukunft gesichert wird.«

In dem Stil ging es weiter, während wir reglos lauschten. Nur Checo nahm ständig seinen Hut ab und setzte ihn wieder auf und wuselte zwischen unseren Beinen. Octavio nutzte die Chance, seiner Schwester Marcela den Arm um die Taille zu legen, und nahm ihn da bis zum Schluß der Rede über die einige Familie nicht mehr weg.

Von Coetzalan ging es durch die Berge hinab in Andrés' Heimatdorf Zacatlán. Von Zacatlán hatten ihn die vorrevolutionären Ortspotentaten, die Familien Delpuente und Fernández, einst als verbitterten armen Schlucker ausziehen sehen, und sie konnten es nun nicht verwinden, daß er wiederkam, um über sie zu regieren.

Am Nachmittag unserer Ankunft hatte ein Herr sich im Friseurladen rasieren lassen, und von seinem Nebenmann gefragt, ob er sich für den Empfang General Ascencios feinmache, hatte er geknurrt:

»Der und General? Der ist und bleibt für mich der Sohn eines Fuhrmanns. Ich ziehe doch den Hut nicht vor Hungerleidern.«

Der Mann erschien nicht zu dem Lunch, den die Honoratioren des Orts am Mittag darauf für uns gaben. Mein General erkundigte sich angelegentlich nach ihm und bedauerte es sehr, daß er uns nicht Gesellschaft leiste. Als wir uns von der Tafel erhoben, sagte man uns, er sei am Morgen von einem Betrunkenen erstochen worden.

Ansonsten verlegte Zacatlán sich aufs Feiern. Es gab ein Feuerwerk, und die Nacht wurde durchgetanzt. Andrés umwarb mich, als verzehre er sich nach mir, und war mir für meinen Auftritt in Coetzalan dankbar. Er war glücklich.

Auch seine Mutter, die ich bisher nur dreimal und immer spröde erlebt hatte, taute auf und tanzte ausgelassen und unersättlich, als hätte sie durch ihren Sohn Würde und Lebenslust wiedergewonnen.

Doña Herminia war eine schlanke Person mit vorstehendem Kinn und tiefliegenden Augen. Ihre schütteren weißen Haare waren hinten zu einem ziemlich einfallslosen

Knoten gesteckt. Sie hatte sich lange damit abgefunden, daß sie sich einschränken mußte, doch als ihr Sohn zu einem bedeutenden Mann aufgestiegen war, gewöhnte sie sich schnell an das gute Leben. Aus Zacatlán wollte sie niemals fort.
Andrés hatte ihr ein Haus am Markt gekauft. Es hatte eine Steinfassade und an den Balkonen von den Vorbesitzern aus Frankreich mitgebrachte schmiedeeiserne Geländer. Für jedes verheiratete Kind und für jedes Enkelkind war ein Zimmer im Haus eingerichtet. Wozu, wußte keiner, denn da Doña Herminia nicht ausgesprochen warmherzig war, kamen die Enkelkinder sie selten besuchen. Von den Söhnen, die ständig durch die Weltgeschichte kutschierten und sich wichtig taten, gar nicht erst zu reden. Nur Andrés fuhr gelegentlich gern für kurze Zeit nach Zacatlán. Er kroch dann in das Haus aus Quadern, um sich von seiner Mutter verwöhnen zu lassen, wie sie ihn als Kind nie hatte verwöhnen und verhätscheln können. Ich hielt mich fern, ich wollte die Idylle der beiden nicht stören. Auch mochte ich Zacatlán ohnehin nie, es regnete da ständig, und das stimmte mich düster.

Selbst in das letzte Kuhdorf fuhren wir. Andrés war der erste Gouverneursanwärter, der eine solche Taktik verfolgte. Es blieb ihm auch nichts anderes übrig, weil auch Aguirre als erster Anwärter auf die Präsidentschaft durch ganz Mexiko gereist war.
Ich genoß die Wahlkampagne. Mochte der General auch damals schon selbstherrlich sein, mir stand er noch nahe, ich konnte noch einen normalen Menschen in ihm sehen. In Unterhaltungen kam er noch nicht aus dem Konzept, zwischendurch küßte er eine seiner Töchter, mich fragte er allabendlich vor dem Zubettgehen, ob er es richtig gemacht habe, ob ihm meiner Meinung nach die Men-

schen gewogen waren, ob er ankomme und ob ich bereit sei, ihm bei der Mühsal des Regierens zur Seite zu stehen.
Einmal versuchte er es General Aguirre gleichzutun und sich die Beschwerden der Bauern ebenfalls Stunden über Stunden anzuhören. Das war in Teziutlán, einem Ort in den Bergen wie andere. Ein Podest wurde aufgestellt, die Indianer stiegen zu ihm hinauf und klagten ihm dort ihre Sorgen. Es fehlte ihnen an Pflugochsen, irgendein Kerl nehme ihnen das von der Revolution zugeteilte Land wieder weg, sie seien bei der Landvergabe durch die Revolution leer ausgegangen, sie wollten doch nicht, daß ihre Kinder so aufwachsen müßten wie sie selber. Ihr ganzes Leben breiteten sie vor ihm aus und wünschten sich von ihm alles, was man sich nur denken konnte, als wäre er Gott. Länger als einen Tag hielt Andrés diese Tortur nicht aus. Am nächsten Morgen schimpfte er unflätig auf General Aguirres alberne Unsitten und fragte mich aus dem Bad, ob ich nicht auch meine, daß jeder nach seiner eigenen Methode verfahren müsse. Ich gab ihm natürlich recht. Die Kundgebungen wurden kürzer, in Tehuacán dauerte sie sogar nur eine Stunde. Danach fuhren wir nach El Riego, ein Landgut mit Thermalwasserbassin, auf dem auch General Aguirre gelegentlich ausspannte, zum Baden.

Endlich war Wahltag. Ich gab meine Stimme zusammen mit Andrés ab. Tags darauf war ein Bild von uns in der Zeitung, Hand in Hand vor der Urne. Einen zweiten Mann gab es nicht zu wählen, darum verliefen die Wahlen zwar nicht gerade unter Massenbeteiligung, aber friedlich. Ja, an diesem Sonntag waren die Straßen fast ausgestorben, die Leute gingen in aller Frühe zur Messe und verdrückten sich dann schön unauffällig in ihre Häuser. Zur Wahl gingen vor allem die Gewerkschafter von

der CTM und deren verbeamtete Funktionäre. Vielleicht noch die eine oder andere verirrte Seele, sonst aber auch niemand. Allerdings waren es genug, um Andrés zum Einzug in den Gouverneurspalast und zu einer legitimierten Amtsübernahme zu verhelfen.
Heute kommen mir gelegentlich Behauptungen der Pueblaner zu Ohren, sie hätten damals einfach nicht gewußt, was auf sie zukam, und darum hätten sie keinen Finger gerührt, um das Übel abzuwenden.
Ich glaube aber, sie hätten auch so nicht viel unternommen. Es waren sehr eigene Leute, das Hemd war ihnen näher als der Rock. Vor denen konnte ein Mensch tot vom Himmel fallen, wenn sie noch rechtzeitig zur Seite hätten springen können und er nicht auf sie fiel, hätten sie kein Wort darüber verloren.

Die ersten Regierungsmonate fand ich sehr lustig. Ich hatte einen ganzen Hofstaat aus Frauen von Andrés' Mitarbeitern. Checo spielte Juniorgouverneur, die Mädchen prunkten auf jedem Ball. Unser General merkte, daß es uns Spaß machte, und ich glaube, er freute sich darüber. Vielleicht nahm er uns deshalb zur Eröffnung des Irrenhauses Sankt Rochus mit, das weiblichen Patienten zugedacht war. Nachdem er das Band durchschnitten und seine Ansprache gehalten hatte, ließ er eine Marimba kommen und an Ort und Stelle zum Tanz aufspielen. Die Irren trugen todschicke rosa Anstaltskleider und waren selig über die Musik. Andrés tanzte mit einer als Alkoholikerin eingelieferten Jungen, Bildhübschen, die schon seit längerem nicht mehr trank und somit bei klarem Verstand unter einem Schwung Frauen lebte, die entweder im Kindheitsstadium steckengeblieben oder überzeugt waren, daß sie jemand verfolgte, oder aber ständig zwischen Euphorie und Depression hin und her schwankten. Der Gouverneur tanzte einmal mit jeder

und also auch mit mir, die ich mich unter den Irren gar nicht so schlecht fühlte, sondern sogar dachte, hier könne man sich ganz gut erholen.
Auf einmal gebot Andrés den Marimbaspielern Ruhe und stellte mich als die Präsidentin des staatlichen Wohlfahrtsinstituts von Puebla vor. Dementsprechend unterstünden mir die Anstalt Sankt Rochus ebenso wie das Waisenhaus und diverse kommunale Krankenhäuser.
Ich geriet ins Zittern. Schon mit den Kindern und den Hausangestellten fühlte ich mich von ganzen Heerscharen belagert, die ohne meine Anweisungen keinen Schritt taten, und jetzt sollte ich mich auch noch um Irre, Waisenkinder und Klinikpatienten kümmern. Die ganze Nacht bettelte ich, Andrés möge mich mit diesem Amt verschonen, doch er sagte, das könne er nicht, ich sei schließlich seine Frau, und zu solchen Dingen seien Gouverneursfrauen nun einmal da. »Denk nicht, alles sei nur Zuckerlecken und Honigschlecken.«
Am nächsten Tag stattete ich dem Waisenhaus meinen Antrittsbesuch ab. Offiziell hieß es *Heim für Kinder*, und das klang ja ganz anständig, aber es war eine schmutzige Verwahranstalt, vergammelt und verlottert. Den Kindern lief der Rotz in den Mund; nur halb angezogen und seit Monaten ungewaschen lungerten sie auf dem Schulhof herum. Betreut wurden sie von Erzieherinnen, die kaum ihren eigenen Namen aussprechen, geschweige denn zwischen über die Stränge schlagenden Rangen und geistig Zurückgebliebenen unterscheiden konnten. Alle wurden hier über einen Kamm geschoren. Die Kleinkinder schliefen in endlosen Reihen eiserner Betten auf tausendmal eingenäßten Matratzen. Sogar Säuglinge waren darunter, zu denen zweimal am Tag vertraglich engagierte Ammen kamen, um sie mit der spärlichen Milch ihrer ausgemergelten Brüste zu stillen.

Ich entließ sie alle. Die Ammen und die Handvoll Dragonerweiber, die sich um die Kinder kümmerten.
Ein Arzt, scheinbar gut unterrichtet, hielt es für nötig, dagegen Einspruch zu erheben.
»Die Kinder sterben Ihnen weg, wenn sie Kuhmilch bekommen«, warnte er mich.
»Besser, sie sterben, als daß sie hier weiterleben«, gab ich zurück.
Wer hätte mich in meinem Drang zu guten Taten bremsen können? Mein Mann natürlich. Am Abend rügte er, daß ich den Bogen überspanne, er werde für Kranken- und Waisenhäuser keinen zusätzlichen Centavo lockermachen, und die Irren seien mit ihrem Neubau hinreichend bedient.
»Aber ich war dort«, begehrte ich auf. »Sie haben überhaupt keine Betten.«
»Die schlafen seit jeher bodennah«, erwiderte Andrés. »Meinst du etwa, da kommen gutgestellte Frauen hin? Wer betucht ist, läuft doch frei herum.«
»Frei herum, und du auf Freiersfüßen hinter ihnen her«, beschwerte ich mich.
Ich war nämlich am Morgen im Kaufhaus Nuevo Siglo vorbeigefahren, um ein Kleid für Verania zu holen, und war von der Verkäuferin gefragt worden, wie mir die bestickte Seidenstola gefalle, die der General vorgestern für mich erstanden habe. »Bezaubernd«, hatte ich zur Antwort gegeben und mich an dem konsternierten Gesicht des Direktors geweidet, der immer wußte, wohin Andrés' Einkäufe geliefert wurden. Die Stola hatten sie einer Dame in Cholula gesandt. Eigentlich wollte ich nicht darüber sprechen, es war mir herausgerutscht. Andrés spielte dennoch das Unschuldslamm und überhörte meine Anspielung einfach.
Ich rief meine Töchter zusammen und schlug ihnen vor, mit mir Wohltätigkeitsbälle, Feste und Tombolas zu or-

ganisieren oder was immer dem staatlichen Wohlfahrtsverband Geld einbrächte. Sie waren einverstanden. Sie hatten tausend Ideen, die vom Erstauftritt Fred Astaires in Mexiko bis zum Ballabend im Gouverneursgebäude reichten. So sah ich eine Zeitlang nicht nach meinen Kindern, Kranken und Irren, sondern arrangierte erst einmal Feste. Darüber vergaßen wir am Ende, glaube ich, sogar, zu welchem Zweck wir sie arrangierten.
Doch am Ende konnten wir den Kindern ihre Unterwäsche, den Verrückten ihre Betten und den Patienten ihre Decken nur darum übergeben, weil meine Schwester Bárbara eine so perfekte Sekretärin war. Am Tag der Übergabe blitzte Sankt Rochus vor Sauberkeit, und die Insassinnen standen Schlange, um uns Dank zu sagen. Ihre schönen rosa Anstaltskittel waren inzwischen verwaschen und ihre Gesichter bei Tage weniger hübsch anzusehen. Das von Andrés zum Eröffnungstanz gebetene junge Mädchen war immer noch da, und eine weitere Insassin erzählte mir, daß ihr Bruder sie eingeliefert habe, weil er ihre Erbschaft behalten wolle. Ich lud beide Frauen ein, zu uns umzuziehen, und nahm sie, als der Festakt vorüber war, ohne alle Formalitäten mit. Es hat nie jemand nach ihnen gefragt.
Am Abend fand im Bundesstaatlichen Kolleg zur Feier seiner Umwandlung in eine Universität ein Zeremoniell statt. Diese fixe Idee hatte Andrés seit seinem Wahlkampf verfolgt, und ein paar Monate nach seinem Amtsantritt war er nun am Ziel. Da er den vormaligen Kollegiumsdirektor an der Universität auf seinem Posten beließ, verlieh der ihm zum Dank am heutigen Abend den Titel eines Ehrenrektors. In den Zeitungen wurde Andrés dafür heftig kritisiert, und die Leute erzählten sich Räuberpistolen über ihn, aber daraus machte er sich nichts. Er kostümierte sich mit Talar und Barett, und wir, seine Frauen, mußten in Galagarderobe erscheinen.

Da wir nicht mehr die Zeit fanden, zu beschließen, was wir mit den ehemaligen Irrenhausinsassinnen anfangen sollten, nahmen wir sie mit zu der Soirée. Der einen lieh ich und der anderen lieh Marta ein Kleid.

Beim Umtrunk stellte ich die Hübschere dem Rektor vor, der sie als seine persönliche Referentin einstellte, und die Enterbte machte ich mit dem Präsidenten des Obersten Gerichts von Puebla bekannt, der ihr zu ihrem Recht verhelfen wollte. Tatsächlich wurde ihrem Bruder die Erbschaft anscheinend abgesprochen, denn einen Monat später wurde mir ein komplettes silbernes Teeservice ins Haus gesandt. Dabei lag die Karte eines Fräuleins Imelda Basurto, in Klammern *die Enterbte,* und darunter stand: *In immerwährender Dankbarkeit für Ihren Einsatz für Gerechtigkeit.*

In der ersten Zeit kamen Leute zu mir mit der Bitte, ihnen Gehör zu schenken und bei Andrés ein Wort für sie einzulegen. Ich hörte zu, und Bárbara schrieb mit. Am Abend nahm ich meine Petitionsliste dann mit ins Schlafzimmer, las sie meinem General vor und nahm seine Instruktionen entgegen. Dieser sollte sich an Godínez wenden, jene sollte in sein Büro kommen, das dritte hier sei nicht machbar, und dem vierten gibst du etwas aus der Portokasse.

Meine erste große Enttäuschung erlebte ich, als mir ein hochgebildeter Herr bei seinem Besuch erzählte, man habe vor, das Stadtarchiv an eine Papierfabrik zu verkaufen und einzustampfen. Das gesamte Stadtarchiv zu drei Centavos das Kilo. Am Abend war dies der erste Fall, den ich Andrés vortrug. Er wollte sich nicht einmal auf ein Gespräch darüber einlassen. Er meinte nur, es handle sich um Stapel unnützen Papiers, was Puebla brauche, seien gangbare Perspektiven, und wo wolle man den ganzen Vergangenheitskrempel denn unterbringen. Die jetzigen Archivräume würden der Universität zur Verwendung als zusätzliche Seminarräume übereignet. Darüber hinaus sei es ohnehin schon zu spät, sein Haushaltsreferent habe den Verkauf schon besiegelt, und überhaupt, den Erlös werde er mir für mein Kinderheim überweisen. Tags darauf mußte ich mich vor Herrn Cordero mit dem Eingeständnis meiner Niederlage blamieren. Am Ende kam der Betrag nicht einmal dem Kinderheim zugute, weil Andrés an dem Morgen, als das Geld auf seinem Schreibtisch lag, den Reiterverein empfing und dessen Vertreter zusammen mit dem staatlichen Zuschuß als private Spende auch noch den Erlös aus dem Archiv zusteckte.

Das war der Anfang meiner Pleiten, und danach wurde es nur noch schlimmer. Eines Tages erhielt ich den Besuch einer gramgebeugten alten Dame. Ihr Mann, ein angesehener Arzt, besaß ein Haus, in dem sie mit ihrer ganzen Familie wohnten. Ein schönes Haus auf dem östlichen Abschnitt der Achtzehnten Straße. Der Dame zufolge hatte mein General Gefallen an dem Haus gefunden und ihren Mann zu sich bestellt, um es ihm abzukaufen. Auf den ablehnenden Bescheid ihres Mannes, es sei nicht verkäuflich, weil es der einzige Familienbesitz sei, habe Andrés geantwortet, der Herr besinne sich hoffentlich noch eines Besseren, denn er würde das Haus ungern von seiner verwitweten Frau erwerben. Derart mit dem Tode bedroht, willigte der Arzt in den Handel ein und nannte seinen Preis. Als Andrés etwas von mehreren tausend Pesos hörte, zog er aus seiner Schreibtischschublade den Katasterauszug mit dem für das Finanzamt angegebenen Taxwert des Hauses. Er betrug nur die Hälfte des Geforderten, also bezahlte Andrés die Hälfte und entließ den Mann mit der Auflage, das Haus binnen drei Tagen zu räumen. Am zweiten Tag saß die Frau vor mir. Am Abend trug ich den Fall Andrés vor.

»Die Señora kommt also nicht nur spät, sondern kommt

mir auch noch hintenrum. Sag ihr, du kennst dich in derlei Dingen nicht aus.«
»Aber ist es denn wahr? Wozu willst du das Haus?«
»Was interessiert dich das«, sagte er und schlief ein.

Am nächsten Morgen weckte ich Octavio mit der Geschichte.
»Warum gibst du deine Sprechstunden nicht lieber auf und siehst dich nach erfreulicherem Zeitvertreib um?« war sein Rat.
Ich redete und argumentierte, erzählte die Geschichte von dem Haus ein zweites Mal und war überzeugt, er begreife, was vorging, nur aus Unausgeschlafenheit nicht.
»Ach, Cati, du willst doch nicht etwa behaupten, du wüßtest nicht, daß das seine generelle Einkaufsstrategie ist?« Damit setzte Octavio sich im Bett auf, streckte die Arme und gähnte ausgiebig und vernehmlich.
»Darf ich reinkommen?« fragte Marcela vor der Tür und stand auch schon auf der Schwelle.
Sie hatte Hosen an und darüber ein Hemd, das ich schon einmal bei Octavio gesehen hatte.
»Kommst du noch immer nicht aus den Federn?« fragte sie und schlich sich, die Hände auf dem Rücken, an ihn heran.
»Da, du Penner«, sagte sie und kippte das hinter dem Rücken versteckte Glas Wasser auf ihn.
»Luder«, schrie Octavio und versuchte ihr das Glas zu entwinden. Ihre Balgerei ging bald in eine Umarmung über und endete in Gelächter. Sie waren so glücklich, daß ich sie beneidete.
»Trotzdem danke, Tavo«, sagte ich, schon auf dem Weg zur Tür.
»Ich muß dir danken«, antwortete er, als ich die Tür hinter mir zuzog.

Sechstes Kapitel

Das erste Mal hatte ich Andrés nach der Kundgebung in der Stierkampfarena wütend auf Juan Soriano erlebt, den Herausgeber des Wochenblatts *Avante*; das zweite Mal tobte er, nachdem Soriano geschrieben hatte, in die Regierung des Staates Puebla hätten sich viele Gegner der Revolution eingeschlichen. Haushaltsreferent Manuel García sei es gewesen, der seinerzeit die Geschwister Serdán denunziert habe; der Pueblaer Rechnungsprüfer Ernesto Hernández habe der von Victoriano Huerta gegründeten Organisation *Sozialschutz* angehört; der Teziutláner Gebühreneinnehmer Saúl Suárez habe in Tlaxcalantongo eigenhändig auf Venustiano Carranza geschossen; und der Gouverneur selbst sei während des Putsches, bei dem Madero ermordet wurde, auf der Zitadelle stationiert gewesen.

»Dieser Mistkerl ist sich doch wohl im klaren, daß er nicht mehr lange zu leben hat«, zischte Andrés, schlug die Zeitung zu und erhob sich vom Frühstückstisch.

Auch nach diesem Tag hörte ich ihn diesen Satz noch viele Male sagen. Doch Soriano brachte weiterhin sein Blatt heraus, schlürfte seinen Kaffee unter den Arkaden und flanierte mit seiner Frau sonntags über den Zócalo. Jedermann wußte, daß er zu Fuß in die Redaktion ging, daß er sein Brot abends in der *Flor de Lis* holte und daß er nach dem Abendessen gern noch allein spazierenging.

Seine Zeitung mußte ich heimlich lesen. Sobald Andrés sie zur Seite warf und fluchend aus dem Haus stürmte, hob ich sie auf und las sie von vorn bis hinten. Oft verstand ich überhaupt nicht, worüber er sich so sehr ärgerte.

Vielleicht weil seine feierlichen Eröffnungen nicht gemeldet wurden, oder wenn, dann in der Form der Meldung von der Einweihung der städtischen Bühnen. Da hatte das Blatt ein Foto von Andrés gebracht, wie er das Band durchschneidet, ein zweites von der Gedenktafel mit der Inschrift, der Umbau des Hauses sei während der Amtszeit General Andrés Ascencios vorgenommen worden, und unter beiden stand die Frage, warum wohl die Kommune unerwähnt bleibe, wo die gesamte Umgestaltung doch aus ihrer Schatulle finanziert worden sei.

Als Aguirre die Erdölförderung verstaatlichte, war *Avante* die einzige Pueblaer Zeitung, die Begeisterung äußerte. Andrés hingegen schäumte, er hielt es für eine Torheit, sich mit so mächtigen Staaten wie den USA anzulegen, nur um, wie er es nannte, einen Haufen Schrott zu enteignen. Als Madame Aguirre jedoch an die Frauen aller Gesellschaftsschichten appellierte, Geld, Schmuck oder worüber sie sonst verfügten für die Abtragung der Erdölschulden zu spenden, delegierte Andrés mich stehenden Fußes in das von Doña Lupe geleitete Unterstützungskomitee der Mütter.

Eines Abends trug er einen Stapel Schatullen zu uns ins Haus.

»Das Zeug nimmst du morgen zu deinem Damenkränzchen mit«, erklärte er mir. »Sag, du trenntest dich hiermit von der Mitgift deiner Töchter.«

Eine ganze Schmuckpalette lag da vor mir: Armreifen, Ohrringe, Uhren, Ketten, Brillanten. Eine komplette Kollektion, ebenso groß wie die meine. Ich fuhr mit Töchtern und Schatullen nach México und kam in den Palast der Schönen Künste, in dem sich die Menschen schon drängten. Bauersfrauen brachten Hühner an, Hausfrauen traten an den Tisch auf der Bühne, um ihre mit Fünfern gespickten Sparschweine abzugeben. Sogar ein paar Amerikanerinnen empörten sich über die Erdölkonzerne und spendeten vor aller Welt Tausende Pesos.

Meine Töchter und ich gingen mit unseren Schmuckschatullen zum Tisch hinauf und überreichten sie heroischen Blicks der dort sitzenden Dame. Um unseren Auftritt abzurunden, überkam mich nach einer Stunde echte Rührung, und ich legte auch noch die Perlen ab, die ich um den Hals hatte.

Avante brachte ein Bild von mir, wie ich mir am Tisch vor Madame Aguirre die Ohrringe abnehme. Ich war Juan Soriano dankbar dafür, und von Andrés wurde ich gescholten.

Die Zeit verging für mich wie im Schneckentempo. Ich hatte das Gefühl, seit Ewigkeiten nur noch von Waisenkindern zu träumen und mit seelenvollem Landesmuttergesicht alte Leutchen zu umarmen, und mußte mir dabei doch von meinen Geschwistern oder von Pepa und Mónica gleichzeitig anhören, daß die tausenderlei Verbrechen des Gouverneurs und seine Dutzende Mätressen Stadtgespräch waren.

Mal sagte man mir, *da geht eine von denen,* mal, *die Wohnung da hat er für die und die gekauft*, und ich konnte nichts anderes tun, als heimlich mitzuzählen. Diejenigen, mit denen er sich nur ein paar launische Stunden lang abgab oder die nur kurz mit ihm mitgingen, damit er seine Drohungen nicht wahrmachte, nahm ich gar nicht erst auf in mein Register. Wer mich fesselte, waren diejenigen, die ihr Herz an ihn hängten, ja, ihm sogar Kinder gebaren. Auf sie war ich neidisch, sie kannten nur den gescheiten, den sympathischen Andrés, sie waren immer schöngemacht, wenn er sie besuchte, ihre Übellaunigkeit und ihren morgendlichen Mundgeruch bekam er nie zu spüren.

Wie gern wäre ich Andrés' Geliebte gewesen. In seidenem Hauskleid und schimmernden Galanterieschuhen auf ihn warten, das Geld für Augenblickslaunen ausgeben, bis in den späten Vormittag hinein schlafen, den ehrenamtlichen Wohltätigkeitsjob vom Hals haben und nicht die First Lady mimen müssen. Außerdem empfinden alle Zuneigung oder Mitleid für die Mätresse, zumindest hält keiner sie für mitschuldig an den Taten ihres Mannes. Ich hingegen, die Ehefrau, war seine offizielle Komplizin.

Wer hätte denn auch geglaubt, daß zu mir nur Gerüchte vordrangen, daß ich jahrelang nicht wußte, ob es sich um Phantasieprodukte oder um Wahrheit handelte? Wie sollte ich selbst denn glauben, daß Andrés seine Widersacher nicht nur ermordete, sondern sie danach auch noch in der Masse aus Teer und Schotter wälzte, mit der die Straßen asphaltiert wurden? Und doch wurde in Puebla gemunkelt, daß über die hiesigen Straßen Engel geisterten und daß sie mit gehäckselten Gouverneursgegnern gepflastert seien.

Da zog ich es vor, lieber nicht zu wissen, was Andrés trieb. Ich war die Mutter seiner Kinder, die Frau in seinem Hause, war seine Gattin, sein Dienstmädchen, sein Gespött und seine feste Gewohnheit. Weiß der Himmel, was ich alles war, aber ich mochte sein, was ich wollte, ich mußte es bleiben, und wünschte ich mir zuweilen auch noch so sehr, auszuwandern, in ein Land zu gehen, in dem es ihn nicht gab, in dem man meinen Namen nicht mit seinem assoziierte, in dem die Menschen mich meinetwegen anfeinden oder umwerben sollten, in dem ihre Zuneigung oder ihre Verachtung aber auf keinen Fall von Andrés abhängig sein dürfte.

Einmal lief ich aus dem Haus und nahm einen Bus nach Oaxaca. Ich wollte nichts als fort; ich dachte sogar daran, meinen Lebensunterhalt mit Arbeit zu verdienen. Doch bevor der Bus im nächsten Ort hielt, bereute ich es schon wieder. Ständig stiegen Leute zu, alles Dörfler, die sich im Bus quetschten und massenweise Körbe, Hühner

und im Chor plärrende Kinder mit sich führten. Es roch säuerlich nach einem Gemisch aus ranzigen Tortillas und zusammengepreßten Leibern. Nein, ich fand keinen Geschmack an meinem neuen Leben. Ich stieg bei der nächsten Gelegenheit aus und nahm den Bus in umgekehrter Richtung. Nicht einmal die Beine vertrat ich mir in dem Dorf, aus Angst, erkannt zu werden.
Ich war bald wieder zurück und trat mit Genuß in mein Zuhause. Verania und Checo, die gerade im Garten spielten, drückte ich ab, als wäre ich aus der Hand von Kidnappern errettet.
»Was ist denn los mit dir?« wunderte sich Verania, die meine spontanen Gefühlsausbrüche nicht mochte.

Am Tag danach war mir schon wieder nach Weinen und Verkriechen zumute. Ich wollte nicht ich sein, ich wollte jemand anders sein, egal wer, nur nicht Politikerfrau und Mutter von sieben Kindern, die alle nach ihm hießen, von ihm stammten, weitaus mehr ihm als mir gehörten und für die ich dennoch ganztägig und tagtäglich zu sorgen hatte, nur damit er nach Belieben hereinschneien und beglückt konstatieren konnte, wie hübsch Lilia wurde, wie pfiffig Marcela war, wie gut sich Adriana entwickelte, wie schick sich Marta frisierte oder wie ähnlich Verania mit ihren glänzenden Augen doch den Ascencios war.
Ich wollte eine andere sein, in einem anderen Haus wohnen, nicht in dieser Festung mit den vielen überzähligen Zimmern, nicht auf diesem Anwesen, wo man beim Gehen ständig stolperte, weil Andrés sogar in den Rasen hatte Rosenstöcke setzen lassen. Wie einer, der sich im Dunkeln verfolgt fühlt, hatte er überall Fußangeln ausgelegt, in die jeder treten mußte, der es sich nicht wie wir angewöhnt hatte, täglich einen Bogen darum zu machen. Wer ausgehen wollte, kam hier nur im Wagen oder zu Pferde fort, weil es zu weit ab lag, und abends durfte

außer Andrés niemand fort, weil das Grundstück rund um die Uhr von einem Trupp mürrischer Männer bewacht war, die nicht mit uns sprechen durften und höchstens ein *Tut mir leid, weiter dürfen Sie nicht* von sich gaben.
Nie aßen wir auswärts. Geschäftsessen fanden, und zwar fast täglich, bei uns im Haus statt. Es kam so weit, daß ich meine Pflicht haßte, Fremde mit der Miene der Hausfrau zu empfangen, die kein größeres Vergnügen kannte, als von ihnen besucht zu werden.
Allmählich legte ich mir Macken zu. So meinte ich, ich müßte im voraus erraten, was meinen Gästen schmeckte. Wenn sie bei uns vorfuhren, hatte ich schon Tage darüber gebrütet, was ihnen wohl bekömmlich sei, ob sie das Fleisch lieber noch etwas roh oder lieber durchgebraten mochten, ob sie am Abend Tinga essen konnten und ob ihnen Spaghetti mit Petersiliensoße wohl zuwider waren. Zu allem Überfluß schaufelten sie, einmal zu Tisch, die Speisen auch noch ohne ein Wort des Lobes oder des Tadels in sich hinein, und selbst ihre Gespräche zu unterbrechen war mir untersagt, oder sie aufzufordern, sie möchten doch zugreifen, bevor alles kalt würde.

Für manche von ihnen war ich schlicht ein Teil der Wohnungseinrichtung, jemand, dem man soviel Aufmerksamkeit zukommen läßt wie einem Möbelstück, das sich plötzlich mit an den Tisch setzt und lächelt. Darum deprimierten mich unsere Einladungen. Zehn Minuten vor Eintreffen der Gäste war ich jedesmal den Tränen nahe, und ich nahm mich nur zusammen, damit mir die Wimperntusche nicht auslief und ich zu allem Unglück nicht auch noch wie eine Hexe aussah. Denn, so haben wir nicht gewettet, hätte Andrés gesagt. Gewettet hatte er, daß ich hübsch und freundlich war und wie aus dem Ei gepellt aussah. Wo kämen wir denn hin, wenn die Gäste

die Dame des Hauses beim Eintreten auf einen Sessel geworfen und laut schluchzend vorfänden?
Jedenfalls fiel es mir schwer, die Müdigkeit zu überspielen, die mich beim Anblick dieser Herren befiel, die ihre besseren Hälften am Ellbogen führten, als wären deren Arme Henkel von Mokkatäßchen. Um so blendender sahen die Geladenen aus, um so größer war ihr Appetit auf eine üppige Mahlzeit, um so interessierter ermaßen sie an der Speisenfolge, wieviel Wertschätzung man ihnen entgegenbrachte.
Irgend etwas vergaß ich praktisch immer. Mochte Andrés mich auch noch so beflissen über die richtige Führung des Personals und die effizienteste Methode instruieren, wie man jeden zur Erfüllung seiner Pflichten veranlaßte, sobald die Gäste eintrafen, fiel Matilde, der Köchin, ein, daß noch Zitronen fehlten, daß die Tortillas nicht für alle reichten oder daß wir zu viele Gäste für die in unserem Kühlschrank noch vorhandene Menge an Eiswürfeln hatten. In dem Moment hätte ich am liebsten einen der Besucher erwürgt. Zum Beispiel Marilú Izunza mit ihrer platinblonden Mähne. Das Essen mit ihr war eines der schlimmsten. Am Morgen danach fand ich meine Haarfarbe und die Ringe unter meinen Augen und sogar meine Figur abscheulich. Ich wollte anders aussehen, um so vielleicht auch ein anderer Mensch zu werden, und ich bat den Blonden Engel, mir eine neue Frisur zu schneiden. Egal welche, ich gab ihr freie Hand.
Nun saß ich da mit fast kahlgeschorenem Schädel, und hinter mir plapperte der Blonde Engel etwas von großer Mode, glatt herabhängende Haare trüge man einfach nicht mehr, ich hätte ja schon wie ein Christus vom Lande ausgesehen mit meinen ewiggleichen schulterlangen Schnittlauchlocken, Langhaarfrisuren seien etwas für Schulmädchen, ich hingegen sei doch eine prominente Dame. Illustrierte blätterte sie vor mir auf, meine Augen

und meine Lippen wurden bemalt, aber überzeugen konnte sie mich dennoch nicht. Ich brach in Tränen aus und verfluchte die angeödete Stimmung, in der ich darauf verfallen war, mich äußerlich zu verändern.

Um mir Rückhalt zu verschaffen, fuhr ich zu meinen Eltern. Mein Vater wartete in der Küche darauf, daß aus seiner Kaffeemaschine der schwarze Mokkastrahl in die angeschlossene kleine Metalltasse zischte. Es war eine Espressomaschine aus Italien. Jeden Morgen stand er davor, wie an der Theke eines römischen Cafés, und wartete auf seinen Espresso. Schoß der Strahl dann heraus und begann der Duft durch die Wohnung zu ziehen, stimmte er sein Loblied auf den echt italienischen Kaffee an.

»Die Maschine kommt aber aus Córdoba«, wandte ich ein, sobald er zu seinem Vortrag ansetzte.

»Aus Córdoba, ja. Na und? Trotzdem bekommst du in ganz Mexiko keinen Espresso wie den meinen. Hier wird der Kaffee viel zu grob gemahlen, und außerdem kochen sie ihn auf. Ist ja untrinkbar, das Gebräu. American Coffee nennen sie das. So was können auch nur Gringos gut finden, bei den Gringos sind die Geschmacksnerven abgestumpft. Deren Lieblingsessen ist ja auch Hackfleisch mit süßer Tomatensoße. Ein barbarischerer Fraß ist ja wohl nicht denkbar. Dagegen riech mal das da. Riech und verstumme im Bewußtsein deiner Ahnungslosigkeit.«

Als ich mit meinem verschandelten Kopf und meinem vom Blonden Engel zur Zelluloidpuppenmaske geschminkten Gesicht in die Küche trat, wandte mein Vater seinen verklärten Blick vom Espresso und ließ die Luft durch die Zähne pfeifen. Fiiii, fiii, machte er und verlegte sich dann aufs Singen: »Geliebt hab ich dich wegen deines Haars; ich lieb dich nicht mehr, denn jetzt bist du kahl.«

Ich fiel in seine Arme. Eine ganze Zeitlang stand ich so an ihn geschmiegt und roch Landluft von einst und Kaffeeduft. Das tat gut, und ich ließ die Tränen laufen.
»He, du, war doch nur ein Spaß«, brummte er. »Ich lieb dich noch genauso, selbst wenn sie dir eine Glatze schneiden.«
»Es ist wegen des Gästeessens heute abend.«
»So was machst du doch nicht zum ersten Mal, was ist denn da Besonderes daran? Ihr habt doch jeden zweiten Abend Gäste. Deswegen muß man doch nicht weinen. Du bist eine Meisterköchin, das hast du von deiner Mutter geerbt. Sieh dir deine Hände an, Landfrauenhände, Hände einer Frau, die zupacken kann. Meine Mutter mußte noch alles allein machen, du hast einen Stall voll Gesinde. Du bekommst es schon hin. Wer soll denn heute kommen?«
»Ist doch gleichgültig. Irgendwelche Fabrikbesitzer aus Atlixco. Aber sie werden alle nur auf meinen Kopf starren, und ihre Frauen werden kichern.«
»Seit wann interessiert dich, was die Leute denken? Werde bloß nicht wie deine Mutter. Recht machen kannst du es ihnen ohnehin nie. Selbst wenn du Haare bis zu den Kniekehlen hast, selbst wenn du dich kahl scherst. Wichtig ist nur, daß du zu dir selbst stehst.«
»Ich steh aber nicht zu mir«, schluchzte ich und schmiegte mich noch enger an ihn.
»Was quält dich nur? Hast du nicht alles, was du dir wünschst? Weine nicht. Sieh, wie blau der Himmel ist. Sieh, wie schön es sich in einem Land ohne Winter lebt. Riech doch nur mal den Kaffee. Komm, Schatz, ich schenk dir schön süßen Kaffee ein. Komm, und dann schüttest du deinem Papa dein Herz aus.«
Natürlich schüttete ich meinem Papa nicht mein Herz aus. Er wollte ja gar nichts hören. Darum sprach er zu mir wie zu einem Kind, das nicht groß werden sollte.

Am Ende standen wir Arm in Arm und betrachteten die Vulkane, dankbar, daß sie da waren und daß wir lebendig waren und sie betrachten konnten. Er gab mir viele Küßchen, schob die Hand hinten unter meine Bluse und zeichnete mir Strichmännchen auf den Rükken. Bis ich mich langsam beruhigte und wieder lachen konnte.

»So bist du wieder mein Goldkind«, sagte er. »Willst du meine kleine Freundin sein?«

»Klar«, sagte ich. »Deine kleine Freundin schon. Nur nicht deine Frau. Wären wir nämlich verheiratet, müßte ich auch für deine Freunde Diners arrangieren.«

Am Abend kam Marilú mit einem Pelz an, der beredter als alles andere aussagte, daß sie es mit ihrem Mann gut getroffen hatte. Sie stammte aus einer der Spanierfamilien, von denen es heißt: Vater Kaufmann, Sohn Lebemann, Enkel Bettelmann. Der Enkel war in diesem Fall ihr Vater. Er hatte zwar keinen roten Heller mehr besessen, sich aber auf seine noble Herkunft verlassen können, und die hatte er ja dann auch ungeschmälert seiner Tochter vermacht. Mit diesem Kapital bequemte sich Marilú Izunza zu der Heirat mit Julián Amed. Amed wiederum war ein arabischer Tuchhändler von der Sorte gewesen, die die Gemüsekunden auf dem Markt La Victoria am Ärmel zu sich zerren und mit endlosem Wortschwall zum Kauf mindestens eines Meters Gardine zwingen. Nach Feierabend hatte er seine Landsleute in der geschlossenen Markthalle zum Kartenspiel zusammengetrommelt und dabei einmal einen zahlungsunwilligen Verlierer erschlagen, um endlich seine angesammelten Gewinne zu kassieren. Er hatte dessen ganze Habe gleich mitkassiert und damit genug eingenommen, um eine eigene Garn- und Tuchherstellung zu eröffnen. Julián war schon ein schwerreicher Mann, als er Marilú überzeugen konnte,

daß aus der Verbindung von seinem Kapital und dem glorreichen Namen Izunza doch prachtvolle Kinder und eine mustergültige Familie hervorgehen müßten. Marilú war damals ein Blondchen, dessen durchsichtig weißer Haut man nicht ansah, daß sie nicht vom Leben im Schatten der vom Großvater ererbten massigen Wohnzimmermöbel, sondern von verheimlichter schlechter Ernährung kam. Marilú zierte sich eine Weile und gab dann ihr Jawort. Nach der Heirat wuchs ihr Standesdünkel zum Umfang der Brieftasche ihres Mannes, und sie wurde ganz und gar unausstehlich. Wann immer es sich ergab, erteilte sie mir Noten. »Ist dir wirklich hoch anzurechnen, daß du mit einem Politiker zusammenlebst«, lobte sie etwa. »Wo man sich doch ständig verstellen muß. Mir wäre es zu anstrengend, meine Meinung nicht freiheraus zu sagen, ich wäre dazu nicht imstande. Julián tadelt mich oft, weil ich immer sage, was ich denke, aber ich antworte ihm darauf, was schadet es dir schon, du bist Unternehmer, du mußt es nicht jedermann recht machen, was du besitzt, ist redlich erarbeitet, darauf hast du auch Anspruch, schließlich bist du kein Politiker. Außerdem sind wir Izunzas von Haus aus ehrlich, das wußtest du, als wir geheiratet haben.«
An diesem Abend war ich einfach nicht in der Stimmung, Marilú über mich ergehen zu lassen. Die Köchin Matilde war, der ewigen Bewirtungen überdrüssig, in Wut geraten, als ich bemerkte, an dem Braten sei nicht genug Soße. Checo heulte in seinem Zimmer, weil ich nicht bei ihm geblieben war, bis er einschlief. Andrés hatte den ganzen Nachmittag nur Loblieder auf Heiss gesungen, und um das Maß vollzumachen, hatte ich vom Blonden Engel einen Stoppelschnitt verpaßt bekommen. Die Umstände waren also nicht dazu angetan, mir Marilús Histörchen zuzumuten. Sie aber saß im Salon, ihren Fuchs um die Schultern, als brennte in unserem Kamin kein

Feuer, und erzählte den anderen Frauen, sie habe ihre seit zehn Jahren bei ihr beschäftigte Haushaltshilfe entlassen, weil sie schwanger sei und weil sie sie dabei ertappt habe, wie sie das Kind mit einem Besenstiel abtreiben wollte. »Mich packte das kalte Grausen, aber wirklich. Und nur, weil sie nicht auf mich gehört hat. Ich hatte ihr eingeschärft: Nimm dich vor den Arbeitern aus dem Betrieb in acht. Das sind unsichere Kantonisten, die halten doch nur nach einer Ausschau, die sie herumkriegen können. Das habe ich zu ihr gesagt, als ich merkte, wie sorgsam sie ihre Zöpfe flocht und wie sie immerzu mit Bestellungen in die Fabrik hinüber wollte. Ich habe ihr gesagt: Schlag dir die Männer aus dem Kopf, bei mir hast du es besser, du kannst für immer bei mir bleiben, bei mir hast du es doch gut, du kannst dich um meine Kinder kümmern, als wären es deine eigenen, wozu dich mit einem Kerl einlassen, der hilft dir ohnehin nicht aus deinen bescheidenen Verhältnissen, sondern halst dir nur noch mehr Probleme auf. Aber sie mußte ja ihren Kopf durchsetzen, dieser Menschenschlag ist nun einmal triebhaft, aber hinterher heulen! Hinterher wird gejammert, hinterher heißt es: Verzeihung, Señora, bitte! Ich bin hinters Licht geführt worden. Aber nichts da. Ich habe ihr klar und deutlich gesagt: Also ich will mich erweichen lassen, weil du schon so viele Jahre im Haus bist, ich behalte dich bis zur Entbindung, zahlen werde ich dir allerdings nichts, in deinem Zustand kannst du deine Arbeit ja nicht richtig erledigen, aber wenn du dich um die Kinder kümmerst, soll es mir recht sein. Unter einer Bedingung, sagte ich noch, wenn es soweit ist, mußt du heim in dein Dorf, ich habe keine Zeit, dir beizustehen, und meinen Kindern ist ein uneheliches Balg auch nicht zuzumuten. Besser konnte sie es sich doch nicht wünschen. Aber nein, sie konnte. Sie wollte auch noch das Kind loswerden, was ich da durchgemacht habe, könnt ihr euch gar nicht den-

ken. Machte den Eindruck eines prima Kerls, das Mädchen, wie oft habe ich der meine Kinder überlassen. In wessen Hände ich sie da gegeben habe, mein Gott, sie hätte sie ja umbringen können.«
»Kinderkriegen ist ja doch wohl jedermanns eigene Sache«, gab ich zu bedenken.
»Jesus, Catalina, was hast du für Ansichten, typisch Politikergattin«, empörte sich Marilú Izunza. »Übrigens, warum hast du dir die Haare abgeschnitten?« Dazu schüttelte sie ihre lange Mähne. »Was meint denn dein Vater dazu? Du legst doch so großen Wert auf die Meinung deines Vaters, nicht? Neulich hat er bei uns gegessen und die ganze Zeit nur von dir gesprochen.«
»Mein Vater bei euch gegessen?« fragte ich erschrokken.
»Natürlich, er vermittelt doch Geschäfte mit Julián für den Herrn Gouverneur. Hat er dir etwa nicht erzählt, daß er zu Geld kommt?«
Der Gedanke, daß mein Vater mit Marilús Mann zu tun hatte und Andrés vertrat, war mir zuwider.
»Nein, wußte ich nicht«, sagte ich blöde.
»Es soll sicher eine Überraschung für dich sein, verrat ihm nicht, daß ich dir davon erzählt habe«, sagte sie und warf Blicke zu den Damen, deren Herzen bei der Klatschgeschichte höher schlugen.
»Sei unbesorgt«, beruhigte ich sie. »Hast du dir die Haare heller färben lassen?«
»Ich lasse sie nicht färben. Wir waren am Meer, in der Sonne werden sie heller.«
»Ich fahre nicht gern ans Meer«, sagte die kleine Luisa Rivas. »Sich ausziehen, igitt, und das salzige Wasser mit all dem Sand, wo alles drin badet, ihh.«
»Nicht doch, Luisita, du mußt entschuldigen«, meinte eine andere Frau, »aber ich finde das Meer traumhaft.«

Ich nutzte den Themawechsel, um aufzustehen und nach Andrés zu suchen.

Er war der Mittelpunkt einer Runde Männer, die sich, ihr Whiskyglas in der Hand und Zigarettenasche um sich verstreuend, im Stehen unterhielten. Andrés rauchte Zigarre, und als ich dazutrat, biß er gerade an einer neuen die Spitze ab.
»Hast du einen Augenblick Zeit?« fragte ich ihn.
»Ist es denn dringend?« fragte er zurück. Er hatte das Wort und gab es höchst ungern ab.
»Ja. Eine einfache Sache, aber dringend.«
»Dann wollen wir uns mal anhören, was für eine einfache Sache die gnädige Frau vorzubringen hat«, sagte er. »Sie gestatten, meine Herren.«
Ich hängte mich bei ihm wie zu einem längeren Spaziergang ein, führte ihn aus dem Salon, durchquerte mit ihm das Eßzimmer und wollte schon in den Garten, als er mich zurückhielt.
»Was hast du?«
»Zieh meinen Vater bitte nicht in deine Geschichten hinein«, platzte ich heraus. »Laß ihn nach seiner Fasson leben, er ist bis jetzt nicht verhungert, also brauchst du ihn auch künftig nicht umzukrempeln.«
»Dazu hast du mich herausgerissen? Warum siehst du nicht lieber nach, ob das Essen soweit ist? Seit wann schießen Hasen nach dem Jäger? Und überhaupt«, lachte er, »wieso hast du dir die Haare abgeschnitten?«
Ich haßte ihn, wenn er sich als mein Herr und Besitzer aufspielte. Heute aber nahm ich mich zusammen und befleißigte mich eines erfolgversprechenderen Tones.
»Andrés, ich bitte dich um alles in der Welt. Meinetwegen kannst du *Morgenstern* Heiss schenken, aber halte meinen Vater aus krummen Touren mit Amed heraus.«

»Du willst *Morgenstern* Heiss schenken? Deinen heißgeliebten Hengst? Ich will sehn, was sich machen läßt, das verspreche ich dir, du Heulsuse. Ist ja gut, deine Wimperntusche läuft noch aus. Kümmern wir uns um unsere Gäste. Schließlich sind sie nicht gekommen, um uns an einem stillen Plätzchen tuscheln zu sehen.«
Ich ging zu meiner Damenrunde zurück. Ich lauschte zwar lieber Männergesprächen, aber das gehörte sich nun einmal nicht. Jede Party zerfiel so in zwei Teile, auf der einen Seite die Männer, auf der anderen Seite wir von Entbindungen, Dienstmädchen und Frisuren plappernden Frauen. Andrés nannte das die Wunderwelt der Weiblichkeit.
Darum hatte ich es am liebsten, wenn es zu Tisch ging, denn da konnte die Unterhaltung interessant werden. Ich stellte immer Namenskärtchen auf und plazierte die Essensgäste, wie es mir paßte, und so saß ich neben dem gutaussehenden und gesprächigen Sergio Cuenca, den ich, da er zu den wenigen in Andrés' Bekanntenkreis gehörte, von denen ich etwas hatte, auch dann einlud, wenn er gar nicht dazu paßte. Er brachte gern neue Themen auf, und wenn ich neben ihm saß, konnte ich ihm Dinge zuflüstern, von denen ich wollte, daß sie gesagt würden, ohne sie selber aussprechen zu müssen.
»Wußten Sie schon, daß Heiss und sein Geschäftsführer in Alchichica von Indios verjagt wurden?« ließ Sergio Cuenca sich auch alsbald vernehmen. »Die mochten den Ton nicht, in dem er sie überreden wollte, auf ihren Feldern Zuckerrohr anzubauen.«
»Klar, Hombre«, bestätigte der Spanier Juan Machuca, der nie aus seiner Fabrik in Atlixco herauskam und doch von allem als erster informiert war. »Zwei seiner Stallburschen sollen dabei umgekommen sein. Heiss hat es eben zu eilig. Einem ihrer Anführer hat er, glaube ich, Geld zugesteckt, damit er den Bauern gut zuredet, sie

sollen ihr Gemeindeland verpachten. Die Bauern hielten aber nichts von Verpachtung, und da eröffnete der Geschäftsführer ihnen, daß der Vertrag schon unter Dach und Fach sei. Klar wurde der Bauernführer da wütend, und um den Bauern zu beweisen, daß er nicht gemauschelt hatte, hetzte er dem ohnehin schon wegfahrenden Heiss hinterher. Don Mike muß eben immer noch einiges lernen.«

»Wie konnte es dazu kommen?« fragte ich.

»Nichts war«, sagte Andrés. »Don Mike versteht sein Geschäft. Er ist von dem Bauernführer eben hintergangen worden. Außerdem läuft da noch eine Frau durch die Gegend, die behauptet, das Land, das Heiss von De Velasco gekauft hat, gehöre eigentlich ihrem Vater. Ich muß doch bitten, wo gibt es denn so was?«

»Richtig, General, das Land gehörte Gabriel de Velasco schon vor der Revolution«, sprang Doña Julia Conde ihm bei und fächelte sich dabei mit ihrem grünen Flaumfederfächer Luft zu.

»Diese Doña Julia, immer bestens vertraut mit den Ereignissen vor der Revolution«, hielt Andrés auf Abstand. »Sehnen Sie sich danach zurück?«

»Offen gesagt, ja, General. Das waren noch andere Zeiten.«

»Damals war sie zwanzig, und jetzt ist sie fünfzig«, flüsterte ich Sergio Cuenca zu, der schallend lachte. »Außerdem gehört das Land wirklich Lola Campos.«

»Worüber lachen Sie?« wollte Andrés wissen.

»Über den Humor Ihrer Frau Gemahlin, General. Sie sagt, das Land gehöre Lola Campos' Vater.«

»Dann lachen Sie sie zu Recht aus.«

»Ich lache mit ihr«, sagte Sergio Cuenca, hob sein Glas und war für den Rest des Essens so klug, sich nur noch Witze einfallen zu lassen.

Gegen zwei Uhr morgens legte Marilú ihren Fuchsmantel

wieder an und empfahl sich gemeinsam mit ihrem Mann und den übrigen Gästen. Noch auf dem Weg zur Haustür fächelte sich Julia Conde unentwegt Luft zu.
»Ich weiß nicht, Kind«, sagte sie zu Marilú Izunza. »Wie kannst du nur dieses Tier umhaben. Es ist doch hierzulande das ganze Jahr über heiß. Der Winter ist bei uns doch nur Schwindel. Ich jedenfalls leide ständig unter Hitze.«
»Die ist eben unrettbar in den Wechseljahren«, bemerkte ich zu Andrés. Der legte mir den Arm um die Schulter und sagte:
»Da haben Sie recht, Doña Julia. Heutzutage halten unsere Damen nicht mehr soviel aus wie früher. Wir müssen sie in Pelze hüllen, damit sie uns wenigstens erhalten bleiben, bis unsere Kinder groß sind. Meinen Sie nicht auch, werte Julia?«
»Natürlich meint sie das«, sagte Marilú zum Abschied.

»Wer hat dir gesagt, daß das Land in Alchichica dieser Frau gehört?« fragte Andrés mich, als die Tür hinter uns zu war.
»Sie selber«, erwiderte ich. »Sie war bei mir, vor etwa einem Monat. Ich sollte mit dir sprechen und dich überzeugen, daß ihr Vater es von seinem Vater geerbt hat und daß die Campos es bestellt haben, bis De Velasco es mit unsauberen Machenschaften an sich gebracht hat. Jetzt, wo er bankrott ist, fällt es ihm natürlich leicht, Heiss etwas zu verkaufen, das ihm gar nicht gehört. Und Heiss drückt den Kaufpreis, indem er vorspielt, daß eine Landbesetzungsaktion bevorstünde. Was sind das nur für wüste Menschen, Andrés!«
»Was hast du ihr gesagt?« fragte er.
»Was sollte ich ihr sagen? Sie solle sich nach einem anderen Ausweg umschauen, ich könne mit dir nicht darüber reden, du hörtest nicht auf mich. Ist es denn wichtig, was

ich zu ihr gesagt habe? Ich habe ihr nicht geholfen. Ich schämte mich, als sie aufstand und sich umdrehte und zur Tür ging, ohne mir die Hand zu geben.«

»Wenn du einen Monat lang geschwiegen hast, warum mußtest du dann heute abend die Bescheidwisserin herauskehren?«

»So ist der Mensch«, sagte ich. »Solange es einen nicht berührt, empfindet man auch nichts.«

»Catalina, du verstehst immer noch nicht. Dieses Land gehört nicht Lola. Du kannst doch nicht alles glauben, was dir eine Indiofrau auftischt. Und was das Textilgeschäft angeht, an dem ich deinen Vater beteilige, so ist ihm noch nie etwas Harmloseres über den Weg gelaufen.«

»Ich glaube dir nicht«, sagte ich zum ersten Mal in meinem Leben. »Ich glaube keines von beidem.«

Darauf sagte er:

»Glaubst du mir wenigstens, daß ich dich toll finde mit deinen Stoppelhaaren?«

Er begann mich schon im Patio zu küssen und hatte auch auf dem Weg die Treppe hinauf zu unserem Zimmer die Hände auf mir. Seine Hände waren groß, und ich mochte sie ebensosehr, wie andere sie fürchteten. Vielleicht mochte ich sie gerade darum. Wer wollte das wissen.

Beim Ausziehen redete er: »Diese Göre, dieses dumme Ding. Was muß sie sich über Sachen informieren, nach denen sie keiner gefragt hat.«

Er legte erst sein Jackett ab und dann seine Pistole, und ich dachte, es müßte schön sein, eine Pistole unterm Kleid zu tragen. Ich brauchte ewig, um mein Kleid aufzuknöpfen. Es war bodenlang und im Rücken tief ausgeschnitten, dafür vorn bis zum Hals hochgeschlossen. Ein anstrengend an- und auszuziehendes Kleid, weil so viele Knöpfe zu bewältigen waren.

»Gott, brauchst du lange, Catín«, sagte er. Ich setzte mich mit dem Rücken zu ihm auf das Bett, auf dem er schon in seiner ganzen Breite lag.
»Her mit dir«, befahl er. Ich wollte das Meer sehen und schloß die Augen.
»Warum gibst du Lola ihr Land nicht wieder?« bat ich.
»Weil ich es nicht kann, du Närrin«, sagte er, auf mir wippend.
»Aber meinen Vater kannst du zumindest aus Ameds Garn befreien.«
»Vielleicht.«

Am nächsten Morgen trällerte ich auf dem Weg treppab in unseren hinteren Garten. Andrés saß schon auf *Pfeil*, und der junge Mann, der mir in den Sattel half, hielt eine Fuchsstute am Zügel.
»Und *Morgenstern*?« fragte ich.
»Hat, wie von dir vorgesehen, schon den Besitzer gewechselt.«
Ich ballte die Faust so fest, daß sich meine Nägel ins Fleisch gruben.
»Also abgemacht«, sagte ich, bereit, die Fuchsstute zu besteigen.
»Abgemacht«, erwiderte Andrés und trieb Pfeil zum Galopp die Sporen in die Flanken.
Ich preschte auf meiner neuen wilden Stute hinter ihm her, hatte ihn bald überholt und ritt durch Manzanillo in den Wald der Costes und weiter bis nach Malinche, ohne an Checos Grippe und an das Frühstück oder an Lilia zu denken, die sich am Morgen nach einem Diner immer bei mir einfand, um sich erzählen zu lassen, was für Kleider die Damen getragen hatten. Ich setzte mich dann mit Lilia in den Garten und hackte nach Herzenslust herum auf den dummen Gänsen, beglückt, daß sie über meine Stichelei so übermütig lachte.

Wenn ich mir Morgenstern nur vorstellte mit Heiss im Sattel, mußte ich heulen. Aber der Wind peitschte mir ins Gesicht, und mein Tränenstrom war schnell getrocknet.
Erst um elf war ich wieder zu Hause. Andrés war schon fortgefahren, die Mädchen waren in der Schule, nur Checo laborierte daheim an seiner Grippe.
»Du hast einen Stubenkoller, das kommt nur vom Schwänzen«, sagte ich und warf mich zu ihm aufs Bett. Nach einer Weile klingelte ich nach unserem Hausdiener und bat ihn, Frau Ameds entlassenes Dienstmädchen zu holen.
»Sagen Sie ihr, wir wünschen uns, daß sie zu uns zieht und bei uns arbeitet. Sagen Sie auch, daß ich weiß, wie es um sie steht, da soll sie sich keine Sorgen machen.«
Lucina kam am nächsten Tag, den Pappkarton mit ihrer Wäsche schon bei sich. Sie hatte dunkle Augen und blühende Wangen. Sie war wortkarg, aber Checo erzählte sie fortan all die Märchen, die ich nicht kannte, nähte Kleider für Veranias Puppen und massierte mir, wenn sie sah, daß ich unglücklich war, den Rücken. Wir wurden alle von ihr bemuttert.
Das Kind, das sie erwartete, kam eines Morgens ohne großes Spektakel. Es war ein fünf Monate alter Embryo und wurde tot geboren. Sie trauerte einen Tag lang. Der Diener, die Kinder und ich fuhren mit ihr in ihr Heimatdorf zum Begräbnis. Wir trugen alle gemeinsam den kleinen weißen Sarg, in den sie das Kind gebettet hatte. Wir schritten damit über den Dorffriedhof, der nicht aus gemauerten Gräbern, sondern aus einem Acker mit schlichten Grabstellen bestand. Ganz am Ende unter einem Baum war die für ihr Kind ausgehobene Grube. Der Diener ließ den Sarg hinunter, und Lucina ließ schnell eine Handvoll Erde darauf fallen.
»War besser so«, sagte sie.

Verania wollte unbedingt *Maria, breit den Mantel aus* singen, und so sangen wir alle.
Auf der Heimfahrt kauerten wir stumm im Wagen, bis Lucina sagte: »Seid nicht traurig. Mein Kind ist jetzt im Himmel, und da ist es ein Stern. Nicht wahr, Señora?«
Ich sagte: »Ja, Lucina.«
Marilú Amed verbreitete seitdem, ich hätte ihr das Mädchen abgehandelt und es zur Abtreibung gezwungen und hielte es als Sklavin zur Versorgung meiner Kinder. Sie konnte den Ärger bis heute nicht verwinden.
Ein paar Tage danach machte ich nach dem Essen eine Wanderung mit Checo. Wir stiegen auf den Guadalupeberg, um den Abendstern aufgehen zu sehen.
»Du, Mama«, sagte Checo, oben angekommen. »Glaubst du, daß Lucinas Kind ein Stern am Himmel ist?«
»Warum fragst du?«
»Weil Verania daran glaubt. Ich nicht. Ich weiß nämlich genau, daß Lucinas Kind im Loch liegt.«
»Im Loch?«
»Ja, im Loch. Genau wie dieser Celestino, von dem Papa gestern gesagt hat, sie sollten schon mal das Loch für ihn graben.«
»Zu wem hat er das gesagt?«
»Zu Männern, die aus Matamoros zu Besuch bei ihm waren.«
»Da hast du nicht richtig gehört. Wieso sollte dein Vater so etwas sagen?«
»Hat er aber, Mama. Er redet immer so. Grabt dem schon mal ein Loch. Und das heißt dann, daß sie ihn umbringen sollen.«
»Ach, Kind, was bildest du dir da ein«, sagte ich. »Glaubst du, jemand bringt andere einfach so zum Spaß um?«
»Nein, andere umbringen ist harte Arbeit, sagt Papa.«

Im meinem Magen blubberte es, und Reis, Fleisch, Tortillas, Käse und Crêpe Caramel, alles kam wieder nach oben. Checo sah ratlos zu und fragte zwischendurch nur: »Fertig, Mama?« Zuletzt erbrach ich etwas gallig Gelbes, und danach war nichts mehr im Magen.
»Laufen wir zurück um die Wette?« sagte ich zu Checo. Und rannte los, als hätten wir nicht einen Abstieg, sondern einen Absturz vor uns.
»Du spinnst ja, Mama«, schrie der Junge hinter mir her. »Vati hat recht, bei dir ist eine Schraube locker.«
Wir kamen japsend zu Hause an. Verania stand an Lucinas Hand auf der Schwelle. Sie war ein niedliches Mädchen. Riesige Augen und schmale Lippen, so blaß wie ich und so naiv wie meine Schwestern.
Sie fragte: »Warum wart ihr so lange fort?«
»Weil es Mama schlecht war«, erklärte Checo.
»Weswegen denn?« fragte Lucina.
»Der Magen«, sagte der fünfjährige Junge. »Sie hat das ganze Essen erbrochen.« Fünf Wahnsinnsjahre.
Auch unsere Kinder konnten also nicht in höheren Regionen leben. Sie waren zu nah am Geschehen. Ich hatte, als ich mich fürs Bleiben entschied, auch für sie mitentschieden, und da war keine Möglichkeit, sie unter einer Glasglocke zu verschließen.
In unserem großen Haus wohnten wir in zwei verschiedenen Etagen. Wenn wir nicht wollten, brauchten wir die Kinder zeitlebens nicht zu sehen. Am Abend nach meinem Erbrechen beschloß ich, das Kapitel Mutterliebe sei nunmehr abgeschlossen. Ich übergab die Kinder Lucina. Sollte Lucina sich ihre Fragen anhören, sie baden und kleiden und zum Beten und zum Glauben anhalten. Meinetwegen sogar zum Glauben an die Madonna von Guadalupe. Von einem Tag zum anderen hörte ich auf, meine Nachmittage mit ihnen zu verbringen und mir zu überlegen, was sie als Vesperbrot bekommen sollten und womit

ich sie beschäftigen könnte. Am Anfang fehlten sie mir. Seit Jahren war mein Leben mit dem ihren verklammert, sie waren mein Zeitvertreib, meine Passion gewesen. Sie waren gewohnt, wie in ihr Spielzimmer bei mir hereinzupoltern. Sie weckten mich, auch wenn ich übernächtigt war, in aller Frühe, sie spielten mit meinen Halsketten, schlüpften in meine Schuhe und Jacken, ihr Leben war in meines verknotet. Seit jenem Abend schloß ich meine Zimmertüre ab. Als sie am Morgen kamen, ließ ich sie klopfen, ohne mich zu melden. Am Nachmittag erklärte ich ihnen, ihr Vater wünsche in den unteren Räumen Ruhe, und bat sie, nicht mehr zu uns hereinzukommen.

Nach und nach gewöhnten sie sich daran, und so auch ich.

Siebentes Kapitel

Statt dessen nahm ich mir vor, Andrés' Geschäften in Atencingo auf den Grund zu gehen. Zunächst erfuhr ich, daß der Celestino, von dem Checo gehört hatte, Lola Campos' Mann war und daß sein Tod nur den ersten in einer ganzen Reihe von Todesfällen darstellte. Alsdann suchte ich Anschluß an Heiss' Töchter, insbesondere an Helen. Helen hatte zwei Kinder und war von einem Gringo geschieden, der sie furchtbar verprügelt hatte, bevor sie den Mut fand, von ihm fortzugehen.
Sie war wieder nach Puebla gezogen, weil sie sich Hilfe von ihrem Vater erhoffte, bekam aber erwartungsgemäß keinen Heller geschenkt. Zumindest ließ Heiss sie in Atencingo für sich arbeiten. Ihre Aufgabe bestand darin, seinem Geschäftsführer, einem Herrn Gómez, nachzuspionieren und zu erkunden, wie weit man sich in seinem Amtsgebaren auf ihn verlassen konnte. Zu diesem Zweck bezog sie eine halbleere unwirtliche Wohnung, in deren Schwimmbassin es nur kaltes Wasser gab, dafür aber rundum Tausende Moskitos am Abend.
Dorthin fuhr ich gelegentlich sie besuchen. Ich nahm dazu die Kinder mit und schickte sie, während wir plauderten, in das gräßliche Schwimmbecken baden.
»Es gibt hier zuwenig Männer«, klagte Helen. Und sie erzählte mir ihr letztes Erlebnis mit irgendeinem Pueblaer Provinzler. Sie war versessen aufs Heiraten, und ich war überzeugt, keiner würde sich darauf einlassen, Amerikanerinnen waren immer nur für eine Weile gut, auf Dauer tanzte kein Mensch bei ihnen an. Sie aber wollte es nun einmal mit Traualtar, wollte ihr Talaveraporzellan und ihr Eigenheim mit Giebeldach. Wozu sie das Giebeldach unbedingt brauchte, ist mir schleierhaft. Es kam jedesmal vor, wenn sie von ihrer Zukunft sprach. Es war unverzichtbar.

Als wir einmal den Kindern beim Baden zusahen und einen der Daiquiris tranken, die sie pausenlos mixte und schlürfte, fielen ganz in der Nähe plötzlich Schüsse. Ich lief im Badeanzug los, zerstach mir die Füße im Gras und stieß sie mir an den Steinen wund. Checo rannte, meine Sandalen in der Hand, hinter mir her.
»Du gehst nach Hause!« sagte ich, zog das Schuhwerk an und lief weiter zur Zuckerfabrik. Dort lag ein Toter. »Ein Streit unter Betrunkenen«, sagte der Geschäftsführer Gómez.
Am Boden saß eine Frau und weinte sacht vor sich hin, so als hätte sie das ganze Leben zum Weinen vor sich.
Als ich näher trat und fragte, wer der Tote sei, sah sie zu mir auf. »Mein Mann«, sagte sie. »Helfen Sie mir. Wenn ich hierbleibe, bringen sie mich auch noch um. Wer sieht dann nach den Kindern.«
Juan, mein Fahrer, war mittlerweile nachgekommen. Ich bat ihn, die Leiche aufzuladen. Geschäftsführer Gómez warf ich einen Gouverneursgattinnenblick zu, bevor ich ihn wissen ließ: »Ich nehme ihn mit.«
»Wie Sie befehlen. Die Frau bleibt doch aber, oder?« fragte er, als er ungläubig sah, daß ich sie umarmte.
»Sie kommt ebenfalls mit.«
Wir gingen zu Fuß zu Helen. Dort erzählte die Frau Dinge, als wisse sie nicht, daß sie der Gemahlin des Gouverneurs gegenübersaß. Ich hörte ihr zu, den Kopf auf die Hände gestützt und stumm. Was sie sagte, war entsetzlich; kein Mensch hätte es sich ausdenken können.
Als sie endete, sagte Helen mit ihrem täppischen Amerikanerakzent: »Ich bezweifle nicht, daß es wahr ist. Diese Männer sind Schurken. Was haben wir nur für eine saubere Verwandtschaft.«

»Heiss soll mir Morgenstern wiedergeben«, verlangte ich von Andrés, als er zum Schlafen in unser Bett kam.

»Versprochen ist versprochen, Catín. Dein Vater ist auch nicht mehr Ameds Partner.«
»Aber ihr habt die Bauern in Atencingo erschossen.«
»Wie bitte?« sagte Andrés.
»Ich weiß es von der einzigen Überlebenden. Heute nachmittag wurde ihr Mann vor der Zuckerfabrik erschossen. Ich habe es gesehen. Sie haben ihn erschossen, weil er den Landarbeitern erzählt hat, wie die Männer von Heiss und dir vor zwei Tagen in die Menge geschossen haben, die das Land verteidigen wollte, das dein mieser Gringo De Velasco für dreitausend Pesos abgekauft hat. Die Frau sagte mir, sie seien mit Kind und Kegel dagewesen, alles in allem über fünfzig Menschen, und du hast sie von Soldaten entwaffnen und dann von hundert MG-Schützen abknallen lassen. Gib mir also mein Pferd wieder, die Toten erweckt keiner zum Leben. Aber wenn hier jeder seinen Schnitt macht, will auch ich mein Pferd wiederhaben. Oder ich sage Herrn Soriano vom *Avante*, wie alles war.«
»Du hältst schön deinen Mund. Wäre ja gelacht, wenn mein Feind praktisch auch noch neben mir im Bett läge. Die Frau des Gouverneurs steckt es dem aufrechten Publizisten. Was bildest du dir eigentlich ein?«
»Ich will mein Pferd«, sagte ich und zog mit meinem Bettzeug in den kleinen Salon um.
Dort ließ ich mich in den blauen Sessel fallen, in dem ich nachmittags manchmal Däumchen gedreht hatte. Wie weit lagen diese Nachmittage zurück. Jedesmal, wenn ich einer von Andrés' Greueltaten auf die Spur kam, rückte, was gewesen war, weiter zurück. Tagelang war ich dann wie betäubt, umkreiste mit den Gedanken den Vorfall, wollte fort, schämte und ängstigte mich, und mir wurde bewußt, daß es nie wieder einen friedvollen Abend geben würde, daß mir Angst und Ekel auf ewig in den Knochen steckten.

An diesem Abend packte mich das Entsetzen schlimmer als bisher. Ich ging zitternd zu Bett. Ich mochte die Augen nicht schließen, weil immer wieder das Gesicht des vor der Fabrik hingestreckten jungen Mannes und seiner unterm Rebozo weinenden Frau vor mir auftauchte. Ich erwachte von Lucinas Klopfen an meine Tür. Ich ging öffnen, und sie brachte mir meine Tasse Tee, Zucker, Sahne und Toast herein.
»Der General sagt, Sie sollen in einer Stunde bitte draußen sein.«
»Ist der Tag schön?« fragte ich.
»Ja, gnädige Frau.«
»Sind die Kinder schon zur Schule?«
»Sie frühstücken eben.«
»Arme Kinder, nicht, Luci?«
»Warum, Señora? Sie sind guter Dinge. Was soll ich Ihnen aus dem Kleiderschrank hängen?«

Ich jagte ins Freie. Schon durch die Boxen brüllte ich ihm entgegen. Da stand er, mit seinem weißen Mal auf der Stirn, und so elegant gewachsen.
»Morgenstern, mein lieber Morgenstern, wie ist es dir ergangen bei dem hundsgemeinen miesen Gringo? Kannst du mir verzeihen?«
Ich streichelte ihn, küßte ihn aufs Gesicht, auf die Nüstern, auf den Rücken. Danach saß ich auf und preschte mit ihm bis zur Mühle von Huexotitla. Die Geister der Toten hielt ich mir mit Singen vom Leib. Während sie mich auf dem Hinritt noch belagerten, hatte ich sie auf dem Rückweg schon vergessen.
Am Mittag fuhr ich mit Andrés zu einem Lunch, auf dem auch Presseleute waren. Ein Reporter, der im *Avante* schrieb, fragte Andrés nach den Toten von Atencingo.
»Ich erachte die dortigen Vorfälle für zutiefst bedauerlich«, sagte Andrés. »Ich habe die Staatsanwaltschaft an-

gewiesen, in dem Fall gründlichst zu ermitteln, und ich gebe Ihnen meine Zusage, meine Herren, der Gerechtigkeit wird zum Sieg verholfen. Wir können es allerdings auch nicht zulassen, daß eine im Gewand der Bauern auftretende kriminelle Vereinigung mit der Behauptung, sie fordere ihr zustehendes Land ein, mit Gewalt an sich reißt, was andere mit ehrlicher Arbeit und unermüdlichem Einsatz erworben haben. Die Revolution macht keine Fehler, und ebensowenig irrt darin meine aus der Revolution hervorgegangene Regierung. Ich wünsche den Herrschaften einen guten Tag.«

Der Reporter wollte zurückfragen, doch der Protokollchef griff sich schnell das Mikrophon:

»Meine Damen und Herren, sehr verehrte Gäste, der Herr Gouverneur verabschiedet sich von Ihnen. Wollen Sie die Güte haben, den Ausgang freizuhalten.«

Die Besucher erhoben sich und strebten der Tür zu. Ich sah, wie Andrés von vieren seiner Männer untergefaßt und hinausgehoben wurde. Ich selbst wurde von anderen auf die Straße getragen. Man setzte uns in zwei verschiedene Wagen, die sofort losfuhren.

»Was soll das?« fragte ich den Mann am Steuer des mir zugefallenen Wagens.

»Nichts, gnädige Frau«, erklärte er, »wir proben nur neue Transportgriffe.«

Andrés fuhr in die Diensträume seines Amtssitzes und ich nach Hause.

Andrés' ältere Kinder waren mit Freunden in unserem Spielsalon. Marta hatte mir schon angekündigt, daß sie ihre Mitschülerin Cristina einladen würde, die Tochter Patricia Ibarras, der großen Schwester José Ibarras, der früher, als Junge, einmal ein Schwarm von mir gewesen war.

Wir sagten damals, wir seien Freund und Freundin, weil

wir zusammen in La Rosa Eis aßen und danach händchenhaltend zu den Concordia-Anlagen gingen, wo wir uns zum Abschied immer auf die Wange küßten. Einmal hatte José beim Küssen das Pech, daß im selben Moment seine Schwester aus der Zwölf-Uhr-Messe kam und uns ertappte. José wurde zu Hause belehrt, daß ich nicht nur ein schlecht versorgtes, sondern dazu noch ein triebhaftes Gör sei, das nicht wisse, was es sich schuldig wäre. Sein Vater spendierte ihm eine Europareise.

Er erzählte mir das damals alles, als wäre ich seine Mama und müsse Bestrafung von ihm abwenden.

»Du darfst nicht mehr mein Freund sein?« fragte ich.

»Du weißt ja nicht, wie sie bei mir zu Haus sind.«

»Interessiert mich auch gar nicht«, sagte ich wütend und rannte den ganzen Weg von den Anlagen bis in die Zweite Straße.

»Was hast du denn, Kleines?« wollte meine Mutter wissen.

»Krach mit dem feinen Pinkel, siehst du's ihr nicht an?« sagte mein Vater.

»Was hat er von dir gewollt?« fragte meine Mutter, die jede Ohrfeige auf der eigenen Wange fühlte.

»Egal, was es war«, antwortete mein Vater, »mehr, als daß du ihm eine Nase drehst, ist er nicht wert. Streck ihm die Zunge raus.«

»Hab ich schon«, sagte ich.

Die Nichte dieses armen Tropfs, der sich später mit Maru Ponce verheiraten ließ, um die langweiligste aller sonntags unter den Arkaden flanierenden Pueblaer Familien zu gründen, war Martas heutige Freundin und ein bildschönes Mädchen.

Am Abend kam ihre Mutter sie zufällig in demselben Moment abholen, in dem auch Andrés heimkam, und so wurden die beiden auch noch zum Essen geladen. Andrés hofierte sie, solange wir am Tisch saßen,

und er erkundigte sich nach ihren Männern und gab Geschichten von Stierkämpfern und Politikern zum besten.
Zum Abschied sagte Josés Schwester, schon an der Türe:
»Cati, es war ein großes Vergnügen, Ihnen zu begegnen. Sie sind ja so überaus kultiviert.«
Ich antwortete: »Vor zehn Jahren dachten Sie da noch anders.«
»Ich verstehe nicht, was Sie meinen«, sagte Patricia Ibarra mit verkniffenem Lächeln und schwitzte beim Weggehen sicher Blut und Wasser, denn Andrés flüsterte ihrer Tochter irgend etwas ins Ohr, die sich in ihrer Verwirrung daraufhin den Hut falsch herum aufsetzte.
Es vergingen nicht einmal drei Tage, da nahm er sich das Mädchen schon auf sein Gut bei Jalapa. Dort behielt er sie bis zum Schluß, und von dort zog sie mit einem kleinen Töchterchen dann aus, ihren Anteil an des Generals Hinterlassenschaft zu fordern. Sie kam nicht übel weg und lebt noch heute, ohne etwas Nützliches zu tun, umgeben von Antiquitäten, Pferden und Hunden. Sogar der Schwiegersohn lebt mit von dem auf Cristina niedergegangenen Segen.
Mich ärgerte das nicht, warum sollte es mich ärgern, muß doch die ganze Familie Ibarra bis heute mit der Schande leben. Damals genoß ich die Tage sogar. Es war zum Lachen: Martas Freundin vom General entführt und die Mutter im Begriff, den Verstand zu verlieren. Ich mußte noch mehr lachen, wenn ich mir vorstellte, wie sie zur Kirche rannte und, ohne etwas auszurichten, betete und betete. Ihre Tochter kam gar nicht erst dazu, zu lernen, was sie sich schuldig ist, triumphierte ich im Gedenken an José und unseren ehrenrührigen Kuß in den Concordia-Anlagen.

In Puebla spielte sich weiß Gott alles unter den Arkaden ab. Unter den Arkaden stand Espinosa, als er mit einem Messerstich aus der Kinobranche hinauskonkurriert wurde; unter den Arkaden flanierte Magdalena Maynes in ihren neuen Kleidern, ehe das Unheil über sie hereinbrach. Deren Leben wurde nach der Ermordung ihres Vaters nun wirklich von Grund auf anders. Ich sehe Magdalena noch vor mir, nie auch nur ein zerknitterter Rocksaum, und ihre Kleider saßen an ihr wie bei einem Mannequin. Die Maynes hatten nicht das große Geld, gaben es aber aus, als ob sie es hätten. Wir trafen sie häufig, weil ihr Vater und Andrés geschäftlich miteinander zu tun hatten. Anscheinend hatte jedermann mit Andrés geschäftlich zu tun.

Magdalena war das Hätschelkind des Anwalts. Über die Wochenenden nahm er sie mit nach Cuernavaca ins Casino de la Selva. Einmal sind wir ihnen dort begegnet. Magda trug ein großgeblümtes Seidenkleid und hatte zwei Zierkämme in den hochgesteckten Haaren. Sie nippte mit fast lasziver Lustlosigkeit an ihrem Zitronenwasser.

Sie saß mit ihrem Vater im Garten an einem der Tische vor dem Schwimmbecken, als wir hinzukamen. Wir waren mit unserer ganzen Kinderschar da. Bei unserem Anblick stand der Anwalt auf, um mit Andrés unter vier Augen zu sprechen, und Magdalena plauderte mit uns unterdessen über den schönen hellen Tag, ließ sich dabei aber keine Regung ihres Vaters entgehen. Der war auch rasch wieder bei ihr und brach sofort mit Sack und Pack auf. Seine Tochter stellte ihm Fragen, weiß der Himmel welche; sie war von einem Augenblick zum anderen vom flotten Backfisch zur grimmigen Streiterin gewandelt. Ich fand den Umschwung sonderbar, aber es war so vieles sonderbar und störte uns doch nicht weiter. Immerhin fragte ich Andrés auf der Heimfahrt nach Puebla, was die beiden so verärgert habe, und bekam zur Antwort, ich solle mich nicht einmischen, also vergaß ich die Maynes.

Monate später war der Anwalt mit einemmal verschollen. Verschleppt beim nächtlichen Gang durch die Arkaden.

Da suchte Magda mich auf. Hübsch sah sie aus in ihrem Mohairkostüm und ihrer grauen Seidenbluse.

»Mein Vater ist vor drei Tagen ins Kino gegangen, und seither ist er nicht zurückgekommen«, eröffnete sie mir.

Ich wollte schon antworten, daß er wahrscheinlich eine Geliebte habe, verkniff es mir aber. Statt dessen starrte ich auf meine Hände, als wäre ich schuldig.

»Hätten Sie die Güte, Ihren Mann nach ihm zu fragen?« sprach Magdalena weiter.

»Von Herzen gern, nur bin ich skeptisch, ob das etwas hilft. Wenn er ihn hat, wird er es mir nicht sagen.«

»Die Leute sagen, Sie wüßten ihn zu nehmen.«

»Sie sagen auch, daß du mit deinem Vater schläfst. Du wirst am besten wissen, ob sie recht haben.«

»Hoffentlich haben sie recht, gnädige Frau«, sagte Magda, stand auf und ging.

Drei Tage danach tauchte der Anwalt wieder auf, zerstückelt, in einem vor seiner Haustür abgestellten Wäschekorb.

Ich erfuhr am Vormittag davon, im Friseursalon des Blonden Engels, und dahin kamen ein paar alte Frauen, die es, wie sie sagten, tief erschüttert erzählten. Die blonde Ofelia steckte mir gerade einen Zopf an und fragte, ob ich das Gefühl habe, daß er sitze, da blickte ich in den Spiegel und entdeckte Tränen. Ich rührte mich so lange nicht, bis sie alle Klemmen in meine Frisur gesteckt hatte. Im Salon war es still, und der Altweiberschwarm schielte zu mir herüber, als hielte ich die Mordwaffe in den Händen. Ich sah auf meine Fingernägel herab, die Maura gerade lackierte, und biß mir auf die Lippen, damit mir beim Gedanken an den Anwalt, der nach aller Dafürhalten so schmuck und so klug war, auch keine einzige Träne mehr in die Augen träte.

Ich ging zu den Maynes. Im Haus waren viele Leute. Die verwitwete Ehefrau starrte, umringt von ihren jüngeren Kindern, so unbeweglich auf den Boden, als wäre auch sie ermordet.

Magdalena war die einzige, die am Sarg stand, und sie sah mich, als ich hereintrat. Ich ging nicht zu ihr, ich hatte ihr nichts zu sagen, ich wollte sie nur sehen und wissen, ob der Kranz, den Andrés schicken würde, durch die Türe paßte. Andrés scherzte nämlich gerne. Wenn er den Betroffenen auf dem Gewissen hatte oder sein Tod ihm zustatten kam, schickte er riesige Kränze, Kränze, die so groß waren, daß sie nicht durch die Tür des aufgebahrten Toten paßten.

Während ich den Rosenkranz mitbetete, las ich die Schriftbänder an den Blumengebinden und Kränzen. Es war keiner dabei von Andrés Ascencio und Familie. Als die Litanei drankam, stand ich auf, um nachzusehen, ob vor dem Haus ein Kranz war, doch ich war noch nicht am Ausgang, als zwei Männer einen Kranz anschleppten, von der Sorte, die Andrés beim Blumengroßhandel im Markt La Victoria in Auftrag gab. Er ging bequem durch die Türe.

Da ging ich fort. Mir fiel ein, daß der Blonde Engel vielleicht wußte, was die Leute redeten. Bestimmt hatte eine der Frauen, die sie am Vormittag frisierte, etwas berichtet. Darum ging ich nochmals zu ihr.

Sie wußte auch nicht mehr, als was ich mir schon selber denken konnte. Nach Meinung der Leute mußte Andrés den Mann umgebracht haben, weil ihnen kein anderer einfiel, aber es gab keine Beweise. Doch ich entsann mich

der Auseinandersetzung in Cuernavaca und der Augen Magdalenas, die ihren Vater von mir zurückgefordert hatte.
Ich ging nach Hause. Ich schloß mich im kleinen Salon ein und knabberte erst an dem frischen Lack auf meinen Fingernägeln und dann an meinen Fingernägeln selber. Ich haßte meinen General. Ich wußte nicht, ob ich wollte, daß er käme, um ihm Fragen zu stellen, oder ob ich mich für immer hier einschließen sollte, um ihn nie mehr wiederzusehen.

Als er da war, lachte er. Er kam vom Reiten und klirrte mit den Sporen. Ich hörte ihn die Stufen hochstapfen und ans Ende des Korridors kommen. Vor meiner Salontür machte er halt und drückte dagegen. Als sie nicht aufging, brüllte er:
»Vor mir schließt keiner die Tür ab, Catalina. Ich bin hier zu Hause, und ich gehe ein und aus, wo ich will. Schließ gefälligst auf, mir ist nicht zumute nach solch albernen Scherzen.«
Ich schloß natürlich auf. Sein Gebrüll sollte nicht im ganzen Haus zu hören sein.
»Ich weiß, daß du dort warst«, sagte er. »Hast wahrscheinlich mitbekommen, daß ich nichts damit zu tun habe. Zieh bitte dieses Kleid aus, darin siehst du aus wie eine Krähe, und ich sehe lieber Kurven. Ich hasse es, wenn du dich bis oben hin zuknöpfst wie eine Nonne. Na mach schon, spiel nicht die Schamhafte, es paßt nicht zu dir.« Und er schob mein Kleid in die Höhe, und ich preßte die Beine zusammen. Unter seinem Körpergewicht gruben sich mir die Strapse in die Haut.
»Wer hat ihn umgebracht?« fragte ich.
»Keine Ahnung; lautere Seelen haben viele Feinde«, sagte er. »Leg dieses Zeugs ab. Es wird ja schon schwieriger, mit dir zu schlafen, als mit einer Pueblaer Unschuld vom

Lande. Ab damit«, sagte er und scheuerte sich dabei an meinem Kleid. Aber ich behielt die Beine zusammen, zum ersten Mal eisern zusammen.

Achtes Kapitel

Kaum lernte ich Fernando Arizmendi kennen, bekam ich auch schon Lust, mit ihm im Bett zu liegen. Ich hörte zu, wie er redete, und dachte, wie schön es jetzt wäre, wenn ich ihn ins Ohr beißen könnte und unsere Zungen einander berührten und ich seine Kniekehlen sehen könnte.

Meine Spannung war mir anzumerken. Ich redete mehr als sonst, und ich redete so uneinholbar schnell, daß ich bald zum Mittelpunkt des Abends wurde. Andrés wurde aufmerksam und machte dem Vergnügen ein Ende.

»Meine Frau fühlt sich nicht wohl«, sagte er.

»Sie sieht aber blendend aus«, entgegnete jemand.

»Nur dank Max Factor. Sie quält sich schon eine ganze Weile mit Kopfschmerzen. Ich fahre sie nach Hause und komme wieder.«

»Ich fühle mich sehr wohl«, begehrte ich auf.

»Du brauchst es vor den Leuten hier nicht herunterzuspielen, wir sind doch befreundet. Sie haben Verständnis.«

Er nahm meinen Arm und geleitete mich zum Wagen. Er half mir beim Einsteigen, schickte den Chauffeur in den Wagen der Eskorte und ging vorn herum, um selbst zu fahren. Er startete, winkte den zu meiner Verabschiedung vor die Tür Getretenen zu und fuhr langsam an. Das Lächeln, das er für den Abgang aufgesetzt hatte, behielt er noch bis zur nächsten Straßenecke bei.

»Wie überdeutlich du bist, Catalina, am liebsten möchte ich dich ohrfeigen.«

»Du selber bist dabei wohl sehr unauffällig, ja?«

»Ich brauche auch nicht unauffällig zu sein, ich bin ein Mann. Du aber bist eine Frau, und Frauen, mit denen der Trieb durchgeht und die auf jeden scharf sind, der ihren

Bauchnabel zum Hüpfen bringt, die nennt man Flittchen.«

Vor unserem Haus stieg er gemessenen Schrittes aus, half mir aus dem Wagen, begleitete mich zur Tür, wartete, bis der Bursche heraustrat, und gab mir, als er sicher war, daß auch die ewigen Beamten aus dem Begleitwagen nicht hersahen, einen Klaps auf den Po und schob mich hinein.
Ich war mit einem Satz drinnen, nahm mehrere Treppenstufen auf einmal, lief durch das Zimmer der Kleinen, ohne wie sonst anzuhalten, und sprang in mein Bett. Ich kroch unter die Decken, dachte an Fernando und befingerte mich wie einst bei der Zigeunerin. Dann schlief ich ein. Ich schlief drei Tage hintereinander. In den kurzen Wachzeiten stopfte ich nur ein Salatblatt, ein Stück Käse und zwei gekochte Eier in mich hinein.
»Was Sie wohl haben?« fragte Lucina.
»Eine Krankheit, die der General entdeckt hat. Sie geht auch vom kalten Duschen nicht weg. Aber wenn ich eine Woche schlafe, geht es mir besser.«
Nach einer Woche mußte ich aus der Versenkung auftauchen. Es war sonst zu lang für ein Wechselfieber. Und was sagte Andrés als erstes, als ich zum Frühstück hinunterkam?
Daß am Dienstag der persönliche Referent des Präsidenten zum Essen zu uns käme. Und wer war der persönliche Referent? Fernando, der bügelgefaltete, lächelnde Arizmendi.
Vor Schreck begann ich Brot mit Butter und Marmelade zu essen und Tee mit Zucker und Sahne zu trinken. Andrés war ganz aus dem Häuschen, daß Arizmendi kam, denn danach wäre der Besuch des Staatspräsidenten fällig, und dem wollte er einen spektakulären Empfang arrangieren. Schulkinder sollten auf der Avenida Reforma

Fähnchen schwenken, Transparente an den Häusern herabhängen und sämtliche Beamten an ihren Bürofenstern stehen und klatschen und Konfetti werfen. Ich sollte ein kleines Mädchen auftreiben, das mit einem Blumenstrauß quer über die Straße auf Aguirre zustürmen würde, und ein altes Weibchen sollte einen Bittbrief überreichen, in dem sie etwas leicht zu Erfüllendes verlangte, damit sie fünf Minuten später, zufriedengestellt, von den Presseleuten fotografiert werden konnte. Espinosa und Alarcón hatten bereits ihre Kinos offeriert, an denen sollten die allergrößten Transparente aufgespannt werden. Puebla mußte dem Präsidenten den strahlendsten und prunkvollsten Empfang bereiten, den er je erlebt hatte. Alles, was sich später einbürgerte und dann auch für den letzten Dorfbürgermeister organisiert wurde, haben wir damals zu General Aguirres Besuch ausgeknobelt.

Ich mußte mich in meiner Sinnenglut ohnehin betätigen und machte mich darum an die Arbeit, als ob ich es bezahlt bekäme. Ein Blumenmädchen? Ich stellte drei an jede Ecke und an die Zufahrt zum Platz noch fünfzig Mexikanermädel in Trachten zu Pferde.

Die bejahrte Bittstellerin suchte ich im Altersheim und fand dort eine richtige Ansichtskartenoma, mit allem, was dazugehört, schütterer Haarknoten, inniges Marienlächeln und ein Leben, das wir natürlich in den Bittbrief mit hineinschrieben. Die alte Frau war die Witwe eines armen Soldaten, den sie für seine Weigerung, sich an der Ermordung Aquiles Serdáns zu beteiligen, an die Wand gestellt hatten. Sie war stolz auf sich und ihren Mann, und angesichts eines so hohen Opfers fürs Vaterland fand sie es ihrer durchaus würdig, den Präsidenten um eine Nähmaschine zu bitten.

Sämtliche Grundschullehrerinnen spannte ich ein. Ich hatte mir überlegt, daß ihre Schüler Papierwedel basteln könnten, wie sie die Footballfans in Amerika schwenk-

ten. Ich wußte, des Präsidenten Lieblingslied war das *Fischerboot in Guaymas,* und da die Melodie simpel war, würden die Kinder nicht allzu zapplig werden, wenn sie im Takt dazu Papierwedel und ihre Füße bewegten. Die Blumenhändler der Stadt erboten sich vollzählig, die Avenida Reforma wie eine überdimensionierte Kirche mit Blumen auszuschmücken und auf dem Zócaloplatz ebenerdig einen Blumenteppich, darstellend eine Indiofrau, wie sie dem Präsidenten die Hand reicht, auszulegen. Alle Spalierstehenden sollten, sobald der hohe Besuch an ihnen vorüber wäre, Blumen und Transparente nehmen und damit zum Zócalo marschieren, so daß der Platz schon voll wäre, wenn Andrés mit ihm im offenen Wagen vorführe. Nach der Präsidentenansprache auf dem Balkon sollten all diese Menschen dann *Schönes Puebla* und die Nationalhymne singen. Sämtliche Dorfkapellen aus dem Staat Puebla ließ ich ankarren und stellte aus ihnen ein dreihundertköpfiges Orchester zusammen, das für die Sankt-Annen-Kutten, die wir ihnen schenkten, damit sie wenigstens einigermaßen einheitlich gekleidet wären, auf dem Platz aufspielen sollte.
Als der persönliche Referent eintraf, um mit Andrés alles durchzusprechen, staunte er schließlich nicht schlecht über unsere Pläne.

Ich entschied, daß im Garten gegessen und die gleiche Speisenfolge aufgetischt werden sollte wie zwei Wochen später beim Empfang des Präsidenten. Nur daß vorerst nur Andrés, Fernando und ich zusammen Mittag aßen.
So förmlich waren wir, daß Andrés sich selbst an dem runden Tisch links von Fernando und mich auf den Platz zu seiner Rechten setzte.
Schon beim Consommé begann Fernando meine Vorzüge zu rühmen: meine Talente, meine Intelligenz, meinen Liebreiz, mein Feingefühl, mein Interesse für Mexiko und

die Politik und als Krönung meine Kochkünste, die denen der Pueblaer Ordensfrauen ebenbürtig seien.
»Darüber hinaus hat Ihre Frau Gemahlin, Herr General, wenn Sie mir gestatten, das zu sagen, ein herrliches, ein wunderbares Lachen. Welcher erwachsene Mensch kann noch so lachen?«
»Freut mich, daß sie Ihnen gefällt, Herr Arizmendi«, gab Andrés zur Antwort. »Fühlen Sie sich bei uns ganz wie zu Hause, nichts wünschen wir uns mehr, als daß Sie sich wohl fühlen.«
»Ja, das wünschen wir uns«, sagte ich und legte meine Hand auf Fernandos Knie.
Er zuckte nicht mit dem Knie zurück und zuckte auch mit keiner Wimper.
Andrés kam auf den Aufstand in Jalisco zu sprechen. Er beklagte den Tod eines Sergeanten und eines Soldaten und lobte den Jaliscoer Gouverneur für seinen Befehl, gegen die revoltierenden Landarbeiter durchzugreifen.
»Manche Dinge darf man einfach nicht durchgehen lassen«, lobte auch Fernando.
Ich sagte damals noch, was ich dachte, und schaltete mich also ein:
»Kann man sie denn aber nicht anders als dadurch verhindern, daß man die Armee auf die Indios hetzt und zwölf von ihnen totschießt? Für jeden toten Soldaten mußten sechs Indios sterben. Und dabei wissen wir noch nicht einmal, weswegen sie sich überhaupt zusammengerottet haben.«
»Da spricht die Frau aus dir«, sagte Andrés. »Kaum erzählen Sie ihr etwas von ihrer Klugheit, geht auch schon die Sentimentalität mit ihr durch.«
»Vielleicht hat sie ja recht, General, und wir hätten andere Mittel und Wege finden müssen«, sagte Fernando und legte nunmehr seinerseits eine Hand auf mein Knie. Ich spürte sie durch die Seide meines Kleides und vergaß

die zwölf indianischen Bauern. Dann zog er sie wieder weg und machte sich über das Essen her, als wäre es seine Henkersmahlzeit.
Wir freundeten uns an. Wenn ich in México war, rief ich ihn wegen einer Nachricht von Andrés oder unter sonst einem Vorwand an. Ich wollte nur seine Stimme hören und ihn, wenn möglich, für einen kurzen Augenblick treffen. Danach flüsterte ich drei volle Autostunden lang seinen Namen.
Den Fahrer, der sehr musikalisch war, bat ich, er möge mir *Auch in der Ferne bei dir* vorsingen, und dann versank ich auf dem Rücksitz des schwarzen Packard und in dem Bolero und in meiner Sehnsucht. Aus Fernandos simpelsten Äußerungen las ich mehrere Bedeutungen heraus, und fast meinte ich, er habe mir, aus Rücksicht auf meinen General nur getarnt, seine Gefühle gestanden. Jeden seiner Sätze hatte ich wortgetreu in Erinnerung, und aus einem *Hoffentlich sehen wir uns bald wieder* schloß ich unwiderleglich, daß er wie ich unter unserer Trennung leide und die Tage bis zu unserer nächsten Zufallsbegegnung zähle. An seinen Mund dachte ich sehr gern, an das Gefühl, das meinen Körper durchrieselte, wenn er zur Begrüßung und zum Abschied meine Hand küßte. Eines Tages konnte ich nicht länger an mich halten. Er begleitete mich gerade zur Tür, nachdem wir ein eigenartiges Gespräch geführt hatten, in dem weder von Politik oder von Andrés noch von Puebla oder Mexiko die Rede gewesen war. Statt dessen hatten wir vom Leid unerwiderter Liebe gesprochen, und prompt hatte ich geglaubt, dies Leid auch in Fernandos Augen zu erblicken. Beim Abschiedskuß hielt ich ihm statt der Hand den Mund hin. Er küßte mich nicht, aber er hielt mich lange in den Armen.
An diesem Abend mußte mein armer Fahrer *Auch in der Ferne bei dir* so viele Male singen, daß er kurz danach im

Sangeswettbewerb *Hörerhits international* Sieger wurde. Ich freute mich, daß wenigstens einer etwas von meinem Techtelmechtel hatte, denn an dem Tag, an dem es seinen Höhepunkt erreichte, zerstob es auch schon wieder. Andrés erwartete mich im Amtssitz. Ich hatte am Morgen aus der Schneiderei den Anzug geholt, den er beim Präsidentenbesuch tragen wollte. Als ich kam, war es spät in der Nacht, aber Andrés regelte immer noch die Angelegenheit irgendwelcher Arbeiter, die in Atlixco einen Streik vom Zaun brechen wollten.

Ich schwebte in sein Büro, ich strahlte, und statt ihm seinen Anzug zu bringen, nahm ich ihn in die Arme und tanzte mit ihm im Kreise.

»Siehst süß aus, Catalina, was hast du angestellt?« wollte er wissen.

»Ich hab drei Kleider gekauft, mich im Palacio de Hierro schminken lassen und auf der Heimfahrt im Wagen gesungen.«

»Aber doch auch Fernando ausgerichtet, was ich ihm bestellt habe, und nicht nur rumgetrödelt?«

»Natürlich, alles andere habe ich nach dem Treffen mit Fernando erledigt.«

»Keine Frage, Schwule wirken anregend«, meinte Andrés zu seinem persönlichen Referenten. »Mit niemandem unterhalten die Frauen sich lieber. Was mögen die an sich haben, daß sie so attraktiv gefunden werden? Wenn ich dir sage, daß ich auf diesen hier am Anfang sogar eifersüchtig war und Catalina weggesperrt habe. Inzwischen ist er der einzige Hausfreund, den ich ihr gestatte, und ich finde dieses Verhältnis entzückend.«

Tags darauf ging ich zu Pepa, um ihr mein Leid zu klagen. Ich war ganz sicher, daß ich sie antreffen würde, weil sie nie ausging. Die von der Kinderlosigkeit noch gesteigerte Eifersucht ihres Mannes mauerte sie regelrecht zu Hause ein. Als sie einmal zwei Stunden am Nachmittag ausgegangen war, hatte er sie mit einem Kruzifix empfangen und sie gezwungen, niederzuknien, ihn um Verzeihung zu bitten und an Ort und Stelle zu schwören, daß sie ihn nicht hintergangen hatte.

Da suchte sie sich schon lieber in den eigenen vier Wänden Beschäftigung. Sie machte aus ihrem Haus einen goldenen Käfig, kein Plätzchen blieb ungestaltet. Im Patio hingen überall Vogelbauer, für Sessellehnen, Tische, Vitrinen und Kredenzen häkelte sie unentwegt Auflagen und Deckchen. In ihrer Küche wurde alles in Olivenöl gebraten, selbst die Bohnen, und alles, was ihr Mann zu essen bekam, kochte sie selber. Fast konnte man es für Verliebtheit halten. Ständig goß sie Blumen, polierte Stilmöbel, tat, als ob es nur diese eine Welt gäbe, erlaubte uns keinen Zweifel, und als Mónica ihr einmal reinen Wein einschenken wollte und ihr sagte, sie lebe doch im vierten Jahrzehnt des zwanzigsten Jahrhunderts und ihr Mann sei unausstehlich, sie solle ihn verlassen, um sich wenigstens die Freiheit herausnehmen zu dürfen, auf die Straße zu gehen, wann sie wolle, da legte Pepa ihr sanft die Hand auf den Mund und fragte, ob ihr Tee mit Nußgebäck schmecke.

»Du wirst langsam verrückt«, sagte Mónica. »Stimmt's, Catalina?«

»Nicht verrückter als ich«, gab ich darauf zur Antwort.

Mónica mußte seit der Erkrankung ihres Mannes arbeiten gehen. Sie begann mit einem Laden für Kinderbekleidung und hatte bald eine Konfektionsfabrik. Sie lachte: »Ich bin hier anscheinend die einzige, die einen normalen Mann hat.«

Nun setzte ich mich auf eine schmiedeeiserne Bank unter den blühenden Palisanderbaum im Garten. Das Dienstmädchen brachte mir in Häubchen und Schürzchen eine

Limonade und sagte, die gnädige Frau sei stets pünktlich halb eins wieder zu Hause.

Ich verstand gar nichts, aber da es bis halb eins nur noch eine Viertelstunde war, beschloß ich zu warten.

Als die alte Familienuhr die halbe Stunde schlug, kam Pepa durch die Haustür, trat in den Garten und zu mir an die Bank.

Sie sah aus wie immer, keine Schminke, die Haare zu Zöpfen geflochten und im Nacken verknotet, der Tippelschritt eines kleinen Mädchens. Aber in ihren Augen, an ihrem Mund war etwas Ungewohntes, sie lächelte, als entdecke sie zum ersten Mal ihre Lippen.

»Du siehst aus, als ob du einen Liebhaber hättest«, sagte ich, über meinen abwegigen Gedanken lachend.

»Hab ich auch«, sagte sie und ließ sich mit einer Lässigkeit, die ich woanders nie wiedersah, auf der Bank neben mir nieder.

Sie trafen sich immer vormittags. Zwischen halb elf und halb eins in einem als Abstellraum über dem Markt La Victoria angemieteten kleinen Zimmer, täglich. Wer der Mann sei? Der einzige, mit dem ihr Gatte ihr erlaubte, mehr als drei Worte zu wechseln. Ihr Arzt, der sie jedesmal betreut hatte, wenn bei ihr wieder eine Schwangerschaft mißglückt war. Nach drei Mißerfolgen hatten sie genug. Der Mann sah gut aus, es war der angesehenste Geburtshelfer Pueblas. Die Hälfte aller Frauen hätte gern eine Affäre mit ihm gehabt, und manche machten sich für die Sprechstunde schön wie für den Rote-Kreuz-Ball. Und ausgerechnet bei Pepa landete er, bei der schwierigsten von allen.

»Wir vögeln wie die Götter«, sagte sie und lachte hell und glücklich, dabei mit derselben Sanftmut, mit der sie vorher Stoßgebete zum Himmel gesandt hatte. Sie war hinreißend. Meine Phantasie hätte nicht ausgereicht, sie mir auch nur im Traum so vorzustellen.

»Und dein Mann?« fragte ich.

»Der merkt nichts. Unfähig, sich Tageslicht und Fleischeslust zusammenzureimen. Und wie geht es dir?«

»Wie immer.«

Was hätte ich ihr auch noch erzählen sollen? Mein albernes Techtelmechtel mit Arizmendi taugte zur Aufmunterung einer zu Haus angeketteten armen Frau, dieser wie eine Göttin dreinschauenden, neu Geborenen aber konnte ich ihre Idylle mit etwas so Prosaischem schlecht stören. Ich gab ihr einen Kuß und ging, voll des Neides auf ihren begnadeten Zustand.

Neuntes Kapitel

Ich habe nie verstanden, wie es Rodolfo, unser Fito, zum Verteidigungsminister gebracht hat, aber ich hatte auch nicht verstanden, wie er stellvertretender Minister werden und wieso er, als Andrés ihn als Trauzeugen zu unserer Hochzeit anschleppte, schon Leiter irgendeiner Dienststelle sein konnte.
Auch Andrés staunte, als an den Häuserwänden in der Bundeshauptstadt Plakate auftauchten, die, von General Juan de la Torre unterzeichnet, Rodolfo Campos als Kandidaten für das Präsidentenamt vorschlugen.
Ich vermute, Rodolfo selbst war am meisten erstaunt, denn er distanzierte sich eilig und erklärte die Plakate für einen plumpen Köder, er selbst widme sich ausschließlich dem Dienst an General Aguirre und hege für die Zukunft keinerlei persönliche Ambitionen.
Das glaubte ich ihm. Was für Ambitionen sollte der Ärmste auch hegen, wenn nicht einmal seine eigene Frau ihn für voll nahm? So kreuzbrav, wie sie aussah, war sie doch schon acht Tage nach ihrer Eheschließung mit dem Arzt des Regiments, in dem Fito Zahlmeister war, durchgebrannt. Einfach eines Morgens verschwunden, nicht einmal einen Zettel hatte sie zurückgelassen. Wäre es ihrem Mann nicht gesteckt worden, wer weiß, wann er überhaupt je davon erfahren hätte. Ein alter Mann, der damals im selben Regiment diente, hat mir kürzlich erzählt, Fito habe sich daraufhin bei seinem General gemeldet und dem sein Unglück vorgeheult.
»Na hinterher, Mann! Sergeant!« soll der General zu ihm gesagt haben. »Sie dürfen den beiden hinterher. Nehmen Sie sich einen Trupp Soldaten und erschießen Sie sie, wie sie es verdienen.«

»Ach, nicht, General«, sagte Fito, »ich möchte nur eines, daß Sie ihnen bitte einen Friedensrichter nachschicken, der sie ermahnt, daß sie wiederkommen.«

Der General schickte den Richter los, und die beiden kamen wieder. Als Chofi vom Pferd sprang, warf Rodolfo sich ihr zu Füßen und fragte, womit er ihr so weh getan habe, daß sie ihn dafür verlasse. Er bat sie vor allen Leuten um Verzeihung und küßte ihre Fesseln, während Chofi die Hände in die Hüften stemmte und nicht einmal so gnädig war, den Kopf zu ihm zu senken.

Hochmütig war diese Sofía schon immer, und wie es hieß, früher auch einmal hübsch. Ich bin da allerdings skeptisch. Fest steht nur, daß sie sich, während ihr Mann von Posten zu Posten kletterte, kontinuierlich vom Betthupfer zur Betschwester wandelte. Ob sie es auch mit einem Pfarrer getrieben hat, ließ sich nie in Erfahrung bringen; an der Nase sieht man den Leuten derlei Dinge bekanntlich nicht an.

Den Tag, an dem sie zur Frau des Präsidentschaftskandidaten wurde, werde ich nie vergessen, denn an demselben Tag kam auch Tyrone Power in Mexiko an.

Ich fuhr Mónica zum Flugplatz nach México, denn im Anschluß wollten wir auf Andrés' Wunsch ohnehin Chofi einen Höflichkeitsbesuch abstatten. Mónica machte sich Hoffnungen, Tyrone Power an der Gangway abpassen zu können, als wir aber auf den Flugplatz kamen, waren da schon Unmengen von Frauen, die genau dasselbe vorhatten.

Mónicas Mann war schon so lange krank und sie widmete sich schon so lange den Kleidern und den Geschäften, daß sich in ihr viel unausgelebte Lust angestaut hatte. Kaum wurde sie Tyrone Powers ansichtig, brachen diese Begierden aus ihr hervor, und sie wurde zur Bestie. Sie ließ mich an den Schaltern stehen und arbeitete sich mit Püffen und Tritten durch das Gewühl der Frauen.

Zwei Minuten später hatte sie den armen Star am Schlafittchen. »Tyrone«, gellte sie. »Ich habe alle deine Filme gesehen.« Dank ihres Vorsprungs vor den Massen konne sie ihm schnell einen Kuß verpassen, den er mit seinem einstudierten Gigololächeln quittierte. Danach verging ihm das Lächeln, und er mußte von Polizei und Feuerwehr vom Flugplatz gerettet werden. Die Frauen rissen ihm den Sakko vom Leib und sämtliche Knöpfe vom Hemd. Als ihn die Feuerwehrleute unter den Achseln gefaßt hinauslotsten, standen seine Haare vom Kopf ab und fehlte ein Schuh an den Füßen.
Mónica sah aus wie eine satte kleine Katze, ein köstlicher Anblick. Ich habe nicht viele Menschen gekannt, die so wenig brauchten, um glücklich zu werden.
Vom Flugplatz fuhren wir weiter zu Chofi. Zu meiner Verwunderung war sie angezogen und schöngemacht, wo sie sonst doch noch um ein Uhr mittags in Hausschuhen und Morgenrock herumlief. Adrett frisiert, mit dicht am Kopf ondulierten Locken, steckte sie in dunkelfarbigen Kleidern. Perfekte Eleganz konnte man von ihr nicht verlangen, darum fand ich es übertrieben, als Mónica anmerkte, so große Brillantbroschen, wie Chofi sich eine an den Busen gesteckt habe, würden tagsüber nicht getragen.
Chofi thronte auf einem Sessel in ihrem, wie sie es nannte, Louis-XV-Salon und ließ sich von mehreren Fotografen gleichzeitig ablichten.
Als die Reporter gingen, vermutete ich, nun müßten wir ihr gratulieren, nur daß ich nicht wußte, zu welchem freudigen Ereignis. Ich fragte den zuletzt an uns vorbei hinausgehenden Fotografen und erfuhr, daß der Gouverneur von Tabasco, Martín Cienfuegos, einen Pakt mit Politikern aus den verschiedensten Landesteilen zur Unterstützung von General Rodolfo Campos' Präsidentschaftskandidatur geschlossen hatte.

Chofi war ganz aufgekratzt. Sie zeigte uns frisch aus der amerikanischen Herstellerfirma gelieferte Anstecker mit dem Konterfei ihres Mannes und erzählte uns, daß überall im Lande Wählerinitiativen der Befürworter General Campos' aus dem Boden schössen.
Ich vermutete, Andrés hatte Bescheid gewußt und mich absichtlich unaufgeklärt hierher geschickt, damit ich mich nicht weigerte, ihr einen Antrittsbesuch abzustatten, als wäre ich die erste Dame in ihrem Hofstaat. Trotz meiner Wut auf ihn hörte ich mir mit andächtigem Lächeln Chofis Geschichten an. Ja, als sie endete, gönnte ich mir sogar den Luxus, ihr nicht nur in meinem Namen herzlich zu gratulieren, sondern sie zu bitten, auch Andrés' Glückwünsche entgegenzunehmen, den leider nur dringende kommunale Angelegenheiten im Moment daran hinderten, stehenden Fußes in die Arme seines Kompagnons und Paten seiner Kinder zu eilen. Danach verabschiedete ich mich unter dem Vorwand, daß ich noch bei Licht in Puebla ankommen wollte.
»Sechs Jahre Langeweile stehen uns bevor, gräßlich«, sagte Mónica in der Türe. »Da ist mir ja sogar Aguirres Indianerkult noch lieber.«
Wir aßen im Tampico zu Mittag. Mónica flirtete so hingebungsvoll mit der Männerwelt an den Nebentischen, daß der Kellner am Ende unserer Mahlzeit mit einer nicht bestellten Flasche Champagner, der Mitteilung, daß unsere Rechnung bezahlt sei, zwei roten Rosen und einem Kärtchen aufwartete: *Unsere aufrichtige Bewunderung, Mateo Podán und Francisco Balderas.*
Ich sah mich nach Balderas um; er war Landwirtschaftsminister und hatte mehrmals bei uns zu Hause gegessen. Er saß unweit von uns an einem Zweiertisch in Gesellschaft eines Mannes mit Habichtsnase und tiefliegenden Augen, in dem ich den von Andrés gehaßten Journalisten Mateo Podán vermutete.

»Du meinst, der rechts sitzt, will auch Präsident werden?« fragte Mónica. »Entschuldige, Liebe, aber hoffentlich wird er's.«
Es lief darauf hinaus, daß die beiden sich mit uns an unserem Tisch unterhielten. Mateo Podán hatte ein unglaublich loses, unbarmherziges Mundwerk und zog damit über unseren Freund Campos her, als wäre ich Filmstar Dolores del Río oder sonstwer, nur nicht die Frau seines Kompagnons Andrés Ascencio. Balderas war von Mónica entzückt und bat sie zum Schluß um ihre Adresse und wohl noch mancherlei anderes.

Gegen sieben verließen wir das Restaurant. Wir kamen so spät am Abend nach Puebla, daß Mónicas Mann um ein Haar von seiner Lähmung genesen und aufgestanden wäre, um sie zu verprügeln. Der meine war schon über alles im Bilde; sogar daß mir Podáns schmale Hände gefallen hatten, hatte man ihm zugetragen.
»Wer hat dir erlaubt, heimlich Kerle aufzureißen?« fragte er, als ich um Mitternacht trällernd in unser Schlafzimmer tänzelte.
»Ich war so frei«, sagte ich, so seelenruhig, daß er sich erst das Lachen verkneifen mußte, ehe er Krach schlug. Ich streifte mein Nachthemd über und nahm ihm den Wind aus den Segeln, indem ich sagte:
»Reg dich nicht auf. Bist du dir denn so sicher, daß der Dicke Präsident wird? Hab lieber mehrere Eisen im Feuer. Und halt mir deine Leibwächter vom Hals. Sie sind das Geld nicht wert, das du ihnen zahlst. Ich spiele ja doch in deinem Team mit, das weißt du am besten.«

Zu Beginn des nächsten Jahres war Rodolfos Kandidatur nicht mehr abzuwenden. Zumal nachdem General Narváez getötet worden war, dem damit nach Andrés' Meinung, weil er ein solcher Narr und Idiot war, nur recht

geschah. Wie kam einer auch nur auf die Idee, bewaffnet gegen die Regierung zu kämpfen?
Rodolfo, der Verteidigungsminister war, gab Order, die Soldaten sollten gegenüber den Gefangenen Großmut beweisen und die Kapitulation der wenigen, die noch unter Waffen standen, annehmen. Danach legte er sein Amt nieder, um Behauptungen entgegenzutreten, er nutze seine Vorteile zur Wählerwerbung.
»Der Kerl ist verrückt«, sagte Andrés. »Setzt sich zwischen alle Stühle und erwischt am Ende keinen.«
Er hatte zu dem Zeitpunkt für sich entschieden, daß er seinen Kompagnon als Präsidenten nicht gebrauchen konnte. Er dankte mir nun sogar für meine Gunstbezeigungen gegenüber Balderas und wollte ihn zusammen mit Mónica zu uns zum Essen einladen. Wir luden auch Flores Pliego ein und in der Folge, einen nach dem anderen, sämtliche Kabinettsmitglieder. Nur war Rodolfos Unternehmen mittlerweile leider schon viel zu weit gediehen. In Veracruz traten vierundzwanzig ihm wohlgesonnene Gouverneure zu einer Konferenz zusammen, da durfte Andrés nicht fehlen. Er spuckte Gift und Galle, aber er fuhr hin. Wieder zu Hause, zerriß er sich das Maul über seinen alten Kumpel, aber jenseits unserer Türschwelle lobte er seine Erfolge in den höchsten Tönen. Für wen er seitdem nichts mehr übrig hatte, das war Martín Cienfuegos. Er verzieh ihm nicht, daß er den Namen des Kandidaten eher als er gewußt und ihn dann nicht eingeweiht, sondern vor die vollendete Tatsache gestellt hatte. Das Ärgste war, daß Rodolfo sich mit Cienfuegos anfreundete und Andrés seither bei den tausenderlei Dingen nicht mehr hinzuzog, in denen er ihn sonst um Rat fragte.
Erst als sich ein Revolutionäres Komitee zur Wiederaufrichtung der Nation formierte, das als Gegenkandidaten General Bravo favorisierte, entsann sich Fito seines

schlauen Kumpels und kam zu einer Aussprache mit ihm sogar nach Puebla.
Zur gleichen Zeit reiste auch der soeben in Kuba an die Macht gelangte Oberst Fulgencio Batista durch die Stadt. So hatten wir ihn und Rodolfo zusammen bei uns zum Frühstück.
»Weißt du, wann dieser furchtlose Streiter für die kubanische Demokratie das Ruder wieder aus der Hand gibt?« fragte Andrés, als die beiden gegangen waren. »Ich sage dir, niemals. Wenn sie diesen Ganoven nicht wegballern, thront der noch in vierzig Jahren über ihnen.«
Ich spöttelte, es wäre ihm wohl lieb, wenn so etwas auch in Mexiko möglich wäre.
»Natürlich sähe ich das gern«, antwortete er. »Dann klettert garantiert weder mein blöder Kompagnon Fito noch sein Spezi Cienfuegos vor mir auf den Adlersessel. Aber wegen lumpiger sechs Jahre sich einen Haufen Probleme auf den Hals laden? Da ziehe ich mir lieber eine verläßliche Hausmacht heran, und am Ende tanzt selbst der schneidigste Präsident nach meiner Pfeife.«
So redete er, um sich über den Massenzulauf, den sein Kumpel hatte, hinwegzutrösten. Eines Abends nannte er ihn beim Dominospiel einen dummen Hansel und wettete, er werde es nicht zum Präsidenten bringen. Drei Tage später sollten sich die Gouverneure ein weiteres Mal treffen und wie ein Mann für Campos als Präsidenten votieren. Statt zu dem Plenum im Kino Regis ging Andrés zu einem von Balderas veranstalteten Pressediner, auf dem der Veranstalter behauptete, es werde ohnehin keine demokratischen Wahlen geben, weil die Gouverneure das Wahlergebnis mit Sicherheit verfälschen würden.
Wenige Tage später beschlossen die in der CTM organisierten Arbeiter, Fito zu unterstützen, und auf dem im

Arena México tagenden Bauernkongreß der CNC schwenkten die Landarbeiter zum Abschluß Schnarren und Hüte und riefen Viva Campos!

Wir fuhren zurück nach Puebla. Andrés saß da wie ein naßgeregneter Gockel. Ich sprach ihn gar nicht erst an. Er knurrte und fauchte die ganze Zeit nur. Dann hellte sich eines Morgens beim Lesen des *Avante* seine Stimmung auf. Ich nahm die Zeitung, als er pfeifend davonfuhr, neugieriger denn je auf. Doch ich verstand nicht, was ihn so gefreut hatte, denn da standen nur Angriffe auf ihn und seinen Kumpel. Campos wurde dem Gouverneur gleichgestellt mit dem Vorwurf, er habe die Morde in Atencingo und Atlixco zusammen mit dem Pueblaer Gouverneur begangen, er besitze in der Nähe der Heissschen Zuckerfabrik eine auf ehemaligem Genossenschaftsboden erbaute Villa, Rodolfo und Andrés schleusten unter Mithilfe von Heiss Devisen außer Landes, und man wisse, daß beide sechs Millionen Pesos in Dollars auf US-Banken deponiert hätten. Zum Schluß wurde gefordert, das Disziplinargesetz für Beamte müßte zur Anwendung gebracht und Politiker auf ihre Redlichkeit überprüft werden, ehe man als Präsidentschaftskandidaten den raffgierigen Komplizen eines Gouverneurs aufstelle, der mit zahlreichen Morden belastet sei, wenn ihn auch noch so viel Angst und Schweigen deckten.

Kurz danach publizierte *Avante* selbst die Vermißtenmeldung für ihren verschwundenen Chefredakteur Juan Soriano. Sie ersuchte die Öffentlichkeit, von der Regierung mit Nachdruck sein baldiges Wiederauftauchen zu verlangen. Wenige Tage später wurde seine Leiche gefunden, bei San Martín auf der Hacienda Poloxtla. Sämtliche Zeitungen Mexikos brachten Anzeigen und Protest-

erklärungen, die den Mord General Ascencio anlasteten. Ich durfte bei dem Interview des Sonderkorrespondenten vom *Excélsior* zugegen sein, das Andrés zu der Mitteilung nutzte, er habe bereits den Senat der Republik ersucht, sich in die Ermittlungen einzuschalten. Dessen Urteilsspruch werde er sich stellen, er gelobe, es werde eine gerichtliche Klärung geben.
Am nächsten Wochenende erschien Rodolfo bei uns in Puebla. Ich saß vor der Eingangstür im Garten und sah, wie er gemächlich hereinkam.
»Wie geht's, altes Mädchen?« fragte er herzlich und küßte mich. »Und dein Mann?«
Ich brachte ihn in den rückwärtigen Teil des Gartens. Andrés war im Spielsalon und gewann soeben beim Billard gegen Octavio. Marcela verschob zum Punktezählen die Kugeln auf den Stäben und machte sich dabei zur Komplizin ihres Bruders, der Andrés, wie wir alle wußten, gewinnen ließ.
»He, alter Kumpel«, sagte Rodolfo in der Tür mit einer Festigkeit, die mir neu an ihm vorkam.
»He, alter Kumpel«, sagte auch Andrés und ging auf ihn zu. Da lagen sie sich in den Armen.

»Und was jetzt?« fragte ich Andrés nach Rodolfos Weggang am Abend.
»Jetzt werden wir Präsident«, gab er mir zur Antwort.
Noch heute ist mir bei der Erinnerung an den Rest des Jahres und das ganze folgende Jahr zumute, als stürze ich noch einmal in einen Strudel. Andrés ernannte mich zu seiner Repräsentantin. Ich war nur noch in Ausschüssen, auf Kundgebungen, Bürgeranhörungen und ähnlich ermüdenden Veranstaltungen.
Dazu kaufte ich ein Haus in Las Lomas in México. Über lange Zeiträume gehörte es mir alleine. Die Kinder und Andrés blieben von Montag bis Freitag in Puebla. An den

Wochenenden kamen nur Octavio und Marcela, wie sie es nannten, um mir auszuhelfen.

»Catín«, sagte Marcela eines Tages zu mir, »dürfen wir statt der zwei schmalen Betten ein großes in mein Zimmer stellen?«

Ich sagte natürlich ja. Seit damals schlafen die beiden im selben Bett.

Anfangs war ihr Vater noch bemüht, einen Mann für seine Tochter Marcela zu finden. Octavio bat mich jedesmal, für die Ausschaltung der Bewerber zu sorgen. Ich tat es mit solchem Einsatz, daß Andrés schließlich fragte:

»Findest du etwa auch, daß die beiden gut zusammenpassen?« Und er lachte schallend.

Es kam der Parteitag, Fito kandidierte nun offiziell, und es begannen die Reisen. Die erste Stadt, die wir aufsuchten, war Guadalajara. Auf einem begrünten Platz hielt Fito dort seine Ansprache. Er hob den Wert der Familie hervor und sprach von der Ehrfurcht, die Kinder ihren Eltern schulden. Er wirkte eher wie ein Pfaffe denn wie ein Präsidentschaftsanwärter. Marcela, Octavio und ich zwinkerten uns zu und stießen uns, wenn er gar zu bombastisch wurde, mit den Ellbogen in die Seite. Wie dankbar war ich den beiden, daß sie mitgekommen waren. Und nicht nur zu meiner Gesellschaft, nein, auch als Vorwand, mich den Sinnlichkeitsanwandlungen zu entziehen, die den Dicken neuerdings überkamen. Der Dicke konnte nämlich unversehens um Mitternacht einen der Offiziere nach mir schicken, die der ihn schon als Präsidenten behandelnde Sicherheitsstab der Regierung ihm zur Verfügung stellte. Ich wußte nicht, was ich tun sollte, nach Fito gelüstete es mich nicht im geringsten. Und hätten sie ihn zum Präsidenten der ganzen Welt gemacht, ich hätte ihn nicht anfassen mögen.

Einmal bestellte er mich am frühen Nachmittag zu sich,

um mir den von den Anhängern Bravos in fast allen Zeitungen lancierten Lebenslauf von ihm und Andrés zu zeigen. Die Vita begann damit, daß Fito vormals Briefträger war, wärmte dann die Geschichte vom Dienst der beiden in der Zitadelle auf und zitierte anschließend aus einem Heissschen Brief an seine Regierung, in dem es hieß, daß die USA, ginge es um den Schutz amerikanischer Interessen in Puebla, an Ort und Stelle stets mit den *Ascencio and Campos Boys* rechnen könnten. Zum Schluß kam eine eher lückenhafte Aufzählung der von der Clique verübten Morde.

»Nimm's dir nicht zu Herzen«, sagte ich. »Andrés hat sich bei seiner Kampagne nie um Leute gekümmert, die etwas aus seiner Vergangenheit ausgegraben haben. Du gewinnst doch allemal, oder nicht?«

»Komm bitte trotzdem mit zu der Kundgebung«, bat er mich und ließ den Kopf sinken. Tags darauf schickte er ein Auto nach mir. Der Fahrer übergab mir einen Strauß Blumen und eine Karte, auf der stand: *Damit du mir an diesem Ersten Mai Glück bringst.*

Die Kundgebung zum Tag der Arbeit erlebten wir auf dem Balkon des CTM-Gebäudes in der Avenida Madero. Alvaro Cordera stand feingliedrig und gepflegt neben Fito, der aussah wie immer: pausbäckiges Gesicht, angestrengtes Lächeln, verhaltenes Lauern. Alles ging gut, bis die Eisenbahner mit Viva-Bravo-Rufen unterm Balkon vorbeimarschierten und mit faulen Apfelsinen nach uns warfen. Ich dachte schon, Rodolfo würde jetzt eine weinerliche Schnute ziehen, aber statt dessen strafften sich seine Langweilerzüge, wurde er noch gravitätischer und blieb, ohne sein angestrengtes Lächeln zu verlieren, aufrecht neben Cordera stehen.

Ich hatte ein pastellfarbenes Tüllkleid angezogen. Auf einmal zerplatzte an meinem Rock eine Apfelsine. Angesichts von Rodolfos Beherrschtheit hielt ich es für angebracht, ebenfalls weiterzulächeln und mich nicht von der Stelle zu rühren. Als die Demonstration zu Ende war, fragte Fito Cordera, ob er nicht auch finde, daß ich die Haltung einer klugen Königin an den Tag gelegt hätte. Cordera pflichtete ihm ungerührt bei.

»Sofía hätte mit Sicherheit nicht durchgehalten«, meinte Fito. »Was für eine gute Wahl Andrés getroffen hat, was für eine tüchtige Frau du bist«, lobte er noch auf der Fahrt zu mir im Wagen weiter. Als wir am Ziel waren, geleitete er mich zur Tür, und zum Abschied küßte er meine Hände und mein bekleckertes Kleid ab.

›Er schreibt seine Reden doch nicht etwa selber?‹ fragte ich mich, als ich die Treppe zu meinem Zimmer hinaufging. ›Schon möglich, wer so bombastisch ist, der schreibt auch Reden.‹

Am Nachmittag rief Andrés an, um mir zu danken, und so bekam ich die zweite Hälfte der Aufzählung meiner Glanzleistungen zu hören.

»Bist ein ganz schön gerissenes Biest«, sagte er. »Hast deine Lektion gelernt. Ich würde sagen, du könntest inzwischen glatt in die Politik. Halt mir den Dicken weiter in Form.«

Ich stellte mir vor, wie Andrés an seinem mit nie gelesenen Papieren vollgepackten Schreibtisch saß. Ich sah sogar seinen Mund vor mir, aus dem das wiehernde Lachen seiner Dankbarkeit kam. Irgendwas an meinem Mann gefiel mir noch immer.

»Wann kommst du?« fragte ich.

»Komm du. Am Fünften reist hier Präsident Aguirre an.«

Ich fuhr. Die Kundgebung verlief reibungslos. Tausende Kinder defilierten in Trachten diszipliniert und leuchtend bunt im Marschtritt an uns vorüber. Aguirre bedankte sich bei Andrés, Frau Lupe fuhr mit uns ins Kinderheim und spendete das Frühstück für das nächste Halbjahr.

Danach ließen wir uns alle in einem Wagen in die Sierra hinaufkutschieren. Dort hatte Andrés ein Spalier Indios organisiert, die bereit waren, dem Präsidenten Wünsche vorzutragen. Die hörten wir uns den Nachmittag über an. Gegen acht genehmigte ich mir mit Doña Lupe eine Mahlzeit, Milchbrötchen mit Kaffee Melange. Als wir um elf zurückkamen, lieh ihr Mann noch immer Indios sein Ohr. An seiner Seite sog Andrés mit verbindlichem Lächeln unerschütterlich an seiner Zigarre. Doña Lupe und ich gingen zu Bett. Es war vier Uhr früh, als sich mein General in unserem gemeinsamen Zimmer einfand.

»Dieser Mistkerl, kann nie genug kriegen«, murrte er, während er zu Bett ging. Er nahm mich in die Arme. »Darüber vergess' ich fast, was ich für ein Rasseweib habe.«

»Und noch einige andere Damen mehr«, beschwerte ich mich.

»Lästere nicht, Catín. Wenn du wirklich so klug bist, behältst du es besser für dich.«

»Wie sich Präsidenten wohl fühlen, wenn sie auf dem absteigenden Ast sind?« dachte ich laut. »Armer General Aguirre.«

»Sag ich nicht deutlich genug«, antwortete er, »daß du ein Rasseweib bist?«

Zehntes Kapitel

Bibi war um ein weniges jünger als ich. Als wir uns kennenlernten, war sie mit einem Arzt verheiratet, dem es peinlich war, von seinen Patienten Geld zu verlangen. Gefragt, was sein Honorar sei, antwortete er scheu wie ein Indio: »Soviel Sie belieben.« Er war ein guter Arzt, er kurierte die Kinder von verdorbenem Magen und Grippe und die Mütter von ihren Sorgen. Als Verania einmal ein Bonbon verschluckte und blau anlief, hetzte ich mit ihr zu ihm. Ich dachte, sie würde sterben, und mir graute bei dem Gedanken, daß der General mich anbrüllen würde: »Du Mörderin, du Schlampe.«

Kaum trat ich in seine Praxis, war mir auch schon geholfen. Zwar war das Kind noch unverändert blau, aber der Arzt begrüßte mich in aller Ruhe und flößte Verania dann heißen Kamillentee ein, der den Zuckerpfropfen auflöste, wodurch sie wieder frei atmen konnte. Als sie zu husten anfing und die blaue Farbe allmählich dem Weiß wich, brach ich in Tränen aus, fiel dem Arzt in die Arme und küßte ihn ab. Genau in dem Moment trat Bibi ins Behandlungszimmer.

»Er hat meine Tochter gerettet«, sagte ich zur Entschuldigung, obwohl ich gar nicht wußte, wer sie war.

»Das ist so seine Art«, erwiderte sie, ohne aus der Fassung zu geraten.

»Die Dame ist Frau General Ascencio«, erklärte der Arzt seiner Frau.

»Und wie fühlt man sich da?« war ihre einzige Begrüßung.

Ich zuckte mit den Achseln, und zur Verwunderung des Arztes kicherten wir beide los.

Nach diesem ersten Tag traf ich Bibi nicht häufig. Hin und wieder begegneten wir uns auf der Straße, erkundigten uns dann angelegentlich nach unseren Männern, lobten eine jede den der anderen und fragten nach unseren Kindern. Sie beklagte ihres Sohnes labile Gesundheit und ich die Wildheit meiner Rabauken. Dann verabschiedeten wir uns mit den üblichen, seitlich an der Wange vorbeigehauchten Küssen.

Jahre später sollte sie mir einmal erzählen, daß sie sich durch die Begegnungen aufgewertet gefühlt habe.

Eines Tages hatte ihr Mann den wenig glücklichen Einfall zu sterben. Er starb ohne großes Aufheben, so wie es seine Art war, und er hinterließ ihr keinen Heller, wie es ebenfalls seine Art war. Aus Dankbarkeit, weil der Verstorbene die blauen Flecke meiner Kinder verarztet hatte, wachte ich eine Weile mit bei dem aufgebahrten Toten. In Puebla ging man, um sich die Zeit zu vertreiben, zu allem, gleich ob es sich um Totenwachen, Hochzeiten, Kindstaufen oder Kommunionsfeiern handelte.

Bibi stand da, ihren kleinen Sohn an der Hand. Ich tat Geld in ein Kuvert und schob es ihr nach unserer Umarmung zu.

»Das schulde ich deinem Mann noch«, sagte ich, im Genuß meiner Wohltäterrolle.

»Immer so feinfühlig, Catalina«, antwortete Bibi.

Sie weinte nicht. Ich erinnere mich noch heute, daß sie bildschön aussah in ihren Witwenkleidern. Jünger denn je, und dazu ihre schimmernden Augen. Einfach zu hübsch, um sich mit einer Zukunft abzufinden, die darin bestehen würde, daß sie auf Spaziergängen durch Puebla mit dem Kind an der Hand langsam verblühte und, während ihr Sohn zum jungen Mann heranwüchse, Falten vom vielen Nachdenken bekäme, was sie noch alles verkaufen könnte, um sein monatliches Schulgeld aufzubringen. Sie zog nach México zu ihren Geschwistern, die bei der Zeitung von General Gómez arbeiteten.

Bei General Gómez traf ich sie denn eines Tages auch wieder. In einem riesigen Haus, in dem es ebenso toll zuging wie in dem unseren. Bibi hielt sich im Garten auf. Sie trug ein vorn und hinten tief ausgeschnittenes Kleid und das gewohnte, ihr so gut stehende Lächeln.
»Schön siehst du aus«, sagte ich.
»Ich muß auch nicht mehr jeden Pfennig umdrehen«, gab sie zur Antwort.
»Meinen Glückwunsch«, reagierte ich mit der Formel, die meine Mutter anwendete, wenn sie sich über anderer Leute Wohlergehen freute, aber lieber nicht nach den Gründen fahndete.
Wir setzten uns an das Wasserbecken, auf dem dicht an dicht Gardenienblüten und brennende Kerzen schwammen.
»Traumhaft, nicht wahr?« fragte Bibi.
»Traumhaft«, bestätigte ich, und wir kamen noch auf andere Dinge zu sprechen, die ebenfalls traumhaft waren. Wie sie zu Strümpfen aus dem nördlichen Nachbarland gekommen war, wie sehr ihr der Unabhängigkeitsengel gefalle und ob ich es korrekt fände, daß sie Blumen von einem verheirateten Mann annehme. Ich lachte. Abwegige Frage, am liebsten hätte ich sie an eine der Frauen, die von Andrés in Geschenkpapier gewickelte Wagenschlüssel annahmen, verwiesen. Der Wagen war natürlich schon immer vor der Haustür geparkt.
»Meine Tante Nico sagte immer, vor der Ehe von einem Mann keine Blume. Willst du dich etwa an deren Predigten halten?« fragte ich.
Damit begann unser Gespräch, und es endete mit Bibis Geständnis, daß General Gómez Soto sie gebeten habe, die Dame dieses Hauses zu werden.
»Nur von diesem?« sagte ich.
»In den anderen wohnen seine Frau und seine Kinder. Dies hier ist das einzige«, erklärte sie, »das sie noch nicht übernommen haben.«

General Gómez' Frau war zum Davonlaufen häßlich. Im gleichen Alter wie er, um die fünfundvierzig, wirkte sie doch um Jahrzehnte älter, weil sie ihm einst als Soldadera nachgezogen war. Die beiden hatten neun Kinder zusammen, die schon größer, zum Teil sogar schon verheiratet waren. Frau Gómez war eine rüstige Oma, die vom Leben nie viel erwartet und deren Mann es an ihrer Seite auf einmal zu Wohlstand gebracht hatte. Aber ich kannte meine Generale: Gómez Soto würde sich nie von ihr trennen, um vor aller Augen Bibi zu heiraten.«

»Sag ja«, riet ich ihr, »aber laß ihn das Haus auf deinen Namen überschreiben.«

»Ausgeschlossen, Catalina, das bringe ich nicht fertig«, wehrte sie ab. »Er ist doch schon so gut zu mir, er beschenkt mich doch schon so großzügig«, schloß sie errötend.

»... mit Ladenhütern«, sagte ich. »Der schenkt dir, was er nicht gebrauchen kann. Die schenken immer nur, was sie nicht gebrauchen können. Nichts, was ihnen wirklich weh tut, liebste Bibi. Er schmückt dir deinen Swimmingpool zwar aus, aber überschreiben möchte er ihn dir nicht. Witzig. Willst du immer von ihm abhängig bleiben?«

»Zunächst mal. Alles Weitere will ich mir langsam verdienen«, beteuerte sie mit Teenagerstimme.

Etwa einen Monat nach diesem Gespräch besuchte sie mich in Puebla. Sie stieg glücklich aus einer riesigen Limousine, so groß wie die meinen. Ihren Jungen hatte sie nicht dabei, dafür trug sie mitten im März einen Pelzmantel. Auch diesmal ließ ich kein gutes Haar an ihrem General Gómez. Ich brachte ihn sogar in Verbindung mit Sorianos Ermordung, denn die hatte schließlich nicht nur Andrés, sondern auch Gómez Soto genützt, der dessen Zeitung aufgekauft und seinem Imperium einverleibt hatte. Bibi wollte davon nichts hören.

Wir standen auf der Terrasse und blickten auf die Dutzende Kirchen der Stadt mit ihren sich gegenseitig überragenden blinkenden Kuppeln hinunter. Ich stand gern hier und schaute. Von hier aus muteten einen Pueblas Straßen geradezu perfekt an, und man konnte sich die schönsten Häuser beinahe herausgreifen.
»Ich habe es satt, ohne Beschützer zu leben, Catalina. Es ist gräßlich, eine mittellose Witwe zu sein, alle grabschen sie nur nach dir. Und kaum einer läßt etwas springen. Da ist der General wenigstens spendabel. Er hat mir den Wagen geschenkt, und das Personal zahlt er auch. Er hat versprochen, daß ich Europa mit ihm kennenlernen werde, er kauft mir, was ich mir wünsche, wir gehen zusammen ins Theater, wir erleben, was ich in dem Kaff hier oder an der Schreibmaschine in den Studios América niemals erleben würde. Da könnte ich nur María Félix hinterherglotzen und staunen, womit sie sich alles behängt, und darüber würde ich alt werden, während sie immer noch ein Star ist und blendend aussieht. Nein, gib mir keine Ratschläge, Catalina, das steht dir nicht zu.«
»Damit hast du recht«, gab ich zu. »Ich liefere das denkbar schlechteste Beispiel, und ich beklage mich auch nicht. Warum solltest du dich also beklagen, wenn es dir gutgeht? Natürlich hatte ich erst gar niemanden zum Vergleich und wohl auch keine andere Wahl. Aber wie es an der Seite eines ganz gewöhnlichen Durchschnittsmanns ist, bei dem es kaum für die Nudelsuppe reicht, habe ich nie erfahren. Manchmal denke ich, ich wäre gern die Frau eines Arztes gewesen, der weiß, wo bei den Kindern die Mandeln sitzen. Aber vielleicht ist es auch nur dasselbe in Grün, derselbe Trott. Warum heiratest du nicht den Bruder deines Schwagers? Ein angenehmer, ein hübscher Bursche.«
»Weil er schon verheiratet ist«, sagte Bibi. »Auch einer von den vielen Grabschern.«

So wurden wir Freundinnen. Bibi zog am Ende mit Gómez Soto zusammen. Der hielt Wort, was die Wagen mit den abgedunkelten Scheiben und das Haus mit Schwimmbecken und Blumen betraf; die Auslandsreisen blieb er ihr allerdings schuldig. Nicht einmal zum Kleiderkaufen durfte sie in die Stadt. Alles wurde ihr ins Haus geliefert, Garderobe, Schuhe, Pariser Hüte. Als ob sie Hüte mit Schleier benötigte, um durch die Korridore ihres Hauses zu tigern, die Ärmste. Sogar eine Theaterbühne baute er ihr in den rückwärtigen Teil des Gartens. Er brachte ihr die Künstler an. Sie gaben Privatvorstellungen. Halb México bekam dazu Einladungen, sogar die prüde Chofi fand sich eines Tages mit Mann und Gefolge dort ein. Die Campos brauchten Gómez Sotos Zeitungen für ihre Kampagnen, und dafür war Fito zu jeder Verbeugung bereit.

»Keine Sorge«, sagte Andrés zu Fito auf der Fahrt zu Bibi. »Gómez Soto wählt seine Gäste aus, und er versteht sich zu revanchieren. Ich habe ihm Geld für seine neuen Druckmaschinen vorgestreckt.«

»Bundesstaatliche Gelder verliehen?« fragte Rodolfo, als ob es wunder was wäre.

»Natürlich, alter Junge, aber das Vaterland hat ja Namen und Adresse, und Verpflichtungen verpflichten. So weiß er, daß er bei uns in der Kreide steht. Und seine Partys lohnen sich allemal, da gibt es immer was zu erleben.«

»Und wie«, sagte ich und sah zu Chofi, die vor Ärger einen Flunsch zog.

»Ich hingegen mute mir diese Kokotte höchst ungern zu«, fauchte sie.

»Was gibt es da zuzumuten?« fragte Fito. »Sie ist doch ausgesprochen gewinnend.« Chofis Schmollmund wirkte gleich noch einmal so verbissen.

Wir wurden von Bibi empfangen. Wir beide hatten uns

fast drei Monate nicht mehr gesehen. Sie war nicht mehr nach Puebla gekommen, und als ich sie sah, wußte ich auch, warum. Das konnte nicht ausbleiben: ihr General hatte sie geschwängert.
Sie sah nicht übel aus in anderen Umständen. Ihr langes weites Kleid machte sie zur griechischen Göttin. Die Arme waren etwas voller, ihr Gesicht aber wirkte noch jünger.
»Ich habe dich gewarnt«, stichelte ich. »Nach dem Vergnügen quäkt's in der Wiegen.«
»Red bloß nicht davon, ich hab entsetzliche Angst, daß das arme Wurm die Nase dieses Mannes erbt.«
»Vergiß die Nase, seine Allüren sind schlimmer. Ich weiß nicht, wie wir es überhaupt wagen, von denen auch noch eine Zweitausfertigung in die Welt zu setzen.«
»Müssen ja nicht genauso werden«, sagte Bibi und streichelte dabei ihren Bauch. »Auch Beethoven hatte schließlich einen Alkoholiker zum Vater und eine Geisteskranke zur Mutter.«
»Wer hat dir denn das erzählt?«
»Weiß ich nicht mehr. Aber es macht einem Hoffnung, oder?«
»Und dein Erstgeborener, wie geht es dem?«
»Bestens. Odi wollte, daß er eine Weile im Ausland lernt. Er geht auf eine sagenhafte Internatsschule in Philadelphia.«
»Mit neun Jahren?«
»Er ist vollkommen zufrieden. Strengste Disziplin, und es kostet ein Heidengeld. Sie haben drei verschiedene Schülertrachten und wunderbare Fußballplätze. Er mußte mal mit anderen Kindern zusammensein, er hing gar zu sehr an mir.«
»Ist das deine oder Gómez Sotos Meinung?«
»Wir denken beide so.«
»Ein schönes Duo. Seid euch in Grundfragen ja so einig.«
Während ich das sagte, nahm ich sie in die Arme.

»Was soll ich denn sonst tun?« fragte sie.
»Zunächst mal, mich nicht für dumm verkaufen. Diese Geschichte vom glücklichen Sohnemann kannst du Chofi auftischen. Wenn du willst, helfe ich dir sogar noch, sie mit Details auszuschmücken. Aber vor mir könntest du eigentlich ruhig auch weinen, oder ist dir nicht nach Weinen zumute?«
»Nein, ist mir nicht. Zumindest nicht aus diesem Grund. Manchmal weine ich schon, aber dann, weil ich schwanger und so von der Welt abgeschnitten bin.«
»Schwanger sein ist schauderhaft, nicht?«
»Schauderhaft. Wer sich das bloß ausgedacht hat, daß schwangere Frauen glücklich und schön sind.«
»Mit Sicherheit die Männer. Manche Frauen machen dabei aber wirklich ein zufriedenes Gesicht, so was kommt auch vor.«
»Was bleibt ihnen auch anderes übrig?«
»Zum Beispiel wütend zu werden. Ich habe während meiner ganzen zwei Schwangerschaften nur getobt. Von wegen Wunder des entstehenden Lebens. Hättest mal sehen sollen, wie ich geheult habe und meinen Bauch haßte, als ich mit Verania im siebten Monat war und nicht mehr auf den Mispelbaum im Garten klettern und Mispeln pflücken konnte. Jedes Jahr war ich bis dahin die Beste in meiner Familie, jedes Jahr meinen Geschwistern um drei Körbe voraus. Und auf einmal komme ich zu meinen Eltern und muß erleben, wie meine Geschwister ohne einen ernsthaften Konkurrenten auf dem Baum herumkraxeln. ›Da siehst du, was du verpaßt, Kind, weil du es unbedingt wissen mußtest‹, sagte mein Vater. Da bin ich in Tränen ausgebrochen, und die sind bis heute nicht versiegt.«
»Schwindel nicht. Ich habe dich noch nie weinen gesehen.«
»Du bist ja auch nicht nachts um zwölf bei mir. Und am

Tage gehört es sich nicht. Ich bin die Erste Dame im Staate Puebla.«

So waren wir vom Tor quer durch den Garten geschlendert. Fito, Andrés und Chofi, die uns vorausgingen, wurden an der Haustür mit Umarmungen und Schulterklopfen vom General empfangen. Die Herren der Schöpfung sind schon seltsame Käuze. Da sie sich nicht küssen, nichts Liebevolles sagen und auch keine schwangeren Bäuche streicheln können, begrüßen sie sich mit diesen scheppernden Umarmungen und diesem dröhnenden Gelächter. Ich verstehe nicht, was sie daran witzig finden. Jedenfalls ließen sie Chofi links liegen, so daß Bibi und ich unseren Plausch abbrechen und sie in unser Gespräch einbeziehen mußten.

»Steht Ihnen gut, die Schwangerschaft«, sagte Chofi. »Sie bekommen davon so weiche Züge.«

»Ich werde eben dicker im Gesicht«, antwortete Bibi.

»Tja, manches bleibt uns wohl nicht erspart. Wer wollte ein Kind erwarten und gleichzeitig schlank bleiben? Dafür verklärt es einen, Mutter zu werden. Ich kenne keine Frau, die guter Hoffnung häßlich gewesen wäre.«

»Ich viele«, sagte ich und dachte dabei an die seit ihrer ersten Schwangerschaft zunehmend aus der Form geratende Chofi. Man wußte nie, ob sie noch oder schon wieder schwanger war. Ihr Bauch wurde so gewaltig wie ihr Hintern, und ihre Brüste glichen Elefanteneutern. Bedauernswertes Geschöpf, aber peinlich war es trotzdem. Sollte bald Präsidentengattin werden und konnte das Fressen immer noch nicht lassen.

»Du viele? Wen kennst du denn, der guter Hoffnung und zugleich häßlich gewesen wäre?«

»Eben viele, Chofi. Du willst doch nicht, daß ich Namen nenne?«

»Das sagst du nur, um mir zu widersprechen.«

»Wenn du willst, behaupte ich, daß alle Schwangeren

Schönheiten sind, aber ich glaube es nicht. Ich jedenfalls fand mich so häßlich wie nie.«

»Sahst aber nicht übel aus. Heute dagegen bist du zu mager.« Und an Bibi gewandt: »Wie ist übrigens Ihr Befinden, Señora?«

»Ausgezeichnet«, sagte Bibi. »Ich treibe Gymnastik, das soll ja gut sein.«

»Gott, nein, wie soll das gut sein, Sie schrecken damit doch das Kind auf. Schwangere sollten sich schonen. Sie wollen doch nicht, daß das Kind zu früh abgeht, wie das letzte Mal bei Catalina?«

»Meine Fehlgeburt kam nicht von der Gymnastik, sondern weil die Gebärmutter das Kind nicht halten konnte.«

»Toller geht's nicht! Seit wann können Gebärmütter Kinder nicht halten? Du bist geritten!«

»Mit Genehmigung des Arztes.«

»Natürlich. Dieser Dosal ist ja auch ein Wahnsinniger, der genehmigt alles. Als ich ihn zu dir sagen hörte, du müßtest in den Wochen keinen Maisshake und keine Hühnerbrühe mehr zu dir nehmen, wußte ich, das ist ein Irrer. Ein verantwortungsloser Irrer. So spielt er bestimmt nicht mit dem Leben seiner eigenen Kinder. Oder er ist ein Homo. Homos können Kinder und Frauen ja nicht ausstehen. Bestimmt ist er ein Homo.«

»Wie finden Sie die Blüten in meinem Bassin, Doña Chofi?« fragte Bibi sehr passend.

»Ach, wunderhübsch! Waren mir noch gar nicht aufgefallen. Ziehen Sie die hier in der Nähe?«

»Odilón läßt sie jede Woche frisch aus Fortín kommen.«

»Ein Mann mit Sinn für Finessen«, sagte Chofi. »Davon gibt es nicht mehr viele. Wie lange fährt man denn von Fortín bis hierher?«

»Sieben Stunden«, sagte ich. »Wir sind alle Irre.«

»Warum sagst du das, Catalina? Sei nicht neidisch.«
»Von wem sprichst du?« sagte ich. »Es ist doch aber heller Wahnsinn, sich Blumen aus Fortín kommen zu lassen. Kein Zweifel, der General ist in dich verschossen.«
»Allerdings«, pflichtete Chofi bei. Wenn sie romantisch wurde, drückte sie den Busen heraus und seufzte, als bitte sie darum, augenblicks gevögelt zu werden.
Wir wollten uns setzen und gingen dazu in den einer amerikanischen Hotellobby ähnelnden Salon. Riesengroß und mit Teppichen ausgelegt. Nicht umsonst luden wir so viele Menschen zu unseren Partys. Wollten wir uns nicht wie einsame Erbsen im leeren Topf fühlen, mußten wir unsere Salons vollpacken.
Auf der Party, die Bibi und der General heute gaben, waren Unmengen von Gästen. Es wurde ein Jubiläum der Zeitung gefeiert, und dementsprechend fand sich ein, wer am nächsten Morgen im Bild erscheinen wollte. Kulinarisches Management lag Bibi nicht, darum bestellte sie alles bei irgendwelchen Fräuleins, angeblich Französinnen und sündhaft teuer, und es reichte niemals. Dafür gab es Importweine und Kellner, die einem schon nachschenkten, wenn man erst ein halbleeres Glas in der Hand hatte. Wenig zu essen und viel zu trinken: die Party geriet zu einem bühnenreifen Besäufnis. Aus den Männern wurden erst rotbäckige Lächler, dann Alleinunterhalter und schließlich lallende Schwachköpfe oder tobende Irre. Der Schlimmste war General Gómez Soto. Er trank immer reichlich. Zu Beginn einer Party war er noch ein angenehmer, ein wenig verworren, aber einigermaßen intelligent redender Mensch, aber das blieb er leider nicht lange. Schon nach kurzer Zeit griff er die Gäste an.
»Sie, warum haben Sie eigentlich so krumme Beine?« fragte er Frau Oberst López Miranda. »Sie müssen es ja treiben, daß sich die Beine biegen. So so, Oberst Miranda

ist also ein ganz Wilder, wenn er seine Frau so zurichtet.«

Niemand außer ihm lachte, doch außer Oberst Miranda und seiner krummbeinigen Frau verließ auch keiner die Party. Als nächstes gedachte Gómez Soto seines Vaters. Er lallte, keiner habe so viel für Mexiko geleistet wie er und keiner sei dafür weniger als er gewürdigt worden.

»Klar, mein Vater stand ja auch auf seiten Porfirio Díaz', ihr Ärsche. Na und? Damals konnte man woanders gar nicht stehen. Dank meinem Vater gab es aber die Eisenbahn, und dank der Eisenbahn gab es die Revolution, oder etwa nicht, ihr Ärsche?« Gómez Soto stand auf einer Tischplatte und brüllte.

»Wie oft in der Woche wird er denn so?« fragte ich die neben mir sitzende Bibi, die ihm eher verächtlich als entsetzt zusah, wie einem Fremden.

»Ein-, zweimal«, sagte sie unbewegt. »Ich hole ihn jetzt vom Tisch, sonst fällt er noch runter, und lädiert ist er schlimmer als besoffen.«

»Das kann ich nicht glauben.«

»Du hast ja keine Ahnung. An einem Schnupfen liegt der sterbenskrank darnieder. Ich darf dann nicht von seinem Bett weichen, er winselt wie eine zertretene Maus. Gar nicht auszudenken, wie er da erst mit einem gebrochenen Bein wird.« Sie ging zu dem Tisch mit dem schwankenden Gómez. Bis heute geht mir ihre weiße Gestalt mit der nach oben gestreckten Hand nicht aus dem Sinn.

»Komm runter, Spätzlein«, sagte sie. »Es ist zu gefährlich. Du wirst noch stürzen und dir etwas brechen. Komm schon, komm runter.«

»Red so nicht mit mir!« brüllte Gómez. »Hältst mich wohl für blöd? Hältst mich wohl für dein blödes Söhnchen? Sprichst mich jedenfalls genauso an. Paß auf, daß du ihn nicht so ansprichst wie mich. Tust du wahrscheinlich schon, ich hab doch gesehn, wie du ihn ins Bett bringst, wie du ihn streichelst, wie du mit ihm redest. Hast es bestimmt schon mit ihm getrieben, und bestimmt williger als mit mir. Alte Nutte du!« Mit diesen Worten warf er sich vom Tisch auf Bibi. Er fuhr ihr mit den Händen an die Gurgel und begann sie zu würgen.

»Tu was«, sagte ich zu Andrés.

»Was soll ich tun, es ist seine Frau, oder?« antwortete er.

Chofi kreischte hysterisch, und Fito nahm sie tröstend in die Arme. Niemand griff ein.

Bibi versuchte sich, ohne die Eleganz zu verlieren, des Generals zu erwehren.

»So hilf ihr doch«, sagte ich und zog Andrés an der Hand zu dem schwitzenden und schnaufenden General.

»Gómez, in der Liebe kann man auch übertreiben«, sagte Andrés und schob Gómez Sotos Hände sanft von Bibis Hals. Kaum hatte Gómez Bibi freigelassen, nahm ich sie in meine Arme.

»Ist nichts weiter«, sagte sie zu mir. »Eine Neckerei, nicht wahr, mein Herz?« wandte sie sich an Odilón, dessen Blick sich binnen Sekunden von dem eines tobenden Irren in den eines verspielten Hündchens verwandelte.

»Natürlich, Cati. Glauben Sie, ich könnte diesem entzükkenden Geschöpf weh tun wollen? Ich bete sie doch an. Wir fassen beim Spielen wohl manchmal etwas fest zu, aber es bleibt immer ein Spiel. Entschuldigen Sie, wenn ich Ihnen einen Schreck eingejagt habe. Musik bitte, Maestro.«

Der Orchesterchef stimmte *Estrellita* an. Bibi zupfte ihr Kleid zurecht, legte ihrem General eine Hand auf die linke Schulter, faßte mit der anderen nach seiner Hand und schmiegte, ihn damit zum Tanz auffordernd, sehr graziös den Kopf an seine Brust.

Kurz danach hatten alle den Vorfall vergessen, und Bibi und Odi waren wieder das vollkommene Paar.
»Du bist ein Genie«, sagte ich zu ihr, als wir gingen.
»Hat dir die Party gefallen, schöne Frau?« fragte sie, als sei nichts gewesen.

In den meisten Bundesstaaten besaßen die Frauen nicht einmal das läppische Wahlrecht, das Carmen Serdán in Puebla für sie durchboxte. Wir lagen also erstmals ganz vorn, und am Morgen des siebten Juli zog ich mich schick wie nie an und ging mit Andrés zu Fuß los, um mit meinem Status eines angetrauten Eheweibs zu renommieren. Es waren nicht viele Leute im Wahllokal, dafür um so mehr Reporter, weshalb ich mein schönstes Lächeln aufsetzte und an der Hand meines Generals zur Urne schritt, als wüßte ich nicht, wer er war, als wäre ich so dumm, wie ich aussah.

Ich wählte Bravo, den Kandidaten der Opposition. Nicht weil ich ihn wunder wie toll fand, sondern weil er absehbar der Verlierer war und ich dadurch das beruhigende Gefühl bekam, Fitos Regierung nicht mitverantworten zu müssen.

In Puebla ging alles friedlich über die Bühne. Vielleicht machte mich meine Rolle als Landesmutter ja auch blind für die realen Vorgänge, denn in México, so erfuhren wir, zwangen die Menschen General Aguirre bei seiner Stimmabgabe, ein Vivat auf General Bravo auszubringen, und zur Rettung der Revolution mußten Parteimitglieder der PRM die Urnen, in denen Fito verlor, beiseite schaffen. Sie stürmten dazu mit entsicherten Pistolen aus abschnittweise verteilten Wagen und brachen Schlägereien vom Zaun, derentwegen die Wahllokale dann vorzeitig schließen mußten.

Bravo verzog sich in weiser Voraussicht für eine Weile nach Venezuela. Seinen Plan zu einem bewaffneten Aufstand nannte die Bevölkerung Unternehmen Flinte ins Korn. Seine Anhänger schlugen dennoch los und wurden abgeschossen wie die Spatzen. Auch das konnte meinen

Favoriten nicht zur Rückkehr bewegen. Da ich als Wählerin also sichtlich versagt hatte, fand ich es nur recht und billig, meinen Fehler auch einzusehen und dem Kongreß kräftig Beifall zu klatschen, als er im September verkündete, mit drei Millionen vierhunderttausend Stimmen gegenüber nur hunderteinundfünfzigtausend Bravo-Wählern habe Fito eindeutig den Sieg errungen.
Gleich mir optierte auch die Regierung der Vereinigten Staaten dafür, den Wahlsieg des Dicken anzuerkennen und zu bejahen, und kündigte an, daß sie zu seiner Amtsübernahme Minister Bryan als Sonderbotschafter nach Mexiko entsenden werde.
Wenig später wagte sich auch Bravo zurück. Andrés hatte nie so gelacht wie an dem Tag, als er die gleich nach der Ankunft gehaltene und der Presse übergebene Rede meines vormaligen Kandidaten las.
»Dieser Gauner, sag, ist er nicht ein Witzbold?« fragte er. »Hör dir das an: ›Da ich unangefochten von persönlichem Ehrgeiz oder Eitelkeit meine kompromißlose Haltung bewahrt habe, möchte ich dem souveränen Volk von Mexiko hiermit nun meinen Verzicht auf das ehrenvolle Amt des Präsidenten dieser Republik bekanntgeben, für das es mich am vergangenen siebten Juli gewählt hat.‹ Dieser Witzbold.«
Andrés trappelte vor Lachen mit den Füßen auf den Boden. »Jede Menge hehre Ziele und tiefe Ehrfurcht und ewiger Dank und Vertrauen auf ein freies und glückliches Mexiko. Alles hat er, nur keinen Mumm in den Knochen!«
»Wie hättest du's denn gern?« fragte ich. »Soll er sich ans Messer liefern?«
»Das ist doch das mindeste. Soviel Wind und dann nur Dünnpfiff.« Andrés hörte den ganzen Vormittag nicht auf zu lachen.
Danach verfiel er darauf, daß ich auf dem Empfang in

der amerikanischen Botschaft Chofi zur Seite stehen sollte, die wiederum an die Seite von Frau Minister Bryan abkommandiert war.

Als wir ankamen, bewarf eine Menschenmenge gerade die Washingtonstatue mit Steinen. Wir schlüpften durch die Hintertür in die Botschaft, und kaum waren wir drinnen, hörten wir auch schon Schüsse und Schreie, indes todernste Kellner Kaviarbrötchen und Champagnergläser an uns austeilten. Madame Bryan war totenbleich, tat aber so perfekt, daß es schon ein schauspielerisches Bravourstück war, als ob überhaupt nichts los wäre. Wahrscheinlich dachte sie, warum ihr Mann ausgerechnet in ein solch barbarisches Land entsandt werden mußte, aber sie lächelte zwischendurch und erkundigte sich bei mir sogar nach dem Klima in Puebla.

»Es ist eher frostig«, sagte ich.

»Froustig, how nice«, freute sie sich.

Als wir das Diner verließen, erfuhren wir, daß ein Major Luna bei dem Versuch, eine Terrorgruppe auszuheben, die General Aguirres und General Campos' Ermordung plante, sein Leben gelassen hatte.

»Armer Major Luna, ist fürs Vaterland gestorben«, sagte Chofi zu dem mit ihrem Schutz beauftragten Leutnant, der uns auch die schlechte Nachricht überbracht hatte.

›Die verwechselt sich aber ziemlich schnell mit dem Vaterland‹, dachte ich. »Das geht zwar allen so«, murmelte ich, »aber ich dachte doch, daß es länger dauern würde.«

Chofi verbreitete sich währenddessen über Major Lunas Diensteifer und sein hohes Pflichtbewußtsein.

In Puebla, als Mónica, Pepa und ich über die Posse von Fitos Vermögensoffenlegung spöttelten, mußte ich dann noch einmal an Chofi denken. Nur zwei Farmen, Las Espuelas und La Mandarina, wollte Fito besitzen, dazu ein Haus mit Nutzgarten in Matamoros, ein Wohnhaus im Stadtteil Lomas de Chapultepec, beziffert auf zwan-

zigtausendfünfhundert Pesos, und ganz in der Nähe ein weiteres im Wert von siebenundzwanzigtausend Pesos. Kein Nummernkonto, an keiner Kreditanstalt.
»Diese Schmierenkomödianten«, meinte Mónica. »Entschuldige, Cati, aber wen wollen die von ihrer Ehrlichkeit überzeugen? Die können mir doch nicht weismachen, daß sie nicht einmal ein Girokonto haben. Schiebt Chofi ihr Taschengeld etwa unter die Matratze?«
»Kein Konto in Mexiko«, sagte Pepa. »Nicht auszuhalten, dein Schwippschwager. Da stehen uns ja sechs öde Jahre bevor. Frommer Christ und Antikommunist, ich dachte, von der Sorte sei nur noch mein Mann übrig.«
Sie lachte mit der auf ihren Rendezvous über dem Markt La Victoria neu erworbenen Keßheit.
»Weißt du schon, warum sie Rodolfo *Income Tax* nennen?« fragte Mónica. Und sie antwortete sich selber: »Weil sie uns den Lumpen aufgebrummt haben wie die Steuer.«
Meine Freundinnen waren, als echte Pueblanerinnen, die Verbalinjurie in Person. Alles was ich hören wollte und anderswo nicht zu hören bekam, sie sprachen es aus. Ich traf mich gern mit ihnen. Vor lauter Ausgelassenheit vergaß ich, daß Rodolfo am nächsten Tag sein Amt übernahm und daß ich noch nicht wußte, was ich dazu anziehen sollte.

Mein Vater war so freundlich, mir die Entscheidung abzunehmen. Ich begab mich von Pepa auf direktem Wege zu ihm. Er schlürfte gerade seinen Espresso und aß dazu Käse und dunkles Brot, das er in feine Scheiben schnitt.
»Was meinst du, was uns dieser Krieg bringt?« fragte ich ihn. »Schlimmeres als die Verknappung von Damenstrümpfen?«
»Ich habe nicht vor, noch so lange zu leben, daß ich das erfahre«, gab er zur Antwort.

Ich witzelte über seine übliche Schwarzseherei und klagte, wie schwer ich es als Andrés Ascencios Frau und Rodolfo Campos' Schwippschwägerin doch hätte. Und nun müsse ich Unglückliche mir auch noch anhören, wie Fito in dem Schwachsinnigentonfall, den er in erhebenden Momenten anschlage, seinen Riemen, seine ellenlange Antrittsrede, verlese.

»Du arme Kleine«, sagte mein Vater und kraulte mir die Haare. »Eines Tages geht es dir besser. Du findest schon noch mal einen Verehrer, der dich richtig lieb hat.«

»Dazu hab ich doch dich«, sagte ich mit krausgezogener Nase und stand auf, ihn zu küssen.

Wir neckten uns wie immer. Ich blieb auch noch bei ihm, als er sich den Schlafanzug anzog, und lag neben ihm im Bett, bis meine Mutter hereinkam und das Gesicht machte, das bedeutete: Es gehört sich nicht, daß du dich zu so später Stunde noch in der Weltgeschichte herumtreibst. Sie selbst trieb sich nach fünf Uhr nachmittags niemals in der Weltgeschichte herum. Ohne ihren Mann schon gar nicht. Und dementsprechend anstößig fand sie mein Benehmen. Ich erhob mich.

»Ich weiß nicht, was ich morgen anziehen soll«, sagte ich.

»Etwas Schwarzes«, antwortete Bárbara, die ins Zimmer trat. »Schwarz ist immer elegant.«

»Mal sehn, was ich finde«, sagte ich und bat sie noch: »Paßt mir auf meinen Bräutigam auf.«

Ich sollte tatsächlich etwas Schwarzes anziehen müssen. Als der Tag anbrach, starb mein Vater.

Ich mag nicht davon sprechen, aber wir fühlten uns, glaube ich, alle von ihm verraten. Sogar meine Mutter, die doch überzeugt war, ihn im Himmel eines Tages wiederzutreffen. Bárbara besorgte das Begräbnis und erledigte auch alle dazugehörigen Formalitäten. Was ich tat, weiß ich nicht mehr, außer, was sich für eine Gouverneursgattin auf keinen Fall gehörte, in aller Öffentlichkeit zu heulen. Ich weiß ebensowenig, wie ich Andrés' letzte Gouverneursmonate hinter mich brachte. Als ich wieder zu mir kam, wohnten wir schon in México.

Zwölftes Kapitel

Wie eine Schlafwandlerin taumelte ich durchs Haus und war verrannt in die Idee, daß ich jemanden brauchte. Ich war so bedürftig nach Menschen an meiner Seite, daß ich schließlich sogar Andrés wieder brauchte. Blieb er, wie er es immer hielt, für mehrere Tage aus, machte ich ihm, wenn er wiederkam, Vorhaltungen und versuchte erst gar nicht mehr, meinen Unwillen zu verhehlen.

»Was ist denn los mit dir?« fragte er. »Warum ziehst du den Mund so spitz? Freust du dich nicht, mich zu sehen?«

Es gab gar keinen Ausdruck für meine Langeweile, für die Angst, die ich empfand, wenn ich ohne ihn im Bett erwachte, für den Ärger, vor den Kindern wie ein Schloßhund zu heulen und nur immer ihr Gezänk zu hören.

Bald war ich zu nichts mehr zu gebrauchen, ich wurde regelrecht kauzig. Ich haßte die Tage, an denen er nicht auftauchte, ich überlegte, was ich zu den Mahlzeiten auftischen sollte, und ich wurde wütend, wenn es spät wurde, ohne daß er anrief oder heimkam. Eigentlich war es das Übliche; weiß der Himmel, warum es mich mit einem Mal so sehr ängstigte.

Zu allem Unglück wohnten nun auch meine Freundinnen nicht mehr drei Straßenecken weiter, und Bárbara war wieder meine in Puebla ansässige Schwester und nicht mehr meine Privatsekretärin, mein Hansdampf in allen Gassen. Pablo war in Italien, Arizmendi eine Einbildung, Andrés war der einzig Greifbare, und ausgerechnet er ließ mich ganze Tage auf unserem Anwesen in Las Lomas zwischen Gartentor und Wohnzimmertür hin und her pilgern und nach ihm ausschauen und ansonsten nur die Zeitung lesen, um herauszufinden, wo er sich gerade aufhielt, ob bei Fito oder woanders.

Ich entwickelte einen krankhaften Ordnungssinn, ich lebte, als wäre mein Dasein eine Bühne, vor der jederzeit der Vorhang gelüftet werden könnte. Ich duldete kein Staubkörnchen mehr im Haus, kein schiefhängendes Bild an den Wänden, keinen Aschenbecher auf dem falschen Tisch, keinen Schuh außerhalb des Ankleidezimmers und ohne Überzug oder ohne Spanner. Tagaus, tagein bog und tuschte ich mir die Wimpern, leistete mir neue Kleider, trieb Gymnastik, in der Hoffnung, er möge plötzlich auftauchen und allem einen Sinn verleihen. Aber er ließ so lange auf sich warten, daß man Lust bekam, schon um fünf in den Pyjama zu steigen oder Kekse mit Eiskrem oder mit Zitronensaft beträufelte, gepfefferte Erdnüsse oder auch alles zusammen in sich hineinzufressen, bis in den Magen das Völlegefühl und in den Unterleib leidlich Beruhigung einkehrten.
Als ich vier Kilo zugenommen hatte und seltener weinte und es gelegentlich sogar schon fertigbrachte, mich mit einem Roman zu unterhalten, kam Andrés am Ende eines solchen Abends mit seinem Komm-ins-Bett-Gesicht hereingeschneit. Ich hatte Lust, ihm ins Gesicht zu schlagen, ihn fortzujagen, fort aus dem, was mit der Zeit zwangsläufig zu meinem Zuhause geworden war, was ich auf meine Bedürfnisse und meinen Rhythmus eingestimmt hatte, worin meine Unordnung und meine Vorlieben herrschten. Er war ganz leutselig, er spöttelte über meine strammgewordenen Beine und erzählte endlos von irgendeinem Streit mit jemandem, von dem er noch nicht wußte, wie er ihn erledigen sollte.
»Gib mir Tips«, sagte er. »Du interessierst dich kaum noch für meine Angelegenheiten. Bist ja ganz versponnen.«
»Und du wendest dich von mir ab«, antwortete ich.
»He«, sagte er, »langsam bekomme ich deine Leier von der mangelnden Zuwendung aber satt. Ich wende mich

noch wirklich von dir ab. Ich ziehe dahin, wo man mich besser betreut und wo man sich vor allem freut, wenn ich mich blicken lasse. Denn du bist ja nicht mehr auszuhalten. Was du brauchst, ist eine Beschäftigung. Seit dein wichtigster Verbündeter gestorben ist und es mit deinem Gouverneursgattinnenjob aus ist, weißt du nichts mehr mit dir anzufangen. Finde dich ab damit. Alles geht einmal vorüber. Hier hält man dir eben nicht die Schleppe, hier wirst du nicht auf der Straße erkannt, hier kannst du nicht zu jedermanns Dankbarkeit Partys und Wohltätigkeitskonzerte geben, hier gibt es keine Ausflüge mit mir in die Sierra. Die Frauen fürchten sich hier auch nicht vor deinen Kommentaren, ja, viele halten sie womöglich sogar für altmodisch. Du bist wirklich schlimm dran. Warum sprichst du nicht mal mit Gómez Sotos Freundin Bibi? Oder schließt dich dem Bundeselternverband an? Bei denen gibt es jede Menge Arbeit. Soeben läuft eine Kampagne gegen den Kommunismus an, dafür brauchen sie noch Helfer. Morgen führe ich dich dort ein.«

Ich wußte, daß Andrés gerade in Antikommunismus machte, um Cordera, den Vorsitzenden des Gewerkschaftsdachverbandes CTM, matt zu setzen. Ich hatte einmal gehört, wie er den Gouverneur von San Luis Potosí, einen zum Industriellen gewandelten Präsidenten, als der erklärt hatte, nur Mitläufer und Karrieristen dächten an Kommunismus, noch am gleichen Tage anrief.

»Tadellos«, hatte Andrés gelobt. »Wie Sie es diesem Cordera gegeben haben. Hat er sich selber zuzuschreiben. Wenn Sie in der Richtung weitermachen wollen, können Sie mit mir rechnen. Was halten Sie davon, wenn Sie bei Ihrem nächsten Besuch in México zu uns zum Essen kommen? Meine Frau würde sich sehr freuen, wenn sie Sie kennenlernen dürfte.«

»Über wen würde ich mich freuen?« fragte ich, als er

auflegte, um zu wissen, an welchem Tag das Essen stattfinden würde und was ich auf den Tisch bringen müßte.

»General Basilio Suárez«, sagte Andrés und schüttete sich aus vor Lachen.

»Diesen Banausen soll ich gern kennenlernen wollen? Was du alles zusammenlügst. Und seit wann freust du dich denn über dessen Besuch? Sagtest du nicht, er sei ein mieser Konterrevolutionär?«

»War er, bis gestern, Kindchen. Und bis gestern durftest du ihn auch als einen Banausen ansehen. Ab heute aber ist er für die ganze Familie ein kluger, ja, ein kundiger Mann. Denk, er hat das, was Cordera verzapft, ›auf fremdländischen Doktrinen fußende soziale Experimente‹ genannt. Ein Volltreffer, das wirst du mir nicht abstreiten.«

»Ich mag Cordera«, trotzte ich.

»Du weißt ja nicht, was du sagst. Cordera ist ein Streber und ein Quertreiber. Ganz vernarrt in seine Einbildung, daß es Klassenkampf gibt und daß die Arbeiter an die Macht müssen. General Suárez hat es schon richtig gesagt, er ist ein Volksverhetzer. Kunststück, wenn man von Haus aus immer gutgestellt war. Sein Vater war der Verleiher der Maultiere, mit denen meine Brüder und ich Mais transportierten. Eine riesige Hacienda besaßen die Corderas vor der Revolution. Was weiß der schon von Hunger, was weiß der schon von Armut, was weiß der schon von all dem, wovon er redet? Nichts, und es interessiert ihn auch gar nicht. Aber ins Gespräch bringt er sich damit. Wehe, der tritt mir auf die Zehen! Wenn er uns schon draufgetreten ist, als wir arm waren, soll er uns jetzt, wo wir reich sind, bloß in Ruhe lassen.«

»Ich mag ihn«, sagte ich wieder.

»Gleich behauptest du noch, daß dir sein grauer Anzug gefällt. Glaubst du etwa auch, daß er nur einen davon hat? Ihr seid ja alle Idioten. Dreihundert hat er, der Lump, alle gleich geschnitten, aber ihr laßt euch von dem an der Nase herumführen. Arbeiterführer, der. Aber der fliegt, das sage ich dir. Seinen Klassenkämpferjob wird der los, darauf kannst du Gift nehmen. Wirst schon sehen, was der auf dem Gewerkschaftskongreß erlebt. Der bekommt von mir für alles eine Quittung, sogar für dein blödes ›Ich mag ihn‹.«

»Ich mag ihn nun einmal«, sagte ich, beglückt, etwas gefunden zu haben, womit ich Andrés ärgern konnte. In Wahrheit hatte ich Cordera zwar damals auf der Maidemonstration gesehen und seine hohen Wangenknochen und die breite Stirn gemocht, ihn aber kaum je gesprochen.

»Warum magst du dumme Gans ihn denn? Wann hattest du je mit ihm zu tun? Du weißt eben einfach nicht, was du redest.« Andrés tobte.

»Immerhin weiß ich, was ich sehe«, sagte ich.

»Sei still. Was hast du denn von ihm gesehen? Na sag schon, was?«

»Eben das.«

»Denk dir nichts aus, Catalina. Meinst du, du kannst mich provozieren? Du hast von dem nicht mehr gesehen, als auch ich mit bloßem Auge sehen kann.«

»Ist dir auch aufgefallen, wie hübsch er lacht?« fragte ich.

»Ach, hol dich der Teufel. Wirst schon erleben, wie hübsch er in einem Monat erst lacht.«

Am nächsten Tag führte Andrés mich bei den Aktivisten vom Elternverband ein. Wir fuhren zu einem großen Haus im Stadtteil Santa María und traten in das Büro eines Herrn Virreal. Ein spindeldürrer Mann mit beginnender Glatze saß hinter einem dunkelfurnierten Schreibtisch. Später erfuhr ich, daß seine Frau eine Dicke na-

mens Mari Paz war, mit der er elf hintereinanderweg gezeugte Kinder hatte.
»Das ist meine Frau, Señor Virreal«, sagte Andrés. »Sie interessiert sich sehr für eine Mitarbeit bei Ihnen.« Und zu mir gewandt: »In einer Stunde schicke ich dir Juan wieder hierher. Auch der sieht dann schön zu, wie er sich hier nützlich machen kann.«
Zur einen Tür ging Andrés hinaus, und zur anderen kam eine Señora mit Perlencollier und einem Medaillon der Madonna zum Carmen herein. Schlank und vornehm gekleidet, hatte sie ein ergebenes Andachtslächeln, bei dem ich mich von Anfang an unbehaglich fühlte.
»Komm bitte mit«, sagte sie zu mir. »Ich führe dich durch das Haus und mache dich mit einigen unserer Mitarbeiterinnen bekannt. Ich heiße Alejandra und habe ab heute das Vergnügen, dein geistiger Mentor und deine Schwester zu werden.«
›Was die nur so geschwollen daherredet‹, dachte ich und schloß mich ihr an. Das finstere Haus hatte viele durch verglaste Türen verbundene, ineinander übergehende Räume. Alle waren wie Klassenzimmer eingerichtet, ausgestattet mit Wandtafeln, Tischen, Stühlen. In einem, das wir betraten, saßen eine Anzahl Frauen.
»Wir füllen Essensbeutel ab für ein Fest in der Strafanstalt«, erklärte mein geistiger Mentor und meine Schwester, damit ich auch begriff, warum hier fünfzehn Frauen, ohne miteinander zu reden, an Tischen zusammensaßen. Nur ihre im Flüsterton abzählenden Stimmen waren zu hören. Die kokosschaumzuckergefüllte Doppelkekse abfüllten, zählten bis drei; bis sechs, die Anisbonbons vor sich hatten, bis sieben die mit den Salzteigtierchen, bis fünf, wer händeweise grüne Pastillen eintütete, und bis drei, wer eine Packung Zigaretten Marke Tiger dazutat.
»Guten Tag«, scholl es uns beiden Eintretenden da im Chor entgegen.

Wir schüttelten noch immer unsere Hände und nannten unsere Namen, als Mari Paz, drei Kinder am Rockzipfel, die einen Karton umhalsten, dazustieß.
»Ich bringe die gefüllten Tortillataschen«, verkündete sie. »Ich weiß nicht, ob sie für ein oder für zwei Stück pro Tüte reichen. Ich habe zweihundert gemacht. Wie viele Sträflinge sind es?«
»Hundertfünfzig«, meldete eine kleine Dicke mit Bart auf der Lippe, die keine Sekunde aufhörte, kokosschaumzuckergefüllte Doppelkekse abzupacken. Sie stapelte ihre Tüten vor der nächsten, die Salzteigtierchen dazufüllen sollte, statt dessen aber mit der für die Anisbonbons Zuständigen schwatzte und des dank dem Arbeitseifer der kleinen Schnurrbärtigen ihrer harrenden Tütenberges gar nicht achtete.
»Dann sind es entweder hundert zuwenig oder fünfzig zuviel.« Mari Paz erbrachte eine erstaunliche Rechenleistung.
»Sollen es fünfzig zuviel sein«, beschied Alejandra. »Die verteilen wir an das Wachpersonal und an die Ehefrauen, die gerade zu Besuch sind.«
»Dafür sind es wieder nicht genug«, sagte die Schnurrbärtige. »Schließer und Besucher sind gegenüber den Häftlingen immer in der Überzahl.« Da sie schon nicht mehr wußte, wohin mit ihren Beuteln, konnte sie sich nicht enthalten zu sagen: »Amalia, Liebe, es tut mir ja so leid, daß ich Sie unterbrechen muß, aber ich kann nicht weiterarbeiten, wenn Sie sich nicht ein wenig beeilen, Sie mit den Tierchen und Ceci mit den Bonbons.«
»Ach herrje, liebste Irene, entschuldigen Sie bitte, wir sind ja weit zurückgefallen. Aber keine Sorge, das holen wir gleich wieder auf. Wir müssen ja ohnehin als erste fertig werden, weil wir zu Hause alles stehen- und liegengelassen haben. Um möglichst früh hier zu sein, vernachlässigen wir schon unsere Pflichten im Haushalt.«

»Das tun wir alle«, sagte Alejandra, der man ansah, daß sie es nicht tat. Schon an ihrem Gesicht und an ihren Händen war zu erkennen, daß sie ständig vier Dienstmädchen beschäftigte. Später erfuhr ich, daß ihr Mann Aktien des Kaufhauses Palacio de Hierro und der Coca Cola und dazu eine Papierfabrik in Sonora und eine Spinnerei in Tlaxcala besaß. Niemand nahm ihr ab, daß bei ihr zu Hause alles drunter und drüber ging, während sie fromme Werke tat, aber alles hing an ihren Lippen, als verkaufe sie die Wahrheit in abgepackten Portionen.

Den anderen Frauen war fast ausnahmslos anzusehen, daß sie weniger privilegiert waren. Wahrscheinlich waren sie mit Angestellten von Alejandras Mann verheiratet, mit unzufriedenen Büromenschen oder sogar Arbeitern. Sie unterhielten sich jetzt über ihre Kirchengemeinde und den Gemeindepfarrer Strizzi. Ich entnahm daraus, daß sie sich von dorther kannten und allesamt bei Pater Strizzi beichteten.

Ihre Wortführerinnen waren Alejandra und Mari Paz. Die beiden stellten den Karton mit den Tortillataschen auf einen Tisch und wiesen mich an, mich davorzusetzen und in jede der schon reihum gegangenen Tüten eine Maistasche zu stecken. Sie selber gingen in eine Ecke tuscheln, und wenn ich die Ohren spitzte, konnte ich ihr Geflüster verstehen.

»Sie ist die Frau General Ascencios«, sagte Alejandra.

»Vor der müssen wir uns in acht nehmen«, erwiderte Mari Paz. »Pater Strizzi sagt, auf diese Art Leute ist kein Verlaß.«

»Strizzi übertreibt«, befand Alejandra. »Auf mich macht sie einen netten Eindruck. Ich meine, sie sollte ihre Chance erhalten, sich an das Gute heranführen zu lassen. Außerdem können wir auch Leute mit Format gebrauchen, Mari Paz, Mitglieder, die Umgangsformen haben. Die hier taugen wohl für die Strafanstalt, zu einer Unterredung mit den Müttern vom Kolumbusgymnasium aber können wir sie schlecht mitnehmen.«

»Vielleicht hast du recht«, sagte Mari Paz. »Aber ich mißtraue ihr trotzdem.«

Ich tat, als ob ich Maistaschen abzählte. »Eins, eins, eins«, tütete ich wie ein fleißiges Schulmädchen das Tortillagebäck ein. Mari Paz trat zu mir mit ihren üppigen Körperformen und ihren drei Gören.

»Wie findest du sie?« fragte sie kokett. »Sind sie gut geworden?«

»Lecker«, sagte ich. »Die Häftlinge haben es gut.«

»Das kann man wohl sagen. Denen habe ich Tinga mit Räucherwurst und gebratenes Bohnenpüree beigegeben. Mir würde zwar zu fleischloser Füllung geraten, aber die Ärmsten, einmal im Jahr werden sie ja wohl mal etwas anderes essen dürfen als den Fraß, den ihnen der Staat vorsetzt. O Gott, Verzeihung, dein Mann gehört ja ...«

»Richtig, zum Staat«, sagte ich.

»Tut mir furchtbar leid, entschuldige. Wenn ich bedenke, was es kostet, jeden Tag so viele Menschen zu verpflegen. Und zu bekochen. In Anbetracht dessen sind sie eigentlich sogar noch ziemlich gut dran. Denn schließlich sind sie ja zur Strafe da, oder?«

»Ich weiß es nicht«, sagte ich. »Ich weiß auch nicht, warum ihr euch um sie kümmert.«

»Denk nicht, das sei das einzige, was wir tun. Die Idee kam von Pater Strizzi, der ist ja ein so herzensguter, so mitfühlender Mann. Einmal war er im Gefängnis, um einem Sterbenden die Beichte abzunehmen, und er kam tief erschüttert zurück. Dieser Schmutz in dem Gebäude, und wie es in den Gemeinschaftszellen zugeht, und wie da Dutzende Männer ganz unter sich, so erzählte er, auf engstem Raum zusammengepfercht sind. Er mußte schon beim bloßen Gedanken daran weinen. So kam er darauf, daß wir eine Besuchserlaubnis beantragen und mit ihnen beten und ihnen etwas zum Knabbern mitbringen könnten. Das fanden wir anständig, und wir bekamen die Erlaubnis, und daran siehst du, daß diese Regierung nicht so religionsfeindlich eingestellt ist wie die vorausgegangenen. Darum fahren wir heute nachmittag dorthin. Wir haben schon die Überraschungspakete, die Rosenkränze, die Heiligenbilder, die Essensbeutel und zehn Skapuliere, die Pater Strizzi verlosen möchte.«

»Skapuliere zum Verlosen?«

»Ja, nein, zum Verkaufen. Wer möchte, kauft eins, und bittet dann den Pater, es ihm umzuhängen. Aber diese zehn möchte Strizzi verlosen und denen umhängen, die sie gewinnen.«

»Und wenn sie nicht wollen?« fragte ich mit einem sehnsüchtigen Blick zur Tür, ob Juan nicht bald käme.

»Wie bitte?« fragte Mari Paz zurück. »Natürlich wollen sie. Wäre ja noch schöner, wenn sie nicht wollten. Es ist doch eine Ehre, ein solches Los zu ziehen, es ist, als ob es ihnen von Gott gesandt würde. Du meinst doch nicht etwa, daß sie Gott von sich weisen?«

»Da hast du recht«, sagte ich. »Gott weisen sie auf keinen Fall von sich.«

In diesem Moment tauchte Juan auf, er wirklich ein Gottgesandter, und postierte sich mit Komplizenlächeln in der Tür.

»Was ist, Juan?« fragte ich. »Werden wir erwartet?« Juan wußte, daß die Antwort auf diese Frage stets zu lauten hatte: »Ja, Señora, es ist dringend.«

Ich tat überrascht und verabschiedete mich in aller Eile, mit dem Versprechen, Punkt fünf in Lecumberri zu sein.

Auf der Straße schüttelte ich die Arme und vertrat mir erst einmal die Beine. Eine laue Februarsonne schien. Ich zog meine Jacke aus. Im Haus war es kälter gewesen als hier im Freien. Alles kam mir draußen angenehmer vor.

Während des Vormittags hatte der Wind den Himmel blaugefegt, und ich bemerkte mit einem Mal auch, wie schön die Bäume waren.
»Fahren Sie mich in die Alameda, Juan«, sagte ich.
Wie jedesmal, wenn ich mich von Unerquicklichem erholen mußte, leistete ich mir ein Eis. Juan parkte den Wagen, ich stieg aus und schlenderte durch den Park Alameda de Santa María. Der Pavillon schimmerte in der Sonne, und auf den Bänken saßen Mütter, alte Leute, Kindermädchen, Kinder und Liebespaare.
Ich kaufte die Zeitung, setzte mich zum Lesen auf eine Bank und amüsierte mich köstlich. Die Delegierten auf dem Vorbereitungstreffen für den Kongreß des Mexikanischen Gewerkschaftsbundes bezichtigten General Basilio Suárez, er ernte, was reaktionäre Synarchisten und die Nationale Aktionspartei gesät hätten, und er habe die Opposition gegen Rodolfo Campos auf seine Fahnen geschrieben. Sie erklärten die Rede des Generals als eine Attacke auf Altpräsident Aguirre und verlangten von Fito die Erfüllung seines Wahlversprechens, die Revolution voranzutreiben.
›Das gibt Krach‹, dachte ich. ›Und Andrés hat dabei die Hand im Spiel. Ich weiß auch schon, wo.‹

Ich bedauerte es, so lange keine Zeitung gelesen zu haben, und wollte nun wieder informiert sein und in alles meine Nase stecken, was mich Andrés zufolge nichts anging. Seit wir nach México übergesiedelt und meine Gouverneursgattinnenfunktionen damit erloschen waren, behandelte Andrés mich wieder wie seine anderen Frauen, und ich hatte mich, ohne es zu bemerken, isolieren lassen. Ab heute aber, so nahm ich mir vor, wollte ich wieder hinein ins pralle Leben. Ich segnete sogar den läppischen Elternverband; eine Zeitlang sollte er mir als Alibi dienen.

»Juan, bringen Sie mir Autofahren bei«, sagte ich zu meinem Chauffeur.
»Señora, der General bringt mich um«, wandte Juan ein.
»Er wird nie erfahren, wie ich es gelernt habe, das schwöre ich Ihnen. Bringen Sie es mir bitte bei.«
»Nun denn«, willigte er ein.
Juan war ein etwa siebenundzwanzigjähriger, naiver und selten gutherziger junger Mann. Ich stieg nach vorn zu ihm auf den Beifahrersitz um, und er begann zu zittern.
»Der General bringt mich um, wenn er uns dabei erwischt.«
»Sagen Sie nicht immer wieder dasselbe, erklären Sie mir lieber, wie man es macht.«
Der theoretische Unterricht dauerte den ganzen Vormittag, und wir drehten etwa fünfzig Runden um die Alameda. Danach brachte Juan mich nach Hause und fuhr zum Nationalpalast, um Andrés abzuholen.
»Gib mir Juan noch einmal«, bat ich Andrés am Mittagstisch. »Er wird viel gebraucht im Verband.«
»Wozu?« sagte Andrés. »Er kann dich hinbringen und abholen. Ich brauche ihn auch.«
»Und wenn du nicht da bist?«
Er erwiderte: »Im Moment bin ich da.«
»Ich habe das Abschlußkommuniqué der Delegierten auf der Vorbereitungstagung gelesen«, warf ich hin.
»Wo hast du es gelesen?«
»Im *Universal*. Da ich schon einmal außer Haus war, habe ich auch gleich die Zeitung gekauft. Ich weiß nicht, was mich je dazu getrieben hat, mich so abzukapseln, aber seit meinem heutigen Ausflug fühle ich mich wie verwandelt. Wenn du mir Juan nicht überlassen willst, gib mir einen anderen Fahrer oder laß mich fahren lernen.«
»Mein Gott, diese Frau kann nicht ruhig sitzen. Ich

wußte, daß du das Stubenhocken nicht länger als ein halbes Jahr aushalten würdest. Wie war's im Elternverband? Kannst du dich nützlich machen?«

Ich verstummte einen Augenblick. Es war harte Arbeit, Andrés etwas vorzuschwindeln. Er war wie ein alleswissender, hinter jedem Schlüsselloch lauernder, unsichtbarer Beschatter.

»Natürlich kann ich mich bei denen nicht nützlich machen. Wenn mich eine solche Arbeit interessierte, hätte ich gleich barmherzige Schwester werden können und wüßte dann wenigstens, wo auf der Welt mein Platz ist. Aber ich werde mich den Teufel auf den Wirrwarr in deren Köpfen einlassen. Ich brauche keinen Pater Strizzi, der mir sagt, wo es langgeht, und ich habe noch zuviel Leben vor mir, als daß ich in einem klammen Haus herumhocken und Pastillen für Gefangene eintüten müßte, die dann in einer Tombola Skapuliere gewinnen dürfen. Außerdem haben mir die Kommunisten bisher nichts getan, und ich mag keine an den Haaren herangezogenen Gegner. Wenn man schon in Wohlfahrt macht, dann auch, so meine ich, gleich ganz groß aufgezogen. Ich will mindestens wie Franz von Assisi dastehen, und die Armen sollen mich segnen, wenn ich vorübergehe. Ich wäre schön dumm, wenn ich hinter dem Leithammel Pater Strizzi Kindern die Nase putzen und mit Häftlingen beten würde. Lieber sterbe ich.«

Andrés lachte, und ich war erleichtert.

»Wie, sagst du, heißt der Pfarrer? Strizzi? Ist ja irre. Du hast recht. Bloß weil ich will, daß mir diese Schwachköpfe helfen, Cordera zu erledigen, muß ich ja noch nicht so gemein sein, dich dahin abzubeordern. Das ist eher was für eins unserer Mädchen. Marta hätte ich ihnen hinschicken sollen, der liegt das, und ich hätte in ihr zugleich einen guten Informanten. Aber dich, wie komme ich auf dich? Für wie verrückt habe ich dich eigentlich gehalten? Das hast du davon, daß du, wenn ich komme, nicht lieb zu mir bist.« Er lachte von neuem. »Sag mal, kennst du denn inzwischen auch diesen Strizzi? Wie viele von diesen Weibern, glaubst du, haben denn seinen Strizzi schon aus der Nähe gesehen? Mein Gott, wo habe ich dich da hingebracht. Du hast eine Entschädigung gut. Schluß mit der Klausur, ab heute nehme ich dich überallhin mit.«

Wie er es beschlossen hatte, so geschah es auch. Weil es ihm so beliebte, so war er. Er entfernte und er näherte sich, er hatte wie das gottverfluchte Meer seine Ebbe und seine Flut. In diesen Tagen bequemte er sich zu einer erneuten Annäherung.

»Ich muß in den Regierungssitz zurück«, sagte er, »der Dicke kommt allein einfach nicht zurecht. Komm mit, so bist du gleich in der Stadt und kannst dir drei Stunden lang zusammenkaufen, worauf du Lust hast. Bei Ladenschluß um acht holst du mich ab, und ich lade dich zum Essen ins Prendes. Ist mein Plan genehmigt?«

Ich rannte nach meinem Mantel und saß drei Minuten später im Wagen, ehe er es sich womöglich wieder anders überlegte. Es war kalt, einer der seltenen Februartage, an denen man im Pelzmantel ausgehen konnte, ohne auf der Straße ins Schwitzen zu geraten. Ich nahm den Fuchsmantel, den schönsten, den ich je hatte. Pelze wirken mitunter ja spießig. Zu diesem aber trug ich Stiefel und fühlte mich darin wie ein Hollywoodstar.

Wir kamen zum Zócalo und umrundeten ihn, um in den Regierungspalast einzubiegen. An der Zufahrt mußte man sich tausend Sicherheitsmaßnahmen und übertriebenen Durchsuchungen unterziehen, seit irgendein verwegener Bursche einmal einen Anschlag auf Fito versucht hatte. Alle Wagen wurden kontrolliert bis auf den Hohlraum unter den Sitzen. Selbst der Wagen des Dicken, um den Zufall auszuschließen, daß an irgendeiner Ecke noch jemand zugestiegen war. An diesem Nachmittag filzten die Soldaten sogar meine Manteltaschen. Andrés wütete über die Prozedur.

»Was für ein Waschweib, dieser Rodolfo!« schimpfte er vor den Soldaten oder wer immer es sonst hören wollte.

Als wir endlich drinnen waren, sprang Andrés aus dem Wagen, gab mir eine hübsche Summe Geldes und schärfte mir ein, mir zu kaufen, was mein Herz begehre. Mein Herz aber begehrte an diesem Nachmittag nur ein Eis und einen Spaziergang, bei dem mich niemand beim Eislecken störte.

Dreizehntes Kapitel

Juan holte mir Vanilleeis und setzte mich in der Avenida Madero am Eingang von Sanborn's ab. Hier fühlte ich mich immer geborgen, wegen der Talaverakacheln an der Fassade. Jeder hat so seine Marotten. Ich fühlte mich in Sicherheit, wo es Talaveraporzellan oder Talaverakacheln gab, und stellte darum in allen meinen Wohnhäusern als erstes Talaverageschirr auf. Das blaugelb Gemusterte, das mit fünfzig Gedecken. Heute soll es ein Vermögen kosten, aber damals machte man damit keinen Staat. Wer auf sich hielt, leistete sich Rosenthalporzellan, nicht das rustikale, leicht zerbrechliche Talavera aus Puebla.

Eine Weile blieb ich an der Tür zu Sanborn's stehen. In Kokottenmanier an die Wand gelehnt, kam ich mir vor wie Andrea Palma in *Die Frau am Hafen*. Alsdann überquerte ich die Straße und passierte die Zentralbank, deren Direktor damals ein dickbebrillter Idiot war, dessen Namen ich mir nie merkte. Was für ein armseliger Tropf und was für eine Gruselgestalt. Den Posten hatte er zudem einem intelligenten und sympathischen Vorgänger abgeluchst, den ich mochte, weil er als einziger nicht gelacht hatte, als Andrés bei einem Essen erzählte, ich hätte nach der Regierungserklärung des Präsidenten bei der Nationalhymne geweint.

Wieder auf der anderen Straßenseite, ging ich zum Palast der Schönen Künste. Das Bauwerk gefiel mir, es ähnelte einer Kommunionstorte. Ich trat ein. Die Türen zum Theatersaal waren verschlossen, aber ich stieg ins Obergeschoß, aus dem eine Musik kam, die wie eine langgezogene, immer wiederkehrende Klage anmutete.

Ich schob eine Tür auf, sie war unverschlossen. Der Saal war menschenleer, dafür nahmen Orchestermusiker die gesamte Bühne ein. Davor unterbrach soeben ein Mann das Spiel und begann fieberhaft etwas zu erklären, so als hinge sein Leben davon ab, daß der Musiker, auf den er mit dem Taktstock zeigte, seinen Worten folgen konnte. Der Mann war nicht groß, er hatte breite Schultern und lange Arme.

Ich ging näher heran und hörte ihn sagen:

»Das Ganze ab Takt vierundzwanzig noch einmal von vorn. Alle, los.« Und er sang ihnen die Melodie vor.

Wieder erklang die sonderbare, traurige Musik, diesmal noch getragener. Ich hatte dergleichen noch nie gehört. Ich setzte mich hin. Ich blickte zur Decke, zu den leeren Logen, und überließ mich den scheinbar von den Armen des Dirigenten hervorgebrachten Tönen.

Mit welch ausgefallener Beschäftigung sich diese Männer abgaben, ganz anders als alle, die ich sonst kannte. Der Dirigent unterbrach sie, sprach mit ihnen, hob abermals die Arme, und von neuem setzte die Musik ein. Auf einmal fuhr er sehr heftig dazwischen. Er sah einen jungen Geiger in der dritten Reihe an und sagte:

»Wo bleiben Sie, Martínez? Sie hinken hinterher. Sie halten den Takt nicht. Woran denken Sie? Was könnte wichtiger sein als das, was wir machen?«

Martínez blickte in meine Richtung und blieb die Antwort schuldig. Der Dirigent sah sich um, und sein Blick fiel auf mich, die ich in einer der vordersten Reihen saß, die Hände am Mantel scheuerte und keine Silbe hervorbrachte.

»Wer hat Ihnen erlaubt hereinzukommen?« fauchte er.

Ich hatte keine Wahl, ich mußte mich zur Reporterin mausern.

»So so«, sagte er, »schöne Lotterwirtschaft.« Er hatte große dunkle Augen in einem sehr hellen Gesicht. »Warten Sie hinten auf mich. Aber ganz hinten. Und keine Bewegung, das lenkt uns ab.«

Ich stand auf und ging durch den Mittelgang langsam nach oben.
»Sind Sie soweit?« fragte er aus seiner Höhe.
»Ich bin soweit«, meldete ich und senkte die Augen. Als die Musik wieder einsetzte, erhob ich mich leise, bewegte mich vorsichtig zum Ausgang, schob die Tür auf und rannte die Treppen hinunter. Sekunden später war ich auf der Straße, setzte mich auf eine Bank in der Alameda und versuchte das Gehörte zu summen, bekam die Melodie aber nicht zusammen. Dafür liefen mir, ohne daß ich den Grund verstand, Tränen über die Wangen. Ich dachte mir, daß ich wahrscheinlich älter wurde und von meiner Mutter den Hang zu Vorahnungen geerbt hatte. Und ich wußte:
»Er hat Feuer gefangen.«

Als Juan mich fand, war es schon spät.
»Der General steht schon lange an der Palasttür«, sagte er und fuhr mich zu ihm.
»Wo hast du gesteckt, Dummchen?« fragte Andrés ganz gelassen.
»Ich habe mir die Füße vertreten.«
»Hast wahrscheinlich sämtliche Geschäfte abgeklappert. Was hast du dir gekauft?«
»Nichts.«
»Nichts? Was hast du denn dann getan?«
»Musik gehört«, sagte ich.
»Ich wette, du bist in der Alameda Marimbaspielern begegnet. Wieso bist du nur so sentimental, Catalina?«
»Ich war im Palast der Schönen Künste. Da probte das Symphonieorchester.«
»Dann hast du wahrscheinlich Carlos Vives gesehen, den Dirigenten?«
»Du kennst ihn?« fragte ich.
»Natürlich kenne ich ihn. Der größte Narr, den ich

kenne. Sein Vater war General, aber der Junge ist aus der Art geschlagen und der Musik verfallen. Er ist eben aus London zurückgekommen und ist in die Idee verrannt, wir Hottentotten bräuchten unbedingt ein Symphonieorchester. Er hat Fito davon überzeugt, aber wer überzeugt Fito nicht?«

»Gehen wir essen?« sagte ich, und meine eigene Stimme klang mir fremd in den Ohren. Als spräche und bewegte sich eine andere an meiner Stelle.

Im Prendes gab ich meinen Mantel an der Garderobe ab. Andrés hängte seinen Hut an den Haken und marschierte ins Lokal, als wäre es das Eßzimmer bei uns zu Hause.

»Ihren Stammtisch, Herr General?« sagte der Ober.

»Meinen Stammtisch, großer Manitu«, gab Andrés zur Antwort. Ich habe nie herausgefunden, was Andrés an diesem Restaurant reizte. Es war spukhäßlich, so häßlich wie der Speisesaal in einem Kloster. Das Essen war zwar gut, aber auch wieder nicht so gut, daß es sich dafür lohnte, in einer fensterlosen Höhle zu speisen. Schon gar nicht wie Andrés alle drei Tage.

Meine Austern kamen zur gleichen Zeit wie seine Tortillasuppe, und ich schlürfte sie, während er redete.

»Toll geworden, die Rede, die ich Rodolfo geschrieben habe. Die verschlägt Cordera für eine Weile die Sprache. Weil er sich bei seinem Genörgel doch immer auf die Demokratie beruft, habe ich Fito hineingeschrieben, unter Demokratie müsse man die Überleitung des Klassenkampfes in die Bahnen von Recht und Gesetz verstehen. Da das Gesetz aber wir sind, sitzt er damit in der Klemme. Sieh mal an, wer da kommt.«

Ich schluckte meine letzte Auster und hob die Augen vom Teller, um zu sehen, wer da kam. In einem blauen Jackett trat mit strahlendem Lächeln der Dirigent auf uns zu. Ich wollte in der Erde versinken.

»Ich habe auf Ihr Interview gewartet, Señora«, sagte er zur Begrüßung, gab Andrés die Hand und nahm Platz.
»Wie geht's?« sagte Andrés. »Catalina hat mir erzählt, daß sie sich heute nachmittag deine Musik angehört hat. Wieso hast du sie eingelassen?«
»Sie hat sich reingemogelt.«
»Und was hat sie gesagt?«
»Daß sie Reporterin sei und mich interviewen wolle.«
»Oh, wie dieses Mädchen schwindelt. Wieso hast du nicht gesagt, du kommst einfach rein, weil du Lust hast?« fragte er mich wie ein über die Streiche seines Sprößlings belustigter Papa.
»Weil ich Angst hatte«, bekannte ich.
»Angst vor dem da? Diesem Bengel, der wahrscheinlich kaum zwei Jahre älter ist als du? Er war zwölf beim Christero-Feldzug. Damals wohnte er mit seiner Mutter in Morelia, und sein Vater, der mein Vorgesetzter war, nahm mich, wenn gerade Waffenstillstand herrschte, oft mit zu sich nach Hause. Wenn wir hinkamen, spielte der Bengel jedesmal auf einer selbstgeschnitzten Flöte.«
»Wie gut Sie sich noch erinnern, General.«
»Früher hast du mich anders angeredet.«
»Früher waren auch Sie ein anderer.«
»Früher stand ich, so wie du heute, am Anfang meiner Laufbahn. Ich kam nur nicht so schnell voran wie du. Im Krieg und in der Politik macht man sich natürlich mehr Feinde als mit der Musik. Wie kamst du eigentlich aufs Musizieren?« wollte Andrés wissen. »Du wärst ein guter Politiker geworden. So wie dein Vater.«
»Manche Menschen werden eben nicht wie ihre Väter.«
»Bist du etwa stolz darauf?«
»Ganz und gar nicht, General. Nur führt jeder seine eigenen Kriege.«
»Führst du mit deiner Musik denn einen Krieg? Bist

schon ein sonderbarer Bursche. Er hatte recht, dein Vater.«
Dann sprachen die beiden von der Vergangenheit: wie der Dirigent als Kind Andrés Kugeln aus dem Patronengurt stibitzt hatte, die er dann in einen Kochtopf getan und geschüttelt habe, um dem Geschepper zu lauschen, und wie er von Andrés und seinem Vater zu den Erhängten mitgenommen und unter den Strommast postiert worden war, damit er sich die blauen Gesichter und die hervorquellenden Zungen ansähe.
»Hattest du da keine Angst?« fragte ich.
»Furchtbare Angst, aber ich wollte es mir vor den beiden Barbaren, meinem Vater und deinem Mann, nicht anmerken lassen.«
Ich konnte nicht weiteressen, weder meinen Fisch noch meinen Kuchen. Ich bestellte einen Kognak und kippte ihn in einem Zug herunter.
»Was ist denn los mit dir?« fragte Andrés. »Seit wann trinkst du scharfe Sachen?«
»Bei mir ist vermutlich eine Grippe im Anzug«, antwortete ich.
»Meine Frau ist ein wenig verrückt, findest du nicht?«
»Ich finde sie reizend«, antwortete Vives.
Dann sprachen die beiden wieder von sich. Vom Unterschied zwischen Stierkampf und Musik. Davon, wie sehr Carlos' Vater meinen General gemocht hatte und wie oft er mit seinem Sohn geschimpft hatte, weil der zu seiner großen Enttäuschung partout Musiker statt Soldat werden wollte.
»Das war nur vernünftig von deinem Vater«, zog Andrés den Schlußstrich.
»Auf dein Wohl, General«, sagte Carlos. »Und auf deines, du Naseweis.« Er zwinkerte mir zu und tätschelte meine auf dem Tisch liegende Hand.
»Auf euer Wohl«, sagte ich und kippte einen zweiten

Kognak herunter und verlegte mich für den Rest des Abends aufs Lächeln.
Als wir ins Freie traten, schimmerte über unseren Köpfen ein kreisrunder gelber Mond. Als ob es nicht drei Uhr morgens, sondern fünf Uhr nachmittags wäre, hockte ein Blinder auf der Türschwelle und spielte Trompete.

Vierzehntes Kapitel

Ich hatte bis dahin immer gedacht, um in Frieden zu leben, brauchte ich an meiner Seite nur eines: tagtäglich Andrés. Doch als Andrés am nächsten Morgen nicht eilig aus dem Haus rannte, sondern mir statt dessen eröffnete, er beabsichtige sein Büro zu uns nach Hause in die Bibliothek zu verlegen, hätte ich ihn am liebsten nie mehr wiedergesehen. Er stand einem im Weg wie ein alter Kleiderschrank. Wo man hinkam, traf man auf seine geräuschvolle Gegenwart. Und ausgerechnet jetzt mußte er auch noch liebevoll werden. Jeden Morgen packte ihn neuerdings das Verlangen, nirgendwohin wollte er ohne mich. Mir nichts, dir nichts ernannte er mich zu seiner persönlichen Referentin, schleppte mich auf alle Tagungen, die er arrangierte, um Cordera in der CTM zu entmachten, auf alle Zusammenkünfte mit Politikern, ja, selbst beim Pinkeln konnte er nicht mehr ohne mich sein.

Zwei Tage früher hätte er mich damit noch glücklich gemacht. Ich hätte nicht nur seine zündende Präsenz genossen, sondern auch die Einladungen zu allem, was mir bisher versperrt war: zu Sitzungen und Besprechungen, die ich nur durchs Schlüsselloch mitbekommen hatte und mit bohrenden Fragen an Andrés mühsam rekonstruieren mußte. An alledem durfte ich jetzt teilnehmen, durfte Meinungen äußern, wenn mir danach zumute war, nur hatte ich soeben die Stufen zur Philharmonie erstiegen und mich leider in einen anderen verliebt.

Ich war schon untreu, bevor Carlos Vives und ich uns überhaupt jemals berührten. Für nichts außer ihm war in mir noch Platz. Nie hatte ich Andrés so geliebt, nie Stunden um Stunden versucht, mich seiner Hände zu erinnern, mich nie mit dem ganzen Körper danach gesehnt, daß er wenigstens käme. Ich schämte mich, daß ich wegen eines Mannes in einen solchen Zustand geriet und daß ich, ohne den geringsten Einfluß darauf zu haben, so unglücklich war und im nächsten Augenblick schon wieder so glücklich. Ich wurde unausstehlich; doch je unausstehlicher ich wurde, desto mehr bemühte Andrés sich um mich. Nie konnte ich so ungehindert wie in diesen Tagen tun, was mir in den Sinn kam, und nie empfand ich mein Tun als so niederschmetternd vergeblich, als so albern und unerbeten. Von allem, was ich besaß und was ich liebte, wünschte ich mir eben nur noch Carlos Vives' nachmittägliche Nähe.

Eines Morgens entdeckte Andrés beim Frühstück auch noch, daß meine Haare gewachsen waren, daß er seit Jahren nichts Schöneres als ihren Glanz erblickt hatte, fand dazu meine Füße zierlicher als die zierlichsten Japanerinnenfüßchen, begeisterte sich für meine Zähne, die weißer als ein Kindergebiß seien, und fand, ich hätte die Lippen eines Filmstars. Um so mehr verabscheute ich selbst meine Hüften, meinen Mund, meine Wimpern, um so dümmer fand ich mich selber, um so hinterhältiger, häßlicher.

Beladen mit meiner Häßlichkeit, lauschte ich den Vormittag über meinem General, der einen *Erneuerung* zu nennenden Zusammenschluß von Abgeordneten aus dem Boden stampfte und darüber nachsann, wie er dem einen eins auswischen und den anderen fertigmachen könne, und wünschte mir währenddessen nichts sehnlicher, als daß bald der Nachmittag käme.

Andrés mußte in den Nationalpalast, und ich fuhr mit.

»Heute kaufst du wirklich ein?« fragte er beim Aussteigen.

»Möglich«, sagte ich.

Kaum ließ Juan den Motor an, bat ich ihn auch schon, mich zur Philharmonie zu bringen. Als er hielt, sprang ich aus dem Wagen.

»Um wieviel Uhr soll ich Sie abholen, Señora?« rief er mir nach.
»Holen Sie mich gar nicht ab.«
Juan überhörte es und fragte abermals:
»Ist es Ihnen um acht Uhr recht?«
Ich rannte die Treppen hinauf. Keine Musik zu hören. Wahrscheinlich war er gar nicht da.
Ich stieß die Tür auf.
»Alle, noch einmal ab Takt siebzehn.« Es war seine Stimme.
Die Musik setzte ein. Ich schlich auf leisen Sohlen in den Saal und setzte mich in eine der hinteren Reihen. Ohne es zu bemerken, schob ich, die Hände auf den Schenkeln, meinen Rock hinauf und hinunter. Ich sah ihm aus der Ferne zu. Wieder der Wirbel der Arme und die gebieterische Stimme:
»Dieses Getragen wird getragen gespielt«, sagte er zu einem Geiger. »Betonen Sie es, ohne Angst, so klingt es.« Und plötzlich brüllte er: »Guten Tag, die Dame, schön, daß Sie unser Publikum sind, aber wir wären Ihnen überaus dankbar, wenn Sie das Geknister auf Ihrem Rock sein lassen könnten.«
›Muß ich denn immer wieder bei Spinnern landen?‹ dachte ich, suchte diesmal aber nicht das Weite. Es machte mir Spaß, ihm aus der Ferne zuzusehen. Ich könnte nicht vorführen, wie er war, aber ich erinnere mich so genau daran wie an das Meer und die Nacht bei Punta Allen.
Ich stieg in eine Loge im zweiten Rang. Mir gefielen die Bewegungen seiner Hände und wie die anderen ihm gehorchten, ohne eine Sekunde darüber nachzudenken, ob seine Anweisungen falsch oder richtig waren. Das war ohne Bedeutung. Er gab den Ton an, und man spürte deutlich, wie weit seine Herrschaft reichte. Er hatte den Saal in der Hand, er bemächtigte sich der Anwesenden,

so auch meiner, die ich, den Kopf auf die Arme gelegt, über der Logenbrüstung lehnte und gebannt seinen Händen folgte.

Es war acht Uhr, und die Musik brandete und verrieselte noch immer. Juan stand wahrscheinlich vor der Tür und Andrés war wahrscheinlich wütend, aber ich wich nicht eher von meinem roten Samtstuhl, als bis Carlos' Arme jählings sanken.

»Besser, schon sehr viel besser, Leute. Wir sehen uns morgen. Danke fürs Kommen.«

Er stieg vom Pult und verschwand durch eine der seitlich von der Bühne wegführenden Türen. Als ich mir gerade vorstellte, wohin er gegangen sein mochte, stand er mit einem Mal vor mir.

»Wer kommt mit wem mit zum Eisessen?«

»Ich mit dir«, sagte ich.

»Du bist hier ja auch die Eisliebhaberin, mir schmeckt Whisky besser.«

»Woher weißt du, daß ich gern Eis esse?«

»Ißt du etwa nicht Eis, wenn du aufgeregt bist?«

»Ja, aber im Moment bin ich nicht aufgeregt, und woher weißt du das?«

»Ich habe eben meine Spione. Von denen weiß ich auch, daß du gestern aus dem Wagen steigen und zu mir ins Hotel kommen wolltest.«

»Da haben sie dich aber falsch informiert. Für wen hältst du mich eigentlich.«

»Für eine Frau, die mit einem Verrückten verheiratet ist, der sie wie einen Teenager behandelt.«

Wir langten am Fuß der Treppe an. Juan stand mit teigweißem Gesicht am Eingang.

Er sagte: »Der General bringt uns um, gnädige Frau«, und riß den Wagenschlag vor mir auf.

»Sagen Sie ihm, wir gehen zu Fuß und daß wir gleich da sind«, befahl Carlos.

»Nein, ohne die Señora fahre ich nicht zurück.« Juan ließ nicht locker.
»Dann bleiben Sie hier. Wir jedenfalls gehen zu Fuß.« Carlos nahm meinen Arm, und wir überquerten den Vorplatz in Richtung Avenida Madero.
»Ich mag dieses Haus«, sagte ich, als wir an dem verkachelten Sanborn's vorüberkamen.
»Kann ich dir leider nicht kaufen. Warum bittest du nicht deinen General?«
»Ach bleib doch, wo der Pfeffer wächst«, sagte ich.
»Ihr Wunsch ist mir Befehl«, sagte er, stieß die Tür zu Sanborn's auf und trat im selben Moment ein, als Juan uns einholte und mir seine Pistole auf die Rippen setzte.
»Bedaure, Señora, aber ich habe Familie, also holen Sie jetzt mit mir den General ab.«
»Dann mach schnell, Juan«, sagte ich, und wir rannten zum Wagen. Als wir bei Andrés ankamen, verabschiedete er sich am Palasttor gerade von ein paar Männern.
»Hallo, Prinzessin«, begrüßte er mich. »Zufrieden?« Ich konnte mich nicht gewöhnen an seinen neuen Ton, ich fühlte mich dadurch wie ein Dummkopf.
»Ich war bei Vives«, entblößte ich mich.
»Schön«, sagte er. »Und wo hast du ihn gelassen? Warum kommt er nicht mit uns essen?«
»Ich habe ihm gesagt, er soll bleiben, wo der Pfeffer wächst.«
»Was hat er dir denn getan?«
»Mich wie eine dumme Gans behandelt. Er hat gesagt, wenn mir das Sanborn's gefiele, solle ich dich doch bitten, mir das Haus zu kaufen.«
»Gefällt dir das Sanborn's?«
»Es hat Talaverakacheln«, sagte ich, und wir gingen Arm in Arm zum Essen.

Tags darauf aß General Basilio Suárez bei uns. Ich brachte absichtlich Pueblaer Mole auf den Tisch, weil ich wußte, daß er das Gericht nicht mochte.
General Suárez war so schlicht wie ein Dreipfundbrot. Das einzige, woran ihm lag, war das Geldscheffeln, und zu diesem Zweck tat er sich auch mit Andrés zusammen. Die beiden spekulierten auf ganz bestimmte Straßenbauverträge, die ihnen aber nicht zugeschlagen wurden, weil der Verkehrsminister ein gewisser Jesús Garza war, ein Anhänger Aguirres, den sie darum haßten und von dem sie mit Sicherheit wiedergehaßt wurden. Nun überlegten sie, wie sie ihn in Mißkredit bringen könnten, und Suárez, dessen Horizont für mehr nicht ausreichte, machte den Vorschlag:
»Kompromittieren wir ihn doch als Kommunisten. Ich denke, das wäre nicht einmal gelogen, denn der Mann ist doch ein Roter. Schließlich haben wir keine Revolution gemacht, damit die Russen ihr Süppchen darauf kochen.«
»Da liegen Sie ganz richtig, General. Noch heute spreche ich mit dem Elternverband. Die sollen ihren offenen Brief gegen Cordera um ein paar Sächelchen gegen andere erweitern, mit denen wir auch noch eine Rechnung offen haben. Es wird allmählich Zeit, daß wir Namen nennen. Auf diese Weise schießen wir morgen endlich Cordera als CTM-Vorsitzenden ab, setzen statt seiner Alfonso Maldonado ein, der kein Wässerchen trüben kann, und bereiten so gleichzeitig den Boden dafür, uns beide den von Aguirre hinterlassenen Quertreiber mit einem Streich vom Hals zu schaffen.«
Ich wollte eben widersprechen, als Vives hereinkam.
»Du kommst spät«, sagte Andrés. »Wir politisieren; das macht dir doch nichts aus?«
»Es macht mir etwas aus, aber ich werde mich am Riemen reißen. Schließlich wußte ich, daß ich in einen

durchpolitisierten Haushalt komme, und habe die Einladung angenommen.«

»Ausgemacht war aber zwei Uhr«, bemerkte Andrés, »jetzt ist es halb vier.«

»Du hast ihn dazugeladen?« fragte ich.

»Ich wollte dich überraschen«, erklärte Andrés.

»Das ist dir geglückt«, sagte ich. »Lucina, bring bitte noch ein Gedeck für den Herrn.« Ich schlug den Gastgeberinnentonfall an und wies Vives auf einen Platz neben General Suárez. Andrés saß an der Stirnseite des Tisches, ich zu seiner Linken und der General zu seiner Rechten.

»Ich sitze lieber auf der anderen Seite«, sagte Carlos, und mit einem Blick zu Suárez: »Wenn ich den General damit nicht kränke.«

»Aber aber, wie sollte der Sohn meines Generals Vives mich kränken?« sagte Suárez. »Schon gar nicht, wenn er statt neben einem bejahrten Altpräsidenten lieber neben einer schönen Frau sitzt.«

»Setz dich schon«, sagte Andrés, »halt uns nicht länger auf.«

»Entschuldige, Andi, ich gehorche.«

»Wie hast du ihn genannt?« lachte ich.

»Sag es ihr nicht, nachher ist sie nicht mehr zu bremsen.«

»Natürlich verrate ich es ihr nicht, General. Außerdem sprechen deine Frau und ich ohnehin nicht miteinander. Gestern hat sie mich mit einem nicht zu Ende gesprochenen Satz auf der Straße stehengelassen.«

»Hast sie sicher geärgert«, sagte Andrés. »Sie ist ein empfindliches Wesen.«

»Warum eßt ihr nicht zu Ende?« bat ich und fragte Suárez: »Darf ich Ihnen noch mehr Bohnen auftun, oder sollen wir zum Dessert kommen? Wenn wir warten, bis Vives beim Dessert anlangt, dauert es doch wohl zu lange.«

»Meinetwegen können wir gleich zum Dessert kommen«, sagte Vives. »Den Mole erspare ich mir lieber.«
»Was du für Freunde hast, Andrés. Dieser Musikus ist nicht nur ein Naseweis, sondern rümpft auch noch die Nase.«
»Was soll ich tun? Er ist der Sohn des einzigen Mannes, vor dem ich verdammt noch mal Respekt hatte. Ich kann ihn doch nicht umbringen lassen, bloß weil er dein Essen verschmäht.«
»Soll er meinetwegen verhungern«, sagte ich. »Herr General, was darf ich Ihnen servieren?«
»Für mich Apfelstrudel und Ziegenkäse«, sagte Carlos. »Ich habe seit Jahren keinen Ziegenkäse mehr gegessen.«
»Du Ärmster«, meinte Andrés. »Wir vergessen ja, daß du frisch aus der selbstgewählten Emigration zurück bist.«
»Anderen geht es schlimmer«, sagte Suárez. »Manche können gar nicht mehr aus der Emigration zurück.«
»Sie meinen sicher Präsident Jiménez.«
»Wen sonst?« fragte Suárez.
»Nicht mehr lange, dann, denke ich, haben wir Jiménez wieder hier«, sagte Andrés. »Ich meine sogar, einen schneidigen Mistkerl wie ihn können wir gebrauchen.«
»Gerade weil er Schneid hat, wird er nach seiner Rückkehr schön zu Hause bleiben und den Mund halten«, sagte Carlos und belegte seinen Toast mit Käse.
»Meinst du?« fragte Andrés in einem so ehrerbietigen Ton, wie er ihn beim Politisieren selten und schon gar nicht bei Außenseitern anschlug.
»Ich gebe dir mein Wort drauf, Andi«, sagte Carlos. »Auf meinen Instinkt kannst du dich verlassen.« Er biß in Käsebrot und Strudel und trällerte dabei das *Fischerboot von Guaymas*, worüber Andrés schallend lachte.
»Prost, Vives«, sagte er. »Schön, daß ich dich wiedergefunden habe. Prost, General Suárez, fühlen Sie sich bei uns ganz wie zu Hause.«

Da erschien ein winzigkleiner buckliger Mann in der Tür, mit einem mächtigen Ordner und einem Packen Papier beladen.
»Wenn Sie gestatten, General«, sagte Andrés und winkte das Männlein herein.
»Wir erwarten Sie schon«, begrüßte er ihn. »Stellen Sie sich hierher«, befahl er, »oder nein, besser da drüben, zwischen die Dame und den Herrn«, wies er mit dem Finger auf mich und Vives. »Vorlesen bitte.«
Der Mann nahm zwischen uns Aufstellung, schlug seinen Ordner auf und begann vorzulesen: »Mit dem 1. März 1941 geht die Immobilie in den Besitz von ...« Kurz, Andrés kaufte mir das Sanborn's mit den blauen Kacheln.
»Unterschreiben Sie nur hier«, sagte das Männlein und reichte mir einen Füller. Andrés sah amüsiert zu.
»Wie hast du erreicht, daß sie dir das Haus verkaufen?« wollte Carlos wissen.
»Sie verkaufen es meiner Frau, nicht mir. Sie ist die Käuferin.«
»Deine Frau könnte sich allein doch nicht einmal einen Kaugummi leisten.«
»Was mein ist, gehört auch ihr«, hielt Andrés Vives entgegen.
»Dann ist sie vermutlich Millionärin.«
»Und zwar mit Fug und Recht. Unterschreib, Catín. Und mach, was du willst, mit deinem Sanborn's.«
»Ich trinke da nie mehr auch nur einen Kaffee«, sagte Carlos.
»Sei nicht rachsüchtig, Vives. Es kann dir doch gleichgültig sein, wer der Inhaber ist. Es sitzt sich angenehm dort.«
»Es saß sich. Jetzt ist es verscherbelt worden, für Geld, von dem keiner weiß, woher es stammt.«
»Ausgerechnet du mußt über mein Geld urteilen. Woher nehmen die Engländer deiner Meinung nach denn das

Geld für dein Stipendium? Willst du etwa behaupten, daß da kein Dreck drangeklebt hat? Geld stinkt nicht, mein Junge. Ich nehme es, wo ich es kriegen kann, denn nehme ich es nicht, so bedient sich doch nur ein anderer Trottel. Wenn ich das Sanborn's nicht Catalina schenke, schenkt es Espinosa seiner Olguita oder Peñafiel seiner Lourdes. Fünf Hypotheken waren drauf, für seine Besitzerin war es also ohnehin verloren. Ob nun ich es mir greife oder ob die Bank es einsackt, worin liegt da der Unterschied? Da greife doch besser ich zu und mache meiner Frau damit eine Freude. Die hat nämlich, bevor du deinen Senf dazugeben mußtest, gestrahlt wie in den ganzen letzten zehn Jahren nicht. Du Spielverderber.«

Ich staunte. Andrés rechtfertigte sich, er ließ es durchgehen, daß jemand an seiner Rechtschaffenheit zweifelte, ja, er gab sogar zu, daß sein Geld nicht sauber war. Warum brüllte er Carlos nicht an? Mochte der Himmel wissen, warum; ich habe nie durchschaut, was sich zwischen den beiden abspielte.

»Na los, Señora, dann unterschreiben Sie schon«, sagte Vives.

Ich nahm den Füller und unterschrieb, wie ich es seit meiner Heirat tat, mit Catalina Guzmán de Ascencio.

»Da haben Sie also Ihren Willen«, sagte Carlos. »Und was nun? Wollen Sie sich zudecken mit Ihren Kacheln? Sich als Eigentümerin fühlen? Ich warne Sie, in der Stadt México gibt es wenige Menschen, die sich nicht als Miteigentümer dieses Restaurants fühlen. Sie mögen die Urkunde besitzen, aber solange jedermann dort Zutritt hat und seinen Kaffee trinken kann, gehört das Kachelhaus allen.«

»So ist es mir recht«, sagte ich.

»Natürlich, Sie wollen die Wohltäterin spielen, Sie wollen geliebt und beachtet werden. Mein Gott, wieviel Liebe diese Frau beansprucht!«

Fünfzehntes Kapitel

Natürlich wollte ich geliebt werden. Ich wollte mein ganzes Leben lang ständig geliebt werden. Und am Abend des Konzerts mehr denn jemals.

Die Philharmonie war schon voll, als wir hinkamen. Rodolfo und Chofi gingen vor uns, in den Zeitungen würde es heißen, in unserer Begleitung, hinein. Wir nahmen in der Präsidentenloge Platz. Im Blickfeld aller. Niemand im Saal, der nicht zu uns heraufsah.

In den benachbarten Logen saßen die Minister mit ihren Familien. Darunter geladene Gäste und Leute von der Sorte, die einem von weitem, weiß der Himmel warum, glücklich vorkommen.

Unterhalb unserer Loge war der Platz, auf dem ich bei meiner ersten Begegnung mit Carlos gesessen hatte. Da unten wären wir uns näher gewesen, da unten hätten sich unsere Blicke begegnen können.

Das Orchester stimmte lärmend die Instrumente. Die Musiker trugen schwarze Anzüge, geputzte Schuhe und geschniegelte Haare, ganz anders als nachmittags bei den Proben, wo ihre Hemden bunt, ihre Frisuren wirr, ihre Schuhe abgetragen und ihre Hosen blankgesessen waren. In ihrer Galagarderobe wirkten sie künstlich und glichen sich wie ein Ei dem anderen, wo sie doch in Wirklichkeit so verschieden waren wie ihre Instrumente. Endlich trat Carlos auf, im Frack, mit Fliege, den Taktstock in der Hand, mit frisch frisierter Mähne. Als er zum Pult ging, klatschten die Leute, und als er oben stand, drehte er sich um und machte vor uns eine Verbeugung.

»Ein Faxenmacher, dieser Vives«, meinte Andrés.

Ich war ergriffen. Wir setzten uns, und Carlos brachte mit den Armen die Musik zum Erklingen.

Als der erste Teil zu Ende war, klatschten die Leute wie verrückt Beifall. Ich blieb sitzen und sah still nach unten.

»Was ist, Catín? Hat es dir nicht gefallen?« wollte Andrés wissen. »Wieso machst du ein Gesicht wie im Kreißsaal?«

»Es hat mir gefallen«, sagte ich und stand auf wie die anderen. »Er kann was, dieser Vives.«

»Woher willst du wissen, ob er etwas kann? Ich verstehe davon jedenfalls gar nichts. Wir besuchen solch ein Konzert doch zum ersten Mal. Mir ist es zu pathetisch. Platzkapellen klingen flotter, und man wird davon nicht müde.«

Wir verließen auf einen Drink und etwas Unterhaltung unsere Loge. Chofi war stolz auf ihres Mannes neueste Entdeckung.

»Ein Genie ist er«, sagte sie vor den Ministersgattinnen, die sich um sie scharten wie Küken um die Henne. Um ihren Hals hingen wieder ein paar der potthäßlichen Füchse, an deren Enden Fuchsköpfchen baumelten. Chofi wußte anscheinend nichts von ihren breiten Schultern, ihren massigen Armen und ihrem Wabbelbusen. Die Fuchsköpfchen hüpften wie Vorhangtroddeln auf ihrem Dekolleté bei ihren Hymnen auf Vives.

Ihr wurde heiß vor Begeisterung. Sie zog einen Fächer und fächelte ihren Pelztieren Luft zu. Alles, nur ihren Fuchs nicht ablegen, wer schön sein will, muß leiden. Also litt sie, und die Ministersgattinnen nickten und übertrafen einander in Lobpreisungen.

»Sieht fesch aus, der junge Mann«, meinte die Frau des Innenministers.

»Das ist des Pudels Kern, darin sind wir uns wohl alle einig«, sagte die Finanzministersfrau und kicherte. »Im Vergleich dazu, meine ich, ist seine musikalische Begabung geradezu entbehrlich.«

Auch die anderen kicherten.
»Ein großer Musiker ist er aber auch«, sagte die Außenministersgattin, die aus einer von Porfirio Díaz protegierten Familie stammte, die nie unter die Räder gekommen war. Sie betrachtete uns alle als Neuankömmlinge auf dem internationalen Kulturparkett, denn sie hatte, als Kind eines Botschafters, schließlich ihre ganze Kindheit in Frankreich verbracht.
»Ja, ein großer Musiker«, stimmte Chofi zu und knautschte ihre Füchse.
Zum Glück nehmen auch Pausen einmal ein Ende. Wie es Rodolfos Minister nur anstellten, sich sämtlich mit dummen Trinen zu verheiraten.

Der zweite Teil des Konzerts war wehmütig und so schleppend, daß man ständig meinte, das wäre das Ende. Doch kaum war man sich sicher, daß nun Schluß sei, ging es von neuem los wie ein Verhängnis. Diese Melodie war es, die mich treppauf gelockt hatte und die mir seither nicht mehr aus dem Kopf ging und die ich dennoch vor Bangigkeit im Herzen nicht singen konnte.
In den ersten zwanzig Minuten gab Andrés sich Mühe, nicht einzuschlafen; danach begann er ein Gespräch mit Fito.
Ich sah zu Carlos. Ich betrachtete seinen Rücken, folgte dem Auf und Nieder seiner Arme, betrachtete seine Beine. Ich sah ihn an, als wäre er die Musik und nicht der Mann, der auch plaudern und mich aufziehen und am Tisch mit Andrés scherzen konnte. Dies war ein anderer, dieser ging auf in etwas, das uns fremd war, das ihm woandersher zuflog und das ihn Gott weiß wohin entführte.
»Dieser Herr Mahler hätte mal lieber kräftig vögeln sollen«, sagte Andrés dicht an meinem Hals.
Mehrmals klatschten Leute zaghaft in dem Glauben, die-

ser donnernde Paukenschlag müsse der letzte sein, und jedesmal hob die Musik von neuem an, wurde bis zur Unhörbarkeit leise, wurde zum bloßen Gesäusel, dann aber setzte eine Geige ein, hernach ein Cello und schließlich das ganze Orchester, bis es uns in den Ohren dröhnte. Als tatsächlich das Finale kam, wußte darum nur ich, die ich das Stück schon mehrmals gehört hatte, daß dies das Ende war, und applaudierte allein.
Damit schreckte ich Fito und Andrés aus ihrer Unterhaltung und Chofi aus ihrem Nickerchen. Alle drei fuhren auf und klatschten, und der ganze Saal klatschte mit.
Carlos, der mit hängenden Armen still vor seinem Orchester gestanden hatte, drehte sich endlich um und ließ sein Gesicht sehen, in dem die Zotteln nun wieder bis in die Augen fielen. Er verneigte sich, stieg vom Pult und ging von der Bühne.
Ich wünschte mir, solange der Applaus anhielt, er möge plötzlich neben mir stehen und sagen: »Wer kommt mit wem mit zum Eisessen?« Als er wieder auftauchte, bestieg er nicht das Pult, sondern zeigte mit den Armen auf das Orchester und beugte den Kopf abermals bis zu den Knien.
›Haben recht, die dummen Trinen‹, dachte ich, ›er sieht wirklich toll aus.‹ Dabei hatten die anderen ihn nicht einmal reden hören, waren nicht mit ihm durch die Avenida Madero geschlendert und hatten ihn nicht am liebsten auf offener Straße beschimpfen wollen.
Ich applaudierte weiter, auch als Carlos wieder abgetreten war, wie alle anderen, wie auch Andrés, der brüllte, als hätten wir den fünfzehnten September, den Unabhängigkeitstag.
»An einem Sprößling von General Vives mußte ja was Gutes sein. Der Junge hat politisches Talent, ohne Talent zum Politiker bringt kein Mensch ein volles Theater so lange zum Klatschen. Sieh ihn dir doch an, er steht da, als

hätte er die Rede seines Lebens gehalten. So was hast du«, sagte er lachend zu Fito, »nicht einmal bei deinem Amtsantritt zuwege gebracht.«
»Vives, Vives, Vives!« brüllten die Zuhörer, und das Orchester klatschte im Sitzen, und die Streicher klopften mit ihren Bögen an die Notenständer.
Da kam zur Seitentür auf der Bühne erneut Vives herein, diesmal ordentlich gekämmt.
Bei seinem Erscheinen schwoll der Beifall von neuem an. Er bestieg das Pult und hieß mit erhobenen Armen auch das Orchester aufstehen, er drehte sich zu uns um und senkte abermals den Kopf bis fast auf die Erde.
»Er muß zum Politiker begabt sein«, sagte Andrés. »Bei seinem Schauspieltalent, bei der Show, die er abzieht. Schade, daß Verbeugungen bei unsereinem nicht üblich sind, würden sich sicher gut machen. Warum führst du die neue Sitte nicht ein, Dicker?« wandte er sich an Fito. »Sieh dir nur unsere Frauen an, wie scharf die das macht. Ich probiere die Kratzfußmethode demnächst aus, wenn du mir versprichst, den Damen dafür das Wahlrecht zu geben. Eine Vorlage schmort in der Abgeordnetenkammer, unter Aguirre haben sie sie nie ratifiziert. Wetten, daß ich's zum Präsidenten bringe, wenn du die Frauen wählen läßt und ich Diener mache? Dann wird es auch keiner mehr geschmacklos finden, daß wir beide verschwägert sind. Am Tag nach meiner Designierung befördere ich Vives zum Parteivorsitzenden, und dann muß er los, auf Tingelfahrt mit mir durch die Lande, samt seinem Orchester. Catín, wie findest du die Idee?«
Vives trat nun schon zum fünften Mal auf und ab, und zum fünften Mal saß und stand das Orchester mit ihm, aber noch immer wurde niemand im Saal müde zu klatschen. Schon gar nicht die Frauen. Chofis Hofdamen in den angrenzenden Logen applaudierten, als hätte er es mit ihnen getrieben.

»Gehn wir«, sagte ich zu Andrés. »Wir können ihm auch noch beim Diner gratulieren. Das ist ja schon übertrieben hier, so umwerfend ist er auch nicht.«
»Ganz meiner Meinung«, sagte Andrés. »Die tun ja, als wäre er ein Torero. Als riskierte er Kopf und Kragen.«
»Geht nicht«, bat Rodolfo. Er war außerstande zu befehlen. »Ich kann mir eine solche Unhöflichkeit nicht erlauben.«
»Mag sein«, sagte ich, »aber wir sind nicht du.«
»Ihr gehört aber zu seinem Anhang«, sagte Chofi, die unsere entfernte Verwandtschaft offensichtlich ernst nahm.
Vives kam im Laufschritt erneut auf die Bühne und brachte sein Orchester mit Kopf- und Armbewegungen in den Applaus hinein zum Klingen. Es sah aus, als riefe er ihnen »alle, noch einmal von vorn ab Takt vierundzwanzig« zu. Nur spielten sie diesmal etwas Liedhaftes, etwas, das sich mein Vater hätte wünschen können. Ich hatte es ihn des Morgens beim Aufstehen unzählige Male singen hören, ja, mitunter hatte er sich sogar, diese Melodie pfeifend, in unsere Zimmertür gestellt, bis wir die Köpfe aus den Federn steckten und die helle Sonne und den frühaufstehenden Vater, mit dem wir geschlagen waren, verfluchten.
Warum war nur mein Vater nicht da, warum konnte ich ihm nicht von den Irrungen und Wirrungen meines Lebens erzählen, mich beklagen und ihn fragen, wohin mit dem in mir aufkeimenden, ungehörigen Verlangen?
Das ganze Orchester wurde nun zu meinem pfeifenden morgendlichen Vater, und wie immer, wenn er, ohne bei mir zu sein, bei mir war, wenn mich etwas daran erinnerte, daß er tot war, verschwunden wie seine Reden und seine Umarmungen, die nie mehr etwas anderes als Erinnerung sein, nie mehr realer als meine zähe Sehnsucht nach ihm sein würden, begann ich zu weinen und

schluchzte und schniefte bald so laut wie das ganze Orchester.

Ich verließ meinen Stuhl und hockte mich auf den Boden, um bei meinem Gewimmer nicht gesehen zu werden. Andrés, der in solchen Fällen nicht wußte, was er tun sollte, fuhr mir mit der Hand über den Kopf und kraulte mich wie eine Katze. Mit dem Ergebnis, daß ich, als das Orchester verstummte, nicht nur ein verheultes Gesicht und verquollene Augen, sondern auch noch verstrubbelte Haare hatte.

»Ist ja gut, Kindchen«, sagte er. »Hätte ich Vives nur nicht erzählt, daß du nur eine Musik kennst: das von deinem Vater ständig gepfiffene Liedchen.«

Die Leute sprangen von den Sitzen und klatschten. Sie brüllten, klatschten, brüllten jetzt wirklich wie in der Stierkampfarena. Ich blieb auf dem Boden sitzen. Durch die bronzenen Brüstungsstäbe der Loge sah ich, wie Carlos nach der letzten Verbeugung den Kopf hob und lachte. So hatte mein Vater manchmal gelacht. Da hörte ich auf zu weinen.

Der Applaus nahm kein Ende, aber Vives kam kein weiteres Mal zum Vorschein. Ich entwischte auf die Toilette, bevor, wie bei Rodolfos Auftritt und Abgang üblich, die Nationalhymne gespielt und die Fahne geehrt wurde, denn ich mußte mein Aussehen verbessern.

Gefeiert wurde in Los Pinos, in einem Salon mit Holzdach, an dessen Decke riesige Lüster hingen. Carlos war schon zur Stelle, als wir mit Rodolfo und Chofi und hymnischen Klängen in dem Lokal eintrafen.

»Exzellent, Vives«, sagte Fito und drückte Vives die Hand.

»Maestro, mir fehlen die Worte«, hauchte Chofi und knetete ihre Füchse.

»Vives, du bist der geborene Politiker«, sagte Andrés. »Verspiel dein Talent nicht.«

»Danke«, sagte ich.
»Ich habe euch zu danken«, sagte Carlos und beschenkte uns mit seinem Lachen.
Ich begann zu zittern. Entsetzlich, was da mit mir vorging. Alle Welt mußte es bemerken.
Ich hängte mich bei Andrés ein und sagte: »Laß uns bitte gehen.«
»Wir sind doch gerade erst angekommen«, erwiderte er. »Und wir haben noch nichts gegessen. Ich komme um vor Hunger, du nicht? Außerdem sieh mal, wer da ist. Poncho Peña, mit dem muß ich unbedingt sprechen.« Er ließ mich mitten im Salon, einen halben Meter von Vives und seiner Bewundererschar, stehen. Vives war umringt, sogar Cordera war guten Tag sagen gekommen. Vives umarmte ihn und bemerkte über seine Schulter hinweg, wie ich still dastand und zu ihm hinsah. Er nahm Cordera bei der Hand und führte ihn zu mir.
»Kennt ihr euch?« fragte er und schob uns, während wir noch nach einer Antwort suchten, aufeinander zu.
»Angenehm«, sagten wir beide. Wir vergaßen lieber, woher wir uns kannten.
»Gehen wir in den Garten?« meinte Carlos. »Hier sind zu viele Leute.«
Er nahm meine Hand und strebte schnellen Schrittes zur Tür. Cordera kam mit. Als wir bei Andrés vorbeikamen, sagte Carlos:
»Ich entführe deine Frau. Wir gehen an die frische Luft, hier drinnen ist es zum Ersticken.«
»Hoffentlich nimmt ihr das die Müdigkeit, sie wollte schon gehen«, sagte Andrés. »Guten Abend, Alvaro«, begrüßte er den neben uns wartenden Cordera und zog mich dabei an sich. »Paß auf, worüber die beiden reden«, flüsterte er mir ins Ohr, bevor er mich küßte. Laut sagte er: »Bis gleich« und zwinkerte Carlos zu.
»Wie geht es auf dem Kongreß?« wandte Carlos sich an

Cordera, sobald wir allein unter den Bäumen im Garten schlenderten.
»Bestens«, sagte Cordera mit einem Seitenblick zu mir.
»Läßt du dich wiederwählen?« fragte Vives.
»Das hängt nicht von mir ab, darüber entscheidet die Vollversammlung«, antwortete Cordera.
»In wessen Hand ist denn aber die Vollversammlung? Sag bloß, ihr laßt auf der Versammlung alles so laufen?«
»Warum nicht? Es ist korrekt so.«
»Mach keine Witze, alter Junge.«
»Was soll ich dir darauf antworten?« sagte Cordera und hob die Arme.
Wir gingen in die Mitte des Gartens, und ehe ich widersprechen konnte, legte mir Carlos den Arm um die Taille und zog mich an sich.
»Die Dame weiß auch, daß ihr Mann ein Unglück für Mexiko ist. Laß nicht zu, daß er mitspielt, er will dir an den Kragen, das liegt doch auf der Hand, du störst ihn. Wenn du wiedergewählt wirst und wie in der letzten Wahlperiode die Arbeiter mobilisieren kannst, müssen sie dich vielleicht sogar Präsident werden lassen.«
»Ascencio spielt bereits mit. Wir haben ihn mit Hilfe unserer Parlamentsabgeordneten zwar in Atem gehalten, aber wer, glaubst du, hat die Präsidentenrede von heute morgen geschrieben? Wer, glaubst du, verfällt auf einen Satz wie diesen: Auch wenn man auf dem einmal eingeschlagenen Weg voranschreite, so sei dieser Weg doch nicht auf allen Teilstrecken derselbe? Um dann zu der Aussage zu kommen, daß sich seine Politik von der Aguirreschen Linie zwar nicht entferne, daß er das Proletariat aber aufrufen müsse, seine Kampfmethoden selbstkritisch zu überprüfen. Wenn Ascencio vom Überprüfen von Kampfmethoden spricht, meint er die Überprüfung von Personen und Positionen. Sie wollen uns kaltstellen,

Bruder, sie wollen, daß wir verstummen. Sie fahren den allererbärmlichsten Kapitulationskurs. Sie stehen hinter Suárez, und der betreibt Politik nur zur Förderung seiner Geschäfte.«

»Aber dagegen mußt du doch angehen. Oder bist du müde?«

»Nicht müde. Es ist komplizierter. Sprechen wir morgen darüber?« Cordera warf mir erneut einen argwöhnischen Blick zu.

»Hast du Angst umzukommen? Das hattest du doch früher nicht?«

»Keine Angst, aber auch keine Lust. Abgesehen davon hängt auch das nicht von mir ab. Wir sehen uns also morgen. Adiós, Señora, danke, daß Sie so diskret sind.«

»Woher wissen Sie, daß ich es sein werde?« sagte ich.

»Ich weiß es«, antwortete er und trennte sich von uns.

»Was für ein Land«, sagte Carlos. »Entweder haben die Leute Angst, oder sie haben es satt. Und du, hast du Angst?«

»Ich hatte es satt«, antwortete ich.

»Nicht mehr?«

»Nicht mehr.«

»Was hast du vor?« fragte er.

»Wann?«

»Jetzt.«

»Was du möchtest. Was hast du vor?«

»Mit dir zu schlafen.«

»Mit mir? fragte ich.

»Nein, mit Chofi«, gab er zurück.

Als ich erwachte, zog Carlos neben mir im Schlafen eine Schnute.

Die Wohnung bestand aus einem Wohnzimmer, das zur Hälfte von einem Flügel ausgefüllt war, aus einer Küche, die eher einem Einbauschrank glich, aus einem Schlafzimmer mit Fotos an den Wänden und einem großen Fenster mit Blick auf den Palast der Schönen Künste. Ich hatte Lust zu bleiben. Carlos schlug die Augen auf und lächelte.

»Wo sollen wir hin?« fragte ich dicht an seinem Ohr, als könnte uns jemand hören.

»Ans Meer«, sagte er verschlafen.

»Also los.«

»Wie spät ist es?« fragte er, gähnend und sich rekelnd.

»Ich weiß nicht«, sagte ich. »Wollen wir nicht lieber gleich sterben?«

»Dazu habe ich noch zuviel zu tun. Ich habe zum Beispiel noch nicht in Wien dirigiert.«

»Nimmst du mich mit nach Wien?«

»Wenn ich eine Berufung bekomme.«

»Die berufen dich noch immer nicht?«

»Zuerst muß der Krieg aus sein, und ich muß noch besser dirigieren.«

»Wenn es soweit ist, liebst du mich schon nicht mehr«, sagte ich.

»Jetzt lieb ich dich«, sagte er und begann mich zu küssen. Dann langte er über mich hinweg nach seiner Uhr, die er auf dem Nachtschränkchen auf meiner Seite abgelegt hatte. »Es ist vier Uhr. Ich glaube, wir sterben doch noch heute. Juan hat es wahrscheinlich vergessen.«

»Was vergessen?«

»Daß er uns anrufen soll, wenn Andrés Anzeichen macht, aus Los Pinos aufzubrechen.«

»Wozu?«

»Damit du vor ihm zu Haus bist.«

»Ich will gar nicht mehr nach Hause.«

»Du mußt aber. Hier bleibst du auf keinen Fall.«

»Ich Idiot«, sagte ich, stand auf und suchte meine im ganzen Zimmer umherliegenden Sachen zusammen. Ich war so wütend, daß sich mir der Reißverschluß am Kleid verklemmte und ich so fest daran zerrte, daß er schließlich riß. Da stieg ich kurzerhand in die Schuhe. Unter dem Mantel würde der nackte Rücken ja wohl unbemerkt bleiben.

»Ihr seid beide Waschweiber«, sagte ich, »du und Alvaro.«

»Für eine Pueblanerin hast du ganz hübsche Haare«, konterte er.

»Was weißt du schon von Pueblanern und Pueblanerinnen?« schrie ich.

Da klingelte es. Es war Juan.

»Señora, der General will nicht weg aus Los Pinos. Er sagt, Sie hätten gesagt, Sie seien im Garten, also seien Sie auch im Garten, und allein könnten wir Sie doch nicht zurücklassen.«

»Mit wem sitzt er zusammen?« fragte ich. »Ist die Feier denn noch nicht zu Ende?«

»Mit Don Alfonso Peña.«

»Immer noch? Er muß ja sturzbesoffen sein, wenn er Peña so lange aushält.«

»Gehn wir, altes Mädchen«, sagte Carlos, in der Tür und fertig angezogen.

Vor Los Pinos fuhr Juan den Wagen auf den Parkplatz, und wir stiegen in der Nähe der Stelle aus, an der wir mit Cordera spazierengegangen waren.

Wir gingen zu Fuß ins Lokal. Carlos zog mich, den Arm um meine Taille gelegt, vorwärts. Als wir in den Salon traten, waren da kaum noch Menschen. Andrés und Peña saßen ganz hinten, vor sich eine Kognakflasche und rechts und links einen Kellner. Wir gingen auf sie zu.

»Na, Luft geschnappt?« lallte Andrés.

»Wir waren doch nicht lange fort. Wie konntest du in der Zwischenzeit soviel trinken?« fragte ich. »Du bist ja sturzbetrunken, Andrés, so warst du noch nie. Warum?«

Ich war ehrlich überrascht. Ich war daran gewöhnt, daß er stundenlang trank, ohne daß es ihm zu Kopfe stieg.
»Um in diesem Land leben zu können, muß man entweder spinnen oder sich besaufen. Ich spinne fast immer. Aber heute wollte ich mal vernünftig sein, und vernünftig bin ich geblieben, nicht wahr, Bruderherz?« wandte er sich an den vor Trunkenheit schon schielenden und nur noch auf den Boden stierenden Peña.
»Ich warne dich; mit wem sie da frische Luft geschnappt hat, das sind ganz gefährliche, miese Kommunisten«, sagte Peña mit schwerer Zunge. »Du solltest deiner Frau solchen Umgang verbieten.«
»Der halluziniert schon«, meinte Andrés. »Hält Vives für einen Kommunisten. Als nächstes wird er blaue Elefanten sehen und Greta Garbo im Schlüpfer. Fahr ihn nach Hause, Juan, wir anderen unterhalten uns hier noch ein Weilchen.«
»Fahren wir lieber alle nach Hause«, sagte ich. »Ich finde es hier nicht mehr so passend.«
»Ach ja? Seht mal die an, auf einmal so besorgt darum, was passend ist und was nicht«, sagte Andrés und stand auf. »Nun gut, fahren wir nach Haus, aber Juan soll im Ciro's noch ein paar Sänger auftreiben.«
»Das Ciro's wird schon geschlossen sein«, wandte ich ein.
»Mach kein Theater, es ist doch noch nicht drei Uhr. Er trifft schon noch welche an. Juan, bringen Sie ein Trio mit, das *Furcht* im Repertoire hat.«
»Zuerst soll er uns nach Haus fahren«, sagte ich.
»Haben wir denn keinen zweiten Wagen?« fragte Andrés. »Was ist mit deinem, Vives?«
Mein Magen verkrampfte sich. Vives hatte seinen Wagen vor seiner Haustür stehengelassen.
»Ich habe ihn Cordera geliehen«, antwortete Vives seelenruhig. »Er wußte nicht, wie er fortkommen sollte.«

»Gerissener Bursche. Sogar die Autos meiner Freunde reißt sich dieser Cordera unter den Nagel. Und du gehst dem armen kleinen Alvaro auch noch ins Garn. Wenn er keinen fahrbaren Untersatz hat, wozu muß er sich deinen leihen? Damit wir hier Zeit verlieren. Wenn wir seinetwegen keine Sänger mehr bekommen, bring ich ihn um, dann ist es aus mit politischen Kompromissen. Dann dreh ich ihm den Hals um. Das hat er dann davon, daß er uns die Nacht vermasselt hat. Und nebenbei erweise ich noch dem Vaterland einen Dienst.«

Wir fuhren zu Hause vor.
»Juan soll uns am Tor absetzen, wir gehen das Stück zu Fuß«, beschied Andrés. »Wenn ich im Wohnzimmer Platz nehme, Juan, will ich, daß Sie mit den Musikern hier sind. Und daß die auch *Furcht* können!«
Ich stieg schnell aus und trat an Juans Wagenfenster.
»Seine Uhr ist stehengeblieben«, sagte ich. »Im Ciro's werden Sie niemanden mehr vorfinden. Fahren Sie lieber gleich zu Maestro Lara, bei denen ist die Feier sicher noch nicht zu Ende. Sagen Sie Toña, sie soll unbedingt kommen.«

Sechzehntes Kapitel

Toña Peregrino kannte ich seit der Zeit, da Andrés Gouverneur war. Ich hatte sie und Agustín Lara einmal zum Singen im Pueblaer Filmtheater Guerrero eingeladen. Es war eines der Benefizkonzerte, die ich damals so gern organisierte. Sie waren für zwei Tage gekommen, aber fünf Tage geblieben. Ich quartierte sie in unseren Gästezimmern ein, ich fuhr mit ihnen auf unsere Ranch in Atlixco, und ich besichtigte allerlei Sehenswürdigkeiten mit ihnen, so daß sie ganz beglückt waren über ihren Aufenthalt, und ich noch viel mehr. An den Abenden spielte Augustín Klavier, während Toña wie zum Zeitvertreib ihre Tangos und Boleros sang.

So wurden wir Freundinnen. Ich führte Toña bei meiner Schneiderin ein, und Lupe war ein Genie. In zwei Tagen nähte sie Toña drei Kleider mit Schleppe und Überwurf, die ihre Körperfülle verdeckten. Wenn Toña den Mund aufmachte, schmolz man zwar dahin, aber die Kleider halfen ihr dennoch, vorn auf der Bühne zu stehen, ohne Ninón Sevilla beneiden zu müssen. Dagegen war ich auf alle beide neidisch. Toña aber trat, seit ihr Lupe diese Kleider genäht hatte, nur noch in von ihr geschneiderten Kostümen auf. Da sie Lupe nicht zu einem Umzug nach México bewegen konnte, kam sie fortan zur Anprobe regelmäßig nach Puebla. Sie übernachtete dann bei uns und erlebte dabei die ausgefallensten Abenteuer. Einmal stürmte sogar ein messerschwingender Kerl in ihr Zimmer und rief: »Tod Andrés Ascencio!« Andrés war damals von dem Spleen besessen, jede Nacht sein Schlafzimmer wechseln zu müssen. Einmal schlief er bei mir, die nächste Nacht bei Checo, und wieder ein andermal in einem dritten Zimmer. Und die Nacht vor Toñas Besuch hatte er in dem ihr zugedachten Gästezimmer verbracht.

Als der Kerl mit dem Messer auf sie eindrang, fiel Toña im Moment nichts anderes ein, als ihm aus vollem Hals die Liedzeile *Das smaragdene Grün in deinen Augen* entgegenzuschmettern.
Der Mann suchte das Weite, und Toña unternahm nichts, um ihn daran zu hindern. Sie erzählte mir die Episode erst Jahre später.
»Wie bist du nur darauf gekommen zu singen?« wollte ich wissen.
»Worauf sollte ich sonst kommen? Ich mußte dir doch den ganzen Abend immer wieder den Refrain vom meergeborenen Grün und dem roten Mund, der einer welkenden Koralle gleicht, vorsingen. Das ging mir noch beim Einschlafen im Kopf herum, und ich wußte nach so vielen Wiederholungen schon nicht mehr, ob nun die Augen oder die Palmen sonnentrunken taumelten.«

Da wir uns also mochten, war ich mir sicher, daß Toña, wenn sie von Juan hörte, wie dringend es war, zur Not sogar im Nachthemd kommen würde.
Kaum hatte ich Eis in die Whiskygläser gebrochen, hörte ich auch schon den Wagen am Tor vorfahren. Ich ging öffnen, und herein kam Toña, ein Geschenk des Himmels. Sie trug ein leuchtendes Blau und nackte Arme. Ich bekam einen Kuß.
»Guten Abend allerseits«, sagte sie mit ihrer Götterstimme. »Wer will hier Zucker?«
»Toña!« begrüßte Andrés sie. »Singen Sie bitte *Furcht*!«
»Natürlich, General, aber stellen Sie mir zuerst Ihre Gäste vor«, antwortete Toña und sah dabei Vives an, als suche sie sich an ihn zu erinnern. »Ah, ich weiß«, wandte sie sich an ihn, »Sie leiten das Symphonieorchester. Ich habe Ihr Bild gesehen. Gesichter vergesse ich nicht, oder, meine liebe Schwester?«

Damit war wieder ich angesprochen. »Und das ist der Abgeordnete Alfonso Peña«, erklärte ich und zeigte auf den über der Armlehne seines Samtsessels eingeschlafenen Poncho. »Wie du siehst, haben wir ihn gelangweilt.«

»Angenehm«, sagte Toña, nahm Peñas Hand und ließ sie wieder fallen. »*Furcht*, General? Leider habe ich keinen Klavierspieler dabei. Aber ich kann es ja auf einen Versuch ankommen lassen.«

»Bei Ihrer Stimme, Toñita, kann doch nichts schiefgehen«, sagte Andrés.

»Sie brauchen einen Mann am Klavier?« sagte Carlos und saß auch schon vor dem Flügel.

»Sagen Sie bloß, Sie verstehen sich auch auf diese Art von Musik?« staunte Toña.

Zur Antwort spielte Carlos die Anfangsakkorde von *Furcht*.

»Keß, der Junge«, sagte Toña.

»Ist es so richtig?« fragte Carlos.

Sie sprang zur Antwort an der Stelle in das Lied ein, die Carlos gerade spielte.

»Aber von Anfang an, Toña«, verlangte Andrés und sang: *»Furcht, an deiner Seite glücklich zu sein ...«* Verdirb uns nicht den Genuß«, bat ich, inzwischen im runden Sessel sitzend und fasziniert lauschend.

»Wird gemacht, General«, sagte Vives, und die beiden fingen von vorne an. Carlos paßte sich Toña an, als hätten sie monatelang miteinander geprobt.

Er paßte sich ihr nicht nur an, sondern spielte am Schluß eines jeden Liedes auch gleich den Übergang zum nächsten, und Toña fand mit der größten Selbstverständlichkeit ihren Einsatz. Die beiden spielten miteinander, sie verständigten sich mit Blicken.

»Wozu gäb's einen Himmel auf der Welt?
Mag auch noch so tief sein das Meer,

ist doch nichts so tief, daß es uns trennt,
keine Schranke, die meine Liebe nicht sprengt.«

»Du verfolgst mich, ich bin in deinem Bann, und die ganze Welt ist Zeuge meines Wahns«, fiel ich mit meiner Piepsstimme ein, weil ich mir das Mitsingen nicht länger verkneifen konnte.
Toña nickte und winkte mich mit einer Armbewegung zu sich.
Ich setzte mich auf den Klavierschemel zu Carlos, und er wechselte mit einem Sprung von diesem Lied, das mir auf den Leib geschrieben war, zu *In der Nacht gestern nacht.*
»Ach, was für eine Nacht gestern nacht«, begann Toña. *»Auf einmal geschahen so viele Dinge, haben verwirrt meine Sinne.«*
»Ich taumle dahin, ich, die ich in Frieden genoß die Ruhe vergangner Liebe«, sang ich, was meine Stimme hergab, und lehnte mich an Carlos, der seine Hand einen Augenblick vom Klavier nahm und mir übers Bein strich.
»Jetzt verdirbst *du* uns aber den Genuß, Catalina«, sagte Andrés. »Sei still und überlaß den Auftritt den Großen.«
Ich achtete nicht auf ihn, sondern sang weiter. *»Doch was machst du mit mir, daß ich fühl, was ich nie gefühlt?«*
Meine Stimme war ein Fiepen neben der Toñas, aber ich hielt mit. *»Ich beschwöre es, neu ist das alles für mich.«*
Ich hatte sogar das Gefühl, daß die Stimme Toñas, die lauter als ich sang, mir gehöre.
»Und so wurde mir klar; ich habe meine Leben, hab mein Lebtag nur gewartet auf dich«, rezitierten wir beide, und da ich den Kopf auf die Tasten sinken ließ, klang die *Nacht gestern nacht* mit einem Wumm aus.

»Catalina, hör auf zu albern«, sagte Andrés. »Wer hier betrunken ist, bin ich. *Asche* bitte«, wandte er sich an Vives.

»Ja, *Asche*«, sagte auch ich.

»Du bleib aber still, Catín«, bat Andrés.

»Ist gut, mein Herzblatt«, erwiderte ich.

»Nachdem so lang ich daran gelitten«, sang Toña, *»daß du mich vergißt.«*

»Wo doch mein armes, mein wundes Herz dir alles gab«, fiel ich ein, und Toña stellte sich hinter mich und legte mir die Hände auf die Schultern.

»Catalina, stör nicht«, ermahnte Andrés mich nochmals.

»Du störst, mit deinen Zwischenrufen«, bockte ich und holte Toña bei *kommst du nun wieder, klagst, daß dich eine liebt wie du mich* wieder ein.

»Pa-pa-pa-pa«, machte ich und stand auf und trommelte mit den Händen auf den Flügel.

»Ich kann nicht verzeihen«,

sangen wir im Duo weiter,

»doch auch nicht tun dir,
was du mir tatst.«
»Lerne, daß Liebe,
einmal erloschen,
den Haß nicht kennt«,

dozierte Andrés träg in seinem Sessel und wies mit dem Finger auf weiß Gott wen.

»Und willst du graben
in den Trümmern,
die du hinterlassen,
findst du nur Asche
da, wo einst
gebrannt mein Herz«,

kamen wir zum Ende.

»Schmalz«, befand Andrés.

»Willst du vergessen, so sing, mein Herz«, sang Toña zu den von Carlos gespielten neuen Tönen.
»Sing, wenn du vergessen willst deinen Schmerz«, sang nun auch Carlos und hämmerte in die Tasten.
»Sing«, fiel ich ein, *»wenn heut ein Liebster von dir geht, sing, denn morgen neue Liebe dir ersteht*, para-ra, tralla-la, para-ra«, trällerte ich und sprang vom Schemel und drehte mich im Tanz.
Vives lachte, und Andrés schlief ein.
»Nimm mein Leben«, bat ich und tanzte weiter quer durchs Zimmer.
»Nimm es hin, nimm mein Herz«, sang Toña nach Carlos' schmissigem Tangoauftakt.

»Nimm mein Leben,
und schmerzt es dich dennoch ...«,

schloß ich mich an und setzte mich wieder zu Carlos. Andrés hatte recht, ich war ein Mißklang in der beiden Zusammenspiel, aber das war mir im Augenblick ganz egal.

»So ist es, weil du
mich nicht sehn kannst,
denn deine Augen
behalte ich«,

hauchte ich, an die Schulter Carlos' gelehnt, der mit drei Akkorden schloß, über die hinaus Toña das letzte, langgezogene *ich* noch lange hielt.
»Unglaublich, Toña«, sagte Carlos. »Hut ab.«
»Und was ist mit euch beiden?« fragte Toña. »Liebt ihr euch oder fangt ihr an, euch zu lieben?«

Wir ließen Andrés schlafen und sahen uns im Garten den Sonnenaufgang an.
»Señora, soll ich den Abgeordneten nach Hause fahren?« fragte Juan an der Salontür.
»Ja, bitte, Juan. Und bringen Sie den General ins Bett. Sie sind ein Engel.«

»Danach holen Sie mich ab«, sagte Toña. »Zum Frühstück möchte ich nicht mehr bleiben.«
Ungefähr eine Stunde war vergangen, seit die Sonne orangerot aus den Bäumen aufgestiegen war. Da kam Checo barfuß und im Schlafanzug zu uns ans Ende des Gartens getappt.
»Warum bist du noch so angezogen wie gestern, Mama?« fragte er. »Zieh dir Hosen an. Oder reitest du nicht?«
»Gehn wir, Herr Dirigent«, sagte Toña und klopfte Carlos, der mit seinen schwarzumränderten Augen wunderschön aussah, auf die Schulter. »Adiós, Schwesterchen, reite schön. Frische Luft macht dich noch hübscher.«
Carlos gab mir einen Kuß auf die Wange und legte die Hände auf meine Schultern.
»Morgen?« fragte er.
»Morgen«, antwortete ich, und wir gingen auseinander.
Er und Toña gingen zum Wagen, Checo und ich ins Haus.
»Du«, rief Carlos vom Tor zurück. »Es ist ja schon morgen.«

Als wir vom Reiten zurückkamen, war mir leicht schwindlig. Ich saß ab und lechzte nach einem Orangensaft. Lucina brachte ihn mir ans Gartentor, wo ich mich setzte und mir die Beine massierte und irgend etwas auf Checos Fragen antwortete.
»Der General sagt, Sie sollen, sobald Sie wieder da sind, zu ihm hochkommen«, meldete Lucina.
Ich nahm drei Stufen auf einmal und hinterließ mit meinen Reitstiefeln, die ich gar nicht erst auszog, eine Schlammspur auf der Treppe. Ich lief geradewegs in Andrés' Zimmer, ließ mich zu ihm aufs ungemachte Bett fallen und zerrte an meinen Stiefeln.

»Darf ich die Vorhänge aufziehen? Ich kann nichts sehen.«
»Hab Erbarmen mit einem verkaterten Manne, der zudem an Verstopfung leidet«, sagte Andrés und rollte sich übers Bett, um meine Taille zu umfangen. »Erzähl mir, worüber Cordera und Vives gestern gesprochen haben«, sagte er und massierte meinen Rücken.
»Über das Konzert.«
»Und worüber noch?«
»Vives hat Cordera nach dem Kongreß gefragt, aber Cordera hat nichts Bedeutendes geantwortet.«
»Wie lange haben sie miteinander gesprochen? Und was genau hat er geantwortet?«
»Nur, daß es gut läuft und daß die Basis über die Wahl des Vorsitzenden entscheidet.«
»Flunker mir nichts vor. Er hat Wichtigeres gesagt. Was?«
»Nichts, Kind. Nach fünf Minuten war er schon wieder fort.«
»Was habt ihr beiden dann die ganze Zeit gemacht, du und Vives? Flunker mir bitte nichts vor. Vives und Cordera haben noch mehr besprochen. Ihr seid doch erst zwei Stunden später wieder ins Lokal gekommen.«
»Wir haben einen Spaziergang gemacht«, sagte ich. »Was für ein großer Park grenzt an Los Pinos!«
»Du sprichst, als hättest du das gestern abend entdeckt. Willst du dort draußen wohnen? Erzähl schon, wovon haben Vives und Cordera geredet?«
»Herr General, ich verspreche Ihnen: wenn ich etwas mitbekomme, erstatte ich Ihnen unverzüglich Meldung. Aber die beiden haben gestern kaum drei Worte gewechselt.«
»Dann gib mir die drei Worte wieder. Wortwörtlich, versuche dich zu erinnern, sie führen nämlich chiffrierte Gespräche.«

»Du hast entweder einen Kater oder bist immer noch im Dusel. Chiffrierte Gespräche!«

»Haben sie sich nicht verabredet?«

»Doch. Für einen dieser Tage.«

»Das heißt für Donnerstag«, befand er.

»Du spinnst«, sagte ich, immer noch im Zweikampf mit meinem festsitzenden Stiefel.

»Hast du überhaupt nicht geschlafen?« erkundigte Andrés sich.

»Nur kurz.«

»Warum dann so aufgekratzt? Sonst schläfst du doch nach jeder durchwachten Nacht drei Tage lang und bist immer noch nicht auf dem Posten. Warum bist du also heute geritten?«

»Checo hat mich gebeten.«

»Checo bittet dich jeden Tag.«

»Heute hatte ich Lust«, sagte ich und bekam endlich den Stiefel ab und bewegte die Zehen.

»Du bist sehr eigen heute.«

»Ich habe mich gestern nacht amüsiert. Du nicht?«

»Ich weiß es nicht mehr. Du hast gesungen, oder habe ich das geträumt?«

»Ich habe *Nimm mein Leben* gesungen.«

Ich sang gleich noch einmal.

»Sei still. Ich höre alles in fünffacher Lautstärke.«

»Dann schlaf. Wozu mußtest du überhaupt aufwachen? Es ist Sonntag.«

»Gerade weil Sonntag ist. Garza kommt in die Arena.«

»Bis vier Uhr ist noch Zeit. Ich wecke dich um zwei.«

»Ich habe keine Zeit mehr. Um eins erwarte ich Essensgäste. Kommst du am Nachmittag mit?«

»Du lädst mich doch sonst nie ein.«

»Heute lade ich dich ein.«

»Ich mag keinen Stierkampf.«

»Abartiger Geschmack. Du kommst mit.«

»Wie du willst«, sagte ich und küßte ihn auf die Stirn und zog die Decke über ihn wie ein Leichentuch. Ich schlich auf Zehenspitzen zur Tür und ließ ihn schlafend zurück.

In Las Lomas hatte ich ein Bad, das war dreimal so groß wie mein Schlafzimmer. Die Wände waren verspiegelt, durch ein Oberlicht schien die Mittagssonne so grell wie in den Garten, und um die für fünf Personen ausgelegte Wanne standen Blumen und Gewächse. Das Bad war mein Lieblingsort. War mir nach Alleinsein zumute, verzog ich mich dorthin.

An diesem Vormittag flüchtete ich mich hierher, drehte eilig die Wasserhähne auf und warf die Kleider von mir. Ich erinnere mich noch heute an das Gefühl, wie ich von Pflanzen umwuchert auf dem Rücken mit nassem Kopf in dem warmen Wasser lag. Nur mein Gesicht ragte heraus und schaute den über den Himmelsausschnitt im Oberlicht segelnden Wolken zu.

»Und was mache ich jetzt?« fragte ich, als badete meine beste Freundin bei mir in der Wanne. ›Ich kann weglaufen. Ich kann den General samt Kindern, Badewanne, Veilchen und unversiegbaren Bankkonten einfach sitzenlassen.‹ »Ich will zu Carlos«, sagte ich laut, als ich mir den Kopf einseifte. ›Ich verschwinde auf der Stelle. Von wegen Lorenzo Garza. Ständig Morde miterleben und mir anderntags Flüche anhören. Noch heute ziehe ich aus und schlafe in einem anderen Bett, ja, ich nehme sogar einen anderen Namen an. Und wenn Carlos mich nicht will? Er will mich. Er hat *Morgen?* gefragt. Er hat gesagt: *Es ist ja schon morgen*. Aber ans Meer wollte er nicht mit mir, er hat mich zurückgefahren, er hatte überhaupt nie im Sinn, mit mir zusammenzuleben. Er liebt mich nicht. Er findet mich nett, er findet mich amüsant, aber von Liebe kann keine Rede sein. Wenn ich nun klingle und er nicht aufmacht? Oder wenn gerade eine Freundin aus England anreist? Ach, hol ihn der Teufel.‹

Ich stieg aus der Wanne, wickelte mir ein Handtuch um den Kopf und lachte in den Spiegel.

Siebzehntes Kapitel

Ich hatte nie erlebt, wenn Andrés tötete. Ich hatte zwar oft hinter der Tür gelauscht und ihn vom Töten sprechen hören, ich wußte auch, daß er ohne Bedenken tötete, aber ich konnte mir nicht vorstellen, daß er es mit eigenen Händen tat, daß er persönlich die Pistole abdrückte. Dazu hatte er Leute, die entschlossen waren, sich von der Pike auf hochzuarbeiten.

Bevor ich ein Verhältnis mit Vives einging, war ich nie auf den Gedanken gekommen, Andrés zu fürchten. Ich provozierte ihn nur, aber mit Spielchen, die ich, sobald sie gefährlich wurden, abbrechen konnte. Die Geschichte mit Carlos konnte ich nicht abbrechen. Darum bekam ich nun Angst vor Andrés' Pistole.

Mitunter wachte ich nachts zitternd auf, und der Schweiß lief in Strömen. Schliefen wir im selben Bett, konnte ich nicht einschlafen. Ich betrachtete Andrés, sah seinen leicht geöffneten Mund, sah zu, wie er schnarchte und noch im Schlaf überzeugt war, daß er bis heute neben dem gleichen dummen Ding liege, das er einst geheiratet hatte. Neben der gleichen überkandidelten Kleinen, nur ein wenig älter geworden und etwas weniger folgsam, aber im Wesen dieselbe. Eben seine Catalina, über die er lachen konnte und die seine Komplizin war, die seine Gedanken erriet, aber von seinen Geschäften nichts wissen wollte. Alles, was ich seit meiner Heirat mit ihm erlebt hatte, staute sich in mir in diesen Tagen, und in der Folge mußte ich eines Nachmittags feststellen, daß sich in meinem Nacken ein harter Knoten bildete. Vom Hals bis hinab in den Rücken verkrampfte sich bei mir alles, ballte sich zu einem steinernen Klumpen, einem einzigen offenliegenden Nerv, der schmerzte.

Als ich Bibi davon erzählte, riet sie mir zu Gymnastik

und zu einer Massage, durch die man nebenbei an den Hüften schlanker würde. Zu ihr selbst kam die Masseuse ins Haus, weil Gómez Soto um nichts auf der Welt zulassen wollte, daß sie sich andernorts auszog, und sei es, um sich von einer Frau durchwalken zu lassen. Ich hingegen fuhr lieber in den Salon, im Stadtteil Cuauhtémoc gelegen, wo Massagen verabreicht und Gymnastikstunden gegeben wurden und wo eine lächelnde Frau das Regiment führte, die mit ihren schönen Beinen stets in den hochhackigsten Schuhen umherstöckelte.

Dort freundete ich mich mit Andrea Palma an, die viel Witz hatte und, die Ärmste, über ihren flachen Po klagte. Ließen wir uns auf nebeneinanderstehenden Liegen massieren, so sprachen wir am Ende immer von unseren zu dicken Bäuchen und schlußfolgerten, daß eine Kombination aus ihrem und meinem Hintern die perfekte Frau ergeben müsse.

»Wenn du nur nicht so neidisch wärst«, meinte sie eines Tages. »Gott täte uns schon den Gefallen.«

»Jetzt soll sogar Gott dir einen Gefallen tun, Andrea? Reichen dir all seine männlichen Geschöpfe nicht, die er dir vorsetzt?«

»Du bist ja nur neidisch. Weil du dich unterdrücken läßt. Wie fühlt man sich eigentlich als treues Eheweib?«

»Gräßlich.«

»Auch als untreues Weib fühlt man sich gräßlich.«

»Aber weniger.«

»Du wirst ja rot«, rief sie aus. »Bis zum Bauchnabel rot. Was treibst du? Oder verrate es lieber nicht. Dein Mann ist imstande und droht, mir die Zunge herauszuschneiden, wenn ich nicht mit der Sprache herausrücke.«

»Ich bin neidisch auf deinen Busen.« Ich tat, als hätte ich nicht gehört, was sie sagte.

»Stell dich nicht dumm, Catalina, erzähl schon.«

»Was soll ich erzählen? Nichts treibe ich. Hättest du

etwa die Stirn, einen General Ascencio zu hintergehen?«
»Ich nicht, aber du. Du hast ja auch die Stirn, neben ihm zu schlafen. Da ist dir auch jede andere Greueltat zuzutrauen.«
»Für diese Greueltat würde er mich aber umbringen.«
»So wie er das arme Mädchen in Morelos umgebracht hat«, warf die Masseuse ungefragt ein.
»Wen hat er in Morelos umgebracht?« fragte Andrea.
»Ein junges Mädchen«, sagte Raquel, »sie war seine Geliebte, aber eines Tages empfing sie ihn damit, daß sie nicht mehr wolle.«
»Das ist nicht wahr«, protestierte ich. »Mein Mann bringt keine Mädchen um, die sich ihm widersetzen.«
»Mir wurde es so erzählt«, antwortete Raquel.
»Sie müssen auch nicht alles glauben, was man Ihnen erzählt«, wies ich sie zurecht und rutschte vom Massagetisch, um ihren knetenden Händen zu entkommen.
»Catina, sei nicht kindisch«, sagte Andrea. »Ich hielt dich für welterfahrener.«
»Welterfahrener, welterfahrener. Wie soll ich deiner Ansicht nach denn reagieren, wenn man mir eröffnet, daß ich seit zwölf Jahren an der Seite eines Jack the Ripper lebe? Soll ich etwa liegenbleiben? Soll ich lächeln wie Mona Lisa? Oder was?«
»Nachdenken sollst du.«
»Worüber nachdenken, worüber denn nachdenken?« schrie ich.
Unser privates Gespräch war mittlerweile zur öffentlichen Darbietung geworden, und von sämtlichen Liegen starrten die Patientinnen und Masseusen zu mir herüber, die ich, mit Tränen in den Augen und heißen Wangen, splitternackt dastand und Andrea anbrüllte.
»Sei bitte erst einmal still«, sagte Andrea leise. »Leg dich wieder hin, lächle mich schön an, laß dich zu Ende mas-

sieren, und wenn du draußen bist, erkundige dich mal, wer dein Andrés Ascencio ist.«

Ich gehorchte. Dank ihres eindringlichen Tonfalls und ihrer dunklen Augen beruhigte ich mich wieder. Eine Weile lag ich stumm auf dem Bauch und fand, daß Raquel mich so energisch wie noch nie in die Pobacken kneife.

»Wonach soll ich mich denn erkundigen?« fragte ich.

»Ob es zum Beispiel wahr ist oder nicht, was Raquel erzählt.«

»Wie sollte so etwas denn aber wahr sein, Andrea? Das ist doch völlig abwegig. Mein Mann tötet geschäftlich, aber er legt doch nicht einfach Frauen um, die nicht ins Bett mit ihm wollen.«

»Aha, das hört sich schon anders an, du wirst vernünftig. Aber sag, warum sollte er nicht aus beiderlei Gründen töten?«

»Warum? Ebendarum.«

»Sehr klug, ebendarum. Weil es dir nicht paßt. Nun, dann tut er es eben nicht.«

»Tut er auch nicht. Und damit Schluß.«

»Wie du willst«, erwiderte Andrea mit ihrem wissenden Lächeln. »Hältst du noch Diät?«

»Wieso wechselst du das Thema? Hältst du mich für dumm?«

»Den Schlußstrich hast doch du gezogen«, sagte Andrea. »Unterstell mir nicht deine Ängste vor gewissen Themen.« Damit stand sie auf und folgte Marta, die sie zum Schwitzen gerufen hatte, in den Temazcal.

»Wollen Sie auch in die Sauna?« fragte mich Raquel.

»Wo haben Sie das her, daß er das Mädchen in Morelos umgebracht hat?« fragte ich zurück.

»Irgendwo gehört, Señora. Aber sicher haben Sie recht und es war nur so eine Behauptung.«

Raquels Haare waren rotblond gefärbt, ihre Augen klein

und clever, sie hatte feine Lippen und kräftige schmale Hände, mit denen sie selber massierte. Sie sprach wenig und schien nur zum Zuhören und zum Schweigen da. Um so erstaunlicher, daß sie sich in mein Gespräch mit Andrea eingemischt hatte.

›Und wenn er sie nun doch umgebracht hat?‹ fragte ich mich in einem fort, während ich im Temazcal schwitzte.
»Ich möchte nicht sterben«, sagte ich zu Andrea, deren Kopf mir gegenüber aus dem Backsteingehäuse ragte, in das sie uns, ein Wachstuch um die Schultern gelegt, zum Schwitzen steckten. Wir sahen aus wie vierkantige Ungetüme mit kleinen Köpfchen, von denen der Schweiß lief.
»Schon gar nicht jetzt, wo du so schön wirst«, gab Andrea zur Antwort.
»Bitte, ich scherze nicht, ich möchte wirklich nicht umkommen.«
»Du kommst doch auch nicht um, sei nicht albern, Mädchen. Wir anderen mögen noch so viele Geschichten über deinen Mann gehört haben, du kennst ihn besser als alle. Wenn er deiner Meinung nach kein Unmensch ist, wozu machst du dir dann Sorgen? Nicht einmal wenn du fremdgingest, würde er dir eine Kugel in den Kopf jagen, und aus welchem Grund sollte er es sonst tun?«
»Aus keinem. Er ist kein Killer.«
»Du hast mich überzeugt, Liebste. Muß ich dich jetzt auch noch von dem überzeugen, wovon du mich gerade überzeugt hast? Oder wozu jammerst du mir vor, daß du nicht sterben möchtest?«
Während wir sprachen, traten wir immer näher aneinander. Wir waren aus unseren Saunaröhren gestiegen und trockneten uns ab, und unsere Gesichter und Münder kamen sich dabei so nah, daß wir uns gelegentlich streif-

ten. Wie Andrea da stand, sah sie bezaubernd aus, ungeschminkt, schweißnaß, begierig auf meine Beichte und die Angst mit mir teilend, die sich, je mehr ich erzählte, auf sie übertrug. Und ich erzählte ihr alles, von der Treppe im Palast der Schönen Künste über das Essen im Prendes bis zu dem Tag, an dem ich zum ersten Mal Carlos' Wohnung betrat und sie zu meiner machte. Nichts ließ ich aus, nicht unsere Spaziergänge auf dem Zócalo, nicht unsere kleinen Zwischenmahlzeiten, nicht die Nachmittage im Kino, nicht unsere Abende im Konzert und nicht die frühen Morgenstunden, in denen ich beglückt und entsetzt in mein Bett zurückhastete.

»Andrea, was soll ich tun?« fragte ich.

»Vorerst einmal Gymnastik«, riet sie und gab mir einen Kuß.

Achtzehntes Kapitel

Der zweite November fiel in diesem Jahr auf einen Mittwoch, und Andrés beschloß, daß wir die freien Tage um Allerseelen in unserem Haus in Puebla verbringen würden. Er lade Freunde dazu, sagte er, und ich solle schon alles dafür richten. Schon bei dem Gedanken, daß ich an diesen Tagen Andrés' Gäste würde verköstigen und fern von Carlos würde sein müssen, geriet ich in Wut. Wenn Andrés wenigstens angenehme Zeitgenossen einlüde, aber nein, die Ehre hatten der Staatssekretär für Einnahmen mit seiner stets wie für ein Reklamefoto in *Maruca* angezogenen dummen Pute von Ehefrau, der Landwirtschaftsminister, der vor Trotteligkeit keine drei Sätze hervorbrachte, und der Politiker, der gerade groß in Mode war. Auch Politiker machten nämlich Moden durch, und den jeweils aktuellen lud Andrés prompt zu uns übers Wochenende ein, hofierte ihn wie einen Fürsten, machte ihn zum Mittelpunkt aller Gespräche, ließ ihn beim Frontón gewinnen und wies mich an, es seiner Frau in allem recht zu machen.

Ich wußte, was Urlaub mit fünfzehn Gästen bedeutete. Drei Mahlzeiten täglich, dazu Aperitifs und Gebäck und Kaffee zu jeder Tages- und Nachtzeit. Ständig würde ich der Küche und der schlechtgelaunten Matilde Besuche abstatten müssen.

Ich fluchte den ganzen Donnerstag vor mich hin. Andrés ließ mich wissen, daß am Freitag, dem achtundzwanzigsten, um zwölf Uhr mittags gestartet würde. Die Rückreise sei für zwei Uhr nachmittags am Mittwoch danach angesetzt.

»Gleitet unterdessen nicht das Vaterland aus Fitos Händen, wenn du so lange fortbleibst?« fragte ich. »Was fängt er an ohne die Beratung seines alten Kumpels?« Ich

malte mir schon aus, wie schal und unerträglich die Welt ohne Carlos für mich wäre.
Am Mittwoch abend schlenderte ich mit Carlos über den Zócalo und die Avenida Juárez.
Wir aßen im Palace mit Blick auf die Plaza zu Abend. Ich bestellte junge Aale und er Austern, ich ein Stück Torte mit Eis und er einen Espresso.
»Ich habe einen Stock tiefer ein Zimmer gebucht«, teilte er mir mit.
»Ich kann bis eins bleiben«, antwortete ich, und wir rannten ins Zimmer. Ich trat auf den Balkon zur Plaza, um die Abendkühle zu spüren und Regierungssitz und Kathedrale zu betrachten.
»Immer müssen wir es heimlich tun«, sagte ich.
»Was heiratest du auch mit fünfzehn einen General, der mit dem Präsidenten verschwägert ist?«
»Was weiß ich, was ich mit fünfzehn getan habe und warum? Ich bin dreißig, ich will da heraus, ich will mit dir leben, und ich will, daß der Schwarm Weiber, denen es kommt, wenn sie dich dirigieren sehen, weiß, daß ich es bin, die zum Zuge kommt. Ich will, daß du mich nach New York mitnimmst und daß du mich deinen Freunden vorstellst. Ich will, daß du mich aus dem Versteck holst und mit General Ascencio reinen Tisch machst.«
»Aber im Moment willst du doch, daß wir es miteinander treiben, oder?«
»Ja«, sagte ich und vergaß meinen Forderungskatalog.

Als wir uns trennten, fiel er mir wieder ein, und fast genoß ich es, Carlos mitteilen zu müssen, daß ich für vier Tage ohne ihn, mit meinem Mann, meinen Kindern und meinem Hauspersonal in die Abgeschiedenheit Pueblas, in mein halb höhlenhaftes, halb klösterliches Heim voller Bogengänge und Blumentöpfe, voller Ecken, Winkel und Springbrunnen führe.

»Schade«, sagte er ungerührt.
»Es macht dir gar nichts aus, es macht dir wohl gar nichts aus«, schrie ich. »Bist ja auch fürs erste verarztet, darum schickst du mich zu einem anderen, du Waschweib.« Ich knallte die Wagentür zu und fauchte Juan an, er solle starten.
Den ganzen Freitag vormittag war ich in Rage. Lilia sah es mir schon am frühen Morgen an.
»Hast du keine Lust zu fahren?« fragte sie. »Früher fuhrst du immer gern zurück nach Puebla. Ist doch eine hübsche Stadt.«
»Willst du mir damit zu verstehen geben, daß dir der Freier plötzlich zusagt, den dein Vater dir vorgesetzt hat?«
Sie erwiderte: »Er ist ein anständiger Kerl.«
Lilia war sechzehn und hatte einen perfekten Busen, lange stramme Beine, lebhafte Augen und ein überaus selbstbewußtes Lachen.
»Ein Lump erster Güte ist er. Sieben Jahre lang hat er Georgina Letona hingehalten, um sie jetzt sitzenzulassen und mit dir anzubändeln. Du bist hübsch, du bist jung, und rein zufällig bist du die Tochter eines Andrés Ascencio. Merkst du nicht, daß für ihn dabei allerhand abfällt?«
»Wie du um die Ecke denkst, Mama. Nur weil du dich nicht drei Tage lang von Carlos trennen kannst.«
»Was kümmert mich Carlos«, sagte ich.
»Nichts, das merkt man«, lachte Lilia. »Kommst du mit reiten?«
»Ich kann nicht. Ich habe die Mahlzeiten noch nicht arrangiert und weiß noch immer nicht, wie viele wir sein werden.«
»Du machst es dir zu schwer«, sagte sie und polterte mit ihren Stiefeln ins Freie.
Fünfzehn Jahre zuvor war auch ich wie Lilia. Wann hat-

te das angefangen, daß mir anderer Leute Mahlzeiten wichtiger wurden als meine Lust, im Galopp dahinzureiten?

Ich rief in Puebla an und konferierte mit Matilde, der Köchin. Ich bat sie, für den Abend Lende mit schwarzen Paprikaschoten zu kochen.
»Ist das nicht ein bißchen schwer für den Abend, Señora?« fragte sie in dem schnippischen Ton, mit dem sie mich gern korrigierte. Ich gab ihr am Ende meist recht, um mir das Problem vom Hals zu schaffen. An diesem Morgen aber versteifte ich mich auf die Lende.
»Wäre Huhn in Kräutersoße nicht besser? Dem General schmeckt es.«
»Du brätst Lende, Matilde.«
»Wie Sie wollen, Señora.«
Matilde war verschossen in Andrés. So alt wie ich, hatte sie ein Kind, das bei ihrer Mutter in San Pedro aufwuchs. Sie war früh gealtert. Ihr fehlten zwei Zähne, und nie hielt sie Diät oder trieb Gymnastik oder kaufte sich kostspielige Schönheitscremes. Darum sah sie zwanzig Jahre älter als ich aus. Sie konnte mich nicht ausstehen, und sie tat recht daran. Ich dachte, daß ich mich das ganze verlängerte Wochenende mit ihr würde herumschlagen müssen.
So saß ich, die Spitzen meiner Ballerinaschuhe betrachtend, noch immer am Telefontischchen, als, einen Koffer in der Hand, Carlos in die Halle trat.
»Start ist um zwölf?« fragte er.
Ich gab keine Antwort. Schon beim Losrennen riß ich mir die Wickler aus dem Pony. Ich zog Hosen an, parfümierte mich und malte mir die Lippen rot. Ich fegte in den Saal zurück, aber da war Carlos schon nicht mehr.
»Sie sind an der Bar im Spielsalon«, erklärte mir Lucina.

»Bist du soweit?« fragte ich. »Und die Kinder?«
»Alle fertig.«

Der Spielsalon befand sich im hinteren Teil unseres Gartens. Wir wohnten immer auf riesengroßen Anwesen, man hätte sie bequem mit dem Auto befahren können. Ich ging durch den Garten und betrat den Salon, Andrés und Carlos spielten Billard.
»Bin gespannt, wann die Dame soweit ist«, sagte Andrés. »Ich gebe dir noch Zeit bis um eins.«
»Ich bin soweit. Lili ist noch nicht vom Reiten zurück. Wen hast du noch eingeladen?«
»Nur Puente, den Abgeordneten, mit Frau«, sagte Andrés und peilte dabei die Kugel an. »Ich möchte Leute aus Puebla wiedersehen und mich erholen.« Er stieß und traf daneben. »Mein Gott, wie schlecht ich spiele. Was stehst du hier herum. Treib deine Kinder zusammen. Wir werden drei Wagen brauchen, sag Juan und Benito, sie sollen kommen. Wer fährt noch mit?«
»Ich kann meinen Wagen selbst fahren«, sagte Carlos.
»Wunderbar«, antwortete Andrés. »Du fährst bei ihm mit, Catalina, und nehmt Lilia und die Kleinen und das Kindermädchen zu euch. Ich will unterwegs keine Haushalts- und Kochtopfgespräche. Carlos mag das, der ist ledig. Die übrigen Mädchen und Octavio setzen wir zu Benito. Daß mir keiner nach zwei Uhr abfährt. Wir starten alle zur gleichen Zeit. Es wird Kolonne gefahren. Und gib acht, daß Lilia nicht nur Badeanzüge und Hosen, sondern auch vorzeigbare Kleider einpackt. Sie ist für einen Abend zu den Alatristes eingeladen.«
»Das hast du schon arrangiert?« fragte ich.
»Ja, das habe ich schon arrangiert. Und frage nicht in einem solchen Tonfall. Sie ist meine Tochter, und ich sorge für ihre Zukunft. Du hältst dich da gefälligst heraus.«

»Wenn es dir ins Konzept paßt, ist sie deine Tochter, wenn es dir nicht paßt, gehört sie uns beiden. Du hast sie bei mir abgeliefert, als sie zehn war, und mir dazu einen Vortrag darüber gehalten, wie wichtig es sei, daß ich an ihr Mutterstelle vertrete. Und jetzt ist sie auf einmal nur mehr deine Tochter.«

»Jetzt braucht sie eben jemand, der ihre Zukunft sichert, nicht jemanden, der ihr die Nase putzt und die Schularbeiten mit ihr macht.«

»Ich werde nicht zulassen, daß du sie in eine Ehe zwingst.«

»Keine Sorge, sie wird mit Vergnügen heiraten.«

»Warum verheiratest du nicht eines der älteren Mädchen?«

»Lilia ist zufällig die hübscheste.«

»Als ob Milio ein Adonis wäre. Der kann ebensogut Marta heiraten.«

»Weil du Marta weniger gern hast.«

»Meinetwegen, weil ich Marta weniger gern habe. Aber auch, weil sie älter ist. Lili ist noch eine alberne kleine Göre.«

»Sie ist so alt wie du, als wir beide heirateten.«

»Aber der junge Alatriste ist ein Schwachkopf. Du magst alles mögliche verbrochen haben, aber immerhin hast du dich nicht in ein von deinem Vater gemachtes Nest gesetzt.«

»Wie sollte mein Vater auch ein Nest für mich machen, ich habe ihn ja gar nicht gekannt. Meine arme Mutter, wie sie sich hat abrackern müssen, das möchte ich dir nicht noch einmal erzählen. Für Milio ist vorgesorgt? Um so besser für meine Lili. Willst du endlich mal stoßen, Vives?«

»Ich warte, daß ihr zu streiten aufhört.«

»Du brauchst nicht zu warten, du Einfaltspinsel. Stoß. Ich streite doch nur, solange ich auf deinen Stoß warte,

sonst würde ich mit diesem ständig bockenden Frauenzimmer doch meine Zeit nicht vertrödeln. Advokat hätte sie werden sollen. Ihr Vater, kannst du dir so was vorstellen, Bruderherz, hat sie *Flaumhärchen* genannt. Der wußte nicht, wen er zur Tochter hatte; armer Don Marcos.«
»Wen er zum Schwiegersohn hatte, auch nicht«, konterte ich.
»Ich habe gespielt«, meldete Carlos.
Ich zwinkerte ihm zu, als Andrés sein Queue einkreidete, und ich ging.

Um fünf fuhren wir ab. Andrés war schon puterrot. Er behauptete, das käme von der Wut, aber es war der Brandy. Wir holten noch Puente, den Volksvertreter, und seine Frau ab. An der Spitze des Konvois fuhr Carlos mit uns im Wagen, danach kam Benito mit Lucina, den beiden großen Mädchen und zwei Freunden, und zum Schluß Andrés mit Juan als Fahrer.
Die Fahrt wurde angenehm. Verania und Checo sangen zuerst alle in der Schule gelernten Lieder, stritten dann um ein Märchenbuch und sanken zuletzt in Schlaf. Lilia saß bei ihnen im Wagenfonds, und eine Zeitlang unterhielt sie sich mit uns.
»Ich habe Loli geschrieben«, sagte sie.
»Wer ist Loli?«
»Das weißt du nicht? Die Frau, die in der Illustrierten *Maruca* Ratschläge fürs Leben gibt.«
»Und wonach hast du sie gefragt?«
»Du weißt schon, wonach.«
»Und wozu hat sie dir geraten?«
»Soll ich es vorlesen? Ich habe mit Carmina aus Puebla unterschrieben. Die Antwort lautet: ›Bloße Sympathie kann sich durchaus zu Liebe wandeln. Es kommt einzig und allein darauf an, daß Sie die positiven Eigenschaften

an ihm entdecken, mit denen Sie den Mann Ihrer Träume ausstatten. Besteht allerdings zwischen Traum und Realität, was häufig vorkommt, eine scharfe Diskrepanz, so wird sich keine Liebe einstellen. Seien Sie davon überzeugt.‹«

»Empfindest du Sympathie für Milio?« fragte Carlos.

»Ein bißchen schon«, sagte Lilia.

»Aber mit dem Mann deiner Träume hat er nichts gemeinsam«, sagte ich.

»Wenig«, sagte sie.

»Dann stellt sich auch keine Liebe ein«, beschied ich. »Dann mußt du ihn gleich morgen zum Teufel jagen. Auf die sanfte Tour, keine Grobheiten, aber eindeutig zum Teufel. Sag einfach, du wärst dir nicht ganz sicher, und deine Mutter fände dich noch zu jung, und überhaupt, du möchtest noch andere Jungen kennenlernen und ihr solltet fürs erste lieber Freunde bleiben.«

»Und was sage ich Pa?«

»Deinen Pa übernehme ich.«

»Versprichst du das? Pa meint nämlich, ich führe mit Milio am besten. Bei ihm beißt du bestimmt auf Granit.«

»Woher will dein Vater wissen, womit du am besten fährst? Er fährt damit am besten. Er verschafft sich damit bei Emilio senior einen geschäftlichen Einstieg.«

»Also abgemacht, du sprichst mit ihm, Ma«, sagte Lilia abschließend und schlief wenig später ebenfalls ein.

Der Abend war klar, und in nächster Nähe ragten riesengroß die Vulkane. In Río Frío wurden wir von Andrés überholt, der uns zuwinkte, wir sollten halten. Wir stoppten vor einem Laden, Einkaufsmöglichkeit und Dorfkneipe in einem. Die Dämmerung senkte sich herab, und hinter uns standen die Bäume gleich Gespenstern. Lärmend sprangen die Kinder aus dem Wagen.

»Wer Limonade will, melde sich; wer mal muß, der gehe;

nutzt die Gelegenheit«, sagte Andrés, »bis nach Puebla halten wir kein zweites Mal.«
Gegen neun fuhren wir in Puebla ein. Carlos machte mich darauf aufmerksam, daß das Haus in seinem Versteck nicht zu sehen war; dabei konnte man von der Terrasse aus die ganze sich zur Nachtruhe begebende Stadt überblicken. In Puebla verzogen sich die Menschen früh in ihre großtürigen Häuser, und nach acht Uhr war hier kein Mensch mehr auf der Straße.
Andrés führte die Gäste in ihre Zimmer, und ich sah nach dem Essen.
»Leg nur zehn Gedecke auf«, wies ich Lucina an und steckte den Finger in den Topf mit der Lende. »In zwanzig Minuten essen wir. Schick ständig heiße Tortillas nach. Sobald sie fertig werden.«
Ich ging nach oben, um nachzusehen, welchen Raum man Carlos zugewiesen hatte, und bat dann Juan, einen großen Topf mit Farnkraut zu schultern und in das Zimmer zu stellen. Sodann zog ich mich um. In meinem Schrank in Puebla hingen ständig neue Kleider; so brauchte ich, wenn wir die Häuser wechselten, keine Koffer zu packen.
Ich nahm eines der Gouverneursgattinnenkleider. Aus schwerem rotem Stoff, an der Brust anliegend, darunter gefältelt und bis auf den Boden fallend.
Als ich in den Salon trat, kam Carlos auf mich zu und sagte: »Darf ich es dir ausziehen?«
Ich begann mir zu überlegen, wie ich es anstellen könnte, mich nach Mitternacht in den dritten Stock zu stehlen.
Andrés machte es uns leicht, weil er sich, kaum war die Tafel aufgehoben, schlafen legte.
Der Abgeordnete Puente und seine Frau waren nicht müde, auch nicht unsere Töchter und deren Freunde, also setzten wir uns noch vor den Kamin zum Plaudern.

Vier Nächte verbrachte ich in Carlos' Zimmer. Checos Erkältung und nächtliche Gespräche mit Lili vorschützend, schlich ich mich fort, sobald Andrés einschlief.

Andrés spielte jeden Morgen Frontón. Carlos verlor immer gleich den ersten Satz und planschte dann mit mir und den Kindern im Schwimmbecken. Am Sonntag fuhren wir in die Eisdiele auf der Plaza von Atlixco. Dort stellte er mir Medina vor, den eng mit Cordera befreundeten Ortsvorsitzenden der CTM.

»Sie müssen entschuldigen, Señora, Carlos sagt zwar, daß auf Sie Verlaß sei, aber Andrés Ascencio ist eben ein Lump. Er will uns fertigmachen, nur um Alvaro zu zeigen, daß er hier nach wie vor der Herr ist. Die Gewerkschafter von der CROM holen sich ihr Geld direkt im Präsidentenamt ab, sie machen sich für ihn die Hände schmutzig. Und das beileibe nicht erst seit gestern, sondern schon lange. Es sind dieselben Leute, die er damals in der Guadalupe untergebracht hat, nach dem Streik, den er mit Pistolenschüssen beendet hat.«

»Wie das?« fragte Carlos.

»Ich möchte es nicht gern vor der Dame erzählen. Obwohl, hier in der Gegend weiß es jeder.«

»Ich nicht«, sagte ich. »Wie war es?«

Langsam, widerstrebend, erzählte Medina die Vorfälle in Atlixco.

»Die Guadalupe wurde seit einem Monat bestreikt. Die Belegschaft verlangte höhere Löhne und die Anstellung der Springer. Es herrschte Zuversicht, denn General Aguirre war Präsident, und da allenthalben gestreikt wurde, vergaßen sie, daß in Puebla Andrés Ascencio regierte. Einen Monat hingen die Fahnen an der Fabrik. Bis der Gouverneur kam.

›Wirf die Maschinen an‹, sagte er zu einem, der sich weigerte. ›Dann geh mal ein Stück‹, befahl der General und schoß den Mann nieder. ›Du da, stell die Maschinen an‹, forderte er einen zweiten auf, der sich ebenfalls weigerte. ›Da lang‹, sagte er und feuerte den nächsten Schuß ab. ›Wollt ihr euch immer noch dumm stellen?‹ fragte er die hundert Arbeiter, die ihn stumm ansahen. ›Du da, mach mal ran‹, wandte er sich an einen Lehrling. ›Wollt ihr etwa alle hopsgehen? Es sind genug da, die gleich morgen für euch einspringen.‹

Der Junge schaltete seine Maschine ein, und nach und nach begaben sich auch die anderen wieder an ihre Arbeitsplätze. Bis der Betrieb wie zuvor dröhnte, im Drei-Schichten-Rhythmus, nur daß es keinen Centavo mehr gab.«

Nach derselben Methode verfuhr Andrés mit den Streikenden in La Candelaria: zwanzig Tote. In den Nachrichten war lediglich von einem tödlich Verunglückten die Rede.

Medina war nun nicht mehr zu bremsen. Anfangs wollte ich nur hören, am Schluß aber stand ich auf, um mich mit den Kindern auf dem Platz zu tummeln, solange er und Carlos redeten. Als wir mit roten Backen erhitzt zum Pavillon zurückkamen, um ein zweites Eis zu bestellen, erhob sich Medina, gab mir die Hand und dankte mir im voraus für mein Schweigen. Ich sagte nicht, daß ich von seinen Geschichten nur die Hälfte glaubte, dachte aber, ein Andrés, der eigenhändig einen Arbeiter nach dem anderen erschießt, sei doch wohl eine starke Übertreibung. Auch Carlos sagte ich davon nichts. Lieber plauderte ich vom Leben auf dem Lande und sang mit den Kindern den Corrido von Rosita Alvírez. Wir kamen erst spät wieder nach Puebla. Andrés hatte schon das Essen auftragen lassen und schickte sich an, an der Stirnseite des Tisches Platz zu nehmen.

»Woher kommt ihr so verschmuddelt?« wollte er wissen.

»Aus Atlixco, da haben wir Eis gegessen«, sagte Verania, die ihn vergötterte.

Am Montag blieb ich zu Hause. Ich hatte jahrelang nicht mit meinen Kindern gespielt und fand sie blitzgescheit und war überzeugt, Besseres als ihre Spiele und Tollereien könne ich nicht um mich haben, solange Carlos abermals Medina besuchte. Den Vormittag über spielten wir Schlange und Leiter. Bis zwei Uhr nachmittags kicherte und zankte ich beim Würfeln wie ein kleines Mädchen.
Am Dienstag arrangierte ich alles schon am Morgen und hatte ab zehn nichts anderes mehr zu tun, als mit Carlos ins Blaue zu fahren. Wer sollte mich erkennen in dem mächtigen Chrysler, wenn ich mich auf den Boden duckte, bis wir durch die Straßen voller Gaffer aus der Stadt gelangt waren? Einmal im Grünen, würde niemand mehr die Nase in unsere Angelegenheiten stecken.
Ich konnte Carlos überreden, über die Cholulaer Landstraße in die mit Totenblumen übersäte Gegend von Tonanzintla zu fahren. Die ganze Flur war davon ein grün und orangeroter Teppich, denn sowohl der Trauersammet als auch die Luzerne blühten im November. Wir traten in die Dorfkirche, in der uns beidseits kleine Engel aus großen erschrockenen Augen anblickten.
»Ich bin jetzt deine Braut«, sagte ich zu Carlos. »Ich schreite jetzt zu den Klängen des Hochzeitsmarsches an deiner Seite zum Traualtar. Den Hochzeitsmarsch spielt dein Orchester.«
»Ich kann nicht gleichzeitig dirigieren und heiraten.«
»Jetzt kannst du's.« Ich lief zum Kirchentor zurück, um von dort gemessenen Schrittes Einzug zu halten. Ein Schritt und noch ein Schritt und der nächste Schritt. »Tam, tamtatám«, sang ich und ging so auf Carlos zu, der bei den mit brüchigem Samt bezogenen Kniebänken vor dem Altar stehengeblieben war.

»Gott, bist du überkandidelt«, rief er aus, erhob aber die Arme zum Chor und mimte den Dirigenten. Ich schritt bis zu ihm nach vorn und warf mich ihm dort in die Arme.

»Du mußt die Braut in Empfang nehmen. Komm, knien wir hier nieder. Die Leute sehen uns doch zu. Du gelobst mir, mich in gesunden und kranken Tagen, in Glück und in Unglück und alle Tage meines Lebens zu lieben. Ich nehme dich zum Mann und gelobe dir, dir in Glück und Unglück, in gesunden und in kranken Tagen die Treue zu bewahren und dich alle Tage meines Lebens zu lieben und zu achten.«

»Das geht ja wie am Schnürchen. Hundertmal eingeübt, was? Aber warum weinst du denn? Nicht weinen, Catalina, ich gelobe dir auch, dir im Lachen und im Fürchten die Treue zu bewahren und deinen knackigen Hintern alle Tage meines Lebens zu lieben und zu achten.«

Wir umarmten uns im Knien, auf den Bänken, unter dem vergoldeten Gewölbe, vor den goldschimmernden Wänden und der Jungfrau Maria in ihrer Nische. Wir lagen uns in den Armen, bis sich ein altes Weiblein vor uns aufpflanzte, in ihren Rebozo gemummelt, das Gesicht verwarzt und verrunzelt und so klein von Wuchs, daß sie uns knapp in Augenhöhe reichte.

»Nennt ihr das Ehrfurcht vor dem Allmächtigen?« keifte sie. »Wenn ihr Unzucht treiben wollt, geht in den Schweinekoben und befleckt nicht das Haus der Muttergottes.«

»Wir haben gerade geheiratet«, erklärte ich. »Gott hat Gefallen an den Liebenden.«

»Liebende, von wegen Liebende. Geil seid ihr, sonst gar nichts. Hinaus mit euch«, sagte sie und faßte ihr Skapulier an einem Ende und hielt es vor sich. Ihr Gesicht war damit vom Kinn bis zu den Augen abgedeckt, und dahinter begann sie Gebete zu murmeln. Während wir gebannt

auf den Spuk starrten, zückte sie plötzlich ein Fläschchen und bespritzte uns unter schrillen Stoßgebeten mit Weihwasser.
»Wo geht es zum Schweinekoben bitte?« sagte Carlos beim Aufstehen und zog mich mit sich.
»Höllenbrut!« gellte die Alte. »Gott sei eurer Seele gnädig, denn eure Leiber werden gewißlich brennen.«
Wir fanden einen Platz draußen auf den Wiesen. Wir ließen uns auf den Blumen nieder, und noch während wir die Kleider abwarfen, wälzten wir uns über das Feuerrot. Mal hatte ich den Himmel, mal die Allerseelenblumen vor Augen. Ich stöhnte lauter denn je, ich wollte eine brünstige Geiß sein, ein Tier. Ich war ein Tier, ich verlor jede Erinnerung an meinen Vater, an meine Kinder, an mein Zuhause, meinen Mann und meine Sehnsucht nach dem Meer.
Wir lachten viel. Wir lachten, wie zwei Einfaltspinsel ohne jede Zukunftsperspektive, ohne ein Dach überm Kopf und ohne sonstwelche Habe eben lachen. Worüber lachten wir eigentlich? Ich weiß es nicht, wahrscheinlich über unsere Lachlust.
»Du hast am ganzen Körper Totenblumenfarbe«, sagte Carlos. »Es muß schön sein, in einem Grab zu liegen, das danach duftet und das man zu Allerseelen mit diesem Feuerrot abdeckt. Wenn ich tot bin, sorge bitte dafür, daß ich hier begraben werde.«
»Du stirbst auf einer Tournee wie vergangenen Monat, in New York oder in Paris. Ein Weltstar wie du stirbt nicht in dieser Gegend. Außerdem bist du bis dahin so alt und klapprig, daß es dir gleichgültig ist, wonach dein Grab riecht.«
»Egal, wo ich sterbe, mein Grab soll so riechen wie jetzt dein Körper. Und jetzt gehn wir langsam, es ist zwei. Wenn du zur Eröffnung des Soupers nicht zurück bist, bringt dein Gatte uns um.«

»Ich habe genug von meinem Gatten. Kein Tag, an dem wir nicht fürchten, daß er uns aus irgendeinem Grund umbringt. Soll er uns doch umbringen, dann ist endlich Schluß und wir lassen uns hier begraben und treiben es unter der Erde weiter, da stört uns wenigstens niemand.«
»Gute Idee, aber bis dahin sollten wir erst mal gehen.«

Wir standen auf und gingen gemächlich zum Wagen. Ich pflückte unterwegs Blumen und arrangierte sie, zu Hause angekommen, in einem Steinguttopf in der Mitte des Eßtischs.
»Wer hat dieses schauderhafte Zeug hier hingestellt?« fragte Andrés, als er zum Essen hereinkam.
»Ich«, sagte ich.
»Wirst wohl jeden Tag überkandidelter. Nimm sie weg, der Tisch ist kein Friedhof, sie bringen Unglück, und sie stinken entsetzlich. Sie müssen meine Frau entschuldigen«, wandte er sich an die Gäste. »Zuweilen ist sie eine ganz verquere Romantikerin.« Und er begann die Sitzordnung zu regeln.
»Wo möchtest du sitzen, Carlangas?« fragte er Carlos, als nur noch der Platz neben mir frei war. »Neben meiner Frau Gemahlin?«
»Liebend gern«, antwortete Carlos.
»Dazu braucht es keine Worte, das sieht man«, merkte Andrés an. »Was gibt es als Vorspeise, Catalina?«
»Pilzcremesuppe mit Kürbisblüten.«
»Wie reizend. Bist ja regelrecht süchtig nach Blüten. Ist aber gut die Suppe, Herr Abgeordneter, sie kräftigt, ich kann sie Ihnen nur empfehlen«, wandte er sich an Puente, den Parlamentarier der CROM-Gewerkschaft, der in diesen Tagen bei uns weilte.
»Waren Sie gestern nacht noch lange auf?« erkundigte sich Carlos.

»Nicht länger als sonst«, antwortete Andrés. »Wir hatten viel zu bereden, nicht wahr, Herr Puente?«

»Und haben noch ebensoviel vor uns, Herr General«, erinnerte ihn der Volksvertreter.

»O bitte nein«, flehte Puentes Gattin. »Dann wird es ja wieder so spät, und unsereins friert in den Federn.«

Frau Puente war eine kleine Stämmige mit großen Augen und tiefschwarzen Wimpern. Sie hatte einen feschen Busen und schnürte ihre Taille stets mit Schleifen oder Schärpen. Schwer zu erraten, warum, denn er war spukhäßlich, aber ihr Mann gefiel ihr sichtlich. Sooft sich eine Gelegenheit bot, streichelte sie ihn, und sie lauschte seinen Äußerungen, als kämen sie von einem Geistesfürsten, und nickte dazu jedesmal emsig. Vielleicht war das der Grund, warum der Abgeordnete seine brillantesten Redebeiträge immer mit der Frage schloß: »Stimmt's oder nicht, Susy?« Worauf sie die Antwort wußte, »Stimmt vollkommen, Liebster«, und ein letztes Mal nickte. Die beiden bildeten ein perfektes Team. Ich konnte nie so im Team spielen. Dazu fehlte es mir an Einsatzbereitschaft.

»Und wie ging es beim Billard?« erkundigte ich mich.

»Gut«, sagte Andrés. »Wie es bei euch ging, frage ich nicht, ich kann es mir denken. Wenn ich auch nicht verstehe, was ihr an der Natur so schön findet. Zum Pflügen wart ihr offensichtlich nicht draußen. Hast du deinen Freund Medina besucht?« wandte Andrés sich an Carlos.

»Dazu sind wir nicht gekommen. Wir sind in Tonanzintla hängengeblieben. Die Kirche ist beeindruckend. Dort möchte ich einmal ein Konzert geben.«

»Dann gib es. Morgen leiten wir das in die Wege. Besser, als deine Zeit mit Besuchen bei Medina zu vertrödeln.«

»Medina ist mein Freund, und er ist in Schwierigkeiten.«

»Papperlapapp! Wenn er in Schwierigkeiten ist, dann nur, weil er sich von Cordera manipulieren läßt und unbedingt CTM-Vorsitzender in Atlixco sein muß. Die Atlixcoer CTM, und mit ihr Medina, ist nämlich so gut wie erledigt, so wahr ich Andrés Ascencio heiße.«

»Wieso mischst du dich da überhaupt ein, Andi? Laß die Arbeiter doch wählen, wen sie wollen«, sagte Carlos mit der Miene des großen Bruders, die den General so sehr reizte.

»Wer sich da nicht einmischen sollte, bist du. Kümmere dich um deine Musik und um deine Kopfabenteuer, meinetwegen auch um strapaziöse Frauen, aber laß die Finger von der Politik, das ist ein Metier, in das sich nur begeben sollte, wer sich darin auskennt. Ich komme ja auch nicht auf die Idee, ein Orchester dirigieren zu wollen, und ich kann dir versichern, es ist weitaus einfacher, sich vor einen Schwung Mariachis zu postieren und die Arme zu schwenken, als eine Herde krakeelender Mistkerle zu regieren.«

»Cordera und Medina sind meine Freunde.«

»Und was bin ich? Bin ich etwa nicht dein Freund? Da können Sie sehen, Puente. Das ist nun der Dank.« Er warf mir einen Blick zu. »Meinst du nicht auch, Catalina?« fuhr er fort. »Oder hat dich unser Künstler schon überzeugt, daß Einigkeit die Linken stark macht? Verlaß dich auf Frauen und du bist verlassen. Da erzieht und bildet man sie nun ein Leben lang, um dann zu erleben, daß nur ein bunter Papagei an ihnen vorbeizuflattern braucht, damit sie ihm aufs Wort glauben. Die meine zum Beispiel, so wie sie da vor Ihnen sitzt, Herr Abgeordneter, glaubt sie fest daran, daß der Lump von Cordera ein Unschuldslamm ist und daß er gewillt ist, sein Los mit den Verdammten dieser Erde zu teilen. Dabei hat sie ihn erst dreimal gesehen, aber schon glaubt sie an ihn. Hauptsache, es geht gegen ihren Mann, das ist bei ihr die neuste Mode. Dabei hättet ihr sie mal mit sechzehn kennenlernen müssen, da war sie noch ein süßes Geschöpfchen. Saugte wie ein Schwamm alles auf, was man ihr erzählte, und war unfähig, ein Urteil über ihren Mann zu fällen oder erst nach drei Uhr früh in ihrem Bett zu sein. Hach, die Weiber. Keine Frage, sie sind nicht mehr, was sie einmal waren. Irgend etwas hat sie aus der Bahn geworfen. Ich kann Ihnen nur wünschen, daß Ihnen wenigstens die Ihre, Herr Puente, so erhalten bleibt, wie sie ist. Solche gibt es schon gar nicht mehr. Sogar die Sanftmütigsten löcken wider den Stachel. Sie müssen die Meinige einmal erleben.«

Andrés kannte mich genau; er lächelte, bevor er die nächste Gabel Mole in den Mund schob und dann mit vollem Mund hinzufügte:

»Mit *die Meinige* sind Sie gemeint, Frau Ascencio. Was bei mir sonst noch so nebenherläuft, sind nur Episoden am Rande, notwendig, aber nicht unentbehrlich.«

»Unser General, wie er das Herz auf der Zunge trägt«, meinte Volksvertreter Puente.

Unter dem Tisch legte Carlos mir die Hand auf das Knie.

Das Essen dauerte eine Ewigkeit. Als die Klarissentörtchen und der Kaffee aufgetragen wurden, war mir schon leichter ums Herz. Bald würden alle Mittagsruhe halten. Andrés wollte in diesen Stunden nie etwas von mir wissen; er stand nach dem zweiten oder dritten Glas Kognak auf, ging in die Küche, um sich bei den Mädchen zu bedanken, und sagte dann, ganz gleich, wer zu Gast war:

»Sie entschuldigen mich bitte. Ich habe eine dringende außerdienstliche Arbeit abzuschließen.«

Daraufhin begab er sich in ein nach hinten gelegenes Zimmer, in dem es nachmittags völlig dunkel war, und schlief dort exakt anderthalb Stunden lang. Zum Dominospiel erwachte er, aber dabei war ich ebenfalls nicht erwünscht, sondern hatte nur die Pflicht, für ausreichend Kaffee, reichlich Brandy und ein Tablett Pralinen zu sorgen. Danach konnte ich bis zum Abendbrot ruhigen Gewissens aus seinem Blickfeld verschwinden.

»Fahren wir zum Zócalo?« fragte ich Carlos.

»In welchem Schlafzimmer liegt der Zócalo?« fragte er zurück.

Wir lachten noch, als Andrés von seiner rhetorischen Danksagung bei dem Küchenpersonal zurück war und hinter mir stand. Er legte mir die Hände auf die Schultern, und er drückte fest zu.

»Sie entschuldigen uns beide doch«, sagte er zu den Gästen. »Wir haben etwas Dringendes zu erledigen.«

»Ich habe mit den Kindern ausgemacht, daß wir auf dem Zócalo Luftballons kaufen und in der Festung auf Bäume klettern«, wandte ich ein.

»Du bist eine vorbildliche Mutter. Sag ihnen, ihr fahrt später, wenn wir Domino spielen.«

»Ach Mama«, sagte Verania, »du bist mir eine.«

»Andrés, ich habe es ihnen versprochen«, machte ich noch einen Versuch.

»Recht so. Vom Versprechen wird niemand ärmer. Weißt du nicht, was ich alles verspreche? Versprich ihnen eben jetzt, daß du um sechs fährst. Im Moment geht es nicht.«

»Wir warten hier auf Sie, gnädige Frau«, sagte Carlos.

»Erzählst du uns von deinem Vater?« bettelte Checo.

»Wovon ihr wollt«, antwortete Carlos.

»Bleib nicht lange weg, Ma.«

»Nein, Schatz«, versprach ich.

Andrés trat in unser gemeinsames Zimmer und schloß hinter uns die Tür ab. Er setzte sich aufs Bett und forderte mich auf, mich zu ihm zu setzen.

»Wo seid ihr hingefahren?« fragte er.
»Weißt du doch«, sagte ich. »Du läßt mich beschatten, und hinterher fragst du mich auch noch aus.«
»Ich habe euch Benito nachgeschickt, aber der Trottel hat sich, nachdem ihr aus der Kirche kamt, abhängen lassen. Was hat euch die vermummte Alte ausgerichtet?«
Ich lachte.
»Sie sagte, daß wir des Satans seien, und hat uns mit Weihwasser begossen.«
»Und euch eine Nachricht von Medina übermittelt.«
»Ach was, die und eine Nachricht von Medina.«
»Benito sagt, sie sprach von einem Schweinekoben.«
»Ich habe davon nichts gehört.«
»Auch nichts von der Höllenbrut?«
»Davon ja. Sie hat für unser Seelenheil gebetet.«
»Wie lautete das Gebet?«
»Weiß ich nicht mehr, Andrés. Ich hielt die Frau für geistesgestört. Sie wollte uns sogar aus dem Haus der Muttergottes vertreiben. Auch sonst redete sie nur Unsinn.«
»Denk gefälligst nach.«
»Mir fällt nichts ein. Kann ich jetzt gehen? Wer wird uns heute nachmittag beschatten?«
»Heute nachmittag bleibst du schön im Bett bei deinem Mann. Als Kundschafterin bist du nämlich eine Versagerin, und als Braut findest du allmählich zuviel Gefallen an deiner Rolle.«
Ich streifte die Schuhe ab und nahm die Füße aufs Bett und legte seufzend den Kopf auf die angezogenen Knie.
»Wozu soll ich hierbleiben? Damit du mir die Ehre erweist? Schon seit Monaten kommst du nicht mehr in meine Nähe.«
»Tut dir gut, der Abstand. Du siehst blendend aus.«
»Und Conchita?« sagte ich.

»Stell bitte keine geschmacklosen Fragen, Catalina«, gab er zur Antwort.

»Ich frage nur aus Höflichkeit. Schließlich interessiert mich das Befinden der Frauen, mit denen du ins Bett gehst.«

»Wie ordinär du geworden bist«, sagte er.

»Seit wann sind wir denn so wohlerzogen? Hast wohl den Spleen von Ibarras Nichte übernommen? Die Ibarras legen ja Wert auf distingnierte Umgangsformen. Hältst du dir das Mädchen noch immer auf deiner Ranch Martínez de la Torre? Ich weiß auch, daß sie Samtvorhänge angebracht hat und Louis-XV-Möbel hat kommen lassen, um sich unter dem Indiovolk nicht ganz so verloren zu fühlen. Und was macht sie, wenn du nicht da bist? Wird es ihr nicht langweilig? Sicher stickt sie Petit Point, die Ärmste. Oder wandelt verschleiert mit Hut unter Feldknechten und Zuchtbullen.«

»Sie hat ein Kind bekommen, ein Mädchen.«

»Bringst du es hierher?«

»Sie will es nicht.«

»Die anderen wollten es auch nicht.«

»Die anderen waren keine guten Mütter; sie ja. Sie liebt das Kind, und sie bittet mich, es ihr zu lassen, damit sie weniger allein ist.«

»Nur meinetwegen keine Großmut. Ich habe schon genug Kinder um mich, von jungen Mädchen und heranwachsenden Burschen ganz zu schweigen.«

»Klag nicht. Bald geht meine Lilia aus dem Haus.«

»Deine Lilia? Auf einmal bist du zärtlich und nennst sie deine Lilia. Dabei habt ihr euch, seit ich euch kenne, immer nur angebellt. Mich, ihre Stiefmutter, hat sie lieber als dich.«

»Sie streitet nicht mit dir«, sagte er. »Das heißt noch nicht, daß sie dich lieb hat.«

»Etwas wird es schon heißen. Als du sie mir ins Haus

gebracht hast, war sie zehn. Demnächst wird sie sechzehn.«
»Ist sie etwa dein Produkt?«
»Ich produziere niemanden. Ich gebe ihnen zu essen, und ich höre ihnen zu, für alles andere müssen sie selber sorgen. Jeder entwickelt sich hier, wie er kann, ob deine oder meine Kinder. Oder glaubst du, daß ich Checo etwa erziehe?«
»Du verziehst ihn, aber werde bloß nicht philosophisch; zieh lieber den Pullover aus und leg dich zu mir«, sagte Andrés und zog mich an seine Seite. »Du bist schmaler um die Hüften, woher kommt das?«
»Von der Liebe«, antwortete ich.
»Glaub nicht, du Stänkerliese, daß du mich provozieren kannst. Ich weiß doch, daß du treu bist wie eine Rassestute. Komm her, ich hab dich vernachlässigt, seit wann, seit September?«
»Ich weiß es schon nicht mehr.«
»Früher hast du die Tage gezählt.«
Ich gähnte, streckte die Beine aus und kuschelte mich neben ihn. Ich ließ ihn meine Manchesterhosen ruhig streicheln.
»Nicht zu glauben, wie gut du noch beieinander bist. Nicht umsonst hechelt Carlos hinter dir her.«
»Carlos und ich sind befreundet.«
»Dann bin ich auch mit Conchita und mit Pilar und Victoria befreundet.«
»Die gebären dir aber Kinder.«
»Das haben Frauen so an sich. Ohne Kinder zu bekommen, können sie es nicht treiben. Möchtest du kein Kind von Carlos?«
»Ich habe genug an unseren, und ich treibe es nicht mit Carlos.«
»Komm mal her, du Luder«, sagte er. »Sag das noch einmal.« Er neigte sich hautnah über mein Gesicht und

faßte mich am Kinn, damit ich seinem Blick nicht ausweichen konnte.
»Ich treibe es nicht mit Carlos«, sagte ich noch einmal und sah ihm fest in die Augen.
»Gut zu wissen«, entgegnete er und begann mich zu küssen. »Zieh dich aus; mein Gott, bist du schwer dazu zu bringen, dich auszuziehen.« Er zog an meinen Hosen. Ich ließ ihn gewähren und hielt mir einen Satz von Pepa vor Augen: »In der Ehe bleibt einem mitunter nichts anderes übrig, als die Augen zuzumachen und ein Avemaria zu beten.« Ich machte die Augen zu und dachte an die Wiese mit den Blumen.
»Also du treibst es nicht mit Carlos? Wobei hast du dir dann den ganzen Körper gelb eingefärbt?«
»Ich habe mich auf den Blumen gewälzt.«
»Sonst nichts?«
»Sonst nichts«, sagte ich und behielt die Augen dabei geschlossen. Er drang in mich ein. Ich blieb geschlossenen Auges unter ihm liegen, dachte an das Meer, überlegte mir, was ich am nächsten Tag auf den Tisch bringen könnte, und zählte im Geiste durch, was wir noch alles im Kühlschrank hatten.
»Du gehörst mir, vergiß das nicht«, sagte er danach, als er meinen Bauch streichelnd neben mir lag. Ich sah an meinem matten Körper herab und sagte:
»Ich habe keine Angst mehr.«
»Wovor?«
»Vor dir. Du machst mir manchmal Angst. Was weiß ich, was dir da durch den Kopf geht. Du starrst mich an und schweigst, und es wird hell, und du gehst mit Reitgerte und Pistole aus dem Haus, ohne mich irgendwohin mitzunehmen. Langsam kommt mir der Gedanke, du willst mich umbringen, so wie andere auch.«
»Dich umbringen? Wie kommst du darauf? Ich bringe doch nicht um, wen ich liebe.«

»Warum schnallst du dann jeden Tag deine Pistole um?«

»Damit diejenigen, die mich umbringen wollen, sehen, daß ich eine habe. Ich bringe niemanden mehr um, aus dem Alter bin ich heraus.«

»Aber du befiehlst anderen das Töten.«

»Kommt ganz darauf an.«

»Worauf kommt es an?«

»Auf mancherlei. Frag nicht nach Dingen, die du nicht verstehst. Dich bringe ich jedenfalls nicht um, und dich bringt auch kein anderer um.«

»Und Carlos?«

»Warum sollte jemand Carlos umbringen? Er schläft nicht mit dir. Er hat Medina nicht aufgesucht. Er ist mein Freund, ja, man kann fast sagen, er ist mein jüngerer Bruder. Wer also Carlos umbringt, bekommt es mit mir zu tun. Das schwöre ich dir«, fügte er hinzu. »Bei Checo, der so sehr an ihm hängt.«

Daraufhin fiel er, die Hände auf dem Bauch, den Mund halb geöffnet, einen Stiefel noch an den Füßen, ohne Hose, das Hemd aufgeknöpft, in Schlaf. Eine Weile sah ich ihm beim Schlafen zu. Kein schöner Anblick, dachte ich und ließ seine Nebenfrauen Revue passieren. Warum liebten sie ihn? Weil er Witz besaß? Ich jedenfalls hatte ihn früher witzig gefunden und ihn geliebt und sogar geglaubt, kein Mensch sähe besser aus und sei aufgeweckter, sympathischer und mutiger als er. Es gab Tage, da konnte ich nicht einschlafen ohne seine Körperwärme neben mir, es gab Monate, da ich mich nach ihm sehnte, und es gab viele Abende, die ich mit Grübeln darüber zubrachte, wo ich ihn wohl finden könnte. Das war vorbei, jetzt wollte ich mit Carlos fort, nach New York oder auf die Avenida Juárez, wollte nichts sein als ein dummes Ding von dreißig Jahren, das zwei Kinder hat und einen Geliebten, den es mehr als sie und als sich selbst und als

alles auf der Welt liebt und der auf sie wartete, um mit ihr zum Zócalo zu fahren.
Da sprang ich auf, und in Sekundenschnelle war ich angezogen. Carlos wartete ja unten auf mich, während ich hier lag wie ein Dusseltier und einem Bären beim Winterschlaf zusah.
»Adiós«, sagte ich leise und zog einen imaginären Dolch aus dem Gürtel und versetzte ihm damit den imaginären Todesstoß, bevor ich hinausging.
Ich rief in den Patio:
»Es geht los, Kinder. Carlos, ich bin soweit.«
Es dunkelte schon. Im Patio war niemand. Ich lief in den Garten hinterm Haus, ich lief rufend die Treppen hinauf, ich fand niemand. In den Zimmern brannte kein Licht. Ich klopfte bei Lilia, an dem einzig erleuchteten Zimmer.
»Was ist mit dir, Mama? Du schreist, als würde die Welt untergehen.«
Hübsch sah sie aus. Das Kleid auf Taille geschnitten, im Gesicht noch die kindliche Klarheit. Sie zog gerade die Lockenwickler aus dem Haar. Sie tat es mit Schwung, und die ondulierten Haare kringelten sich unter ihren Ohren.
»Wohin fährst du?« fragte ich.
»Bei Emilio abendessen.« Es war derselbe Ton, in dem ihr Vater mir »ins Büro« antwortete.
»Du wirfst dich weg, liebes Kind. Du bist sechzehn, und soll deine Figur, dein Kopf, der noch soviel lernen muß, deine strahlenden Augen, soll das alles in Milios Bett landen? Bei dem Dummkopf Milio, bei dem Mitläufer Milio, bei dem Trottel Milio? Der in die Fußstapfen seines Vaters tritt, und der ist ein Halsabschneider wie deiner, nur daß er sich zudem noch etwas auf seine Vornehmheit einbildet? Es ist ein Jammer, Liebes. Wir werden es immer bedauern.«

»Übertreib nicht, Mama. Emilio spielt gut Tennis. Er ist zwar nicht gerade einnehmend, aber häßlich ist er auch nicht. Er zieht sich wunderbar an, er ist zuvorkommend, und dazu ist die Heirat noch günstig für meinen Vater.«

»Das allerdings«, sagte ich.

»Er mag Musik. Er fährt uns zu Carlos' Konzerten.«

»Weil sie in Mode sind«, erwiderte ich, »und für ihn eine gute Gelegenheit, zwei Stunden dazusitzen, ohne daß man ihm anmerkt, daß er nichts im Kopf hat.«

Die Zimmer gingen auf einen zum Patio hin offenen Gang, der durch ein Geländer, an dem Blumenkästen hingen, geschützt war.

»Es ist kalt; reden wir bei mir weiter?« sagte Lilia und schlüpfte in ihr Zimmer. Ich ging ihr nach, und sie stellte sich vor den Spiegel und striegelte ihre Locken.

»Wo mögen die anderen sein?« fragte ich. »Warum sind sie ohne mich gefahren?«

»Sie mögen dich eben nicht mehr«, sagte Lilia mit noch immer kindlichem Lachen. »Auch kein Zettelchen?« fragte sie. Da entsann ich mich des Blumentopfs in Carlos' Zimmer.

»Mach dich umwerfend schön, Liebes«, sagte ich. »Ich bin im Nähzimmer. Komm da hin, damit ich dich begutachte.« Ich rannte zu dem Topf mit dem Farnkraut, fuhr mit den Fingern zwischen die Wedel und fand ein Stück Papier, darauf Carlos' Handschrift:

Feinsliebchen. Ich habe gehofft, du würdest bald kommen, notfalls sogar angezogen. Ich mußte fort, weil mir Medina ausgerichtet hat, daß er mich um sechs am Eingang zur Franziskuskirche sprechen will. Ich nehme die Kinder mit und die Erinnerung an deine strammen Hinterbacken. Ich küsse dich, auch auf den Mund, wenn mehr nicht möglich ist. ICH.

Ich rannte die Treppen hinunter und über den Patio, auf den der eben erwachte Andrés hinabsah.

»Wer ist zum Domino da?« fragte er.

»Weiß ich nicht. Carlos ist mit den Kindern zur Franziskuskirche gefahren. Ich hole sie ab. Im Spielsalon war ich nicht, aber da hast du sicher schon Kundschaft. Ich sage Lucina, sie soll dir gleich Kaffee und Pralinen hinschikken.« All das schnurrte ich, ohne stehenzubleiben, in einem Atemzug herunter.

»Carlos ist mit den Kindern gefahren?« brüllte Andrés. »Wer hat ihm die Erlaubnis dazu gegeben?«

»Macht er doch immer«, brüllte ich, schon auf der Treppe zur Garage, zurück. Dem Ausgang am nächsten war ein Kabriolett geparkt. Ich stieg ein und raste wie der Teufel zur Kirche. An der Einfahrt zu den Anlagen fuhr ich langsamer, weil ich dachte, Carlos und Medina würden sich kaum im Portal unterhalten, und Carlos mußte, während er redete, dafür sorgen, daß die Kinder irgendwo spielten. Ich konnte sie jedoch weder unter den Bäumen noch auf den Rändern der Springbrunnen beim Trinken von Schmutzwasser aus den Mäulern der gekachelten Frösche entdecken. Auch auf den Schaukeln waren sie nicht und nicht auf den Rutschbahnen und überhaupt an keinem der Plätze, an denen sie gewöhnlich spielten. Auch Carlos sah ich auf keiner Bank sitzen und an keiner Tortillabude Kaffee trinken. Ich wurde schon wütend auf ihn. Wozu mußte er sich in die Politik einmischen? Warum beschränkte er sich nicht darauf, sein Orchester zu dirigieren, ausgefallene Musik zu komponieren, mit seinen Dichterfreunden zu diskutieren und mit mir zu schlafen? Woher dieses idiotische Fiebern nach Politik? Wozu mußte er sich mit Alvaro anfreunden, warum nicht mit weniger problematischen Menschen? Wo steckten sie nur? Es war kalt. Bestimmt waren sie auch noch ohne Pullover weggefahren. Sie holen sich den

Tod alle drei, dachte ich, und ich bekomme vom Fahren in diesem blöden offenen Wagen eine Lungenentzündung. Wo steckten sie nur? Waren sie etwa zum Zócalo gefahren?
Ich parkte den Wagen vor den Portalstufen und rannte hinauf, um nachzusehen, ob sie vielleicht doch noch an der Kirchentür standen. Vielleicht hatten sie sich ja gar nicht von dort wegbewegt, um auf mich zu warten. Der Kirchenvorplatz war eine lange, unvergitterte steinerne Plattform, hinter der mit verkachelter Fassade und schlanken Türmen die Kirche aufragte. Dort, vor der schon verschlossenen Kirchentür, kauerten die Kinder auf der Erde.
»Was ist passiert?« fragte ich, weil sie allein und merkwürdig starr dasaßen.
»Onkel Carlos ist mit Freunden weggefahren und hat gesagt, wir sollen hier auf ihn warten«, gab Checo Auskunft.
»Wie lange ist das her? Wer waren diese idiotischen Freunde, Verania?«
»Weiß nicht«, antwortete Verania.
»War es Medina? Der Herr, mit dem wir, wißt ihr noch, in Atlixco auf dem Zócalo Eis gegessen haben?«
»Nein, der war es nicht, Mama«, antwortete Verania, damals zehn Jahre alt.
»Bist du dir sicher?«
»Ja. Checo hat sie seine Freunde genannt, nur weil ihn einer am Arm weggezogen und gesagt hat: *Komm mit, Freundchen*. Aber er wollte nicht mit. Es war nur, weil sie Pistolen hatten. Deswegen hat er gesagt, wir sollen hierbleiben, du würdest uns holen kommen, wenn er nicht bald wiederkäme.«
»Warum habt ihr nicht nach dem Pfarrer gerufen?« fragte ich. »Wo waren die Pfarrer?«
»Die hatten gerade abgeschlossen«, sagte Verania.

»Diese Pfaffentrottel. Pfarrer, Pfarrer, Pfarrer!« schrie ich und hämmerte an das Kirchentor.

Ein Geistlicher öffnete.

Er sagte: »Sie wünschen, Schwester?«

»Vor einer Stunde wurde hier ein Mann verschleppt, er war mit meinen Kindern hier, mit Gewalt verschleppt, von bewaffneten Männern, und Ihre Tür war schon um sechs verschlossen. Wozu habt ihr eigentlich soviel Wirbel gemacht, wenn ihr jetzt, wo ihr eure Kirchen wieder öffnen dürft, schon um sechs Uhr nachmittags zumacht? Wer hat euch den Tip gegeben, so früh zu schließen, he?« fuhr ich los auf den Pater.

»Ich weiß nicht, wovon Sie sprechen, Schwester. So beruhigen Sie sich doch. Wir haben geschlossen, weil es heute früher dunkel wurde.«

»Ihr wollt nie wissen, was nicht zu eurem Vorteil ist. Kommt, Kinder, fort von hier, zum Wagen, schnell.«

Neunzehntes Kapitel

Mit den stumm an meiner Jacke hängenden Kindern stürmte ich brüllend ins Haus. Ich nahm die fünf Treppenabsätze zum Spielsalon im Laufschritt, und oben angekommen, krallten sich ihre Hände noch immer in meinen Körper, so mitergriffen waren sie von meiner panischen Angst.

»Was ist denn in dich gefahren?« fragte Andrés, in die Tür tretend. Er kaute auf seiner Zigarre, in der einen Hand ein Glas mit Brandy und in der anderen einen Dominostein.

»Jemand hat Carlos entführt. Die Kinder saßen an der Kirchentür«, sagte ich, nun ganz langsam, ohne zu schreien, als berichtete ich etwas, womit man ohnehin gerechnet hatte.

»Wer sollte ihn denn entführen? Er wird bei irgend etwas mitmischen, wovon ich ihm abgeraten habe. Und die Kinder hat er allein gelassen? Verantwortungslos.«

»Die Kinder sagen, er sei mit Gewalt weggeschleppt worden«, sagte ich, scheinbar wiederum ganz unbeteiligt.

»Deine Kinder haben eine blühende Phantasie. Zieh sie warm an und bring sie zu Bett, sie brauchen wahrscheinlich nur Schlaf.«

»Und du, was wirst du tun?« fragte ich.

»Das Spiel eröffnen, ich habe den Sechserpasch«, entgegnete er.

»Und dein Freund?«

»Der wird schon noch kommen. Wenn nicht, sage ich Benítez später Bescheid, damit er eine polizeiliche Fahndung veranlaßt. Willst du den Kindern jetzt ihre Nachtsachen anziehen?«

»Ja, ich ziehe ihnen ihre Nachtsachen an«, sagte ich wie fremdgesteuert und gleichzeitig geknebelt. Ich legte

meine Arme zum Ausruhen auf die Schultern der Kinder und ging mit ihnen in den zweiten Stock hinunter.
Lilia schloß gerade die Zimmertür hinter sich. Sie hatte sich für ein schwarzes Kleid mit roten Biesen, für hochhackige Schuhe und dunkle Strümpfe entschieden. Ihre Frisur war mit zwei silbernen Zierkämmen festgesteckt, und ihre Lippen waren rot geschminkt. In einem solchen Aufzug sprach sie mich nicht mit Mama an.
»Cati, leihst du mir deinen Persianer? Ich habe auf meinen gestern Eis gekleckert. Hast du Carlos gefunden?«
»Nein«, antwortete ich und biß mir auf die Lippen.
»Arme Mama«, sagte sie und umarmte mich.
Ich wollte schreien, sofort losfahren, ihn suchen, mir die Haare raufen, den Verstand verlieren.
Lilia strich mir über den Kopf.
»Du Arme«, sagte sie.
Ich löste mich behutsam von ihrem parfümduftenden Körper.
»Du bist wunderschön«, sagte ich. »Fährst du schon? Mach noch ein paar Schritte vor mir, damit ich sehe, ob die Strumpfnähte sitzen. Du verdrehst sie immer.«
Ich schickte Lilia den Gang entlang.
»Komm her, ich drehe dir den linken gerade«, sagte ich. »Nimm dir den Mantel aus meinem Zimmer, welchen du willst. Und hüte dich, Emilio zu küssen, damit du dich nicht vor der Zeit abnützt.«
Sie küßte mich abermals und eilte treppab.

Ich brachte die Kleinen in ihr Zimmer. Als sie schliefen, löschte ich das Licht und legte mich zu Verania ins Bett. Ich lag auf dem Bauch, das Gesicht in den Armen vergraben, und weinte leise vor mich hin, dicke große Tränen.
›Wenn er nur nicht leiden muß‹, dachte ich, ›wenn sie ihn nur nicht langsam umbringen, wenn sie ihm nur nicht

weh tun, sich nicht an seinem Gesicht vergreifen, ihm die Hände nicht brechen, wenn es nur einen guten Menschen gibt, der ihn erschießt.‹

»Señora.« Lucina trat ins Zimmer. »Der gnädige Herr möchte zu Abend essen.«

»Tragt für ihn auf«, krächzte ich.

»Er sagt, Sie sollen herunterkommen. Ich soll Ihnen ausrichten, daß der Gouverneur bei uns ißt.«

»Und Señor Carlos?« fragte ich.

»Nein, Señora, der ist nicht da«, sagte sie, trat näher und setzte sich auf die Bettkante. »Es tut mir ja so leid, gnädige Frau, Sie wissen, ich mag Sie sehr, ich hatte mich gefreut, Sie so froh zu erleben, Sie wissen, ich ...«

»Haben sie ihn umgebracht? Hat dir Juan das gesagt?«

»Ich weiß nicht, Señora. Juan hat sich krank gestellt, als er gerufen wurde. Benito hat gefahren. Wir wollten Ihnen Bescheid sagen, aber wie? Sie waren beim Herrn General im Zimmer.«

Ich vergrub mein Gesicht von neuem in den Armen. Tränen hatte ich keine mehr.

»Und Benito?« fragte ich.

»Ist noch nicht zurück.«

Da stand ich auf. »Sag dem General, daß ich gleich komme, und bitte Juan zu mir herauf.«

Ich kleidete mich in Schwarz. Ich legte Carlos' Geschenke an, das Medaillon und die Ohrringe, beides aus Italien. In das Medaillon war eine blaue Blume eingelegt, und vorne stand *Mamma* und auf der Rückseite *13. Februar*.

Als ich ins Eßzimmer trat, legte Andrés gerade die Tischordnung fest.

»Meine Verehrung, gnädige Frau«, begrüßte mich Benítez.

»Verdient sie nicht, Herr Gouverneur«, sagte Andrés, »sie kommt zu spät.«

»Tut mir leid, ich bin bei den Kindern eingeschlafen«, sagte ich. Es waren mehr Gäste da, als ich erwartet hatte.

»Kennst du den Generalstaatsanwalt von Puebla?« fragte Andrés.

»Natürlich, schön, Sie hier zu sehen«, sagte ich, ohne ihm die Hand zu reichen.

»Und den Herrn Polizeipräsidenten?«

»Angenehm«, sagte ich. Um ihn zu ärgern, tat ich, als ob ich ihn nicht kennte.

»Der Herr Gouverneur war so freundlich, ebenfalls zu kommen, als ich ihm das Verschwinden unseres Freundes Carlos Vives meldete.«

»Wäre es nicht besser, die Herren würden nach ihm suchen?« fragte ich.

»Sie wünschen zuerst noch mehr sachdienliche Hinweise zu dem Fall«, sagte Puente, der Abgeordnete.

»Ihre Kinder sollen allein auf der Straße gestanden haben?« fragte mich Puentes Frau Susy Díaz. »Meiner Meinung nach ist Don Carlos von einer Verehrerin entführt worden.«

»Hoffentlich«, sagte ich.

»Meine Damen, die Angelegenheit ist ernst«, mahnte Andrés. »Carlos war mit Medina befreundet, und Medina ist heute morgen ums Leben gekommen. Wissen Sie vielleicht schon, wie es zu Medinas Ableben kam, Herr Gouverneur?«

»Einigermaßen. Wurde anscheinend von seinen eigenen Leuten umgebracht. In der CTM sind ja viele Radikale, und Medina hatte seiner Basis zugeredet, sie sollten am besten alle zur CROM übertreten. Da hat irgendein Wahnsinniger wohl Vergeltung geübt für den vernünftigen Vorschlag, den sie für Verrat hielten.«

»Ich glaube nicht, daß Medina zur CROM übertreten wollte«, sagte ich.

»Warum solltest du das nicht glauben?« fragte Andrés.
»Ich kannte Medina. Carlos hat ihn sehr gemocht.«
»Hoffentlich mochte er ihn nicht so sehr, daß er ihm heute morgen zu Hilfe geeilt ist«, meinte Andrés. »Leichtsinnig war er ja schon immer. Erst heute beim Mittagessen habe ich ihn gebeten, er solle sich der Musik widmen und sich besser nicht in Gefahr begeben. Aber er ist eben ein Provokateur.«
»Ich finde, er ist ein anständiger Kerl«, sagte der Staatsanwalt, »und ein exzellenter Musiker.«
»Hoffen wir, daß ihm nichts passiert ist«, meinte der Polizeipräsident, ein mieser Kerl, der zu Andrés' Zeiten noch Polizeivizepräsident war. Er wurde *Sülze* genannt, weil er an einer Pigmentstörung litt. Was auch immer passierte, er war im Bilde.

Das Essen wurde aufgetragen. Andrés beliebte meine Hausfrauenkünste zu loben, und das Tischgespräch driftete ich weiß nicht wohin ab. Lucina bediente.
»Noch Bohnen, gnädige Frau?« sagte sie und blieb bei mir stehen. Dann dämpfte sie die Stimme: »Juan sagt, sie halten ihn in der Neunzigsten Straße fest.«
»Danke, ein wenig«, antwortete ich.
»Wahrhaftig, wahrhaftig, es schmeckt alles köstlich, meine Dame«, sagte Benítez.
»Danke, Herr Gouverneur«, sagte ich und sah vom Teller auf und blickte ihm in die Augen. Neben den seinen begegnete ich denen Staatsanwalt Santillanas, eines geachteten Notars, der für Andrés nie hatte arbeiten wollen.
Ich fand es seltsam, daß er nun für Benítez arbeitete. Ein sonderbarer Mann. Sah er zu mir herüber, hatte ich den Eindruck, daß er sich für mich interessierte.
»Sie machen sich Sorgen, nicht wahr?« fragte er mich.
»Ich halte große Stücke auf Carlos«, gab ich zur Antwort.

»Ich verspreche Ihnen, ich werde alles nur mögliche tun, um ihn aufzufinden.«

»Ich danke Ihnen schon jetzt«, sagte ich zu ihm und wandte mich an alle: »Nehmen wir den Kaffee im Salon zu uns?«

»Also hin«, sagte mein Mann und erhob sich. Alle taten es ihm nach, wie Äffchen im Zirkus. Wir schlenderten in den Salon, und ich stahl mich an Santillanas Seite.

»Sie vertrauen Ihrem Gouverneur, ja?«

»Selbstverständlich, Señora«, entgegnete er. Ich lächelte, als sprächen wir vom Wetter.

»Sie halten Carlos in der Neunzigsten Straße fest«, ließ ich fallen. »Retten Sie ihn.«

»Wovon sprechen Sie?«

»In der Neunzigsten Straße ist ein Gefängnis für politische Gegner. Es besteht seit der Gouverneurszeit meines Mannes und ist danach nie aufgelöst worden. Dort ist Carlos.«

»Woher wissen Sie das?« fragte Santillana.

»Was liegt daran. Fahren Sie hin? Sie können sagen, Sie hätten auf der Straße davon gehört. Fahren Sie, ich kann Ihnen auch noch jemanden in Ihr Büro schicken, der es Ihnen meldet. Aber beeilen Sie sich bitte.« Ich lächelte abermals, und damit uns niemand etwas ansah, lächelte auch er.

»Herr Gouverneur, ich empfehle mich«, sagte er. »Ich will nachsehen, ob in meiner Dienststelle neue Erkenntnisse vorliegen.«

»Dieser Santillana, stets so effizient«, sagte Andrés. »Ich hätte ihn ja immer gern zu meinen Mitarbeitern gezählt, aber er hat sich nie dazu bereitgefunden. Wie hast du es geschafft, Felipe?«

»Glück muß man haben«, sagte Benítez.

»Gehn Sie ruhig, Herr Staatsanwalt.«

Pellico, der Polizeipräsident, fühlte sich nicht mehr wohl

in seiner Haut. Wenn der Staatsanwalt ging, müßte er eigentlich auch gehen, aber dazu hatte er keine Lust. Er war glücklich bei seinem Brandy und seinem Kaffee in seinem Sessel.
»Sie bleiben doch, nicht wahr, Pellico?« half ich ihm.
»Wenn Sie es wünschen, habe ich gar keine andere Wahl, gnädige Frau«, sagte er und setzte sich in seinem Sessel zurecht und machte sich über die Schokominzplätzchen her.
»Ich bringe Sie zur Tür, Doktor Santillana«, sagte ich und ging am Arm des Staatsanwalts hinab zu der von Andrés mit Wappen und Kriegersprüchen bekränzten Eingangstür. Dort hielt sich an der Schwelle Juan versteckt.
»Was ist geschehen, Juan?« fragte ich.
»Benito hat sie in der Neunzigsten Straße abgesetzt, mehr weiß er auch nicht.«
»Fahren Sie mich dahin«, bat ihn Santillana.
»Ich fahre mit«, sagte ich.
»Wollen Sie alles verderben?« fragte er.
Ich ließ die beiden hinaus und ging zitternd zurück in den Salon.
»Seit wann führst du Selbstgespräche, Catalina?« fragte Andrés bei meinem Eintreten.
»Ich wiederhole das große Einmaleins«, sagte ich. »Um mich nicht zu blamieren, wenn ich Checo abhöre.«
»Wäre diese Frau ein Mann, sie wäre Politiker geworden. Sie ist närrischer als wir alle zusammen.«
»Ihre Frau Gemahlin hat viele positive Eigenschaften, Herr General«, ließ Benítez sich vernehmen.
»Ich lasse Holz für den Kamin bringen«, murmelte ich. »Es ist furchtbar kalt.«

Weißer Indio wurde der Sänger genannt, den Andrés samt seiner Gitarre für diesen Abend engagiert hatte. Er war Albino, er sang mit Wehmutsstimme, und er schluchzte seine Weisen unabhängig davon, ob man ihn aufgefordert hatte oder nicht und ob ihm einer zuhörte oder alles lauthals schwatzte.

Er nahm bei mir am Kamin Platz und sang *Durch das ferne Gebirge trabt zu Pferde ein Mann, reitet allein durch die Welt, nur aufs Sterben noch bedacht.*

»Indio, sing lieber *Blitz* statt solcher Herzensbrecher«, rief Andrés ihm zu. »Merkst du nicht, daß wir Sorgen haben?« Das Mexikanerblut stellte lediglich die Füße anders und schaltete um:

»Weil ich so sehr sie noch liebe, weil mich ihr Anblick erschrickt, will ich sie nie wieder sehn. Fahr du herab, Blitz, und nehme, Zorn des Himmels, mein Sehnen ...«

»Geht runter wie Honig, der Hit, noch mal von vorn«, bat Andrés.

Der Indio begann noch einmal, nun unterstützt von der ganzen Gesellschaft, denn wenn Andrés mitsang, wagte sich niemand mehr zu unterhalten, und das Mexikanerblut rückte in den Mittelpunkt.

Andrés begann ihn nun Bruderherz zu nennen und verlangte einen Schlager nach dem anderen.

»Sing mit, Catalina«, sagte er. »Sitz nicht wie ein armes Waisenkind am Feuer, das schadet dir. Sing *Auch in der Ferne bei dir.*«

»Jawohl, jetzt singt unsere süße Cati mit«, sekundierte das Mexikanerblut, aber er sang allein. Er kam gerade ans Ende, als Santillana in den Salon trat.

»Ich habe Vives gefunden«, erklärte er. »Er ist tot.«

»Wo haben Sie ihn gefunden?« dröhnte Andrés. »Herr Gouverneur, ich verlange Gerechtigkeit.«

»Wie ist es dazu gekommen, Santillana?« fragte Benítez.

»Mein Herr, ich möchte unter vier Augen mit Ihnen sprechen, aber meinen Rücktritt kann ich schon jetzt einreichen. Ich fand ihn in einem illegalen Gefängnis. Die Angestellten dort erklären, sie erhielten ihre Befehle von Major Pellico.«

Es entstand ein heilloses Durcheinander. Pellico sah zu Andrés hin.

»Verlange seinen Rücktritt«, brüllte Andrés Benítez an.

»Was für eine Anstalt ist das? Wo ist Carlos? Wer hat ihn dorthin gebracht?«

»Santillana, begründen Sie bitte Ihren Vorwurf«, sagte der Gouverneur.

»Ich weiß gar nicht, wovon Sie reden«, schrie Pellico.

Puentes Frau fiel in Ohnmacht. Puente setzte zu einer parlamentarischen Ansprache an. Ich stahl mich davon.

Neben Tirsos Wagen hielt Juan Lucina in den Armen.

»Wo ist er?« wollte ich wissen.

»Da drinnen, aber sehen Sie nicht hin«, bat Juan.

Ich öffnete die Wagentür, und Carlos' Kopf sank mir entgegen. Ich streichelte seine Haare, sie waren blutig. Ich drückte seine Augen zu, auch an Hals und Jacke war Blut. Im Nacken ein Einschußloch.

»Helft mir, ihn hochtragen«, bat ich die beiden. Juan, Santillanas Fahrer, Lucina und ich trugen ihn hinauf in das Farnkrautzimmer und legten ihn dort aufs Bett. Ich bat die anderen, hinauszugehen, hockte mich neben ihn und sah ihn weiß Gott wie lange an. Erst Andrés' Eintreten in Begleitung von Benítez machte dem ein Ende.

»Ich habe es dir gesagt, warum hast du nicht auf mich gehört?« sagte Andrés, nähertretend, zu Carlos.

»Wir begraben ihn in Tonanzintla«, entschied ich, richtete mich neben dem Bett auf und ging zur Tür.

Ich trat aus dem Zimmer. Der Gang lag im Dunkeln. Das von unten kommende Licht reichte gerade aus, um ohne zu stürzen an den Blumentöpfen vorbeizukommen. Die Gästezimmer befanden sich im dritten Stock, an der Seite von Frontón-Wand und Schwimmbassin. Eigentlich gab es hier Licht, aber Carlos und ich hatten, damit ich ungesehen zu ihm gelangen konnte, die Anlage zwei Nächte zuvor außer Betrieb gesetzt. Im zweiten Stock schliefen die Kinder, im ersten nur Andrés und ich. Von unserem Schlafzimmer bis zum Farnkrautzimmer waren eine lange Strecke Treppen und Galerien. Geübt von den vergangenen Nächten lief ich im Finstern in den Garten und von dort in mein Zimmer. Ich frisierte mich, zog einen schwarzen Mantel an und holte Juan aus der Küche. Er fuhr mich zu Bestatter Gayosso.

»Hätten Sie doch angerufen, Señora«, sagte ein verschlafener Mann mit bemühter Freundlichkeit.

»Ich möchte einen Holzsarg, unlackiert«, sagte ich. »Ohne Beschläge, schwarze Schleifen und ohne Kreuz.«

Der Sarg wurde gegen neun geliefert. Um elf waren wir in Tonanzintla. Die Sonne schien, und es waren eine Menge Menschen da. Benítez hatte die Lehrer, die Konservatoriumsstudenten und die Parteikader angekarrt. Cordera war aus México angereist und ging mit mir hinter dem Sarg her.

Der Tonanzintlaer Friedhof besaß keine Mauer, sondern grenzte, an einem Berghang gelegen, unmittelbar an die Kirche an. Es war zweiter November, an vielen Gräbern waren andere Besucher, die sie mit Blumen besteckten und Moletöpfe, Brot und Leckereien darauf legten. Ich hatte die ganze Blumenwiese, auf der wir am Vortag gewesen waren, abmähen lassen. Das ergab an die fünfhundert Sträuße, die ich an Benítez' Aufgebot und an die Cordera folgenden Arbeiter verteilen ließ. So konnte jeder Blumen auf Carlos' Grab niederlegen.

Die Träger stellten den Sarg neben der fertig ausgehobe-

nen Grube ab. Dann nahm Andrés Aufstellung zu seiner Rede.
»Werktätige, Kollegen«, begann er, »liebe Freunde. Carlos ist als ein Opfer derjenigen gefallen, die nicht wünschen, daß unsere Gesellschaft auf dem segensreichen Pfad des Friedens und der Eintracht voranschreitet. Wir kennen ihre Namen nicht, wir wissen nicht, wer seinem jungen, seinem schönen Leben, das sie gefährlich dünkte, ein Ende gemacht hat, aber wir sind überzeugt, daß sie für ihr Verbrechen dereinst büßen werden. Der Verlust eines Mannes wie Carlos Vives bringt nicht nur Leid zu Menschen, die wie ich und meine Familie oder wie seine Freunde das Privileg genossen, ihn lieben zu dürfen, sondern er ist an erster Stelle ein unersetzlicher Verlust für die Gesellschaft. Gern würde ich Carlos' besondere Eigenschaften aufzählen, die Werke, mit denen er für unser Vaterland gewirkt, die Leistungen, mit denen er unsere Revolution bereichert hat. Doch ich vermag es nicht, zu groß ist der Schmerz ...«
In dem Stil ging es weiter. Als er zu Ende war, begann Corderas Rede. Ich erlebte es wie eine Filmvorführung, bar jeder Empfindung.
»Carlos«, sagte Cordera, »die Erinnerung an deine Unbestechlichkeit, deine Intelligenz und deinen Mut wird uns immer eine Hilfe sein. Wir fordern keine Gerechtigkeit, wir kämpfen darum, und dereinst werden wir sie erringen. Du hast dein Leben bei dem Bemühen eingebüßt, uns dabei zu helfen. Wir wissen, von wessen Hand du gestorben bist. Es waren die Mächtigen, die dich ermordet haben, es waren diejenigen, die über Gefängnisse und Waffen verfügen. Nicht die Ausgebeuteten haben dich ermordet, nicht die Arbeiter, nicht die Studenten, nicht die Intellektuellen. Deine Mörder sind die Potentaten, die Diktatoren, die Unterdrücker, die Ausbeuter, die Despoten ...«

Als er endete, nahmen die Totengräber den Sarg auf und senkten ihn in die Grube. Ich warf meinen Blumenstrauß in die Tiefe.

»Da hast du dein Grab mit Sammetblumen, du Dummer«, flüsterte ich und machte kehrt, ehe mir die Tränen kamen, und schritt eilig zum Wagen.

Die Woche danach gehörte den Nachrufen und Presseverlautbarungen. Ich war so betäubt, daß sie mir, ob von der Gewerkschaft CROM oder der Gewerkschaft CTM, ob vom Gouverneur oder von Rodolfo, von Cordera oder von Andrés, alle gleich in den Ohren klangen. Alle waren sich einig, daß Carlos ein großer Mann war und daß man seinen Tod rächen, seine Mörder aufspüren und das Vaterland vor Verrätern und dem Versinken in Gewalt retten müsse. Die ihm gewogen waren, rückten einen offenen Brief in die Blätter, in dem sie Gerechtigkeit und Bestrafung forderten, Vives' Tugenden herausstrichen und den unersetzlichen Verlust beklagten, der die Kunst getroffen habe. Ich las die Namen von Menschen, die er in meiner Gegenwart angerufen oder in Gesprächen mit seinen Dichterfreunden Efraín und Renato erwähnt hatte. Menschen, die ich nicht kannte, weil Carlos gemeint hatte, wir sollten lieber nichts durcheinanderbringen. Niemand würde uns verstehen, sie würden nur argwöhnen, allein Efraín und Renato waren davon ausgenommen, sie stünden seinem Herzen am nächsten, sie begingen in ihrem Leben ebensolche Tollheiten wie er, so daß sie sicher Verständnis hätten, wenn andere dasselbe täten. Ich schnitt alles aus und legte es der Reihe nach in eine abschließbare silberne Schatulle, gleich der, in der ich, in der Tiefe meines Kleiderschranks, die Billetts von Carlos, ein in der Alameda aufgenommenes Foto von uns beiden und sämtliche nach seinen Konzerten erschienenen Rezensionen aufbewahrte. Sogar Vorankündigungen und Verrisse hob ich auf. Ich besaß ein Foto von ihm, darauf dirigierte er, die Haare in der Stirn und die Hände in äußerster Spannung. Ich begann es zu streicheln.

Santillana brachte die Existenz des Hauses in der Neunzigsten Straße und wem es unterstand ans Licht, und der Gouverneur entließ Pellico und bekundete seinen Kummer und seine Überraschung. Pellico suchte daraufhin Andrés auf. Als er ins Herrenzimmer trat, lehnte ich gerade im zweiten Stock über dem Geländer.

Wenige Tage danach wurde Pellico mit großem Tamtam seitens der Presse und Grundsatzerklärungen des Gouverneurs gegen Korruption und Amtsmißbrauch und einem neuerlichen Bekenntnis Andrés' zu Rechtsstaat und Justiz als Begleitmusik inhaftiert.

Ein paar Monate später gelang sieben Häftlingen die Flucht aus San Juan de Dios; einer davon war Pellico. Bis vor kurzem bekamen wir von ihm alljährlich zu Weihnachten eine Glückwunschkarte aus Los Angeles.

Zwanzigstes Kapitel

Ich blieb von da an in Puebla. Vor einer Rückkehr nach México fürchtete ich mich. In unserem Haus am Hang gab es Wände, die ich so oft angesehen, und Erinnerungen, die ich so oft durchgegangen war, daß sie mich nunmehr beschützten. Mir stand der Sinn nicht mehr nach Herausforderungen und Überraschungen. Lieber wollte ich darüber alt werden, daß ich ein Auge auf junger Leute Liebeshändel hatte, daß ich im Garten oder am Kamin saß oder daß ich mich, sobald mir nach Schreien und mich Verkriechen zumute war, in das Häuschen am Friedhof zurückzog, das ich in Tonanzintla gekauft hatte. Es war aus Ziegelsteinen gemauert und bestand aus einem Raum, in den ich einen Schaukelstuhl und einen Tisch mit meinen Foto- und Zeitungsschatullen stellte. In das Häuschen drang kein Sonnenlicht, weil Bougainvilleenranken von einem riesigen Baum im Hof auf das Haus hinüberkletterten, das ganze Dach überwucherten und sogar noch in die Fenster hineinwuchsen. Dort wimmerte ich bis zur Erschöpfung, bis ich auf dem Erdboden einschlief, und wenn ich dann mit verquollenen Augen wieder erwachte, war ich für die Rückfahrt nach Puebla und eine weitere Periode der Gelassenheit gerüstet.

Nach Carlos' Tod begann sich Lilia gegen ihren Vater aufzulehnen. Sie mißtraute ihm fortan und wollte ständig nur bei mir sein. Wir fuhren zusammen Obst kaufen in die Markthalle La Victoria, sie schleppte mich ins Kaufhaus Veracruz, damit ich ihr bei der Auswahl der Kleider und Schuhe helfe, die sie sich alle paar Tage kaufte. Damals wurde es Mode, unzählige goldene Reifen an den Armen zu tragen, die dicht mit großen Medaillons behängt waren. Bei jedem Schritt klingelte Lilia, wie eine Kuh mit Kuhglöckchen am Halse.

Ich kaufte ungern im Veracruz ein, weil auch Andrés' Geliebte dort kauften. Zu diesem Zweck unterhielt er ein Sonderkonto, von dem sie sich nach Belieben bedienen konnten. Die Beträge buchten die Geschäftsinhaber dann von dem Konto ab. Zur Unterschrift waren nicht nur seine Töchter berechtigt, sondern auch das jeweils letzte raffinierte Weibsstück, mit dem er es gerade hatte. Dabei machte ich nicht mit. Ich ging nur Lilia zuliebe ins Veracruz. Sie gefiel mir; sie war so neugierig und naseweis wie einst ich, und im Unterschied zu Andrés' anderen Töchtern zu allem bereit.

Eine Zeitlang hatte sie sich ihrem Vater gefügt und, sooft sie es wünschten, bei den Alatristes zu Abend gegessen, doch nun beschloß sie, sich in einen Jungen namens Javier Uriarte zu verlieben. Der besaß ein Motorrad Marke Indian, und darauf bretterte sie mit ihm heimlich über die Straße nach Veracruz. Ich schirmte sie ab, ich freundete mich sogar mit dem Jungen an, der nach meinem Geschmack war und mich davor bewahrte, mit den Alatristes in ein verwandtschaftliches Verhältnis zu treten.

Emilio junior ging nun auch wieder mit Georgina Letona, die einen achtjährigen Brautstand durchgehalten hatte und ihm alles verzieh. Georgina war bildschön und in ihren Milio bis zur Verblendung verliebt. Ich kenne niemanden sonst, der Augen wie die ihren hatte. Dichte dunkle Wimpern, Brauen wie gemalt und darunter zwei Kugeln von derselben Honigfarbe wie die auf die Schultern herabfallenden Haare. Nie habe ich sie laut lachen hören: sie lächelte. Dabei kamen ihre ebenmäßigen kleinen Zähne hinter den mit neiderweckender Spontaneität geöffneten Lippen zum Vorschein.

Einmal begegneten Lilia und ich den beiden beim Bummel, händchenhaltend auf der Avenida Reforma. War Milio mit Georgina zusammen, verlor er sogar die Schwachsinnigenmiene, die ich noch heute mit ihm assoziiere.

»Kannst du dir vorstellen, was für eine lächerliche Figur ich mache, wenn ich den heirate? Meine Hörner wären ja schon vor der Hochzeit meilenweit sichtbar«, sagte Lilia nach dieser Begegnung.
Ich legte ihr den Arm um die Schulter, gab ihr gerne recht und segnete die Stunde, da Uriarte aufgetaucht war, um sie vor der Lächerlichkeit zu bewahren.
Vier Tage nach unserem Zufallstreffen auf der Avenida Reforma gruppierten sich unter Lilias Fenster von Milio angekarrte Serenadenmusiker mit einem Flügel, der die ganze Straßenbreite einnahm. Dabei war der Flügel noch nicht einmal das Schlimmste; schlimmer war, daß der berühmte Agustín Lara ihn spielte und daß kein Geringerer als Pedro Vargas dazu sang. Milios Vater hatte die Prominenz seines Senders XEW zu einem Ständchen vor unserem Pueblaer Haus aufgeboten.
Lilia kam im Nachthemd barfuß die Treppe hinunter in unser Zimmer gerannt.
»Was soll ich tun, Mama?«
Ihr Vater war aufgestanden und spähte durchs Fenster.
»Licht anmachen, du dummes Huhn«, sagte er, »was heißt hier, was soll ich tun?«
»Wenn ich Licht mache, glaubt er doch ...«
»Mach Licht«, brüllte Andrés.
»Wenn sie nicht will, soll sie auch nicht Licht machen«, sagte ich. »Wer wird denn später mit dem Jungen fertig, wenn er jetzt glaubt, er sei der Erwählte?«
»Ich werde schon mit ihm fertig. Ich bin schließlich sein Schwiegervater.«
»Lilia will aber nicht«, sagte ich, während draußen *Kleine Laterne* gespielt wurde und Lilia durch die Vorhänge nach unten äugte.
»Huch, ist der häßlich«, sagte sie, »diese Leidensmiene.«
»Er leidet ja auch«, sagte Andrés. »Wenn du ihm einen Motorradtypen vorziehst.«

»Er leidet nicht deswegen. Du weißt genau, daß der Junge in Georgina Letona verliebt ist.«
»Du sei still, Catalina. Du brauchst dem Mädchen keinen Floh ins Ohr zu setzen. Mach schon das Licht an, Lilia.«
»Merkt euch, ich bin dagegen«, sagte ich und stieg aus dem Bett.
»Komm, Kind«, sagte Andrés. »Mach dir nichts aus ihr. Sie ist verbittert.«
Das Mädchen legte sich auf die durch mein Aufstehen leergewordene Seite des Bettes. So blieben sie, der Musik lauschend, im erleuchteten Zimmer, während ich zu den Dienstboten hinuntereilte und Juan aufweckte. »Geh durch die hintere Tür hinaus«, bat ich ihn, »und informiere Uriarte über das Ständchen.«
Ich kannte den Jungen, und tatsächlich war er eine Viertelstunde später mit zehn Freunden, einer Gitarre und einer Schrotflinte zur Stelle.
Es gab ein fürchterliches Gebrüll.
»Lilia, komm raus und sag diesem Hornochsen, wer bei dir Chancen hat«, rief Uriarte, und seine Freunde fielen über den Flügel her und luden Agustín Lara und Pedro Vargas auf Fahrer- und Beifahrersitz eines Wagens. Ein muskulöser Bursche spielte den Leibwächter und schützte Milio mit einer brüderlichen Umarmung, und Javier ging nun mit Fäusten auf den Gorilla los. Seine Freunde feuerten Schrotladungen auf den Boden und johlten: »Foul, foul! Laßt die beiden allein!« Daraufhin machte Milio sich von seinem Beschützer los und stellte sich Uriarte, und binnen Sekunden waren sie ein wirbelndes Knäuel.
Andrés vergaß, daß er Aktien im Spiel hatte, und ließ sich von der Rauferei wie von einem Boxkampf mitreißen. Emilio schlug sich redlich, aber nicht wendig genug. Lilia stützte neben ihrem Vater die Ellenbogen auf und knabberte an ihren Fingernägeln.

»Was gibt es da zu flennen, freu dich lieber«, sagte ihr Vater zu ihr. Doch sie hielt es nicht länger aus. Sie verließ das Fenster, schnürte ihr Nachthemd zu und lief den Jungen mit einem Mal aus der Haustür entgegen. Ohne lange zu überlegen, warf sie sich zwischen die Streiter.
Emilio keuchte, sein Schlips hing ihm über die Nase, und Uriarte zog Lilia zur Seite und nahm sie in die Arme. Einen Augenblick später stand Andrés in der Tür und rief seine Tochter zu sich.
Das Mädchen löste sich von Javier und trottete zum Haus. Sie ging an ihrem Vater vorbei und stieg zu mir in die Loggia, von der aus ich zusah.
»Er wird ihn umbringen«, sagte sie ohne eine Träne. »Wie deinen Carlos, jetzt wird er ihn umbringen.«
Wir legten einander die Hände um die Hüften und gingen in das Zimmer, in dem Lilias Bett stand. Auch ihre Schwestern und kleinen Geschwister schauten dort aus dem Fenster.
Sie applaudierten ihr zum Empfang. Unten klopfte Andrés Milio auf die Schulter. Javier und seine Gang trollten sich zum Figurenbrunnen. Ein paar Minuten später herrschte wieder Stille auf der Straße.
In der Woche darauf rief Uriarte Lilia an. Sie sprach am Schlafzimmertelefon.
»Ich kann nicht. Mein Vater ist da.«
Gleich danach knatterte ein Motorrad ums Haus. Javier drehte Runden und hupte, bis Lilia ihm einen genau zwischen Hemd und Jacke landenden Zettel hinunterwarf. Darauf stand: *Ich liebe dich.*
Sechs Monate lang weigerte sich Lilia, mit Emilio zu sprechen. Sechs Monate war sie wie verklärt von einem Verhältnis, das endete, als Javier mit seinem Motorrad in eine Schlucht stürzte. Wie es dazu gekommen war, konnte nicht geklärt werden, jedenfalls kam er nicht mit dem Leben davon.

Seine Eltern holten den Leichnam ab und begruben ihn auf dem Französischen Friedhof. Um ihn gab es kein Trara. Ich ging mit meinem Kind zum Friedhof und ließ es weinen und es Gott weiß weswegen um Verzeihung bitten.
Kurz danach erschien Emilio zu einem Gespräch bei General Ascencio.
Andrés empfing ihn in seinem Büro. Ein merkwürdiges Büro, lang wie ein Korridor, die eine Wand mit Reitsätteln und die andere mit Torero-, Mexikaner- und Andalusiertrachten behängt. Ganz hinten stand sein Schreibtisch, ein mächtiges Rollpult, bepackt mit Feuerzeugen und mit Zigarren. Andrés besaß fast vierhundert Feuerzeuge jedweder Marke, und während er zuhörte, wie jemand sein Anliegen vortrug, zündete er zu seiner Zerstreuung eins nach dem anderen an.
Nach seiner Unterredung mit Milio rief er mich zu sich.
»Lilia heiratet in ein paar Monaten Emilio Alatriste. Sag ihr Bescheid und bereite schon alles vor.«
Ich lächelte, nahm Emilio am Arm und ging mit ihm zu Lilia in den Garten.

Einundzwanzigstes Kapitel

Ein Jahr danach heirateten die beiden, auf unserer Ranch in Atlixco. Ganz México war zugegen. Angefangen von Lilias Patenonkel, dem Präsidenten, samt seinen Ministern, über sämtliche Distriktkommandeure, fünfzehn Gouverneure und alle gutsituierten Pueblaner, bis zu Lucina und Juan, die sich am Ende des Festes, ohne daß sie jemand zu hindern suchte, eng umschlungen auf der Tanzfläche drehten.

Ich werde nie vergessen, wie Lilia mit ihrem Vater tanzte. Sie schmiegte sich an ihn, als genösse sie seinen Schutz, und ließ sich von ihm an der Taille durch den großen Garten wirbeln, unter jahrhundertealten Bäumen und vorbei an dem Fluß, in den in Matamoros am Morgen Blumen gestreut worden waren, damit sie am Nachmittag bei uns auf der Ranch San Lucas, wo Andrés' älteste Tochter heiratete, vorübertrieben.

Ich hatte mich um Lilias Brautkleid gekümmert. Sie sah umwerfend schön aus in dem vielen Organza. Beim Tanz mit ihrem Vater warf sie den Kopf zurück und bewegte wahrhaft wirbelnd ihre Füße, um mit ihm bei dem Pasodoble Schritt zu halten.

Danach spielte die Kapelle den Donauwellenwalzer, und Andrés führte Lilia zu Milio, damit die beiden umschlungen ›ihrem Lied‹ lauschen konnten. Wer das aufgebracht hatte, daß die Donauwellen ihr Lied seien, ließ sich nicht klären, aber Lilia war es ohnehin egal, sie fand sich, eine perfekte Schauspielerin, in jede ihr zugewiesene Rolle.

Beklatscht von den Gästen, drehte sie mit Milio ihre Runden über die Tanzfläche.

Da wurde ihnen »Küssen! Küssen! Küssen!« zugerufen. Die beiden sahen sich an, schauten auf den Boden, berührten sich flüchtig mit dem Mund und tanzten dann schweigend weiter.

Andrés setzte sich an den Tisch, den wir mit unseren neuen Anverwandten, Emilios Eltern, teilten. Er winkte sich einen Kognak herbei, holte eine Zigarre hervor und begann zu paffen.

»Lieber Schwippschwager«, wandte er sich schließlich an Herrn Alatriste. »Wir sind also im Rundfunkgeschäft tätig?«

»Und ob wir da tätig sind«, sagte Emilio senior mit breitem Lachen.

»Wie fein alles ausgestattet ist«, lobte mich meine Schwippschwägerin, »gratuliere, Catalina.«

Ich antwortete: »Sehr freundlich, Doña Concha« und entdeckte am Nebentisch, wo Bibi und General Gómez Soto saßen, einen hochattraktiven Mann.

»Im Ernst«, sagte Doña Concha, »daß Sie sich all die Mühe machen, für ein Kind, das nicht einmal Ihres ist. Wer ist denn Lilis Mutter?«

»Soweit es in meiner Macht steht, bin ich die Mutter, liebe Doña Concha.«

Bibi fing an ihrem Tisch meinen neugierigen Blick auf und kam mich von meiner Schwippschwägerin erretten. Ich ging mit ihr, und der Mann, der so elegant wie Clark Gable aussah, stand auf, um mir die Hand zu reichen.

»Quijano, Ihr Diener, gnädige Frau«, stellte er sich mir vor.

»Freut mich«, sagte ich.

»Du kanntest Quijano noch nicht, Catalina?« fragte General Gómez Soto. »Er stammt aus Puebla und hat es im Film zum berühmten Regisseur gebracht.«

Unser Gespräch drehte sich um Filme und ihre Darsteller. Quijano lud mich zur Uraufführung seiner *Kameliendame* ein, und ich erzählte, wie sehr meine Mutter den

Roman liebte und was er in unserem Haushalt bedeutete, und nahm die Einladung dankend an.
»Er war wirklich unsere Bibel«, erklärte ich. »Bei uns konnte niemand husten, ohne daß wir sofort glaubten, er werde das Zeitliche segnen. Meine Mutter hatte in jedem Zimmer Rettichsirup stehen. Kaum hustete einer, bekam er einen Löffelvoll und war fürs erste vor Marguerite Gautiers furchtbarem Schicksal gerettet.«
Wir tanzten. Ich bewegte mich unter Andrés' beredten Blicken in den Armen dieses perfekt schönen Mannes. Nichts deutete darauf hin, daß Andrés Anstoß nahm, dabei hätte ich ach so gern nur einmal mit Carlos so getanzt.
»Tauschen wir?« sagte Lilia, als wir an ihr und Milio vorüberkamen. Ich ließ Quijano los und versuchte mich auf Emilios Sprünge und Schlenker einzustellen. Ich mußte an Javier denken und wieviel Spaß wir gehabt hätten, und ich wurde wütend. Da war Lilia wieder da, sagte: »Tauschen wir?« und ließ Quijano los und tanzte, während die beiden Männer verloren auf der Piste standen, mit mir.
»Sieht ja toll aus. Wo hast du den aufgegabelt?«
»Lilia, verrücktes Ding«, sagte ich. »Ich hab dich lieb.«
»Merk ich mir«, antwortete sie.
Ich küßte sie, und wir tanzten wieder mit unseren Partnern. Quijano trug mich fast über die Tanzfläche, und ich genoß es, wie gut wir eingespielt waren. Wir kamen kein einziges Mal aus dem Takt, es war, als hätten wir zeitlebens geübt. Der Abend wurde langsam kühl, und Lilia kam zu mir:
»Ich fahre jetzt. Emilio will nicht erst die Nacht und das Pozole-Essen abwarten. Leistest du mir beim Umziehen Gesellschaft?«
»Ich warte auf Sie«, sagte Quijano und begleitete mich an den Rand der Tanzfläche.

Ich dankte ihm und begab mich mit Lilia in die Villa. In ihrem Zimmer standen vier halbgepackte Koffer, allesamt offen, und darin ein entsetzliches, kaum behebbares Chaos. Ich nahm ihr Schleier und Brautkranz ab, und als sie sich befreit fühlte von Nadeln und Klemmen, schüttelte sie den Kopf, daß die Tuffs und Tüllblüten nur so flogen. Sie löste ihre Frisur, ihre lange schwarze Mähne fiel in den Rücken, und sie atmete, als hätte sie stundenlang die Luft anhalten müssen. Sie stieg aus den Absatzschuhen und zerrte an ihrem Brautkleid. Ich wollte ihr beim Aufknöpfen helfen, aber da stand sie schon im Unterrock im Zimmer. Auch den zog sie über den Kopf. Ihre langen braunen Beine steckten in hellen Strümpfen. Um einen Schenkel trug sie ein Strumpfband, wie man es früher benutzte, mit Spitze und weißem Satin bezogen. Ich hatte ihr einmal erzählt, daß Bräute zu Zeiten meiner Großmutter das Strumpfband zum Fuß hinab schoben und daß ein unverheiratetes junges Mädchen es, bevor es den Boden berührte, mit dem Fuß auffangen mußte. Mit diesem Spiel gab die Braut ihr Glück weiter und verhalf dem Mädchen zu einem Bräutigam und zur Trauung.
»Komm, fang mein Strumpfband auf«, sagte Lilia und begann in Schlüpfer und Büstenhalter zu hüpfen.
»Ich habe schon einen Mann«, sagte ich.
»Damit du einen anderen bekommst.«
Sie ließ das Strumpfband fallen, und ich angelte es mir kurz über dem Boden mit den Zehen. Eine Sekunde lang fesselte uns das spitzenbesetzte Gummiband an unseren Füßen aneinander, dann machte sie einen Hopser und zog den Fuß aus der Schlinge. Ich schob mir das Band unter dem hochgehobenen Rock auf den Schenkel.
»Deine Beine fand ich schon immer gut«, sagte Lilia und stieg in ihren Kostümrock. Das Kostüm war aus Kunstseide und kleidete sie vollkommen. Sie steckte die rote Seidenbluse in den Rock und zog die ebenfalls kunstsei-

dene marineblaue Kostümjacke darüber. Einen Schuh, der ihr abhanden gekommen war, fanden wir unter einem Koffer.

»Deine Strumpfnähte sitzen schief«, sagte ich.

»Du immer mit deinen schiefen Nähten«, sagte Lilia und drehte mir den Rücken zu, damit ich sie ihr wie gewohnt zurechtrücken konnte. Als ich mich zu ihren Beinen bückte, fragte sie:

»Also wie geht es? Hinlegen und fertig?«

»Wo hinlegen?« stutzte ich.

»Na unter ihn.«

»Leg dich einfach hin; er soll froh sein, daß er das kriegt«, antwortete ich mit einem Kuß.

»Dann segne mich«, sagte sie, als Emilio nach ihr rief. »So, wie als ich klein war und du verreist bist.«

Sie war wirklich naseweis und dominant wie ihr Vater. Und wie ihr Vater auch hoffnungslos eigenwillig.

Ich legte die Fingerspitzen meiner ausgestreckten Hand auf ihre Stirn, strich ihr dann über die Brust, tippte danach auf die eine und die andere Schulter und sah mit an, wie sie sich mit feuchten Augen und geröteten Wangen das Lachen und die Rührung verkniff.

»Im Namen des Vaters und des Sohnes und des Heiligen Geistes. Möge es dir mit allem gut ergehen und vor allem mit dem Heiligen Geist Emilios.«

Ich blieb auf dem Boden sitzen, bis ein Bursche fragen kam, ob er die Koffer heruntertragen dürfe. Da stand ich auf, schloß die von Lilia hinterlassene Unordnung hinter mir ab und trat zusammen mit den Koffern vors Zimmer.

Im Garten schlugen die Wogen hoch, weil der Start der Jungvermählten im Ferrari, Andrés' Hochzeitsgeschenk an seine Tochter, bevorstand. Auf den Ferrari war mit Lippenstift *Frisch vermählt* geschrieben, und an der Stoßstange baumelten Konservendosen, damit es während der Fahrt schön schepperte. Lilia stieg ein und winkte uns wie ein Filmstar zum Abschied zu. Ihre Geschwister traten zum Kuß heran. Überflüssig war einzig der sehnsüchtig in die Tiefe des Gartens blickende junge Ehemann.

»Adiós«, sagte Lilia und spitzte den Mund, um ihren den Abschiedsrummel überwachenden Vater zu küssen. Da zeigte Milio mit dem Finger auf einen hinter dem Ferrari parkenden schwarzen Plymouth.

»Wir fahren in dem da, Schatz. Die Koffer sind schon drinnen.«

Die alten Alatristes traten zu ihrem Sohn, Doña Concha vergoß beim Abschiedskuß Tränen, doch Lilia rührte sich nicht aus ihrem Wagen.

»Steig aus, Lilia«, bat Emilio.

Sie antwortete: »Ich will in diesem fahren.«

»Wir fahren aber in dem anderen.«

»Wenn du mir so kommst, fährt am besten gleich jeder in seinem«, sagte Lilia und rutschte auf den Fahrersitz des Ferrari. Sie ließ den Motor an, ohrenbetäubend schepperten die Dosen, und der Ferrari schoß durchs Gartentor auf die Straße.

»Das ist ein Weib und kein Lappen«, goß Andrés noch Öl ins Feuer, und Milio brauste im zweiten Wagen erbost hinter seiner Braut her. Andrés reichte mir den Arm, erkundigte sich, wo ich gewesen sei, und wir tanzten. Als wir an die Festtafel zurückkamen, waren Doña Concha und ihr Mann verschwunden.

»Gehen wir danke schön sagen«, verfügte Andrés und griff sich eine Flasche Champagner und zwei Gläser. Wir gingen reihum, hoben an jedem Tisch das Glas und dankten jedem Gast mit einer gesonderten Ansprache für sein Kommen und seine Geschenke. Andrés war in diesem Metier unschlagbar.

Als er seinen Kompagnon feierlich umarmte, sagte Rodolfo, er müsse schnellstens zurück nach México. An Fitos Seite saß Martín Cienfuegos, und sie wollten zusammen fahren. Andrés hofierte Fito daraufhin noch liebenswürdiger und brachte einen Toast aus auf den Finanzminister. Sie haßten sich wie die Pest, und jeder war sich sicher, daß der andere auf dem Weg zum Präsidentenstuhl sein schlimmster Konkurrent sei. In letzter Zeit war sich Andrés dessen sogar noch sicherer als Cienfuegos. Wir begleiteten beide zum Gartentor.

»Dieser Arschkriecher von Martín«, schimpfte Andrés auf dem Weg zurück zu den Tischen. »Der überzeugt den Dicken am Ende noch von seinen Reizen. Dazu braucht es ja auch nicht viel bei dem Dicken. Schon für das Haus, das er von ihm geschenkt bekommen hat, ist er imstande und schmeißt ihm die Kandidatur hinterher und hält ihm mit Wonne auch gleich noch seinen Allerwertesten hin.« Andrés zischte vor Wut, aber zum ersten Mal schwang in seiner Stimme auch Kummer.

An Bibis Tisch erzählte General Gómez Soto sturzbetrunken Witze, die keiner verstand. Bei unserem Anblick erhob sich Quijano.

»Ist das Kind abgereist?« fragte er mich.

»Abgereist«, antwortete ich.

»Toll, wie die tanzen«, sagte Gómez Soto zu meinem General und zeigte auf uns beide. »Um so zu tanzen, sind wir beide leider schon zu alt.«

»Wer ist hier zu alt? Du vielleicht«, erwiderte Andrés. »Ich genüge meiner Pflicht noch, nicht wahr, Catín?«

Ich bemühte mich, vornehm zu lächeln.

»Oder nicht, Catín?« fragte Andrés ein zweites Mal.

»Natürlich«, sagte ich und kippte meinen Champagner herunter, als wäre es Limonade.

»Sind Sie demnächst einmal in México?« fragte Quijano vor dem Handkuß.

»Ich fahre bald hin«, antwortete ich, und Andrés stritt

mit Gómez Soto, wer von ihnen beiden weniger Jahre und mehr Kinder auf dem Buckel hatte.

Bibi sah mit einem Gesicht zu mir, das besagte, mit solchen Ochsen müssen wir nun pflügen, und ich dachte, ehe hier alles so bezecht wie Bibis General ist, sehe ich besser nach, ob der Pozole inzwischen heiß ist.

Als der Pozole aufgetragen wurde, begann auch das Feuerwerk, und eine neue Band spielte auf. Es war schon fast fünf Uhr früh, als Natalia Velasco und María Bautista, einst zwei der Mädchen, die mir im Kochkurs die kalte Schulter gezeigt hatten, ihre Männer im Schlepptau, zu mir kamen, um sich für die Einladung zu bedanken. Ich wünschte ihnen mit einem Lächeln und mit der ganzen Höflichkeit, die ich nach so vielen Jahren des Leidens an ihr nunmehr souverän beherrschte, eine gute Nacht. Eine bessere Rache gab es nicht, zumindest in solchen Fällen.

Dann ging ich ins Haus und kontrollierte, ob der Tortilla-Auflauf, der Aufschnitt, der Kaffee und die Brötchen für das Frühstück gerichtet wurden. In der Küche waren an die vierzig Frauen damit beschäftigt, Tortillas zu wenden und die Zutaten für die Suppe kleinzuschneiden. Ich trat zu der Köchin, die in dem Topf mit der brodelnden Auflaufsoße rührte.

»Nicht zu scharf«, sagte ich, ohne einen Blick an sie zu wenden.

»Ein bißchen Würze muß schon dran«, lautete ihre Antwort. »Sie erinnern sich nicht mehr an mich, nicht wahr, Señora?«

Ich sah sie an. Ich behauptete: »Doch«, und machte ein Gesicht, als hätte ich sie schon einmal gesehen. Aber man sah mir wohl an, daß ich nicht mehr wußte, wo und wann.

»Ich bin die Witwe von Fidel Velázquez, den sie damals in Atencingo erschossen haben. Wissen Sie noch? Sie haben mich damals zu sich nach Hause mitgenommen, und da habe ich Lucina kennengelernt. Lucina hat mich für heute engagiert, und wir treffen uns häufig. Sie erzählt mir dann jedesmal von Ihnen.«

»Und Ihren Kindern, wie geht es denen?« fragte ich, um zu zeigen, daß wenigstens etwas bei mir hängengeblieben war.

»Sie sind groß geworden. Bald muß ich nur noch für drei arbeiten. Ich bediene hier in Atlixco in einer Textilfabrik die Spinnmaschinen. Und wo ich kann, verdiene ich mir noch ein Zubrot. Heute bin ich hier, nächste Woche koche ich Feigen ein und verkaufe sie in Puebla.«

»Ich nehme sie dir ab; bring alles her, was du hast«, sagte ich, kostete dann die Tomatensoße und bat Lucina um Tee und Aspirin für meine Kopfschmerzen.

Ich nahm Tee und Tabletten im Salon ein, in dem allmählich die frierenden Gäste eintrudelten. Ich ließ Kognak servieren, nahm mir selbst ein Glas und trank es in schnellen Schlucken. Ich schlief im Sessel ein, bis mir jemand melden kam, daß die Gäste zu frühstücken wünschten.

»Legen wir uns kurz aufs Ohr?« fragte Andrés, als er sein in Kaffee getunktes Hörnchen aufgegessen hatte.

»Legen wir uns aufs Ohr«, sagte ich und begab mich zum ersten Mal seit Carlos' Tod wieder mit ihm ins Bett.

Zweiundzwanzigstes Kapitel

Ich versuchte die Erinnerungen zu verscheuchen, aber ohne Lilis lärmende Gegenwart fiel es mir noch schwerer. Ständig pendelte ich zwischen Puebla und Tonanzintla hin und her, zwischen Carlos' Grab und meinem Garten, und ich brachte nichts anderes zuwege als abgeknabberte Fingernägel, Dankbarkeit für meine mitfühlenden Freundinnen und mit Verania und Checo nach der Schule gemeinsam vertrödelte Nachmittage.

Den Kindern mußte man ständig etwas bieten und die frohgemute Mutter mimen. Ich fuhr sie auf den Rummel, kletterte mit ihnen auf Berge, fing in den Tümpeln bei Mayorazgo Kaulquappen mit ihnen und versuchte, mir alles aus dem Kopf zu schlagen, was nicht mit Kinderspielen und leicht zu befriedigenden Bedürfnissen zu tun hatte. Hin und wieder tat ich es sogar in dem Wunsch, ihnen damit eine Freude zu machen, und bemühte mich um stetige Fürsorge und Heiterkeit, aber meine Kinder hatten längst gelernt, ohne mich auszukommen, und wenn wir eine Weile zusammen waren, ließ sich kaum noch herausfinden, wer sich mit wem geduldete.

Hockte ich, den Kopf zwischen den Knien und Grashalme kauend, im Garten, genierten sie sich, mich anzusprechen, und überließen mich mir selbst und suchten, ehe sie mich riefen, erst nach einem Vorwand.

Einen dieser Vorwände lieferte ihnen die Frau aus Atencingo. Eines Nachmittags kamen die Kinder angeschossen: Da sei eine Frau, die wolle Feigenkompott verkaufen, und ich hätte ihr gesagt, daß ich ihr alles abnähme.

Sie führten sie mit ihrem Korb voll Gläser zu dem Platz im Garten, an dem ich mich versteckte. Es war ein klarer Nachmittag, gegen fünf, und die Frau verströmte, wie sie da im Licht stand, ihren Korb unterm Arm, das Gesicht

wie beperlt, und mit großen Zähnen lächelte, Selbstsicherheit und Charme.
Sie setzte sich zu mir, stellte den Korb auf die Erde und begann zu plaudern, als wären wir alte Freundinnen und ich hätte auf sie gewartet. Kein Wort der Entschuldigung, weil sie mich womöglich aus etwas herausgerissen hatte, keine Frage, ob sie störe, kein Stocken in ihrem Redefluß, um in meinem Gesicht zu forschen, ob ich ihr denn auch gern zuhöre.
Sie heiße Carmela, erklärte sie, falls ich das nicht mehr wisse, ihre Kinder seien inzwischen soundso und soundso alt, und ihr verstorbener Mann sei, wie gesagt, vor der Atencingoer Zuckerfabrik ermordet worden. Sie habe gespart und habe ihm ein Marmorkreuz aufs Grab stellen lassen können, und sie besuche ihn regelmäßig, um ihm zu berichten, wie es ihr in der Spinnerei und auf dem Acker ergehe. Denn das wisse ich vielleicht nicht, aber sie und Fidel hätten es immer richtig gefunden, sich für Gerechtigkeit zu engagieren, und darum hätten sie auch bei Lola Campos mitgemacht und darum sei sie der Atlixcoer Gewerkschaft beigetreten. Ihr Haß sei nach der Ermordung Medinas und Carlos' wieder aufgelebt, und sie begreife nicht, wie ich noch länger an General Ascencios Seite leben könne. Denn sie wisse doch, und ich wisse sicher ebensogut, wie es alle wüßten, um was für einen Menschen es sich bei meinem General handle. Es sei denn, ich hätte vor, es sei denn, ich überlegte mir, es sei denn –, nun, darum bringe sie mir diese Blätter, das sei Schwarzes Zitronenkraut, gut für meine Kopfschmerzen und noch für andere Schmerzen. Wenn man daraus Tee koche, so gebe das Kraft, es mache aber auch süchtig, und darum müsse man vorsichtig damit umgehen, trinke man den Tee nämlich alle Tage, so sei man vorübergehend zwar geheilt, auf lange Sicht aber wirkten die Blätter tödlich. Sie wisse von einer Frau in ihrem Dorf, die sei

daran gestorben, weil sie einen Monat lang täglich den Tee zu sich genommen habe, obwohl die Ärzte nie hätten glauben wollen, daß es davon gekommen sei. Plötzlicher Herzstillstand, hätten sie diagnostiziert, aber den Grund dafür nicht herausgefunden, sie hingegen sei sich sicher, daß das Kraut daran schuld war, denn so wirkten die Blätter nun einmal, sie täten einem gut, aber sie seien eben auch tückisch. Sie bringe sie mir mit, weil sie auf der Hochzeit gehört habe, daß ich an Kopfschmerzen leide, und weil ich sie womöglich ja auch noch zu etwas anderem gebrauchen könne. Die Feigen stelle sie hier ab, sie hoffe, daß sie mir schmeckten, und jetzt gehe sie, denn es sei spät geworden, und sie bekäme sonst womöglich nicht mehr den Bus für die Heimfahrt.

Ich hörte ihr zu, ohne etwas zu erwidern, nickte nur hin und wieder, ließ die Tränen laufen, als sie Carlos erwähnte, als ob sie ihn kenne, und biß zwischendurch eine Feige an, während sie mir zu ihrem Kraut riet. Sie schien nicht zu erwarten, daß ich etwas sagte. Sie sprach zu Ende, stand auf und ging.

Lucina spielte unterdessen zur Ablenkung mit den Kindern. Manchmal übertönten sie Carmela mit ihrem Geschrei, hielten sich aber abseits, bis sie ging. Danach kamen sie zu mir gelaufen, futterten Feigen und stellten Fragen. Ich beantwortete sie alle, ohne ihrer überdrüssig zu werden. Meine Rede sprudelte sogar, und unversehens war ich in einer sonderbar euphorischen Stimmung. Wir wälzten uns auf dem Rasen, und zum Abschluß des Tages hüpften wir auf den Betten und bewarfen uns mit Kissen. Ich erkannte mich nicht wieder.

Andrés' Töchter hörten verwundert, wie wir tobten. Die beiden, die noch im Pueblaer Haus wohnten, waren mir praktisch Fremde. Marta war zwanzig und hatte einen Verlobten, dem sie Bettwäsche, Hand- und Tischtücher

und Servietten bestickte. Die beiden wollten erst heiraten, wenn er sein Studium abgeschlossen hätte und sie, ohne Andrés um seinen Segen bitten zu müssen, ernähren könnte. Abendelang steckten sie im Arbeitszimmer die Nase in die Bücher. Er wollte Ingenieur werden; vorerst allerdings war es Marta, die mit Tusche seine Entwürfe zeichnete. Marta und ich stritten uns nie, wir hatten aber auch nicht viel gemeinsam. Schon als sie zu uns kam, brauchte sie meine Hilfe nicht mehr, um ihren Pferdeschwanz zu binden, und sie hatte es stets verstanden, unauffällig zu leben und die anderen aus ihrem Dasein herauszuhalten. Seit ihrer Heirat habe ich sie nicht wiedergesehen; die beiden zogen in die Nähe von Orizaba auf eine von Marta geerbte Ranch. Ihr Mann sattelte vom Ingenieurberuf auf die Landwirtschaft um, und Reisen machen die beiden so gut wie nie.
Auch mit Lilias Zwillingsschwester Adriana verband mich nicht vieles. Sie hatte sich mit ihrer Schwester, die sie für profiliersüchtig und frivol hielt, nie verstanden, und mit mir schon gar nicht. Sie trat hinter ihres Vaters Rücken der Katholischen Aktion bei, und es sollte ihr einziger Akt der Rebellion bleiben, daß sie es eines Abends bei Tisch bekannte. Ihr Ton war dabei der eines Menschen, der gesteht, daß er im Bordell arbeitet, wo alles glaubte, er gehe zur Kirche. Niemand interessierte sich für ihren kämpferischen Einsatz, Andrés überlegte sogar, ob sie ihm notfalls nicht als Kontakt zum Klerus dienen könne. Wir ließen sie in ihren Nonnenkleidern unbeanstandet zur Messe pilgern.
Jedenfalls waren Marta und Adriana keine Gesellschaft für mich, und ich wiederum war keine für Verania und Checo. Darum zog ich wieder nach México.
In dem Haus in Las Lomas wohnten, zumindest offiziell, Andrés und Octavio mit der holden Marcela. Mein Hinzukommen störte die beiden nicht. Eher sahen sie in mir

eine Art Trauzeugen bei der Hochzeit, die sie nie feiern würden.
Ich suchte Bibi auf. Gómez Sotos Ehefrau hatte zwei Jahre zuvor die Großmut zu sterben besessen und es Bibi damit ermöglicht, von der heimlichen Geliebten zur ehrwürdigen Gemahlin aufzusteigen. Noch am Tag ihrer Hochzeit hatte der General ihr alle seine Häuser überschrieben und sie als Universalerbin in seinem Testament eingesetzt.
Es lief also alles wie am Schnürchen in dem neuen Hausstand. Die Jungvermählten fuhren nach New York und von dort nach Venedig, so daß Bibi endlich einmal andere Sonnenstrahlen abbekam als die in ihrem Garten. Sie bereisten ganz Mexiko in dem Zug, den der General sich leistete, um seine Zeitungen zu inspizieren, und Bibi trumpfte überall mit ihrem internationalen Flair auf, das sie so lange nur in ihren vier Wänden hatte kultivieren dürfen.
Eines Tages kam sie schon in aller Herrgottsfrühe zu mir. Ich saß im Morgenrock im Garten, hatte eine Kosmetikerin zur Pediküre kommen lassen und weichte, das Gesicht noch ohne Make-up, meine Füße in einer Schüssel ein.
Bibi tanzte in Hosen, flachen Schuhen und karierter Bluse herein, beinahe wie ein Mann gekleidet. Es stand ihr gut, obgleich es sie stark verfremdete. Ob sie überhaupt guten Morgen sagte, weiß ich nicht mehr; ich glaube, sie platzte sofort mit ihrer Frage heraus.
»Catalina, wie hast du es fertiggebracht, einen Mann zu lieben und mit dem anderen unter einem Dach zu wohnen?«
»Weiß ich schon nicht mehr.«
»Als ob es zwanzig Jahre her wäre«, sagte sie.
»So kommt es mir jedenfalls vor«, antwortete ich. »Was ist mit dir? Du siehst eigenartig aus.«

»Ich bin verliebt«, sagte sie. »Verliebt! Verliebt!« Sie sagte es in allen Tonarten, es war, als spräche sie zu sich selber. »Ich bin verliebt, und ich halte den stinkenden Sabbergreis, mit dem ich unter einem Dach wohne, nicht mehr aus. Dieser Stinkmolch, dieser Rüpel, dieser Langweiler, dieser Schmutzfink. Stell dir vor, er führt geschäftliche Verhandlungen auf der Toilette. Er lädt die Leute auf den Zugabort ein und läßt sich dort ihr Anliegen vortragen. Was soll ich nur tun, jetzt, wo ich mit ihm verheiratet bin? Soll ich ihn umbringen? Ich bringe ihn um, Cati, ich schlafe keine Nacht mehr mit ihm.«
Sie war nicht wiederzuerkennen. Sie zog die Schuhe aus, setzte sich auf den Rasen, legte die nackten Fußsohlen aneinander und patschte bei jedem dritten Wort auf ihre Knie.
»In wen bist du denn verliebt?«
»In einen Torero aus Kolumbien. Er reist morgen an. Er kommt meinetwegen, und nebenbei zu einer Tournee. Wir haben uns in Madrid kennengelernt, an einem Nachmittag, an dem Odilón mit einem Minister Francos geredet hat. Ich blieb im Café sitzen, und da kam er: ›Darf ich mich zu Ihnen setzen?‹ Du kennst das. Zweimal waren wir miteinander im Bett.«
»Und nach zwei Malen bist du verliebt?«
»Er hat eine Traumfigur. Wie ein Knabe.«
»Wie alt ist er?«
»Fünfundzwanzig.«
»Dann bist du also zehn Jahre älter.«
»Sieben.«
»Das bleibt sich gleich.«
»Cati, wenn du mir gegenüber die Mutter herauskehrst, gehe ich.«
»Entschuldige. Hat er einen knackigen Hintern?«
»Er ist von Kopf bis Fuß knackig.«
»Erzähl nicht weiter. Willst du deinen General gegen ei-

nen tüchtigen Beischläfer eintauschen? Hat er denn auch die Barschaft, um dir Blumen ins Schwimmbecken zu schütten?«

»Natürlich nicht, aber ich habe die Nase voll von Schwimmbecken. Er wird einmal ein Star unter den Toreros. Er ist allererste Klasse.«

»Wenn er das Zeug zum Star hätte, wäre er es schon, mit fünfundzwanzig.«

»Es liegt an seinen Eltern, er hat spät angefangen. Er mußte erst Jura studieren, bevor er an Stiere herandurfte. Und natürlich mußte er auch Kolumbien verlassen. Ich stelle mir Kolumbien wie Puebla vor.«

»Weiß er, wer dein Mann ist?«

»Er weiß, daß er Zeitungen besitzt.«

»Und?« fragte ich. »Was willst du mit Odilón anfangen?«

»Weiß ich nicht. Jedenfalls wußte ich bis gestern nicht, wie ich ihn zum Henker jagen soll, ohne mit leeren Händen dazustehen. Gestern aber war Odi auf einer dieser Lustbarkeiten, bei denen sie einander Maß nehmen. Du weißt schon, wo sie Nutten hinbestellen und sich alle nackt ausziehen, um zu sehen, wer's am besten kann und den längsten Pimmel hat. Meine Masseuse hat mir erzählt, daß so etwas geplant war, und die hatte es von einer Kundin. Also bin ich inkognito hin und hab zugesehen, wie er sich zum Gespött macht. War ja auch nicht anders zu erwarten. Fast durchweg alte Knochen wie er. Mit jungen Burschen werden sie sich ja wohl auch kaum messen wollen, aber trotzdem war es ein kläglicher Anblick.«

»Wie bist du hineingekommen?«

»Von der Inhaberin eingeschleust, auch eine Kundin Raquels.«

»Bibi, daran erkenne ich dich wieder. Ich dachte schon, du seist zu einem Gänschen geworden.«

»Was soll ich tun? Fällt dir etwas ein?«
»Sei beleidigt. Vergieße Tränen vor Kränkung.«
»Denkst du, ich bin wie du? Ich kann nicht schauspielern.«
»Schreib ihm einen Brief, darin machst du mit ihm Schluß, aus Gründen, die ihm bekannt seien und dein Schamgefühl verletzten.«
»Schreibst du ihn für mich?«
»Wenn du abwartest, bis mir Trini die Füße zerschnippelt hat. Sie ist ein Barbar. Findet ein Häutchen an deinem großen Zeh und fuhrwerkt mit der Schere gleich an deinem Schienbein herum.«
»Señora, dafür erzähle ich Ihnen nicht das Neueste von Doña Chofi«, sagte Trini, die auch Chofis Füße pflegte und von ihr ins Vertrauen gezogen wurde.
»Du wirst sicher behaupten, daß wir damit etwas Tolles verpassen. Aber die arme Sofía ist die Langeweile in Person. Seit fünfzehn Jahren versuchen wir ihr nun schon auf die Schliche zu kommen und erfahren immer nur von ihrem Gezänk mit dem Chauffeur oder mit der Köchin.«
»Gelegentlich aber auch von einem Streit mit Don Rodolfo«, stellte Trini richtig.
»Dann wird es noch langweiliger. Sie streiten, weil Chofi die Bilder nicht aufhängt, wo Fito will, oder weil er die Goldpesos verlegt, die sie ihm auf seinen Konferenzen überreichen. Nur albernes Zeug.«
»Selber schuld. Ich wollte Ihnen erzählen, wo der Goldpeso wieder aufgetaucht ist. Bei ihrem Fahrer. Und auf Befragung gab er zur Auskunft, er sei ihm von der gnädigen Frau für eine spezielle Dienstleistung zugesteckt worden, worin die Dienstleistung aber bestanden habe, werde er, da er ein Ehrenmann sei, niemals verraten.«
»Ach was. Das glaube ich dir nicht, Trinita.«
»So wie ich es Ihnen sage. Don Rodolfo wurde wütend. Er drohte, zur Pistole zu greifen.«

»Er hat aber nicht zu ihr gegriffen.«
»Er war drauf und dran; da erklärte der Chauffeur sich bereit zur Beichte.«
»Sieh an, Chofi, das arme Pummelchen – auf Männerfang.«
»Sie hätten sie erleben sollen. Wie sie über sich selbst hinauswuchs. Sie stemmte die Hände in die Hüften, marschierte auf Don Rodolfo zu, riß ihm die Pistole weg und sagte: ›Wenn überhaupt, dann erfährst du es von mir. Renés Dienst bestand darin, Cäsar zum Hundefriseur zu bringen und scheren und baden zu lassen. Auch wenn du dagegen bist und behauptest, nur schwule Hunde ließen das mit sich machen.‹«
Ich sagte: »Es gibt eben doch noch echte Dramen. Nicht wie bei dir, Bibi. Ein Wahnsinnskitzel, sich in einen Torero zu verlieben. Komm, ich helfe dir den Brief aufsetzen.«
»Zuerst ins unreine«, sagte Bibi. »Ich will ihn nämlich auf Papier schreiben, das ich in der Schweiz gekauft habe. Davon ist nur noch ein Blatt und ein Kuvert da.«
»Kommt es auf das Papier an?«
»Ich kenne Odi. Wenn ihm der Inhalt eines Briefes nicht genehm ist, steckt er ihn in einen genau gleichen Umschlag und schickt ihn mir versiegelt und scheinbar ungeöffnet zurück. ›Episteln, Bibi, Episteln‹, sagt er, ›ich bekomme jeden Tag soviel davon auf den Tisch. Was du mir mündlich sagen willst, gern, Liebste, da stehe ich zu deiner Verfügung. Dein Wunsch ist mir Befehl.‹ Er tut, als hätte er meine Vorwürfe nicht gelesen. Deswegen muß es dieses Kuvert sein, von dem ich nur noch eins habe und das es in Mexiko nicht zu kaufen gibt. Wenn er das öffnet, und er öffnet es garantiert, so muß er den Inhalt zur Kenntnis nehmen.«
»Was schreiben wir also?« fragte ich.
»Nun, von der Orgie, bei der ich ihn gesehen habe.«

»Erzähle mir den Ablauf genau. Wie bist du hineingekommen?«

»Mit Raquels Hilfe. Ich kam ziemlich dick aus Spanien zurück und bestellte mir darum als erstes Massagen. Als sie mich zum Erzählen drängte, erzählte ich ihr von meinem Tirsillo und daß ich mich von Odi trennen wolle und überhaupt alles. Es traf sich, daß Raquel auch eine Dame massiert, die ein solches Etablissement leitet, in denen sie sich Maß nehmen. Von der hatte Raquel gehört, daß mein Mann für den Polterabend des Bruders von Gouverneur Benítez ihr Haus angemietet hat. Du kennst Benítez, oder?«

»Natürlich. Dessen Teile hast du auch gesehen?«

»Ich habe bei allen alle Teile gesehen. Die *Bürste* war unheimlich anständig zu mir. Sie verkleidete mich als kranke Nutte. Sie sagt, die mögen es, wenn teuer erkaufte Genüsse dabei sind. Sie redete ihnen ein, ich sei am ganzen Körper verätzt, umwickelte mich vom Kopf bis zu den Füßen mit Binden und setzte mich so, als Mumie, in den Saal. Die ganze Zeit mußte ich so dasitzen, ich bekam kaum Luft.«

»Das denkst du dir aus.«

»Ich schwöre es dir. Sie kamen alle gleichzeitig an. Es war ihr Betriebsvergnügen. Es gab auch Frauen, aber die beachteten sie gar nicht, die waren nur Kulisse, sie standen herum wie Gläser. Die Sensation war ich. ›Du armes Flittchen‹, sagten sie zu mir, ›wovon willst du jetzt leben?‹ Ich senkte stumm die Augen. Odilón war weniger an mir interessiert, eher wütend, weil ich im Weg saß. ›Weg mit dem Häufchen Elend, davon kann man ja trübsinnig werden‹, sagte er schließlich und kniff ein junges Ding in den Hintern. ›Den Bräutigam her‹, befahl er, ›er soll seine Flöte zeigen. Und zwar dir‹, sagte er und zog eine Blondine an der Hand vor den jungen Mann. Denkst du, die kleine Blonde hat einen Schreck gekriegt?

›Zeig her, Schönster‹, sagte sie.
Da ließ der Bräutigam, wo er ging und stand, die Hose herunter. Die anderen klatschten.
›Sie soll ihm einheizen, sie soll ihm einheizen‹, johlten sie alle.
Die Blondine begann seinen Dingerich zu massieren, so wie andere Sahne schlagen.
›Prächtig, Schwager, gewaltiger Hirschfänger‹, lobte der Bruder der Braut, Victoriano Velázquez.
›Hirsch–fän–ger, Hirsch–fän–ger‹, grölten alle. Wie Schulkinder auf dem Hof in der Pause.«
»Und alle waren nackt?«
»Alle. Sogar mein armer Mann, und der bietet mittlerweile einen eher peinlichen Anblick.«
»Und du hast zugeschaut? Ein Hochgenuß!«
»Denk bloß nicht. Dazu waren es zu viele Pimmel. Einer ist ja vielleicht noch spannend, aber nicht ein ganzes Spalier nackter Männer. Zum Lachen. Sie betatschten sich gegenseitig. Stellten sich Hüfte an Hüfte, um zu sehen, bei wem es am weitesten weg landete. Alles furchtbar läppisch. Wie es ausging, bekam ich nicht mehr mit, weil Odilón darauf bestand, daß die *Bürste* mich wegschaffte; ich sei zu peinlich.«
»Du mußtest weg? Was hast du denn aber noch gesehen? Machen sie es auch mit den Frauen voreinander?«
»Solange ich da war, nicht. Sie hatten sie nur zum Animieren dabei. Es geht ihnen um sich selber, um ihr eigenes Vergnügen, um die Begutachtung ihrer Dinger. Die Frauen holen sie nur dazu, damit keiner denkt, sie trieben da schwule Spielchen. So erklärte es mir die *Bürste*. Schreib meinen Brief.«
»Schön. Was willst du von Gómez?«
»Das Haus, die Dienstmädchen, die Fahrer und Geld, viel Geld«, sagte Bibi und begann zu tanzen und *als ich ihn sah, war mir klar, das ist mein Mann* zu trällern.

»Dazu ist kein großes Können nötig. Faß dich kurz, schreib konzentriert und präzise: *Odilón, ich war neulich die verätzte kleine Nutte. Ich verlange die Scheidung und viel Geld. Bibi.*«

»Nein. Es muß ihm ans Herz gehen, er muß sehen, wie unglücklich ich bin. Nur bin ich leider so glücklich, daß mir nichts Dramatisches einfällt. Darum komme ich ja zu dir, du verstehst dich auf Dramen. Rede mir nicht ein, du brächtest nur Kurzbilletts wie die meinen zustande.«

»Die halte ich für die besten. Denken wir doch einmal praktisch, Bibi. Wozu viele Worte?«

»Du denkst auf einmal praktisch?«

»Wurde langsam Zeit.«

»Wünsche dir bloß nicht, daß Carlos wieder lebt. Das geht nun einmal nicht, finde dich damit ab, Catín.«

»Ich finde mich ja ab«, sagte ich düster.

»Ich bitte dich, fang nicht zu heulen an. Das hier eilt.«

Den ganzen Vormittag zerknüllten wir Briefentwürfe. *Odi, es bricht mir das Herz. Odi, was ich mitansehen mußte, hat mich so tief getroffen, daß ich nicht mehr weiß, ob ich Haß oder Mitleid für dich empfinde. Odi, wie kannst du dein Glück woanders suchen und mich mit deinem so unwürdigen Tun verletzen?*

Um zwei Uhr glückte uns schließlich ein zugleich kummervoller und besonnener Brief. Bibi schrieb ihn ab und tänzelte damit nach Hause.

Drei Tage bekam ich sie nicht zu sehen, am vierten fuhr sie, wieder ganz Madame Gómez Soto, bei mir vor. Hutschleier vorm Gesicht, graues Schneiderkostüm, dunkle Strümpfe und hohe Absätze.

Zu ihrer Garderobe passend, führten wir unser Gespräch im Salon, auf Sesseln. Sie schlug ihren Schleier hoch und die Beine übereinander und sagte, nachdem sie sich eine Zigarette angezündet hatte, bedächtig:

»Beinahe hätte ich dumm dagestanden.«
Ich lachte. Sie lachte auch und begann zu erzählen.
Der Torero traf ein, nachdem sie ihrem Mann den Brief geschickt hatte, am Nachmittag desselben Tages. Sie holte ihn am Flugplatz ab und quartierte ihn im Hotel Del Prado ein. Es mißfiel ihr zwar, daß er von einer jungen Frau mit Zigeunergesicht begleitet wurde, die er als seine Managerin vorstellte, aber ihre Lust, sogleich mit ihm ins Bett zu steigen, war so groß, daß sie für beide ein Einzelzimmer buchte und in eins davon ihren Matador schob.
Danach war sie so aufgekratzt und dankbar, daß sie von ihrer beider Zukunft schwärmte und ihm schilderte, was sie schon unternommen hatte, um so bald wie möglich ihre Scheidung zu erlangen. Dem Torero verschlug es die Sprache. Aus der Dame von Welt, die auf einen sporadischen fidelen Liebhaber erpicht war und ihm für sein Entgegenkommen mit Besprechungen im Sportblatt ihres Mannes danken sollte, war ein zu Ehe und Entehrung bereiter verliebter Backfisch geworden.
Mit dem General brechen? Wie kam seine naive Bibi darauf, er könne ohne ihres Mannes publizistische Rükkendeckung in Mexikos Arenen kämpfen? Darüber hinaus mochte sie sich zwar seinetwegen gern scheiden lassen, was ihn aber betreffe, er lasse sich nicht scheiden, und die Managerin sei seine Frau.
Bibi kleidete sich mit aller ihr zu Gebote stehenden Würde an, verließ das Hotelzimmer und fand trotz ihrer Hast noch die Zeit, in der Direktion ihre Bürgschaft für die Rechnungen des Toreros zurückzuziehen.
Zu Hause angekommen, verlangte sie händeringend nach dem Mädchen, dem sie aufgetragen hatte, ihrem Mann den Brief auf sein Zimmer zu bringen. Leider war das Mädchen so korrekt, daß es dem General den Brief sogar persönlich ausgehändigt hatte.

Bibi schloß sich in ihrem Zimmer ein und beklagte rastlos den Anfall von Leichtsinn und Geilheit, durch den es soweit mit ihr gekommen war. Sie haßte mich dafür, daß ich sie nicht gewarnt, sondern mich zur Komplizin bei ihrem Kamikazeunternehmen gemacht hatte. Sie wußte sich keinen Rat. Sie weinte nicht einmal; ihre Tragödie gab etwas so Betörendes und Tröstliches wie Tränen nicht her.

Tags darauf kam sie wie immer zur Frühstückszeit ihres Mannes herunter.

Sie begegnete einem liebenswürdigen und energiegeladenen General, der abwechselnd Orangensaft in sich hineinkippte und große Happen Rührei mit Chorizo in sich stopfte. Bei ihrem Erscheinen erhob er sich, schob ihr den Stuhl zurecht und riet ihr, sich das gleiche Frühstück kommen zu lassen, einmal dürfe sie ihre Diät aus weichgekochten Eiern doch wohl vergessen. Sie nahm die morgendliche Wurst in Kauf, und sie hätte sicher noch ganz andere Dinge in Kauf genommen. Sollte sie dem General nun dankbar sein, weil er sich ahnungslos stellte, fragte sie sich, oder sollte sie zittern bei der Vorstellung, was er hinter seinem Getue wohl für Pläne aushecke.

Sie entschied sich fürs Dankbarsein. Nie war sie sanfter, schöner, nie verheißungsvoller. Das Frühstück endete damit, daß der General eine hochwichtige Konferenz in seinem Büro absagte und daß beide noch einmal ins Bett fielen.

Am Abend stand ein Empfang in der Botschaft der USA auf dem Programm, und als sie zurückkamen, fand Bibi auf ihrem Toilettentisch ihren ungeöffneten Brief vor. Hatte ihr Mann ihn übersehen? Woher sonst hatte er den gleichen Umschlag, den es in Mexiko doch nicht zu kaufen gab? Über diesen Fragen und über dem blau versiegelten Schweizer Kuvert mit ihren Initialen schlief sie ein.

Sie wachte früh genug auf, um neben dem Schwimmbekken im Garten ein romantisches Frühstück zu arrangieren. Als der General an den Tisch kam, empfing sie ihn mit einem weißen Organdyschürzchen und dem Lächeln, das ihr, halb gattinnen-, halb engelhaft, im Leben so oft geholfen hatte und das sie niemals abzulegen gedachte. Sie briet sein Frühstücksrührei, servierte es ihm, band sich die Schürze so schamhaft ab, als ob sie sich nackt auszöge, und setzte sich zu ihrem zufriedenen General.

Sie tranken gerade ihren Kaffee aus, als der akkurate, drahtige Assistent ihres Mannes herzutrat, der stets hinter ihm herlief und ihn an seine Termine erinnerte und seine kleinsten Anweisungen mitschrieb.

Bibi fragte ihn, ob er Kaffee wünsche, und während Gómez Soto vor dem Start noch einmal aufs Klo ging, schenkte sie ihm ein. Sie hatte sich mit ihm angefreundet, und gemeinsam witzelten sie mitunter über des Generals Marotten.

»Du hast ja Ringe unter den Augen«, stellte Bibi fest.

»Ich habe mich von meinem gestrigen Ausflug noch nicht wieder erholt. In dreißig Stunden mußte ich in die Schweiz fliegen und wieder zurück. Alles wegen irgendwelcher Briefumschläge, die ich kaufen sollte, ob du es glaubst oder nicht.«

»Also säg nicht mehr an dem Ast, auf dem du sitzt«, sagte ich, als sie zu Ende erzählt hatte.

»Trotzdem war es schön«, sagte sie. »Solltest du Lust aufs Sägen bekommen, am Dienstag hat Alonso Quijano Filmpremiere. Er hat mich gebeten, dich einzuladen.«

Ich besprach es mit Andrea Palma, in der ich seit eh und je eine verständige Frau sah, und fuhr mit Andrea auch hin. Der Film war miserabel, um so besser gefiel mir auch diesmal Quijano. Er gefiel mir so sehr, daß ich zuerst zum Cocktail, dann zu ihm nach Hause und zuletzt mit

ihm ins Bett ging. Keinen Augenblick dachte ich an Andrés. Erst als es tagte, fuhr ich erschrocken auf, kritzelte *Danke für die freundliche Aufnahme* auf einen Zettel und ging.
Ich kam zu Hause an, als im Garten gerade die ersten Sonnenstrahlen durch die Baumwipfel brachen. Wie an dem Morgen, an dem ich mir den Sonnenaufgang mit Carlos ansah.
Wie lang das inzwischen her war, und doch sah ich es noch vor mir, als wäre es heute. Angst vor Andrés? Angst wovor?
Ich trat fest auf beim Betreten unseres Zimmers, damit er mich auch bemerkte. Auch Andrés war noch nicht zurückgekommen.

Dreiundzwanzigstes Kapitel

Ohne es mir vorzunehmen, wurde ich eine andere.

Ich bat Andrés um einen Ferrari, wie er ihn Lilia geschenkt hatte. Ich bekam ihn. Ich wollte, daß er mir ein persönliches Konto einrichtete, mit ausreichend Geld, um meine und der Kinder Ausgaben und den Haushalt zu bestreiten. Ich bekam es. Ich ließ zwischen unserem und dem angrenzenden Zimmer eine Tür in die Wand brechen und zog unter dem Vorwand, daß ich Platz brauche, dahin um. Mitunter schlief ich auch bei verschlossener Tür. Andrés verlangte nie, daß ich sie öffne. War sie offen, kam er zum Schlafen zu mir. Nach einer gewissen Zeitspanne waren wir fast wieder befreundet.

Ich lernte ihn zu beobachten wie einen Fremden, ich fand heraus, wie er sprach, was er tat und wie er Angelegenheiten regelte. Somit hörte er auf, mir willkürlich und unberechenbar vorzukommen. Fast wußte ich im voraus, wie er in welcher Sache entscheiden würde, wen er zu welchem Geschäft abbeordern, wie er welchem Minister antworten und was er an welchem Tag in seiner Ansprache ausführen würde.

Oft schlief ich auch bei Quijano. Quijano bezog ein Haus mit zwei Eingängen, zwei Fassaden, zwei Vorgärten. Eine Seite lag der einen Straße, die andere der dahinter vorbeiführenden zu. Quijano kam zu der einen, ich zu der anderen Tür herein. Beide waren wir fast gleichzeitig im selben sonnendurchschienenen, mit Pflanzen begrünten Zimmer. Quijano liebte es pathetisch. Er versuchte sich in Beschreibungen dessen, was er ›unsere Zweisamkeit‹ nannte, und hielt mir Vorträge, in denen er sichtlich das Szenarium für seinen nächsten Film entwickelte. Er sprach von meiner Unbeschwertheit, meiner Spontaneität, meinem Einfallsreichtum. Ich schlief beim Zuhören langsam ein und ruhte so ein paar Stunden von allem aus.

Andrés kaufte ein Haus in Acapulco und fuhr niemals hin, weil er das Meer nur für Zeitverschwendung hielt. Da eignete ich es mir an. Viele Wochenenden verbrachten wir dort. Zur Tarnung lud ich noch weitere Freunde ein und nahm die Kinder mit, und wenn Lilia von Milio ausspannen wollte, kam auch sie, und natürlich kamen Marcela und Octavio. Einschließlich Verania durchschauten glaube ich alle mein Verhältnis zu Quijano. Verania verriet ihrem Vater zwar nichts, trat dafür aber Quijano hingebungsvoll ans Schienbein und stachelte, sooft es ging, Checo zu Intrigen an.
Das Haus lag, ringsum von Meer umgeben, zwischen den Stränden Caleta und Caletilla, und die Abende vergingen dort wie ein Traum. Bis ans Ende meines Lebens hätte ich auf dieser Terrasse sitzen und wie eine in ihre Erinnerungen verbohrte alte Frau ins Grenzenlose starren können. Seit wir einmal drei Tage lang an einen verlassenen Strand auf Cozumel geflüchtet waren, war das Meer für mich gleichbedeutend mit Carlos Vives. Ich versuchte etwas zurückzuholen, wenn ich aufs Meer hinausstarrte. Was war das Beste? Wir hatten soviel. Warum nicht der Tod, fragte ich mich, wo wir es doch nicht einmal während der am Meer verbrachten Tage hatten vermeiden können, ihn durchzuspielen?
»Ich sterbe noch einmal vor Liebe«, hatte ich eines Nachmittags lachend gesagt, als wir mit den Füßen durch das lauwarme Wasser planschten.
In meinen ständigen Angstvisionen war ich die Tote, und ich fand es sogar romantisch, daß er als Verlassener leben, daß er sich meine Eigenschaften vor Augen holen, er die Leere in sich spüren und er in den Dingen, die wir gemeinsam besessen hatten, nach mir suchen mußte.

Oft stellte ich mir Carlos als Trauernden vor, als Würger von Andrés, als der Raserei Verfallenen. Niemals als Toten.
Stunden um Stunden saß ich in Acapulco, Alonsos Hand auf dem Knie, aufs Meer hinausstarrend und Vives' gedenkend.
»Niemand stirbt vor Liebe, Catalina«, hatte Carlos gesagt, »mögen wir es uns noch so sehr wünschen.«

Ich wäre gern ganz nach Acapulco gezogen, hätte die Erhaltung dieses Zufluchtsorts es nicht erfordert, daß ich regelmäßig nach México zurückfuhr und ihn mir verdiente mit dem Anhören von Andrés' Haßtiraden gegen seinen Kompagnon und der Pläne, die er schmiedete, um Präsident zu werden, und die alle drei Tage im Sand verliefen, sowie der Reden, die er als Held des Vaterlandes auf Anfrage immer wieder in Puebla hielt.
Dazu kamen Fitos häufige Anrufe, in denen er mich um meine Anwesenheit bei den merkwürdigsten Veranstaltungen bat. So mußte ich ihn einmal zur Grundsteinlegung für ein Mütterdenkmal begleiten. In seiner Rede ließ er sich über die Seligkeit des Mutterseins aus, und anschließend lud er mich zum Essen ins Los Pinos ein.
Chofi, die sich unter Berufung auf ihre Migräne vor der grellen Sonne und dem Geschiebe bei dem Einweihungsakt gedrückt hatte, erkundigte sich bei Tisch, wie ich Fitos Rede gefunden hätte. Mich muß der Teufel geritten haben, denn anstatt »goldrichtig« zu antworten und ansonsten meinen Mund zu halten, verbreitete ich mich über die Unannehmlichkeiten, Belastungen und gräßlichen Verpflichtungen des Mutterseins. Ich stand als Rabenmutter da. Also sei meine Liebe zu Andrés' Kindern nur vorgetäuscht, und wie ich meine Liebe zu ihnen behaupten könne, wenn ich noch nicht einmal stolz darauf

sei, die Mutter der von mir selbst geborenen Kinder zu sein. Ich brachte nichts zu meiner Entlastung vor, es machte mir nichts aus, sollten sie mich ruhig für eine Hexe halten. Mir war das Mutterdasein, bei meinen eigenen und bei den fremden Kindern, mitunter zuwider gewesen, und es war mein gutes Recht, das auch auszusprechen.
Wir gingen gleich nach dem Kaffee auseinander, und eine Zeitlang wurde ich von ihnen nicht eingeladen und bekam auch sonst nichts von ihnen zu hören. Erst als Carmen Romero Díaz, die Frau des gestürzten Diktators, starb, rief Chofi mich wieder an, um zu erfahren, ob ich zu der Beerdigung ginge, und um darüber zu klagen, daß ihr Mann es ihr verboten habe. Sie habe stets gefunden, die arme Carmen sei ein Opfer. An diesem Tag stärkte ich ihr den Rücken. »Da hast du recht«, sagte ich. »Arme Carmen. Wenn sie aber nicht von schwarzem Unrecht betroffen worden wäre, wo stünden wir beide heute, du und ich?« Da legte Chofi auf und wußte nun, daß ihr Mann recht daran tat, ihr die Teilnahme an der Beerdigung zu verbieten.
Dafür ging Alonso mit im Trauerzug. Er tat überhaupt sonderbare Dinge. Ich wußte nie, was in seinem Kopf vorging. So wie er an Carmen Romeros Grab stand, konnte er ebensogut drei Tage lang die Befreiung Paris' von den Deutschen feiern oder im Stadtzentrum mit Archäologen neu entdeckte toltekische Skulpturen ausgraben. Er argumentierte, im Film habe alles Platz.

Andrés hatte in diesen Tagen jede Menge Ärger. In einem Presseartikel wurde der ihm nahestehende Wirtschaftsminister der Mittäterschaft bei Spekulantengeschäften und der Bereicherung im Amt angeklagt, während die Bevölkerung Not leide. Der Journalist stand Fito nahe, und nach meines Mannes Einschätzung war der Artikel

Fitos Kopf entsprungen und zielte im Endeffekt auf ihn, Andrés Ascencio, ab. Ich versuchte, ihm das auszureden, seine Theorie sei um drei Ecken gedacht, aber er war sich seiner so sicher, daß er mir gar nicht zuhörte.
Wenige Tage danach brachte die CTM achtzigtausend gegen die Versorgungsmängel protestierende Menschen auf die Straße, die für die Teuerung ebenfalls Andrés' Ministerfreund verantwortlich machten. Zu allem Unglück forderte auch noch die freie Wirtschaft die Abschaffung der Kontrollbefugnisse des Wirtschaftsministeriums. Andrés sah darin die Bestätigung seiner These, daß Fito seinen Freund, unter anderem weil er, Andrés, ihn favorisiere, aus dem Amt drängen wolle. Diesmal widersprach ich ihm nicht, denn Fito ratifizierte eine Verordnung, mit der die Aufsichtsbefugnisse des Ministeriums über die Produktion von Zement, Armierstahl und einer Reihe anderer Erzeugnisse aufgehoben wurden. Seiner Autorität beraubt, zog meines Generals Kandidat den Rücktritt vor.
Andrés tat tagelang nichts, als Fito, die Linken und den zwecks Ausbootung Corderas von ihm selbst aufgebauten Gewerkschaftsfunktionär Maldonado an den Galgen zu wünschen. Vor Wut wollte er am ersten September nicht einmal zur Regierungserklärung des Präsidenten erscheinen. Noch am Morgen des Ersten mußte ich ihn bitten, sich umzuziehen und, wenn er denn mit Rodolfo streiten müsse, den Streit doch unter vier Augen auszutragen.
Als wir gingen, waren wir auf einen von Fitos faden Berichten zur Lage der Nation gefaßt. Doch zu unserer Überraschung wurde es diesmal vergnüglich, weil der mit der Antwortrede beauftragte Abgeordnete sagte, ein Staatsmann hafte vor Gott für die Rettung seines Landes, und weil er die Art kritisierte, wie die Wahlen durchgeführt würden, und nebenbei auch noch die Rechten der

Diskreditierung der Revolution und die Linken der Förderung von Unmoral und Anarchie bezichtigte. Er legte sich mit jedem an. Als Fito das Parlament verließ, fielen die übrigen Abgeordneten über den Redner her und zwangen ihn zur Rückgabe seines Mandats. Andrés lachte Tränen über das Spektakel, als wir draußen waren. Die Aussicht, daß auf seinen Kompagnon Schwierigkeiten zukamen und daß er ihn würde rufen müssen, weil er mit dem Eklat nicht allein fertig wurde, bereitete ihm Vergnügen. Dazu hatte er ihn schließlich zu seinem Berater ernannt: damit er Eklats und Streitigkeiten für ihn bewältigte. Doch leider versteifte sein Kompagnon sich darauf, ihn dieses Mal nicht zu brauchen.

Nach der Gratulationscour im Präsidentenpalast ging es mit dem gesamten Kabinett zum Diner. Verblüfft mußte Andrés dort feststellen, daß er nicht zur Linken seines Kompagnons plaziert war. Sein Namenskärtchen stand vielmehr ganz am Ende des Tisches am Rande der Ministerrunde anstatt wie bisher am Ehrenplatz. Zur Rechten Fitos saß der alte General, der als Verteidigungsminister amtierte, und seine linke Seite gehörte Martín Cienfuegos.

Andrés haßte Cienfuegos wie nie, und wie nie zuvor bedauerte er es, ihn, als er noch ein listiger kleiner Anwalt war, gefördert zu haben. Wie nie zuvor haderte er auch mit seiner Mutter, die auf den ersten Blick von Martín bezaubert und in ihn verliebt gewesen war wie in einen eigenen Sohn.

Er wußte schon nicht mehr, wann Cienfuegos aufgehört hatte, sein Verbündeter und Untergebener zu sein, und statt dessen versuchte, sich auf eigene Füße zu stellen. Vielleicht schon vor Jahren, an dem Morgen, als Andrés ihn mit Rodolfo bekanntmachte, vielleicht aber auch erst, als Martín, damals Gouverneur von Tabasco, sich als erster zu General Campos bekannt hatte und dadurch

zu dessen Wahlkampfleiter aufgestiegen war. Andrés rief sich noch viele solcher Vorfälle ins Gedächtnis, nur um den Gehaßten alle naslang einen dreckigen Opportunisten zu nennen.
Andrés mußte das ganze Diner über Martín Cienfuegos an der linken Seite des satter denn je lächelnden und akkurater als sonst gekämmten Rodolfo ertragen. Auf der Heimfahrt zog er über Fito her, der ja ein solcher Idiot sei, daß er diesem gerissenen Schmierenkomödianten am Ende noch den Präsidentenposten zuschanzen würde. Denn so sei sein Kompagnon leider, labil und beeinflußbar, feine Manieren hätten es ihm angetan, je weniger man seinen Günstlingen das Militär anröche, desto lieber, je weißer ihr Kragen, desto leichter ließe sich dieser Schwachkopf von ihnen blenden.
Zu Hause machte Andrés sich ans Trinken und polterte weiter, noch immer hoffend, Fito werde ihn rufen. Doch Fito rief ihn nicht. Er setzte wenige Tage später durch, daß der Vorsitzende der Regierungspartei die am Monatsersten getroffenen Absprachen rückgängig machte und seinen Nachfolgeredner erneut als Parlamentspräsidenten einsetzte.
Andrés hielt es nicht mehr aus. Er mußte Fito treffen. Er spuckte Galle, als er aus Los Pinos zurückkam, und er brüllte vor Kopfweh. Er vertrug nicht einmal mehr Licht. Er verkroch sich in ein abgedunkeltes Zimmer und wiederholte mir endlos des Dicken lobende Worte für Cienfuegos' Rolle bei der Beilegung des Konflikts. Am meisten erbitterte ihn die Erklärung seines Kompagnons, er habe ihn nicht zu Rate gezogen, um ihm keine Umstände zu machen. Andrés mochte nicht glauben, daß Fito auch ohne seine Beratung und seinen Beistand auskam. Er konnte es nicht glauben, obwohl es jeden Tag klarer auf der Hand lag und immer mehr Angelegenheiten geregelt wurden oder schiefgingen, ohne daß ihn jemand fragte,

was er tun würde. Rodolfo schien gewillt, allein festzulegen, wer ihn im Amt ablösen sollte, und es wurde immer offenkundiger, daß ihm sein alter Kumpel dabei nur im Weg stand.

Nichts vermochte die Kopfschmerzen zu vertreiben, die Andrés seit dem Essen in Los Pinos ständig begleiteten. Eines Tages setzte ich ihm Carmelas Kräutertee vor. Er lästerte beim Trinken zwar über den Aberglauben des Landvolks, als sich die Schmerzen aber in Energie verwandelten und er imstande war, aus dem Haus zu gehen und sich Rodolfo zu stellen, betrachtete er sinnierend die leergetrunkene Tasse.

»Ist mit Sicherheit ein Zufall«, meinte er, »aber es kann ja nichts schaden.«

»Kann es nicht«, sagte ich und schenkte auch mir eine Tasse ein.

Das Gebräu war dunkelgrün und schmeckte halb nach Pfefferminze, halb nach Gänsefuß. Nach dem Tee fuhr ich zum Essen mit Alonso und blieb bis Tagesanbruch bei ihm. Ich lachte viel und wurde in keinem Moment müde. Auch mir tat Carmelas Tee also gut, aber am nächsten Morgen verzichtete ich dennoch. Andrés hingegen verlangte nach mehr, an diesem und an vielen anderen Morgen. Bis der Tag kam, an dem er zum Frühstück nichts anderes mehr zu sich nehmen konnte.

Schon beim Erwachen schimpfte er auf den Taufpaten seiner Tochter und auf die viele dem Dienst des Dicken gewidmete Zeit, aber er blieb dann im Bett liegen und brütete über dem Fiasko des jeweiligen Vortags und über neuen Strategien gegen Martín Cienfuegos. Bis ich den Zucker in seinem grünen Tee verrührte.

Eines Tages trank er aus und ließ sich dann von seinem Assistenten die Zeitungen bringen. Er habe so eine Ahnung, sagte er, aber er mußte einen Wink bekommen haben. Er spielte mir vor, er falle aus allen Wolken, als er mir die Schlagzeilen sämtlicher Zeitungen zeigte. Die Bundesanwaltschaft hatte, vertreten von dem Juristen Rocha, einem getreuen Gefolgsmann Martín Cienfuegos', den Fall des verschleppten und zu Tode gekommenen Pueblaer Anwalts Maynes wieder aufgerollt. Den mitgelieferten Informationen zufolge tat sie es auf Antrag seiner Tochter Magdalena Maynes, die den damaligen Gouverneur des Staates, General Andrés Ascencio, als Täter benannte.

Alle Tatzeugen, die sich jahrelang darauf beschränkt hatten, zum Rosenkranzbeten zu gehen, sagten nun aus, in was für einem Wagen der Anwalt vor dem Kino entführt worden war, wie seine Stimme geklungen hatte, als er noch aus dem Wagenfenster um Hilfe schrie, und wie viele Erfolge er vor Gericht gegen die Interessen des Gouverneurs erstritten hatte. Magda selbst schilderte den Vormittag unserer Begegnung in Cuernavaca, erzählte, wie sie ihren Vater mit Andrés Ascencio streiten sah und daß sie ihn anschließend nach den Gründen gefragt habe. Ihr Vater habe sie informiert, daß der Gouverneur an Hotel und Schwimmbad Agua Clara interessiert sei und ihm die Verteidigung der Pfandgläubiger verboten habe. Magda zufolge hatte sich ihr Vater nicht nur geweigert, das Verbot zu befolgen, sondern auch die dreißig Prozent des Liegenschaftswerts ausgeschlagen, die ihm der Gouverneur als Entgelt dafür, daß er den Prozeß verliere, angeboten habe. Daraufhin sei er, so endigte Magda, mit dem Tode bedroht worden.

Andrés erhob sich wüst fluchend vom Tisch, während ich, die Zeitungen auf den Schenkeln, noch dasaß, als der Assistent mit einer Vorladung der Staatsanwaltschaft hereintrat.

»Die sind ja noch dümmer, als sie gemein sind. Als ob ich nicht auch über sie auspacken könnte«, schimpfte Andrés.

Er goß sich eine weitere Tasse Tee ein und ging pfeifend unter die Dusche. Als er aus dem Bad kam, war er krebsrot und strahlte. Selbstverständlich folgte er nicht der Vorladung, sondern fuhr geradewegs zu Fito.
Gott allein weiß, was die beiden miteinander besprochen haben, doch im Ergebnis brachten die Zeitungen tags darauf ein Interview mit dem Bundesanwalt, in dem Andrés von jeglicher Schuld freigewaschen und mehrmals als der achtenswürdige Chef des Beraterteams des Präsidenten der Republik bezeichnet wurde.
Außer Magdalena, der niemand mehr Fragen stellte, erklärten alle Zeugen, sie hätten sich bei ihren Aussagen geirrt, und nur Tage später tauchten als Schuldige die Mitglieder einer bezahlten Killerbande auf, die nur leider nicht mehr aussagen konnten, da sie bei einem ihrer Gefangennahme vorausgehenden Schußwechsel mit der Polizei ums Leben gekommen waren.
Andrés war jedoch gekränkt und traf sich nicht wieder mit dem Dicken, aber immerhin mußte er auch sein Amt nicht niederlegen. Er kaufte eine Zigarettenfabrik an und nahm sich vor, sie zur florierendsten Mexikos zu machen. Zu jeder Tages- und Nachtzeit wiederholte er, die wahre Macht besitze, wer etwas besitze, und er wolle Bankier werden, denn auf diese Weise müßten sämtliche Schweinehunde, die künftig den Adlersessel bestiegen, auf dem sich Zapata wohlweislich nie hatte fotografieren lassen, nach seiner Pfeife tanzen.
Es tat mir nicht weh, mitzuerleben, wie seine Kräfte abnahmen. Ich ging mit Alonso aus, als ob wir Liebesleute wären. Fast täglich aßen wir im Ciro's zu Abend. Ich begleitete ihn zu Galavorführungen und war bei Dreharbeiten zugegen. Eines Abends küßte ich ihn bei einer Flasche Wein sogar in aller Öffentlichkeit.
Nie kam ich vor dem frühen Morgen nach Hause, und wochenlang öffnete ich nicht meine Zimmertür. Nur ge-

legentlich trank ich, wie jemand, der seinen Großvater besucht, des Morgens Tee mit Andrés.

Den ganzen Dezember verbrachte ich, ohne mir ein Gewissen daraus zu machen, in Acapulco. Die Kinder hatten Ferien, ihr Vater hatte Weihnachten stets als Idiotenkram bezeichnet, wozu also mußten wir beim Fest zusammensitzen? Erst kurz vor Silvester zwang ich mich zu einem Anruf, um Andrés für die Neujahrsnacht zu uns zu bitten. Wie überrascht war ich, als er am Morgen des Einunddreißigsten tatsächlich auftauchte. Er war fast zehn Kilo leichter und um zehn Jahre gealtert, hielt sich aber gerade wie eh und je und hatte auch das ihm so nützliche ironische Lächeln nicht verloren. Verania jubelte ihm schon auf der Terrasse entgegen und rannte, um ihn zu küssen. Er hatte Marta und Adriana und deren Verlobte bei sich. Lilia und ihr langweiliger Ehemann waren schon eher eingetroffen, ebenso Octavio und Marcela. Die ganze Familie des Generals war also versammelt.

Alonso hatte ich ganz selbstverständlich mit bei uns einquartiert. Auch Mónica und ihre Kinder, Andrea Palma und Julia Guzmán waren meine Gäste. Für den Abend erwarteten wir noch Bibi mit Gómez Soto und Helen Heiss mit ihren Kindern. Octavio und Marcela hatten drei befreundete Paare eingeladen, und Lilia brachte Georgina Letona, ihres Mannes ehemalige Verlobte, mit, damit wir sie zwecks späterer Heirat mit meinem Bruder Marcos bekanntmachten. Als ob sie nicht wüßte, daß Milio weiter mit ihr schlief, oder vielleicht gerade weil sie es wußte.

Alles in allem würden wir über fünfzig Personen am Abendbrottisch haben. Ich dachte, bei so vielen Menschen würde Alonso nicht weiter auffallen, und war zu Andrés so freundlich wie irgend möglich. Ich entschuldigte mich sogar dafür, daß ich ihm das Haus so vollgeladen hatte, wo er nur mit einer Feier im Familienkreis rechnete. Den Nachmittag tranken wir auf der Terrasse Gin mit Zitronensaft und Soda, während Alonso mit der glücklichen Verania und dem Krebse erlegenden Checo einen Strandspaziergang machte.

Andrés schwieg sich lange aus und sagte schließlich:

»Den Armillita hat der Stier in San Luis Potosí hochgenommen, und Briones hat es in El Toreo erwischt. Wo erwischt es wohl mich?«

Seine Stimme war so düster, daß er mir fast leid tat. Eine Wahrsagerin habe ihm prophezeit, sagte er, wenn in einem Jahr binnen zwei Wochen zwei Toreros hintereinander ums Leben kämen, sei sein Ende nahe.

»Da bist du ja gerettet, denn das Jahr ist vorüber«, sagte ich lachend. »Bis es wieder einmal zwei Toreros hintereinander erwischt, kann es eine Ewigkeit dauern. Wenn du also nicht heute nacht stirbst, trägst du uns noch alle zu Grabe.«

»Bist eben nach wie vor mein kleiner Sonnenschein«, antwortete er mit sehr sonderbarer Stimme.

Ich kam nicht dahinter, ob er das ironisch meinte oder ob ihm der Gin früher als sonst zu Kopf stieg. Immerhin wurde ich davon nervös und gab ihm hastig einen Kuß.

Vierundzwanzigstes Kapitel

Für Alonso fing das neue Jahr nicht gut an. Andrés' Besuch in Acapulco war ihm unerträglich. Nicht unbegründet, denn trotz seiner perfekten Figur, seiner wie aus Modemagazinen ausgeschnittenen Kleidung, seines jugendlichen Aussehens und seiner angenehmen Umgangsformen nahm doch auch jetzt noch jedermann mehr Notiz von Andrés. Andrés brauchte nur in ein Zimmer zu kommen oder auf eine diskutierende Gruppe zuzugehen, schon drehte sich alles nur um ihn. Für seine Kinder war er der große Held und für meine Gäste die Attraktion, der Herr des Hauses und zur Krönung mein Ehemann.

Als ich eines Abends darauf verfiel, uns den Sonnenuntergang in Pie de la Cuesta anzusehen, wollte Quijano nicht mit uns kommen. Bei unserer Rückkehr erfuhren wir von Lucina, daß er zu einem dringenden Drehtermin abgereist sei. Später übergab sie mir einen handgeschriebenen kleinen Zettel mit der Mitteilung: *Ich gehe. Ich nehme an, du verstehst, warum. Ich habe dich trotzdem gern. Alonso.*

Beim Abendessen riß Andrés unaufhörlich Witze über den »Modegecken«, der die Freundlichkeit besessen habe, die Familie endlich allein zu lassen. Die Kinder belachten jeden Witz, ich einige.

Am ersten Abend hatte ich noch Schuldgefühle wegen Alonso, am zweiten zog ich zu Andrés ins Zimmer. Die Kinder kamen aus dem Staunen nicht heraus, als sie erlebten, wie wir an diesem Jahresende mit Küßchen und Verliebtengeturtel vor aller Augen Versöhnung feierten.

Erst spät im Januar fuhren wir nach México zurück. Bei Quijano meldete ich mich nicht. Ich war damit beschäftigt, mir Andrés' Schimpfkanonaden anzuhören, mit ihm

an dem Dicken herumzunörgeln und ihm über die bevorstehende Designierung Cienfuegos' zum Kandidaten hinwegzuhelfen.
Anfang Februar fuhren wir nach Puebla zur Amtsübernahme des von Andrés gewünschten neuen Gouverneurs. Andrés war in Puebla nach wie vor eine Autorität, und, geehrt als achtbarer Potentat, konnte er dort in der Erinnerung an vergangene Glorie schwelgen. In Puebla fühlte er sich so gut aufgehoben und so geborgen, daß er den Wegfall seiner Präsidentenberaterfunktion verschmerzte. Auch ich verspürte keinerlei Bedürfnis, nach México zurückzuziehen, und hauste, als die Kinder mit Lucina zum Schulbesuch abfuhren, allein mit ihm in dem riesengroßen leeren Hause.
Langsam wurde Andrés alt; mal tat ihm ein Fuß, mal ein Knie weh. Vom Nachmittag bis in die Nacht schlürfte er in einem fort Brandy und vom Morgen bis zum Mittag Tee aus den Blättern des Schwarzen Zitronenstrauchs. Fast hätte er mir sogar leid getan, wäre beim Anblick des Gartens und des Farnkrautzimmers nicht ständig aufs neue Carlos in mir aufgelebt.

Lilia besuchte mich alle Tage, erzählte mir die neuesten Klatschgeschichten und brachte mich zum Lachen. Nachmittags traf ich manchmal meine Freundinnen. Mónica arbeitete so besessen, daß sie oft knapp für einen Begrüßungskuß Zeit hatte und schon wieder fortlief. Pepa hingegen hatte an den Nachmittagen ihren Garten und in ihren Gesichtszügen und ihren Reden die wohlige Gelassenheit, die ihr ihre Rendezvous im Abstellraum der Markthalle hinterließen. Auch meine Schwester Bárbara, meinen Schutzengel, hatte ich nun wieder. Nein, sie war mehr als ein Schutzengel, denn sie urteilte nicht über mich, sondern sie lachte oder weinte Tränen und wechselte gleich mir übergangslos von überschäumendem Ge-

lächter zu herzzerreißendem Schluchzen. Sie war auch an dem Nachmittag bei mir, an dem Andrés sich beim Nachhausekommen elend fühlte. Er kam aus Tehuacán von einem zu seinen Ehren abgehaltenen Festakt. In letzter Zeit reiste er fast nur noch zu solchen Jubelveranstaltungen, umtanzt von nominell mächtigen Männern, die öffentlich Rechenschaft vor ihm ablegten und sich um ihn wie um ihren obersten Dienstherrn bemühten. An diesem Tag bestand seine Begleitung aus dem neuen Gouverneur des Staates, dem Bürgermeister von Puebla und natürlich dem Bürgermeister von Tehuacán, die ihn zum Ehrenbürger der Stadt gekürt hatten.
Es ging auf fünf zu, als wir draußen die Wagenkolonne vorfahren hörten.

»Eine Gemeinheit«, sagte ich zu Bárbara. »Da kommt er schon wieder. Bestimmt ruft er mich gleich zu sich, damit ich mir das Echo seines Ruhms anhöre.«
Schon am Frühstückstisch hatte er darüber doziert, wie zerstritten die Arbeiterbewegung vor seiner Amtszeit noch gewesen sei, wie viele Schulen dann erbaut wurden und wie bald es unter seiner Ägide keinen Mißmut und keine Unzufriedenheit mehr gegeben habe.
»Ich werde dort sagen«, hatte er angekündigt, »ich bin heute nicht als Mann der Regierung hier, in dieser Funktion ist mein Wirken beendet, sondern ich bin hier als ein aus dem heimatlichen Grunde Pueblas Hervorgegangener, als ein Bürger und als ein Mensch, der imstande ist, sich einer Sache mit ganzer Seele zu verschreiben. Was hältst du davon, Catalina? Du sagst mir nicht, was du davon hältst. Wofür sonst glaubst du denn, daß ich dich bei mir habe?«
In seinem in den letzten Monaten ausgebrochenen Wahn hatte Andrés mich wieder zu seiner persönlichen Mitarbeiterin bestellt, und ich tat ihm den Gefallen, weil die

Zeit so schneller herumging. Ich hielt ihm also das Blatt Papier hin, auf dem ich eine Rede für ihn skizziert hatte, und tippte wahllos auf irgendeine Passage. Er las sie vor: »Ich bin auch in Zukunft stets zum Einsatz für Sie bereit, gleich ob hier oder andernorts, gleich ob in Amt und Würden oder als einfacher Bürger dieses Staates. Darum bitte ich Sie hiermit: vergessen Sie kleinliche Zwistigkeiten, räumen Sie Steine aus dem Wege, arbeiten Sie weiter mit Enthusiasmus, brüderlich vereint, vereint als Menschen, die, mit einem klar abgesteckten gesellschaftlichen Programm ausgerüstet, diese Revolution in Gang gesetzt haben, zu deren Verteidigung ich nötigenfalls jederzeit aufs neue in die Schlacht ziehen würde. Dabei treibt mich kein Gedanke an politische Karriere, denn als Politiker ist mein Auftrag ja erfüllt, sondern mein Einsatz gehorcht dem Bestreben, für Ruhe und Gedeihen unseres geliebten Puebla zu sorgen.«

Als er zu Ende gelesen hatte, lobte er mich:

»Mit dir habe ich richtig gewettet. Du bist schlau wie keine, so wie sonst nur Männer sind, darum verzeihe ich dir deinen liederlichen Lebenswandel. Ohne dich wäre ich arm dran. Du bist mein bestes Weib und mein bester Kerl, du gerissenes Luder.«

Bevor er ging, verlangte er noch seinen Tee und goß auch mir eine Tasse ein. Ich trank langsam, der seltsam euphorischen Stimmung entgegenharrend, die er auslöste.

Matilde ging nicht sofort wieder in die Küche. Sie stellte den Tee auf den Tisch, sah zu, wie wir tranken, und wandte sich an Andrés:

»Sie entschuldigen, wenn ich mich einmische, Herr General, aber Sie trinken arg häufig von diesem Kraut, und zu häufig verabreicht, schadet es der Gesundheit.«

»Von wegen schaden. Ohne dieses Kraut wäre ich schon nicht mehr am Leben. Es ist das einzige, was meine ewige Müdigkeit vertreibt.«

»Über längere Zeit genommen, schadet es aber. Ich sehe doch, wie sich Ihr Zustand verschlechtert.«

»Nicht wegen dem Kraut, Matilde; sag bloß, du glaubst noch immer an solche Märchen?« antwortete Andrés und trank einen letzten Schluck. »Sieh dir meine Frau an, das blühende Leben, und sie trinkt den Tee auch.«

Fünfundzwanzigstes Kapitel

Der Pueblaer Bürgermeister stürzte ins Farnkrautzimmer.

»Señora, es sieht aus, als sei es dem General zu nahe gegangen«, hechelte er. »Schnell, kommen Sie, es geht ihm nicht gut.«

Ich lief hinunter in unser ehemaliges Schlafzimmer. Andrés lag noch bleicher als in den vergangenen Tagen auf dem Bett und holte mühsam Atem.

»Was hast du?« fragte ich. »Was ist schiefgegangen? Warum bist du nicht zum Diner geblieben?«

»Mir war auf einmal so matt, und außer Haus wollte ich nicht sterben. Hole Esparza und Téllez.«

»Nun übertreibe mal nicht«, beschwichtigte ich. »Jeder wird einmal müde. Du tanzt seit Monaten auf allen Hochzeiten, solltest öfter mal in Acapulco ausspannen.«

»Acapulco, diese Einöde hältst nur du aus. Und auch nur, um mich loszuwerden, um mich mit dem Alibi, daß dir die See guttut, meinem Schicksal zu überlassen. Was dir guttut, ist, von mir fortzukommen.«

»Das behauptest du.«

»Stell dich nicht dumm, Catalina. Wir kennen beide den Zweck des Hauses in Acapulco.«

»Du kennst ihn anscheinend nicht. Du willst ja niemals hin.«

»Ich habe keine Zeit zum Planschen, und für mich gibt es dort keine Erholung. Das Meer stört mich, es hält nie Ruhe, darin ist es wie eine Frau. Nach Zacatlán, ja, dahin fahre ich. In den Bergen kann ich mich erholen, und die Tage sind dort so lang, daß man für alles Zeit findet.«

»Aber dort kann man nichts unternehmen«, wandte ich ein. »Wozu dann all die Zeit?«

»Du hast immer etwas an meiner Heimat auszusetzen, du entwurzelte Person«, sagte er und bemühte sich, die Stiefel von seinen Füßen zu bekommen.
»Ich rufe Tulio, er soll dir helfen. Streng dich nicht an, du bist wirklich müde.«
»Du sollst Téllez rufen, sage ich. Aber wenn es nach dir geht, kann ich ja ohne ärztliche Hilfe sterben.«
»Wir holen Téllez, wenn du nur niest. Es wird langsam peinlich.«
»Peinlichkeit ist wohl das letzte, was du empfindest. Hole ihn schon. Ich mache nämlich ernst, diesmal sterbe ich wirklich. Hol ihn dir zum Zeugen, sonst heißt es hinterher noch, du hättest mich vergiftet.«
Ich setzte mich aufs Bett und tätschelte sein Bein. Er sprach mit solcher Sanftmut weiter, wie ich sie nur als ferne Ahnung an ihm erlebt hatte. Er war befremdend.
»Ich habe dein Leben verpfuscht, nicht wahr?« sagte er. »Andere bekommen irgendwann einmal, was sie sich wünschen. Aber du, was wünschst du dir? Ich habe nie herausgefunden, worauf es dir ankommt. Zugegeben, allzuviel habe ich auch nicht darüber nachgedacht, aber für so naiv mußt du mich auch nicht halten, daß ich mir nicht klar wäre, daß in dir nicht nur eine, sondern viele Frauen stecken und daß ich nur ein paar davon kennengelernt habe.«
Er wurde zusehends ein alter Mann. Schon in den letzten Monaten war er zwar allmählich schmaler und kleiner geworden, an diesem Nachmittag aber alterte er von Minute zu Minute. Sein Sakko schlackerte auf einmal um ihn, seine Schultern waren eingefallen, sein Kopf hing herab und sein Kinn versackte fast in seinem steifen Uniformkragen. Sogar seine Litzen wirkten so hart wie noch nie.
»Zieh das Zeug aus«, sagte ich. »Ich helfe dir.«
Ich begann den harten Zwirn aufzuknöpfen. Ich kämpfte

mit den vergoldeten Knöpfen, die nie durch die Knopflöcher paßten. Einen Arm bekam ich aus der Jacke. Ich ging um Andrés herum, um den anderen freizubekommen, und küßte ihn dabei auf den Nacken.

»Willst du wirklich sterben?« fragte ich.

»Wer will hier sterben? Ich will nicht sterben, aber ich sterbe, siehst du das nicht?«

Esparza und Téllez, die medizinischen Koryphäen am Ort, die beiden Ärzte, die zu Andrés eilten, wenn er, hin und wieder, eine Grippe oder Durchfall bekam oder, alle drei Tage, an einer eingebildeten schweren Krankheit litt, traten mit ihrem gewohnten feierlichen Schritt ein und mit der gewohnten Überzeugung, daß sich auch dieses Übel mit der Verabreichung von unterschiedlich gefärbten Aspirintabletten würde beheben lassen. Sie waren eingespielt. Im vergangenen Monat waren sie gerufen worden, sooft es dem General an Beschäftigung mangelte oder er keine anderen Gesprächspartner hatte. Er konnte nicht ohne Menschen um sich sein, die seinen Aperçus lauschten und ihm Widerpart gaben, so daß wir, seit mit unserer Übersiedlung nach México auch die meisten seiner angestammten Zuhörer in die Hauptstadt abgewandert waren, in Puebla zuletzt stets Esparza oder Téllez oder beide zugleich oder auch Richter Cabañas zu uns luden, um die Gesprächsrunde zu erweitern und meines Mannes Erkrankung in eine Pokerpartie auslaufen zu lassen.

»Woran sterben Sie heute, General?« fragte Téllez und schritt mit Esparza zum Vollzug der üblichen Rituale. Sie hörten sein Herz ab, fühlten den Puls, ließen ihn langsam einatmen und wieder ausatmen. Neu waren einzig Andrés' bissige Bemerkungen. Normalerweise zählte er ihnen während der Untersuchung die zahlreichen und einander widersprechenden Stellen auf, an denen er etwas spürte. Jedesmal saß die Krankheit woanders, da drücke es und da reiße es, und wo der Doktor soeben die Hand auflege, habe er solch ein Stechen. An diesem Nachmittag jedoch kam keine Klage über seine Lippen.

»Vollzieht euer Ritual, ihr Gangster«, fauchte er. »Ich sterbe euch ohnehin weg. Ich kann nur hoffen, daß ihr wenigstens ein paar Stunden trauert, und sei es im Gedenken an das viele Geld, das ihr mir abgeknöpft habt. Hoffentlich trauert wenigstens ihr um mich, denn die Dame da, die sich mein Eheweib nennt, freut sich schon jetzt aufs Feiern. Seht sie euch an, sie giert danach, mit dem erstbesten abzuziehen, der sich mit ihr einläßt. Und es werden sich nicht wenige einlassen, sie ist ja noch gut beisammen, sogar besser als vor Jahren, als ich sie aufgegabelt habe, vor einer hübschen Anzahl Jährchen. Wie lange ist das jetzt her, Catalina? Du warst ein Kind. Hattest einen strammen Hintern und einen Schädel, mein Gott, einen Schädel hart wie Granit. Der ist kein bißchen weicher geworden, dein Hintern schon, aber dein Schädel kein bißchen. Nur gut, daß Rodolfo ein Auge auf sie hat. Mein Kompagnon Rodolfo, der arme Tölpel.«

»Er braucht Ruhe«, meinte Téllez. »Hat er irgendein Aufputschmittel eingenommen? Die Aufregung des Festakts hat ihm anscheinend zugesetzt. Ruhen Sie sich aus, General. Hier sind Tabletten, die Verkrampfungen lösen. Sie sind schlicht überanstrengt, schon morgen sind Sie wieder ein anderer.«

»Natürlich bin ich morgen ein anderer. Ein Erstarrter, Erkalteter, natürlich auch Ausgeruhter. Alle wünschen sich ja nur, daß ich sterbe. Merken gar nicht, wie nötig ich bin, wie nötig Männer wie ich sind. Werdet schon sehen, wie es euch in den Krallen Fitos und seines idiotischen Kandidaten ergeht. Ich und überanstrengt? Überanstrengt ist vielleicht der Dicke, der ja auch nichts im Kopf hat. Einen Cienfuegos zum Kandidaten küren.«

»Cienfuegos ist Kandidat, woher weißt du das?« fragte ich.
»Von niemandem. Ich weiß es einfach. Ich weiß so manches, und ich kenne meinen Schwippschwager. Der wakkelt doch vor dem erstbesten Freier mit dem Hintern. Und Martín hat um ihn gefreit, mit Engelszungen, vor allem aber mit viel Tricks und Tücke. Sogar daß er intelligent sei, hat er dem Dicken eingeredet.«
Cienfuegos war Andrés' schlimmster Gegner, weil er ihn nicht antasten durfte. Nicht etwa, weil er einst Andrés' Protegé war und heute Fitos gehätschelter Minister, sondern weil er, der fast professionell die Sympathie der Menschen gewann, das Herz von Andrés' Mutter, Doña Herminia, im Fluge erobert hatte. Doña Herminia, die außer Andrés keine Kinder hatte, war ja seit eh und je darauf versessen, für Andrés Geschwister aufzutreiben. Als Andrés noch klein war, hatte sie Fito adoptiert und ihn eine Zeitlang sogar im Haus wohnen lassen; nun, da er erwachsen war, schwärmte sie für Martín Cienfuegos' tropische Heiterkeit und seine honigsüßen Reden.
»Diesen Jungen werde ich liebhaben wie mein eigenes Kind, wie den Sohn, der mir gestorben ist«, sagte sie. »Und für dich soll er wie ein Bruder sein, hast du gehört, Andrés Ascencio?«
Seit jenem Nachmittag beargwöhnte Andrés die Bezauberungskünste Cienfuegos' und begann in ihm den aufgezwungenen Konkurrenten zu sehen, der er schließlich auch wurde.
»Ich habe dir einen Bruder geschenkt«, sagte die alte Frau, »und du, Andrés Ascencio, tust gut daran, dich ganz lieb um ihn zu kümmern. Er erinnert mich, glaube ich, an deinen Vater. Ist es dir recht, mein Kind zu sein?« wandte sie sich an Martín, der ihr hingebungsvoller lauschte als den Abgeordnetenreden im Parlament.
Er antwortete: »Es ist mir eine Ehre, Señora«, flog mit

ausgebreiteten Armen auf ihren Schaukelstuhl zu, küßte sie auf die Stirn, legte die Arme um sie, herzte ihre Wangen und kniete zuletzt vor Doña Herminia nieder, um ihr die Hände zu küssen.

Eine gekonntere Darstellung von Sohnesliebe habe ich nie erlebt. Sogar Tränen der Dankbarkeit rannen ihm über die Wangen. Das hätte nicht einmal Andrés, der seine Mutter vergötterte, zuwege gebracht. Außer sich vor Zorn, reiste Andrés aus Zacatlán ab. Während der ganzen Heimfahrt titulierte er Martín einen schauspielernden Schuft und Lumpenhund. Und das waren noch die harmlosesten Bezeichnungen, auch wenn er ihn angeblich nur zum Scherz beschimpfte.

»So ist meine Mutter«, legte er, nun auf dem Bett sitzend, los. »Was die mir für Geschwister angedreht hat. Keiner darunter, der auch nur halbwegs wüßte, wo links und rechts ist. Zuerst erweicht der dicke Campos ihr Herz, und nun Martín, dieser schauspielernde Schurke. Muß nicht alle Tassen im Schrank haben, meine Mutter, keine Ahnung vom Leben. Für ein Lächeln und ein paar Küßchen bemuttert sie wildfremde Leute. Wenigstens habe ich ihre Idiotie nicht geerbt, dafür hat es Campos, der nicht ihr leiblicher Sohn ist, um so schlimmer getroffen. Man braucht ihn doch nur anzusehen. Der Trottel schmeißt sich jedem an den Hals, wenn er dafür wichtigtun kann und als gesetzestreuer kultivierter Bürger dasteht. Als ob man mit Paragraphen und Bücklingen zum Ziel käme. Für alles erläßt er Gesetze. Hat er nicht sogar eines ausgetüftelt, das jeden Mexikaner verpflichtet, einem anderen das Lesen und Schreiben beizubringen? Seiner Meinung nach hat sich das Problem damit erledigt. Schwuppdiwupp gibt es keinen Indio mehr, der nicht *Mexiko* und seinen Namen und natürlich den Namen seines hochverdienten Präsidenten schreiben könnte. Ein Genie, der Dicke, sieht man ihm an der Nase an. Und erst

Martín, sein *Bruderherz*, sein herziger Kandidat. Der wird alles zuschanden machen, was von Mexiko übrig ist. Dieser Lump versilbert alles, eines Tages auch noch die Hoffnungen der Leute. Der ist imstande und füllt das Stöhnen von dreitausend Arbeitslosen in Dosen und verscherbelt es zur Anregung an die Amerikaner, wenn die sich mal deprimiert fühlen wollen. Der macht noch den Unabhängigkeitsengel zu Geld und die Juárez-Gedenkstätte und, wenn ihr nicht aufpaßt, sogar die Madonna von Guadalupe. *Mexican Souvenirs*, so wird er werben: die blaue See von Acapulco, Bröckchen vom Springerfelsen in Anhängern, die Hinterbacken rassiger Mexikanerinnen in Zellophanpapier gewickelt. Alles hochmodern und *very nice*, damit man uns bloß nicht anmerkt, was für Schmutzfinken, Narren und ungehobelte Klötze wir sind. *Another Mexicou.* Schade, daß ich sterbe, denn bliebe ich am Leben, müßte der sich den Weg zum Adlersessel freischießen. Und im Schießen bin ich noch allemal besser als der. Als der und als all die geschniegelten Gauner, die angeblich seine Macht ausmachen. Und meine Mutter möge mir verzeihen, aber ich würde diesem schauspielernden Schurken die Fresse polieren, daß er keine seiner zwei Mütter wiedererkennt. Nicht die Schlampe, die ihn geboren hat, und nicht die dumme Trine, die ihn adoptieren mußte.«

»Hör endlich auf, vom Sterben zu reden«, sagte ich. »Warum hörst du nicht lieber auf Doktor Téllez, nimmst deine Tabletten und spielst vor dem Zubettgehen noch eine Partie Poker?«
»Ich bin ja schon im Bett, und da liege ich gar nicht gut: eine Decke auf mir statt einem Ding mit Titten.«
»Wir gehen langsam«, meldete sich Esparza zu Wort.
»Wurde auch Zeit, ihr Gauner«, gab Andrés zur Antwort.

»Spannen Sie aus, General. Keinen Kaffee, keinen Kognak, keine Aufputschmittel. Morgen früh komme ich und helfe Ihnen in die Startlöcher.«
Die beiden ließen mich mit ihm allein. Ich setzte mich zu ihm aufs Bett.
»Willst du Tee?« fragte ich und goß ihm nach.
Er setzte sich zum Trinken auf und fragte noch einmal:
»Was wünschst du dir eigentlich, Catalina? Willst du mit Cienfuegos flirten? Wer ist Efraín Huerta? Und woher weiß er, daß zwischen deinen Brüsten ein Hauch von Zärtlichkeit schmachtet?«
»Wo hast du seine Gedichte aufgestöbert?« wollte ich wissen.
»Für mich gibt es in meinem Haus keine verschlossenen Türen.«
»Was gibt es überhaupt für dich?«
»Huerta war ein Freund von Vives, nicht wahr? Er kennt dich schlecht, bei dir schmachtet nichts mehr, nicht zwischen deinen Brüsten und nicht sonstwo. Nicht einmal zum Schein könntest du schmachten. Und Zärtlichkeit empfinden, Catalina? Ist der Mann naiv! Nicht umsonst ist er Mitglied bei den Kommunisten.«
Ich ging zum Fenster. »Stirb endlich«, murmelte ich, während er redete und redete und schließlich einschlief. Da legte ich mich zu ihm.
Kurz danach erwachte er von neuem, legte die Hand auf meine Beine und begann mich zu streicheln. Ich schlug die Augen auf, zwinkerte ihm zu und zog die Nase kraus.
»Könntest du nicht aufstehen und Cabañas anrufen?« sagte er. »Ich habe Schmerzen im Bein.«
»Nicht Téllez?«
»Cabañas, liebe Catalina, ich habe keine Zeit mehr zu verlieren.«
Als Richter Cabañas eintraf, waren beide Beine taub und Andrés' Zunge schwer.

»Hast du das zweite dabei, Cabañas?« brachte Andrés mühsam hervor.
»Jawohl, General, ich habe sie alle dabei.«
»Gib mir das zweite.«
»Was ist das zweite?« fragte ich.
Er gab mir keine Antwort, sondern begann mit grüner Tinte, mit seinem altgewohnten Füller, Schriftstücke abzuzeichnen.
Kurz danach starb er.

Sechsundzwanzigstes Kapitel

Ich rief seine Kinder zusammen. Jemand benachrichtigte Rodolfo, der in der Nacht gegen elf eintraf. Er kam an mit seinem dicken Bauch, seinem schleppenden Gang und seinem Gefolge und wollte sofort die Regie übernehmen.

»Wir überführen ihn nach Zacatlán.«

»Wie du wünschst«, antwortete ich.

»Er hat es so verfügt.«

»Ich glaube Ihnen, Herr Präsident. Überführen wir ihn nach Zacatlán.«

»Ich danke dir für deine Kooperationsbereitschaft. Ich weiß schon von dem Testament.«

»Kein Grund zu danken. Ich hoffe, ich handle richtig.«

»Wenn Schwierigkeiten auftauchen, wende dich an mich«, sagte er.

»Ich wende mich mit der Bitte an dich, mir erst gar keine zu machen«, entgegnete ich.

»Ich verstehe nicht. Andrés war gleichsam mein Bruder, und du bist seine Frau. Was möchtest du, daß ich tue?«

»Dich nicht einmischen, mir nicht helfen, keine Absprachen mit irgendwelchen Witwen treffen. Alle sollen bekommen, was ihnen zusteht, aber sie sollen es bei mir holen kommen.«

»Wer sind denn diese Witwen?«

»Liebster Schwippschwager, sprich so mit deiner Frau, aber nicht mit mir. Ich bin informiert, wer die anderen Witwen sind und wie viele Kinder außer denen, die bei uns gelebt haben, noch vorhanden sind. Ich weiß auch, welche Hazienden für die einen und welche Häuser für die anderen gedacht sind. Ich weiß auch, welche Unternehmen, welche Gelder, ja, selbst welche Uhren und welche Manschettenknöpfe wem vermacht werden sollen.«

Rodolfo verstummte, nickte noch und nahm Aufstellung neben dem grauen Sarg. Er versuchte eine Trauermiene aufzusetzen, aber das nicht von ihm wegzudenkende Langweilergesicht gewann bald wieder die Oberhand.
In mein Haus strömten die Menschen. Viele kämpften sich zu Rodolfo durch. Die Männer schlossen ihn in die Arme, klopften ihm auf die Schulter, die Frauen drückten ihm die Hand.
Ich stand auf der anderen Seite des Sarges, ich wollte nicht sitzen. Die ganze Nacht wurde dort meine Hand gedrückt und ich in die Arme genommen. Ich vergoß keine Träne. Mein Mund stand nicht still. Mit jedem Trauergast sprach ich über Andrés, erinnerte mich mit ihnen, woher sie sich kannten und wann wir uns zum letzten Mal begegnet waren.
Gegen zwei Uhr morgens legte Fito sich schlafen. Lucina brachte mir Tee. Ich nahm für eine Weile Platz. Auf dem Stuhl neben mir gewahrte ich Checo. Er kam mir so kindlich vor.
»Wie ist dir zumute, Mama?« fragte er.
»Gut, Liebes, und dir?«
»Auch gut.« Mehr Worte verloren wir nicht.
Verania war schon früher schlafen gegangen. Marta mußte wegen eines Schwindelanfalls ärztlich behandelt werden.
»Wie ich sehe, ist deine Flamme nicht gekommen, um dir ihr Beileid auszusprechen«, sagte Adriana, als wir einmal aufeinandertrafen.
»Sprich nicht so«, wies ich sie zurecht.
»Versuch jetzt bloß nicht, mich zu erziehen, dazu ist es etwas zu spät«, erwiderte sie. »Außerdem weiß ohnehin jeder von Alonso. Ich bin überzeugt, die Hälfte der Trauergäste ist nur hier, um zu erleben, wie er hereinkommt und den Freund des Verstorbenen herauskehrt.«
Damit hatte sie recht. Darum haßte sie mich. Wie hinge-

bungsvoll dieses Kind haßte. Lilia, Marcela und Octavio standen mir bis zum Tagesanbruch zur Seite.

Die ganze Nacht waren die Trauergäste an den trauernden Hinterbliebenen vorübergezogen. Ich war nicht von meinem Witwenposten gewichen.

»Bewundernswert, Ihre Seelenstärke, Señora«, hatte Bermúdez gesagt, ein Mann, der zu Andrés' Gouverneurszeiten auf politischen Veranstaltungen den Protokollchef gespielt hatte.

»Herzlichen Glückwunsch, werte Catalina«, sagte die Frau des Bürgermeisters.

Jede Art von Reaktion war vertreten. Ich glaube, ich habe mich in dieser Nacht amüsiert.

Alles drehte sich um mich, das behagte mir. Schon beim Eintreten suchten mich alle mit den Blicken, fast jeder wollte mich umarmen und mir tröstende Worte sagen. Die besten aber kamen von der kleinen Josefina Rojas, die ebenso zügigen Schritts und erhobenen Hauptes eintrat, wie sie auch die Straßen abschritt. Sie marschierte, als wollte sie kurzen Prozeß mit der Stadt machen, fuhr nie im Wagen, ging überall zu Fuß hin. Sie wohnte auf dem Loreto-Hügel, und von dort treckte sie mit ihrem platzgreifenden Gang, dank dem sie noch heute rüstig und wohlauf ist, bergab nach Santiago oder in jeden anderen Stadtteil, in den sie geladen war. Josefita nahm mich in die Arme, faßte dann meine Schultern und blickte mir in die Augen.

»Na also«, sagte sie. »Freut mich für dich. Witwe zu sein ist der Idealzustand einer Frau. Etwas Besseres kann einem nicht passieren. Man stellt den Dahingegangenen auf einen Altar, ehrt sein Andenken, sooft es verlangt wird, und frönt ansonsten fortan allem, woran man zu seinen Lebzeiten gehindert war. Ich spreche aus Erfahrung, nichts geht über den Witwenstand. Noch dazu in deinem Alter. Wenn du nicht den Fehler begehst, dich gleich dem nächsten an den Hals zu werfen, kann sich dein Leben nur zum Guten wenden. Daß mich bloß niemand so reden hört, aber wahr ist es, möge der Verstorbene mir verzeihen.«

Gegen sechs Uhr früh dachte ich, es sei an der Zeit, hinaufzugehen und mich umzukleiden und nachzuschminken. Um diese Stunde war fast niemand mehr im Salon. Ich trat an den offenen Sarg und sah dem toten Andrés ins Gesicht. Gern hätte ich etwas Weiches in seinen Zügen entdeckt, das wissende Augenzwinkern, mit dem er mich manchmal bedachte, doch ich erblickte nur die starre Unmutsmiene des schmollenden Andrés, der tagelang, wenn ihm etwas Sorgen machte, nicht mit mir sprach, den man bei seinem Gegrübel und Gebrüte nicht einmal mit einem Gutenachtkuß stören durfte.

»Leb wohl, Andrés«, sagte ich. »Bald wirst du nach Zacatlán gebracht. Dort wolltest du doch ausspannen, und Fito will es dir unbedingt recht machen. Jedenfalls jetzt, wo du tot bist, jetzt erfüllt er dir jeden Wunsch. Bitte ihn, worum du willst, er tut dir jeden Gefallen. Häßlich schaust du drein. Verschreckst mich mit dieser Miene. Hast mich immer damit verschreckt. Schau gefälligst andere so an. Ich habe schon genug um die Ohren, als daß ich mir auch noch deine vorwurfsvolle Miene zumuten müßte. Soll ich mir vor Kummer etwa das Leben nehmen? Hast doch gehört, was Josefita gesagt hat: ohne dich wird es mir besser denn je gehen. Am liebsten würde ich nicht einmal zu deiner Beerdigung mitfahren. Sie stecken mich sicher zu Rodolfo in den Wagen, und bis Zacatlán werde ich mich seiner erwehren müssen. Du liegst da seelenruhig in deinem Sarg, aller Sorgen enthoben, aber ich muß den Dicken erdulden. Soll das etwa immer so bleiben? Wann habe ich den endlich vom Hals? Apropos Hals, der soll sich bloß nicht unterstehen, mir den Arm um den Hals zu legen. Du hattest wenigstens Charme, und du hast mich in die Finger bekommen, als ich noch ein Kind war. Wie du mich zum Lachen gebracht, wie du mir Angst eingejagt hast. Wenn du dieses Gesicht aufsetztest, bekam ich Angst vor dir. Dieses Gesicht setztest du auf, als ich dich wegen des Mordes an Lola Campos beschimpfte. Fragtest, was mich das anginge. Nun hinterläßt du mir also alles, ich soll dein Erbe verteilen. Willst wieder einmal Menschen gegeneinander ausspielen. Soll ich erkennen, wie aufreibend das ist? Wem steht deiner Meinung nach was zu? Soll ich es erspüren? Soll ich, solange die grauenvolle Aufgabe, jedem zuzuteilen, was ihm gebührt, nicht abgeschlossen ist, unentwegt an dich denken? Oder willst du erleben, wie ich alles für mich behalte? Was bezweckst du? Daß ich keine Ruhe finde, daß ich dich für den Rest meines Lebens mit mir herumschleppe, daß du sogar noch als Toter der Mann bist, dem ich die meiste Zeit schenke? Soll ich bis in alle Ewigkeit an deine Kinder und an deine Frauen denken? Das könnte dir so passen: daß ich mich weiterhin mit dir abschleppe. Was steht nach deinem Gerechtigkeitsgefühl denn jedem zu? Glaubst du, ich gönne den anderen das Vergnügen, zu erleben, wie ich alles behalte? Damit sie überall erzählen können, daß sie eben doch recht hatten und schon immer wußten, daß ich solche Ambitionen habe? Oder glaubst du, daß ich im Freien kampiere und Fito um Almosen bitte? Nein, Andrés, ich hole sie alle zusammen und lasse sie knobeln. Einer wird dies unwirtliche Haus schon gewinnen, einer bekommt dann schon die Ranchs in der Sierra, einer zieht dann La Mandarina und ein anderer Santa Julia. Ich bin gespannt, wem die mit Heiss aufgebauten Geschäfte zufallen und wem die Schwarzbrennerei, wem die Stierkampfarena, wem die Kinos, die Rennbahnaktien, das große Haus in México und all die kleineren Häuser. Bild oder Schrift,

Andrés, und wer schon irgendwo sitzt, der mag dort auch bleiben. Ich dränge doch nicht Olga aus ihrer Ranch im Staat Veracruz, ich verstoße nicht Candelaria aus ihrem Haus in Teziutlán. Den Teufel werde ich anderen das Dach überm Kopf wegnehmen. Für mich will ich ein kleineres Haus als dieses, ein Haus am Meer, bei den Wellen. Ein Haus, in dem ich der Herr bin und niemand mich zu etwas auffordert oder mir befiehlt oder mir am Zeug flickt. Ein Haus, in dem ich nach Herzenslust dem nachsinnen kann, was bisher gut war. Deinem Lachen an manchen Nachmittagen, unseren Reiterspielen, dem Tag, an dem wir zum ersten Mal in dem Ford Cabriolet ausfuhren und gleich mit Vollgas bis México durchbrausten. Damals sagtest du in der Nacht zu mir: ›Bitte, ich möchte dich ausziehen‹, und nahmst mir sacht die Kleider ab, während ich stillstand, bis ich nackt war, während ich dich ansah. Damals sah ich dich immer dankbar an. Dann begann ich zu zittern, weil es kalt war und weil ich mich noch schämte, nackt im Zimmer zu stehen. Du saugtest an deiner Lippe, und du tratst zurück. ›Wie hübsch du bist‹, sagtest du, als hättest du mich noch nie gesehen und als wäre ich noch nicht deine Frau. Ich hielt dieses Dastehen nicht mehr aus, und ich sagte: ›Schau mich nicht länger so an, Andrés‹, und ich rannte ins Bett und verkroch mich unter die Decken. Da tratst du heran und legtest den Finger auf meinen Nabel und fragtest: ›Was versteckst du da in deinem Bauchnabel?‹ Ich antwortete: ›Ein Geheimnis.‹ Und den Rest der Nacht stöberten wir nach dem Geheimnis. Weißt du noch? Heute aber bin ich müde, ich möchte ins Bett, allein in mein Bett, ohne daß mir immer deine Beine in die Quere kommen, ohne dich schnarchen zu hören. Ich würde so gerne schlafen, aber leider muß ich nach Zacatlán. Ich hasse dieses verregnete, verwinkelte Dorf. Aber die Leute will ich mir nicht entgehen lassen, wie sie in ihren Haustüren stehen und warten, daß wir mit dir durchkommen, mit dem endlich toten Andrés. Die für dich arbeiten, werden Trauermienen aufsetzen, die deine Güter bestellen, deine Viehbestände hüten. Doch sie werden froh sein und werden am Abend Obstschnaps trinken und über unser Schicksal lachen. ›Da fährt seine Witwe‹, werden sie sagen. ›Diese Schlampe. Hat's ihm in gleicher Münze heimgezahlt, aber im Vergleich zu ihm noch harmlos. Dieser geile alte Bock, dieser Lump, dieser Gangster, dieser Mörder.‹ ›Witzig war er ja‹, wird einer zu bedenken geben. ›Durchgeknallt‹, wird Doña Rafaela, die Freundin deiner Mutter, murmeln und wird deiner Vorbeifahrt mit ihren hundertzwanzig Jahren aus ihrem gedrechselten Schaukelstuhl zusehen. ›Durchgeknallt; ich habe Doña Herminia schon immer gesagt, daß der Junge irgendwie durchgeknallt ist.‹ ›Ein Wildfang‹, wird deine Mutter entgegnen, ›und gerade als Wildfang ist er mir lieb.‹ Auch mir warst du lieb als Wildfang, wie hätte ich dich unschönen Burschen sonst mögen sollen? Hätte ich an dem Nachmittag, da wir uns kennenlernten, geahnt, daß du einmal so dreinschaust, ich hätte mir den ganzen Ärger erspart. Dann sähe ich jetzt hier nicht allein dem Sonnenaufgang zu, mit schweren Gliedern, ohne jede Energie, zu deinem Begräbnis zu fahren. Doch da hilft alles nichts, ich kleide mich ja schon um. Was soll ich anziehen? Witwenschleier? Nein. Du hast mir manchmal gute Tips gegeben. Erinnerst du dich noch an den Kauf des roten Seidenkleids in der New Yorker Boutique? Ich mochte es nicht, du griffst statt meiner zu, und ich trage es noch heute mit Wonne. Aber eine Witwe in Rot macht sich wahrscheinlich nicht gut. Dabei würde ich so die Schauspielerei, die mir noch bevorsteht, besser hinter mich bringen. Auch Rodolfo fiele angesichts des roten Kleids nicht aus der Rolle. Ich trug es vergangenes Jahr zur Unabhängigkeitsfeier. Zu vorgerückter Stunde, als Rodolfo schon mehrere Umtrünke hinter sich hatte, zog er mich mit verrutschter Präsidentenschärpe an der Hand auf den Balkon und blickte mit mir über den sich allmählich leerenden Platz. ›Siehst aus wie ein Stück aus unserer Nationalflagge in diesem Kleid. Seit du da bist, hab ich nur noch Augen für dich. Ich mußte mich zusammenreißen, um nach dem Viva Mexiko! und Viva Freiheit und Unabhängigkeit! nicht auch noch zu brüllen: Viva meine Schwippschwägerin, die so schön wie Mexiko ist.‹ Damit grapschte er nach mir, und ich flüchtete mich zu dir. Rodolfo kam nach. ›Ich habe deiner Frau gesagt, wie hübsch sie ist, damit trete ich dir doch nicht zu nahe?‹ fragte er, als fürchte er, daß ich ihn verrate. Er kannte dich nicht, er wußte nicht, daß du zu ihm halten würdest. Zumindest über meine blühende Phantasie hättest du dich mokiert, wenn nicht Schlimmeres, wenn ich gesagt hätte, wie Fito sich lächerlich gemacht hat. Es ist spät, mir bleibt kaum noch Zeit zum Umziehen, und in diesem Aufzug kann ich unmöglich fahren. Es werden Fotografen da sein, und Martín Cienfuegos.«

Ich zog ein schwarzes Jerseykleid an und darüber einen Persianer. Flaches Schuhwerk fand ich nicht. Ich besaß an die neunzig Paar Schuhe und konnte keine bequemen schwarzen finden. Schwarz trug ich normalerweise nur zu festlichen Anlässen. Schließlich fand ich wenigstens ein Paar Pumps, denn im Mantel und bei der Kälte ging wohl nur Chofi in Sandaletten. Ich schminkte mich dezent: Wimperntusche, Lippenstift, aber kein Rouge. Die Haare im Nacken geknotet. Andrés hätte gesagt, eine fesche Witwe.

Start war um neun. Der Konvoi bestand aus fast vierzig Wagen. Im engsten Kreis, nannte man das. Ich wollte mit meinem Chauffeur Juan und mit Checo fahren. Eine Chance ergab sich, als Fito mit dem Gouverneur, einem

Gewerkschaftsfunktionär und Martín Cienfuegos unbedingt den Sarg aus dem Haus und auf den Leichenwagen tragen mußte.

»Fahren wir im Packard«, sagte ich zu Checo. »Hole Juan.«

Wir stiegen in den Packard, und Juan reihte sich hinter Fitos Wagen ein, der direkt hinter dem Sargwagen plaziert war. Ich hielt es für ratsam, den Sarg nicht die ganze Fahrt vor Augen haben zu müssen.

Wir saßen allein auf dem Rücksitz. Ich streckte die Beine aus und küßte den Jungen. Es war richtig gemütlich. Da trat Rodolfos persönlicher Mitarbeiter heran und bestellte mir, daß der Präsident mich zu ihm in den vorderen Wagen bitte.

»Sagen Sie ihm, vielen Dank, aber ich fühle mich wohl hier, und ich möchte das Kind nicht allein lassen.«

Der Mann machte kehrt und kam noch gestrenger wieder.

»Das Kind darf auch mitkommen.«

Ich setzte gerade zur nächsten Ausrede an, als Fito persönlich erschien. Sein Mitarbeiter hielt ihm den Schlag auf, und er ließ sich in unseren Wagen fallen, als wäre es seiner.

»Entschuldige, Catalina«, hob er an, »ich wußte nicht, daß du schon einen Platz hast. Ich will dich nur nicht allein fahren lassen. Wir beide sollten uns direkt hinter dem Sarg einreihen. Du brauchst nicht hinter mir zu fahren, in Momenten wie diesem sind wir alle eine Familie. Vergiß heute, daß ich Präsident bin.«

Wenn du nicht Präsident bist, was bleibt dann noch übrig? wollte ich schon fragen, verzog statt dessen aber den Mund zu einem schmerzlichen Lächeln. Ich bin dankbar für deine Fürsorge, sollte es besagen, und ich kann meine Dankbarkeit aus Trauer nur nicht in Worte fassen.

Ich rückte zur Seite, damit er bei uns sitzen konnte. Der

Packard war riesengroß, in den Fond paßten bequem fünf Personen. Zwischen Rücksitz und Fahrer war eine Scheibe eingelassen. Bei mir war sie nie oben, ich sprach gern mit Juan, und ich mochte es, wenn er mir vorsang. Das erste, was Rodolfo tat, war, die Scheibe hochzukurbeln. Sie klemmte, weil sie so selten benutzt wurde. Der Mitarbeiter mühte sich ab, bis die Kurbel sich drehen ließ und die Scheibe hochging. Es war mir peinlich vor Juan, er war solche Unhöflichkeiten nicht gewohnt. Auch Checo spürte es. Er verstand sich gut mit Juan. Juan war ihm lange Zeit Vater und Mutter gewesen. Er sagte, daß er lieber vorn säße, weil er da mehr sehe, und fragte gar nicht erst um Erlaubnis, sondern öffnete die Tür und war in drei Sekunden nach vorn zu Juan umgestiegen. Auf dem Beifahrersitz drehte er sich nach mir um. Verdammter Bengel, dachte ich, überläßt mich Rodolfo und seinem Referenten.

»Sagen Sie Regino, er soll ausscheren, wir fahren in die Lücke«, befahl Fito dem Referenten. »Und Sie fahren bei ihm mit.« So war ich auch noch allein mit dem Dicken. Seufzend vergrub ich den Kopf in die Hände. Wie war mir der Herr Präsident doch lästig.

Die Wagen fuhren gemächlich an, als ginge es um die Ecke zum Französischen Friedhof.

»Bei dem Tempo sind wir in zwei Tagen noch nicht da«, meinte ich zu Rodolfo, als wir schließlich aus der Stadt herausrollten. Fito sah sich um. Das Ende der Fahrzeugkolonne war nicht zu sehen.

»Du hast recht«, antwortete er, kurbelte die Trennscheibe herunter und befahl Juan, den Fahrer des Sargwagens zu sich zu bitten, auf dem Andrés zu seiner letzten Ehrung rollte. Andrés hätte das Menschenaufgebot genossen. Drei Worte wurden mit Rodolfo gewechselt, und der Leichenwagen fuhr in weniger grabesdüsterem Tempo vor der Kolonne her.

»Ist es dir so recht?« fragte Fito und streichelte meine behandschuhte Hand.
Mittlerweile kurvten wir durch erdgraue Dörfer. Auf diesem Weg sehen alle Dörfer so aus, ehe die Straße sich in die Berge hinaufwindet. In diesen Dörfern konnte schwerlich Grünes gedeihen. Sie bestanden nur aus Lehm und aus ebenso lehmgrauen Dörflern. In manchen standen, vom Gouverneur organisiert, Parteimitglieder mit Blumensträußen Spalier an der Straße. Wo wir sie vorfanden, machten wir halt, und die Ortsprominenz trat an unseren Wagen und drückte unsere Hände. Die anderen legten ihre Blumen auf den Sargwagen und blieben, den Hut in der Hand, daneben stehen.
Auf einmal befiel mich unwiderstehliche Müdigkeit. Soviel Mühe ich mir auch gab, nicht einzuschlafen, mir fielen die Augen zu.
»Mach es dir bequem und schlaf«, sagte Fito.
Kaum hörte ich sein Angebot, war ich sofort wieder hellwach. Mich beim Schlafen vergessen und womöglich mit dem Kopf wackeln und sabbern – das sollte der nicht erleben. Schon der Gedanke war eine Erniedrigung. Da unterhielt ich mich lieber mit ihm. Über ihn, über Andrés und die Kinder, über Mexiko und den Weltkrieg.
Nie zuvor hatten wir soviel miteinander gesprochen. Er war weniger dumm, als ich dachte. Auch weniger öde. Vielleicht kam es mir aber auch nur so vor, weil wir uns zuletzt über seinen möglichen Nachfolger und seine Ansichten zu jedem der eventuell in Frage kommenden Kandidaten unterhielten. Ich konnte ihm die Auskunft entlocken, daß er Cienfuegos favorisierte. Über Cienfuegos verbreitete er sich denn auch, bis wir kurz vor fünf Zacatlán erreichten.
Die Straßen standen voller Schaulustiger. *Vorsicht, Schlaglöcher* war an einem uns überholenden Lastwagen zu lesen. Ich faßte es auf, wie es dastand, aber Andrés

hätte *Vorsicht, Arschlöcher* verstanden, Arschlöcher sind alle, die mich überholen wollen oder an mir etwas auszusetzen haben.

Wir fuhren auf den Hauptplatz, um Doña Herminia abzuholen. Fito schloß sie in die Arme.

Auf der Straße, an Rodolfos Arm, wirkte sie älter und zerbrechlicher als jemals. Kaum aber saß sie im Wagen, zeigte sie wieder ihr resolutes, distanziertes Wesen. Keine Träne, kein Wort. Vierundneunzig Jahre.

An die zwanzig Reden wurden auf dem Friedhof gehalten. Ich dachte, so kommen wir nie wieder nach Hause. Verania und Checo standen die ganze Zeit bei mir. Als probten wir eine Filmszene: die in Trauer vereinte Familie. Verania ließ sogar zu, daß ich den Arm um sie legte, und Checo drückte meine Hand wie ein Verliebter.

Als die Totengräber Anstalten machten, Erde auf ihren Vater zu schaufeln, sagte ich den beiden, sie sollten sich eine Handvoll nehmen und als erste hinabwerfen.

Ich bückte mich zur gleichen Zeit wie sie zum Boden. Ich griff mir Erde und warf sie auf den schon in die dunkle Grube abgesenkten Sarg. Die anderen Kinder taten ein gleiches. Ich versuchte mir noch einmal Andrés' Gesichtszüge vor Augen zu rufen. Es ging nicht. Ich versuchte Schmerz zu empfinden, daß ich ihn nun nie mehr wiedersehen würde. Es ging nicht. Da fühlte ich mich frei. Da bekam ich Angst.

Ich wollte mich auf die Erde setzen. Ich wollte nicht die Augen so vieler Menschen auf mir spüren. Ich wollte, daß es mir nichts ausmachte, zu weinen wie die laut schluchzende, tränenverschmierte Lilia, wie die an Octavio gelehnte Marcela, wie die vor Staunen und Verlassenheit schniefende Verania.

Ich dachte an Carlos und an meine auf seinem Begräbnis mit Gewalt zurückgehaltenen Tränen. Carlos hatte ich ganz deutlich vor Augen, sein Lächeln, seine jäh von mir gerissenen Hände.

So konnte ich endlich noch bitterlicher als meine Kinder weinen, wie es sich für eine Witwe gehörte.

Checo ließ meine Hand nicht los, Verania streichelte mich, es begann zu regnen. Typisch für Zacatlán, hier regnete es ständig. Nur machte mir der Regen nichts mehr aus, dies war mein letzter Besuch hier. Ich dachte es noch unter Tränen, und meine Tränen versiegten, als ich daran dachte. Was ich alles nicht mehr würde tun müssen. Ich war allein, niemand hatte mir mehr zu befehlen. Was ich alles unternehmen würde. Ich dachte daran, und ich lachte im Regen. Ich saß auf dem Boden und patschte auf die um Andrés' Grab verschüttete Erde. Meine Zukunft stimmte mich heiter, ja, beinahe glücklich.

suhrkamp taschenbücher
Eine Auswahl

Abish: Wie deutsch ist es. st 1135
Achternbusch: Die Alexanderschlacht. st 1232
– Die Atlantikschwimmer. st 1233
– Das Haus am Nil. st 1394
– Wind. st 1395
Adorno: Erziehung zur Mündigkeit. st 11
Aitmatow: Dshamilja. st 1579
– Der weiße Dampfer. st 51
Alain: Die Pflicht, glücklich zu sein. st 859
Allende: Das Geisterhaus. st 1676
Anders: Erzählungen. st 432
Arendt: Die verborgene Tradition. st 303
The Best of H. C. Artmann. st 275
Augustin: Eastend. st 1176
Ba Jin: Die Familie. st 1147
Bachmann: Malina. st 641
Bahlow: Deutsches Namenlexikon. st 65
Ball: Hermann Hesse. st 385
Ball-Hennings: Briefe an Hermann Hesse. st 1142
Ballard: Billennium. PhB 96. st 896
– Die Dürre. PhB 116. st 975
– Hallo Amerika! PhB 95. st 895
– Der tote Astronaut. PhB 107. st 940
Barnet: Das Lied der Rahel. st 966
Barthelme: Moon de luxe. st 1503
Barthes: Fragmente einer Sprache der Liebe. st 1586
Baur: Überleben. st 1098
Becker, Jürgen: Gedichte. st 690
Becker, Jurek: Aller Welt Freund. st 1151
– Bronsteins Kinder. st 1517
– Jakob der Lügner. st 774
– Schlaflose Tage. st 626
Beckett: Der Ausgestoßene. L'Expulsé. The Expelled. st 1006
– Endspiel. st 171
– Glückliche Tage. Happy Days. Oh les beaux jours. st 248
– Malone stirbt. st 407
– Mercier und Camier. st 943
– Molloy. st 229
– Warten auf Godot. st 1
– Watt. st 46
Behrens: Die weiße Frau. st 655
Beig: Hermine. st 1303
– Hochzeitslose. st 1163
– Rabenkrächzen. st 911
Benjamin: Angelus Novus. st 1512
Deutsche Menschen. Eine Folge von Briefen. st 970
– Illuminationen. st 345
Benjamin / Scholem: Briefwechsel 1933-1940. st 1211
Berkéwicz: Adam. st 1664
– Josef stirbt. st 1125
Bernhard: Alte Meister. st 1553
– Amras. st 1506
– Beton. st 1488
– Die Billigesser. st 1489
– Holzfällen. st 1523
– Ja. st 1507
– Korrektur. st 1533
– Der Stimmenimitator. st 1473
– Stücke 1-4. st 1524-1554
– Ungenach. st 1543
– Der Untergeher. st 1497
– Verstörung. st 1480
– Watten. st 1498
Bioy Casares: Morels Erfindung. PhB 106. st 939

265/1/6.89

suhrkamp taschenbücher
Eine Auswahl

Bioy Casares: Der Traum der Helden. st 1185
Blackwood: Die gefiederte Seele. PhB 229. st 1620
– Der Tanz in den Tod. PhB 84. st 848
Blatter: Kein schöner Land. st 1250
– Die Schneefalle. st 1170
– Wassermann. st 1597
Böni: Ein Wanderer im Alpenregen. st 671
Bohrer: Ein bißchen Lust am Untergang. st 745
Brasch: Der schöne 27. September. st 903
Braun, V.: Gedichte. st 499
– Hinze-Kunze- Roman. st 1538
Bertolt Brechts Dreigroschenbuch. st 87
Brecht: Gedichte. st 251
– Gedichte für Städtebewohner. st 640
– Gedichte über die Liebe. st 1001
– Geschichten vom Herrn Keuner. st 16
Brecht-Liederbuch. st 1216
Brentano, B.: Berliner Novellen. st 568
Broch: Die Verzauberung. st 350
– Der Tod des Vergil. st 296
– Die Schuldlosen. st 209
– Massenwahntheorie. st 502
Brod: Der Prager Kreis. st 547
Buch: Die Hochzeit von Port-au-Prince. st 1260
– Karibische Kaltluft. st 1140
Cain: Serenade in Mexiko. st 1164
Campbell: Der Heros in tausend Gestalten. st 424
Carossa: Der Arzt Gion. st 821
– Ungleiche Welten. st 521
Carpentier: Explosion in der Kathedrale. st 370
– Die Harfe und der Schatten. st 1024
Carroll: Das Land des Lachens. PhB 170. st 1247
Celan: Gesammelte Werke in fünf Bänden. st 1331/1332
Christo: Der Reichstag. st 960
Cioran: Syllogismen der Bitterkeit. st 607
Clarín: Die Präsidentin. st 1390
Cortázar: Album für Manuel. st 936
– Alle lieben Glenda. st 1576
– Bestiarium. st 543
– Rayuela. st 1462
Dorst: Merlin oder Das wüste Land. st 1076
Duras: Heiße Küste. st 1581
– Hiroshima mon amour. st 112
– Der Lastwagen. st 1349
– Der Liebhaber. st 1629
– Ein ruhiges Leben. st 1210
Eich: Fünfzehn Hörspiele. st 120
Eliade: Bei den Zigeunerinnen. st 615
– Kosmos und Geschichte. st 1273
– Yoga. st 1127
Eliot: Werke. 4 Bde.
Enzensberger: Gedichte. st 1360
– Der kurze Sommer der Anarchie. st 395
– Politische Brosamen. st 1132
Fanon: Schwarze Haut, weiße Masken. st 1186
Federspiel: Die Liebe ist eine Himmelsmacht. st 1529
– Die Märchentante. st 1234
– Massaker im Mond. st 1286

265/2/6.89

265/3/6.89

265/4/6.89

suhrkamp taschenbücher
Eine Auswahl

T. S. Eliots Joyce-Lesebuch. st 1398
Kaminski: Herzflattern. st 1080
– Nächstes Jahr in Jerusalem. st 1519
Kaschnitz: Jennifers Träume. st 1022
– Kein Zauberspruch. st 1310
– Liebesgeschichten. st 1292
Kirchhoff: Mexikanische Novelle. st 1367
– Ohne Eifer, ohne Zorn. st 1301
Koch: Der Prozeß Jesu. st 1362
– See-Leben. st 783
Koeppen: Amerikafahrt. st 802
– Angst. st 1459
– Die elenden Skribenten. st 1008
– Die Mauer schwankt. st 1249
– Tauben im Gras. st 601
– Der Tod in Rom. st 241
– Das Treibhaus. st 78
Kolleritsch: Gedichte. st 1590
Konrád: Der Besucher. st 492
– Der Komplize. st 1220
Kracauer: Die Angestellten. st 13
– Kino. st 126
– Das Ornament der Masse. st 371
Kraus: Band 1: Sittlichkeit und Kriminalität. st 1311
– Band 2: Die chinesische Mauer. st 1312
– Band 3: Literatur und Lüge. st 1313
– Band 5/6: Weltgericht I/Weltgericht II. st 1315/1316
– Band 7: Die Sprache. st 1317
– Band 8: Aphorismen. st 1318
– Band 10: Die letzten Tage der Menschheit. st 1320
Karl-Kraus-Lesebuch. st 1435
Kroetz: Der Mondscheinknecht. st 1039
– Der Mondscheinknecht. Fortsetzung. st 1241
– Stücke I-IV. st 1677- 1680
Kühn: Der Himalaya im Wintergarten. st 1026
– Die Kammer des schwarzen Lichts. st 1475
– Und der Sultan von Oman. st 758
Kundera: Das Buch vom Lachen und vom Vergessen. st 868
– Das Leben ist anderswo. st 377
Laederach: Nach Einfall der Dämmerung. st 814
– Laederachs 69 Arten den Blues zu spielen. st 1446
– Sigmund oder Der Herr der Seelen tötet seine. st 1235
Lao She: Die Stadt der Katzen. PhB 151. st 1154
Least Heat Moon: Blue Highways. st 1621
Lem: Also sprach GOLEM. PhB 175. st 1266
– Die Astronauten. PhB 16. st 441
– Frieden auf Erden. PhB 220. st 1574
– Der futurologische Kongreß. PhB 29. st 534
– Das Katastrophenprinzip. PhB 125. st 999
– Lokaltermin. PhB 200. st 1455
– Memoiren, gefunden in der Badewanne. PhB 25. st 508
– Robotermärchen. PhB 85. st 856
– Sterntagebücher. PhB 20. st 459

265/5/6.89

suhrkamp taschenbücher
Eine Auswahl

Lem: Waffensystem des 21. Jahrhunderts. PhB 124. st 998
Lenz, H.: Die Augen eines Dieners. st 348
– Ein Fremdling. st 1491
– Der Kutscher und der Wappenmaler. st 934
– Neue Zeit. st 505
– Der Tintenfisch in der Garage. st 620
– Der Wanderer. st 1492
Leutenegger: Gouverneur. st 1341
– Ninive. st 685
Lezama Lima: Paradiso. st 1005
Lovecraft: Azathoth. PhB 230. st 1627
– Der Fall Charles Dexter Ward. PhB 8. st 391
– Stadt ohne Namen. PhB 52. st 694
Majakowski: Her mit dem schönen Leben. st 766
Mayer: Außenseiter. st 736
– Ein Deutscher auf Widerruf. Bd. 1. st 1500
– Ein Deutscher auf Widerruf. Bd. 2. st 1501
– Georg Büchner und seine Zeit. st 58
– Thomas Mann. st 1047
Mayröcker: Die Abschiede. st 1408
– Ausgewählte Gedichte. st 1302
Meier, G.: Toteninsel. st 867
Meyer, E. Y.: In Trubschachen. st 501
– Ein Reisender in Sachen Umsturz. st 927
– Die Rückfahrt. st 578
Miller: Am Anfang war Erziehung. st 951
– Bilder einer Kindheit. st 1158
– Das Drama des begabten Kindes. st 950
– Du sollst nicht merken. st 952
Miłosz: Verführtes Denken. st 278
Mitscherlich: Ein Leben für die Psychoanalyse. st 1010
– Massenpsychologie ohne Ressentiment. st 76
– Thesen zur Stadt der Zukunft. st 10
Morshäuser: Die Berliner Simulation. st 1293
– Blende. st 1585
Moser: Gottesvergiftung. st 533
– Grammatik der Gefühle. st 897
– Kompaß der Seele. st 1340
– Lehrjahre auf der Couch. st 352
– Stufen der Nähe. st 978
Muschg: Albissers Grund. st 334
– Baiyun oder die Freundschaftsgesellschaft. st 902
– Entfernte Bekannte. st 510
– Fremdkörper. st 964
– Gegenzauber. st 665
– Im Sommer des Hasen. st 263
– Das Licht und der Schlüssel. st 1560
Museum der modernen Poesie. st 476
Neruda: Liebesbriefe an Albertina Rosa. st 829
Nizon: Canto. st 319
– Im Hause enden die Geschichten. st 431
Nossack: Aus den Akten der Kanzlei Seiner Exzellenz. 4.4. st 1468
– Begegnung im Vorraum. st 1177

265/6/6.89

suhrkamp taschenbücher
Eine Auswahl

Nossack: Bereitschaftsdienst. st 1460
Onetti: Das kurze Leben. st 661
– So traurig wie sie. st 1601
Oz: Im Lande Israel. st 1066
– Mein Michael. st 1589
Paz: Essays. 2 Bde. st 1036
Pedretti: Harmloses, bitte. st 558
– Die Zertrümmerung von dem Kind Karl. st 1156
Ernst Penzoldts schönste Erzählungen. st 216
Percy: Der Idiot des Südens. st 1531
– Lancelot. st 1391
Platschek: Über die Dummheit in der Malerei. st 1139
Plenzdorf: Gutenachtgeschichte. st 958
– Legende vom Glück ohne Ende. st 722
– Die neuen Leiden des jungen W. st 300
Poniatowska: Stark ist das Schweigen. st 1438
Proust: Auf der Suche nach der verlorenen Zeit. 10 Bde.
– Briefe zum Leben. st 464
Puig: Der Kuß der Spinnenfrau. st 869
– Der schönste Tango der Welt. st 474
– Verraten von Rita Hayworth. st 344
Rochefort: Frühling für Anfänger. st 532
– Eine Rose für Morrison. st 575
– Die Welt ist wie zwei Pferde. st 1244
– Zum Glück gehts dem Sommer entgegen. st 523
Rodoreda: Auf der Plaça del Diamant. st 977
– Der zerbrochene Spiegel. st 1494
Rolfs: Rost im Chrom. st 1648
Russell: Eroberung des Glücks. st 389
Sanzara: Die glückliche Hand. st 1184
– Das verlorene Kind. st 910
Schimmang: Das Ende der Berührbarkeit. st 739
– Der schöne Vogel Phönix. st 527
Schivelbusch: Intellektuellendämmerung. st 1121
Schneider: Philipp der Zweite. st 1412
– Dem lebendigen Geist. st 1419
Semprun: Die große Reise. st 744
– Was für ein schöner Sonntag. st 972
– Yves Montand: Das Leben geht weiter. st 1279
– Der zweite Tod des Ramón Mercader. st 564
Shaw: Der Aufstand gegen die Ehe. st 328
– Mensch und Übermensch. st 987
Sloterdijk: Der Zauberbaum. st 1445
Soriano: Das Autogramm. st 1252
Steiner, J.: Auf dem Berge Sinai sitzt der Schneider Kikrikri. st 1572
– Ein Messer für den ehrlichen Finder. st 583
– Das Netz zerreißen. st 1162
Sternberger: Drei Wurzeln der Politik. st 1032

265/7/6.89

suhrkamp taschenbücher
Eine Auswahl

Sternberger: Herrschaft und Vereinbarung. st 1289
– Die Politik und der Friede. st 1237
Stierlin: Delegation und Familie. st 831
– Eltern und Kinder. st 618
– Das Tun des Einen ist das Tun des Anderen. st 313
Struck: Lieben. st 567
– Die Mutter. st 489
Strugatzki / Strugatzki: Der ferne Regenbogen. PhB 111. st 956
– Die häßlichen Schwäne. PhB 177. st 1275
– Eine Milliarde Jahre vor dem Weltuntergang. PhB 186. st 1338
Tendrjakow: Die Abrechnung. st 965
– Frühlingsspiel. st 1364
Unseld: Der Autor und sein Verleger. st 1204
– Begegnungen mit Hermann Hesse. st 218
– Peter Suhrkamp. st 260
Vargas Llosa: Gespräch in der ›Kathedrale‹. st 1015
– Der Hauptmann und sein Frauenbataillon. st 959
– Der Krieg am Ende der Welt. st 1343
– Tante Julia und der Kunstschreiber. st 1520
Wachenfeld: Camparirot. st 1608
Walser, M.: Die Anselm Kristlein Trilogie. st 684
– Brandung. st 1374
– Ehen in Philippsburg. st 1209
– Ein fliehendes Pferd. st 600
– Halbzeit. st 94
– Jenseits der Liebe. st 525
– Liebeserklärungen. st 1259
– Die Ohrfeige. st 1457
– Das Schwanenhaus. st 800
– Seelenarbeit. st 901
Walser, R.: Fritz Kochers Aufsätze. st 1101
– Der Spaziergang. st 1105
– Seeland. st 1107
– Geschwister Tanner. st 1109
– Jakob von Gunten. st 1111
– Der Räuber. st 1112
– Wenn Schwache sich für stark halten. st 1117
Watts: Der Lauf des Wassers. st 878
– Vom Geist des Zen. st 1288
Weber-Kellermann: Die deutsche Familie. st 185
Weiß, E.: Franziska. st 785
– Der Aristokrat. st 792
– Georg Letham. st 793
– Der arme Verschwender. st 795
– Der Augenzeuge. st 797
Weiss, P.: Das Duell. st 41
– In Gegensätzen denken. st 1582
Wilhelm: Die Wandlung. st 1146
Wilson: Brüchiges Eis. st 1336
Winkler: Das wilde Kärnten. 3 Bde. st 1042-1044
Zeemann: Einübung in Katastrophen. st 565
– Das heimliche Fest. st 1285
Zweig: Brasilien. st 984

265/8/6.89